KJB

© privat

Ali Sparkes, geboren 1966, hat in Großbritannien bereits über vierzig Kinder- und Jugendbücher veröffentlicht. Mit »Zeitsprung ins Jetzt« wurde sie 2010 in Deutschland bekannt. Ihre Serie über den Tierwandler Dex ist in Großbritannien sehr beliebt, 2016 wurde sie wegen des großen Erfolgs neu aufgelegt und erscheint nun endlich auch auf Deutsch. Ali Sparkes lebt mit ihrem Mann und ihren beiden Söhnen in Southampton.

Band 3 der »Fox Runner«-Serie erscheint im Frühjahr 2020.

Ali Sparkes

FOX RUNNER

Der Ruf des Falken

Band 2

Aus dem Englischen
von Leo Strohm

KJB

FSC
www.fsc.org
MIX
Papier aus verantwortungsvollen Quellen
FSC® C083411

Erschienen bei FISCHER KJB

»The Shapeshifter – Running the Risk« was originally published in English in 2007. This translation is published by arrangement with Oxford University Press.
Das englischsprachige Original erschien 2007 unter dem Titel »The Shapeshifter – Running the Risk« bei Oxford University Press, Oxford, UK.

Satz: Fotosatz Amann, Memmingen
Druck und Bindung: CPI books GmbH, Leck
Printed in Germany
ISBN 978-3-7373-4159-2

Für meine Jungs

Kapitel 1

Das Mädchen in der grauen Kluft flüchtete durch den Wald, aber der Gestaltwandler war ihr dicht auf den Fersen.

Sie lief jetzt schon seit einer halben Stunde, vielleicht sogar noch länger. Auf ihrer Oberlippe hatten sich kleine Schweißperlen gebildet. Das Wesen kam näher, das spürte sie genau. Bis auf das leise Zwitschern der Vögel im Hintergrund konnte sie nur ihren eigenen Atem und das Geräusch ihrer teuren Laufschuhe auf dem Waldboden hören, aber sie wusste ohne den geringsten Zweifel, dass es im nächsten Moment zum Sprung ansetzen würde. Es würde springen, und sie wäre geschlagen. Sie stieß zum Zeichen ihrer Kapitulation einen lauten Schrei aus, hüpfte auf einen umgestürzten Baumstamm, und drehte sich schwer atmend um, die Hände in die Hüften gestützt. Das Wesen stieß sich vom Boden ab.

Es landete fast lautlos neben ihr auf dem Baumstamm. Nicht einmal das Scharren seiner Krallen war zu hören. Es setzte sich auf die Hinterläufe, legte die Lunte um die Vorderpfoten und sah sie mit einem Grinsen an, das so gar nicht zu einem jungen Rotfuchs zu passen schien.

Lisa schnaubte verärgert. Sie ließ sich auf den Hosenboden plumpsen und pickte ein paar Blätterkrümel vom Spann ihrer Laufschuhe. »Du hast auch einen natürlichen Vorteil, Dex!«, maulte sie. Die Fuchsgestalt bebte und wand sich, und dann warf Dex einen prüfenden Blick auf seine eigenen, ziemlich abgeschabten Turnschuhe.

»Was denn, du mit deinen Hundertdreißig-Pfund-Flitzern gegen die alten Treter hier?«, neckte er sie. »Komm, entspann dich mal. Ich bin heute ganz schön außer Puste gekommen. Du wirst eindeutig schneller.«

»Hmm.« Lisa zog eine beleidigte Schnute und verschränkte die Arme vor der Brust. Hoffentlich besserte sich ihre Stimmung bald wieder. Normalerweise war sie nach dem Laufen immer gut drauf, auch, wenn er sie geschlagen hatte … was ihm in Fuchsgestalt jedes Mal gelang. Aber als Mensch hätte er nicht den Hauch einer Chance gehabt.

»Was ist denn los?«, erkundigte er sich, obwohl er wusste, dass er vermutlich keine Antwort darauf bekommen würde.

»Nichts«, knurrte sie und stand auf.

»Noch mehr Botschaften?« Dex warf seiner Freundin einen vorsichtigen Blick zu. Mit ihren schicken Klamotten und den langen, blonden Haaren machte sie eigentlich den Eindruck, als würde sie sich höchstens darüber Gedanken machen, wo sie ihr nächstes Outfit shoppen gehen konnte. Doch leider hatte Lisa in den vergangenen zwölf Monaten mehr Grund zur Sorge gehabt als die meisten anderen Menschen in ihrem ganzen Leben.

»Nichts!«, wiederholte sie mit einem warnenden Unterton in der Stimme.

»Na gut, dann komm, lass uns zu den anderen zurücklaufen«, sagte Dex. »Ich verwandle mich dieses Mal auch nicht, dann ist es gerechter.«

Sie warf ihm einen Seitenblick zu. »Du willst mich doch bloß aufmuntern!«, erwiderte sie, und trotzdem war ihr Interesse geweckt. Für Lisa gab es nichts Schöneres, als zu gewinnen.

»Stimmt!«, pflichtete Dex ihr bei. »Aber du musst mir ein bisschen Vorsprung lassen!« Und schon sprang er auf und rannte zwischen den Bäumen hindurch. Lisa ließ ihm genau fünf Sekunden, bevor sie sich an die Verfolgung machte. Zehn Sekunden später hatte sie ihn bereits eingeholt. Gut so. Hoffentlich zeigte dieser zusätzliche Sprint die erwünschte Wirkung. Denn die Nachrichten, die sie empfing, waren oft sehr düster und unerfreulich, und wurden häufig noch von irgendwelchen Visionen begleitet. Nicht, dass man das bei Lisa jemals mitbekam. Sie hatte nichts Weltfremdes oder Entrücktes an sich, redet nicht mit Geisterstimme und flatterte niemals mit den Augenlidern.

Wenn Lisa in Trance fiel, dann merkte man das höchstens daran, dass sie sich ganz leicht an der linken Schulter kratzte und dabei in eine Richtung starrte. Manchmal kam es ihr so vor, als würde ihr eine Art Kühlkissen auf diese Stelle gedrückt, und es prickelte wie verrückt. »Als würden sie sich mit Stecknadeln draufsetzen und mir dabei ins Ohr brüllen«, hatte sie sich einmal beklagt.

Lisa hielt überhaupt nichts davon, dass die Geisterwelt mit der irdischen Welt kommunizieren wollte – vor allem dann nicht, wenn die Geister ausgerechnet *sie* dafür benutzen wollten. Aber genau das taten sie seit dem letzten Sommer, und zwar in Scharen. Gleichzeitig war es jedoch keine Frage, dass ihre ungeliebte Gabe sehr nützlich war. Lisa konnte innerhalb weniger Sekunden verlorene Gegenstände wiederfinden. Man musste sie bloß fragen, dann richtete sie den Blick zum Himmel, schnauzte einen an, machte für einen Moment die Augen zu und konnte einem anschließend genau sagen, wo die vermissten Socken oder Schlüssel oder Schokoriegel abgeblieben waren. Manchmal, wenn sie die Schnauze von alledem so richtig voll hatte, konnte sie auch ziemlich giftig werden: »Wieso bist du denn so faul? Versuch's doch erst mal selber, bevor du damit zu mir kommst!« Sie wusste es immer, wenn jemand sich diese Mühe nicht gemacht hatte.

Ihre Gabe hatte aber auch einen sehr viel weniger erfreulichen Aspekt, und das war das Aufspüren von vermissten Personen. Für gewöhnlich handelte es sich um *tote* Vermisste oder noch schlimmer: um solche, die *demnächst* sterben würden.

Als Dex sie schließlich wieder eingeholt hatte, saß sie schon zusammen mit Gideon und Mia auf der Lichtung. Gideon lag dösend im sonnenbeschienenen Gras. Er hatte sich den sommersprossigen Arm schützend über die Augen gelegt, während ein Marienkäfer in seinen blonden Wuschelhaaren herumkrabbelte. Mia hatte sich aufrecht hingesetzt, die Arme um die Knie geschlungen und musterte Lisa aufmerksam. Nach ihrer Miene zu urteilen, hatte der zusätzliche Sprint Lisas Laune nicht entscheidend gebessert. Sie hatte sich auf die Knie fallen lassen, zerrte das Haargummi aus ihrem Pferdeschwanz und schüttelte ihre

Haare aus. Dabei stieß sie aufgebracht hervor: »Iii-gitt! Ich *hasse* die!« Sie kratzte sich die Kopfhaut und dann die linke Schulter, so gut sie eben konnte. Mia trat zu ihr und legte ihr besänftigend eine Hand auf den Kopf. Schon eine Sekunde später war Lisas Miene weicher geworden, hatten die Stressfalten auf ihrer Stirn sich geglättet. Selbst aus zwei Metern Entfernung konnte Dex die sanfte, lindernde Wirkung von Mias Heilkräften spüren.

»Geht es ihr gut?«, stieß er hervor, immer noch leicht außer Atem von dem Sprint durch den Wald, und ließ sich neben den beiden Mädchen auf die Knie fallen.

»Alles bestens«, knurrte Lisa mürrisch, aber nicht mehr besonders aggressiv. »Bloß dieses nebulöse, schwammige, unverständliche Gelalle …« Sie verstummte, aber die anderen wussten genau, was sie meinte. Das, was Lisa an ihrer Gabe am allermeisten aufregte, war die Unklarheit, dieses Gefühl, dass gleich *irgendetwas* passieren würde, ohne wirklich zu wissen, was es war.

»Ist es jemand von uns?«, wollte Mia wissen.

»Ja … nein … ich weiß es nicht!«

»Hör jedenfalls auf, dich deswegen verrückt zu machen. Du weißt doch genau, dass das eh nichts nützt«, ließ Gideon sich unter seinem Arm hervor vernehmen. »Je mehr du dich aufregst, desto weniger kommst du dahinter, was sie von dir wollen!«

Lisa funkelte ihn wütend an, und Dex hatte das Gefühl, dass Gideon gleich ziemlichen Ärger bekommen würde.

»Gideon! Du könntest wirklich ein bisschen mehr Taktgefühl zeigen«, sagte Mia und tadelte ihn mit einem vielsagenden Blick aus ihren hübschen, violetten Augen.

Gideon setzte sich auf und grinste. »Das würde auch nichts nützen, stimmt's? Sie ist wie ein schlechtgelaunter Hund, der nichts zu beißen hat. Komm, Lisa, lass es raus!« Er schnappte sich einen Apfel aus dem Picknickkorb und warf ihn in Lisas Richtung. Sie fing ihn mit einem blitzartigen Reflex auf und schleuderte ihn umgehend zurück. Gideon wartete ab, bis er nur noch knapp einen Zentimeter von seiner Nasenspitze entfernt war, und stoppte ihn dann ruckartig ab, nur mit einem Augenblinzeln. Trotzdem stieß er einen lauten Schrei aus, als hätte das fruchtige Geschoss ihn tatsächlich getroffen.

»Noch mal?« Er schnappte sich das schwebende Obst und hielt es Lisa auffordernd entgegen.

Doch sie schüttelte den Kopf. »Nein ... wenn ich dich nicht treffe, nützt das gar nichts. Es ist viel befriedigender, wenn du in echt schreist.« Sie erhob sich. »Aber trotzdem danke, Gid. Los, gehen wir zurück. Dad wird sich schon wundern, wo wir abgeblieben sind, und ich schätze mal, dass Marguerite gerade ein wundervolles Abendessen zubereitet.«

Dex und Gideon tauschten ein erfreutes Lächeln. Marguerite konnte wirklich phantastisch kochen. Obwohl, eigentlich war alles an Lisas Zuhause phantastisch, angefangen bei dem mit Mosaiken verzierten Swimmingpool in dem wunderschönen, fast drei Hektar großen Garten der Villa bis hin zu ihrem riesigen Gästezimmer mit eigenem Bad. Mia hatte sogar eines ganz für sich alleine! Marguerite war eine phänomenale Köchin und Haushälterin, und der Butler war auch ziemlich cool. Lisas Dad war reich, das ließ sich beim besten Willen nicht übersehen. Lisa fiel das zwar überhaupt nicht mehr auf – sie war schließlich damit aufgewachsen –, aber Dex, Gideon und Mia konnten gar nicht anders, als immer wieder staunend den Atem anzuhalten.

»Stellt euch mal vor, wie es wäre, immer hier zu wohnen!«, sagte Gideon bewundernd, während sie den gewundenen Waldweg entlang zurück zum Anwesen gingen. Der Wald gehörte natürlich auch Lisas Dad und war Teil des Anwesens. »Kein Wunder, dass sie keine Lust gehabt hat, in den COLA-Club zu kommen. Sie hat ja sogar ein eigenes Pferd und alles!«

»Und außerdem ist ihr Dad echt nett.«

Maurice Hardman war ein intelligenter Mann, der irgendetwas mit Metall gemacht und damit wahnsinnig viel Geld verdient hatte. Er freute sich sehr, seine Tochter in den Ferien bei sich zu haben, und es fiel ihm schwer, ihr einen Wunsch abzuschlagen. Nicht einmal den, ein paar ihrer ziemlich merkwürdigen Freunde hierher einzuladen.

»Na ja, *mein* Dad ist auch echt nett«, murmelte Gid. »Aber er hat mir noch nie ein Pony geschenkt. Oder einen Swimmingpool. Das ist so ungerecht!« Er zog eine übertrieben beleidigte Schnute.

In Wirklichkeit hatte er in seinem kleinen Zuhause in Slough eine sehr schöne Ferienzeit verbracht und seinem

Dad von seinen vielen, aufregenden Erlebnissen berichtet. Außerdem hatte er so ausdauernd versucht, den Fernseher nur mit Hilfe seiner Gedankenkräfte hochzuheben, dass sein Dad irgendwann beschlossen hatte, die Fußballübertragung lieber im Radio zu hören – Telekinese sorgt nun mal für jede Menge Unordnung in den Antennensignalen.

Es versetzte Dex einen Stich, wenn er daran dachte, wie viel Spaß die anderen mit ihren Vätern gehabt hatten. Keiner seiner Mitschüler aus dem COLA-Club hatte mehr eine Mutter, und das machte die Väter doppelt wertvoll. Aber Dex hatte *seinen* Vater seit dem letzten Sommer genau vier Tage lang zu Gesicht bekommen. Während des gesamten ersten Trimesters am Tregarren College in Cornwall hatte er noch auf den Besuch gewartet, den sein Vater ihm in Briefen und Postkarten angekündigt hatte. Ja, er würde zu ihm kommen – *bald*! Konnte es kaum erwarten, sich das alles anzusehen und herauszufinden, wieso ausgerechnet *sein* Sohn vom Bildungsministerium – jawohl, vom *Ministerium* – an diese ganz besondere Schule geholt worden war.

Er wusste natürlich nicht, dass es sich bei diesem College keineswegs um ein Internat für besonders intelligente Schülerinnen und Schüler handelte. Vielmehr war es eine Schule speziell für »Children Of Limitless Ability« (daher die Abkürzung COLA), also »Kinder mit Grenzenlosen Fähigkeiten«. Sie alle besaßen außergewöhnliche Gaben und waren zum Beispiel Telekinetiker, Hellseher, Heiler oder Illusionisten. Und Dex war der einzige Gestaltwandler an der ganzen Schule. Im Verlauf von achtzehn Monaten waren genau einhundertneun solcher Kinder mit Grenzenlosen Fähigkeiten aufgespürt und hier zusammengebracht worden.

Wenn Dex' Vater ihn besucht *hätte*, dann hätte er vor dem Betreten des Schulgeländes eine ausführliche Einweisung bekommen. Die Vorschriften besagten, dass kein Schüler außerhalb der sehr sorgfältig überwachten »Entwicklungsstunden« seine Kräfte anwenden durfte, aber natürlich war es praktisch nicht möglich, dass sich alle jederzeit an die Regel hielten. Wer den Weg über die holprigen Klippenpfade von Tregarren bis hinunter zum tosenden, blau-grünen Meer ging, der begegnete garantiert mindestens ein, zwei Kindern, die Tennisbälle in der Luft schweben ließen, vor den Augen des Betrachters verblassten oder aus ihren Handflächen ein Feuerwerk gen Himmel steigen ließen.

Es gab nur wenige Väter oder Stiefmütter, die nichts von den Fähigkeiten ihres Kindes ahnten, aber Dex' Dad gehörte dazu. Er war nur kurz zu Hause gewesen und hatte die wenigen, kostbaren Stunden dann vor allem mit seiner Frau Gina und ihrer gemeinsamen Tochter Alice geteilt. Dex hatte schlicht keine Gelegenheit gehabt, ihm von alledem zu erzählen.

Gideon registrierte Dex' gedankenversunkenen Gesichtsausdruck und konnte sich denken, was der Grund dafür war. »Na, du hast deinen Dad wohl kaum zu Gesicht bekommen, was?«

Dex seufzte. »Wenn man die Minuten zusammenzählt, in denen Gina ihm nicht irgendwas ins Ohr gebrüllt oder Alice auf seinem Rücken gehockt hat wie eine Klette in einem rosa Kleid … eine halbe Stunde vielleicht, würde ich schätzen.«

»Eine halbe Stunde ist doch mehr als genug.« Gideons Stimme klang tadelnd. Er konnte nicht glauben, dass niemand aus Dex' kleiner Familie etwas von seinen Kräften wusste. »Du musst es ihm sagen, Dex! Er muss es erfahren!«

»Ja … na ja … wie gesagt, das waren immer bloß ein paar Minuten und … wie soll ich das sagen? Jedes Mal, wenn ich ganz kurz davor war, wollte Alice ihm schon wieder irgendeine von ihren ekligen Puppen zeigen, oder Gina hat … *ihm die Schultern massiert!*« Dex verzog angewidert das Gesicht. Er empfand nicht das Geringste für seine Stiefmutter. Sie hatte ihn regelmäßig geschlagen und gepiesackt und ihn aus dem Haus ausgesperrt, weil er angeblich »undankbar« gewesen war oder die »falsche Einstellung« an den Tag gelegt hatte. Aber natürlich hatte sich Ginas Haltung auf wundersame Weise geändert, nachdem Owen Hind sie aufgesucht und ihr eröffnet hatte, dass Dex ein »ganz besonderer Junge« sei und darum eine spezielle Ausbildung an einem hervorragenden Internat bekommen würde, und zwar kostenlos.

Während der Weihnachtsferien hatte Dex gar nicht gewusst, was schlimmer war – die alte Gina, die gehässig und lieblos, aber wenigstens ehrlich war (solange sein Vater es nicht mitbekam), oder die neue, überfreundliche Gina, die ihm eine Extraportion Pommes auf den Teller schaufelte und ihn »Liebling« nannte. Aber natürlich bekam er gelegentlich mit, dass sie ihn mit berechnenden Blicken ansah. Sie überlegte krampfhaft, welchen Vorteil sie und ihre Tochter davon haben konnten, dass sie ein »Genie« in der Familie hatten. Und sie hatte Angst. Angst, dass Dex, der etliche Zentimeter gewachsen war und dem die frische Meeresluft und das gute Essen am Internat sichtlich gut getan hatten, womöglich auf die Idee kam, seinem Vater von den vielen kleinen Gemeinheiten seiner Stiefmutter in der Vergangenheit zu erzählen.

Gina wusste natürlich nicht, dass Dex manchmal sogar dankbar war für ihren bösartigen Charakter. Er fragte sich oft, ob seine erste Verwandlung jemals stattgefunden hätte, wenn sie ihn nicht im vergangenen Herbst in den Garten gesperrt hätte. Danach hatte er sich versehentlich im Gartenhäuschen eingeschlossen, war in Panik geraten, und damit hatte dann alles begonnen. Zuerst hatte es so ausgesehen, als könnte er sich nur verwandeln, wenn er extreme Angst, Panik oder Wut empfand. Denn das nächste Mal war es passiert, als zwei Schlägertypen an seiner alten Schule seinen Freund Clive verprügelt hatten. Fast wahnsinnig vor Wut hatte er die beiden in die Flucht gejagt, blutüberströmt und aus voller Kehle brüllend. Noch am selben Tag war Owen auf der Bildfläche erschienen.

Gideon konnte die Vorstellung, wie Gina Robert Jones' Schultern massierte, immer noch nicht abschütteln und verzog das Gesicht. »Igitt!«, sagte er mitfühlend. »Aber, Dex, hat er dich denn gar nicht gefragt? Ist er denn nicht neugierig? Ich meine, nichts für ungut, Kumpel, du bist wirklich ein schlaues Köpfchen, aber dass du kein Genie bist, sieht doch ein Blinder! Dazu bist du nicht schrullig genug. Also, zumindest nicht auf die *normale* Art und Weise.«

Dex fragte sich, wie man wohl auf *normale* Art und Weise schrullig war, aber dann dachte er nicht länger darüber nach. »Nein ... er hat mich kein einziges Mal gefragt. Ehrlich gesagt, wenn ich mit einem Wort beschreiben müsste, wie mein Dad sich in meiner Gegenwart benommen hat, dann würde ich sagen ... *nervös*.«

»Nervös? Das ist doch nicht dein Ernst.«

»Doch.« Vorsichtig stieg Dex über einen von Efeu überwucherten Baumstamm hinweg. Mia und Lisa hatten bereits einen kleinen Vorsprung. Er ließ sich zwar nichts anmerken, aber Gideon konnte die ganze Enttäuschung, die ganze Wut hinter seiner verbitterten Miene deutlich erkennen.

»Wieso ist er denn nervös? Vor allem, wenn er gar nichts weiß!«

»Er hat mir wirklich noch nie eine einzige Frage gestellt. Noch nie! Wenn ich anfange, etwas über den COLA-Club zu erzählen, und sei es über den Fußballplatz oder den Lido oder Owens Überlebenstraining, dann fängt er jedes Mal an zu grinsen und nickt ... und dann wuschelt er mir durch die Haare und wechselt das Thema. Das ist ... merkwürdig. Als ob er etwas weiß und es bloß nicht zugeben will.«

»Am besten, du platzt einfach damit raus!«, sagte Gideon. »Irgendwann schaust du ihm in die Augen und sagst: ›Dad, ich kann mich in einen Fuchs verwandeln.‹ Dann hört er dir garantiert zu.«

Dex starrte seinen Freund einfach nur zweifelnd an.

»*Von mir aus!*«, seufzte Gideon dramatisch. »Dann *zeigst* du's ihm eben! Das kann er nicht ignorieren.«

Dex seufzte. »Vielleicht ist es ja das Beste, dass er es nicht weiß. Ich glaube, er würde das nicht verkraften. Während der ganzen Zeit zu Hause hat er sich irgendwie ... ich weiß auch nicht ... so kühl und reserviert benommen. Er hat mich kaum angeschaut. Und als sie ihn Anfang letzter Woche früher als geplant auf die Bohrinsel zurückgerufen haben (genau wie an Weihnachten, ha, ha!), da war er richtig erleichtert.«

Ein Stück vor ihnen war Lisa erneut stehen geblieben, und Mia sah sie besorgt an.

»Was ist denn los?«, wollte Gideon wissen, als sie bei den beiden Mädchen angelangt waren. Lisa rieb sich schon wieder die Schulter und machte einen ziemlich gestressten Eindruck.

»Heute wollen sie überhaupt keine Ruhe mehr geben!«, stieß sie zwischen zusammengebissenen Zähnen hervor. »Ich glaube, ich muss noch ein bisschen laufen.« Manchmal hatte Lisa das Gefühl, dass sie das unentwegte Gekeife der Geisterwelt nur loswurde, indem sie vor ihm davonlief. Aber jetzt wurde auch Dex von einem ziemlich unguten Gefühl befallen. Was immer da versuchte, Lisas Aufmerksamkeit zu bekommen, es machte sich jetzt auch bei ihm bemerkbar.

»Geht ihr mal wieder zum Haus«, sagte er zu Mia und Gideon. »Ich laufe noch ein Stück mit Lisa.«

Sie nickten verständnisvoll und machten sich auf den Weg zu den noch weit entfernten Toren der Hardman-Villa.

»Auf geht's«, meinte Dex und verwandelte sich. Er rannte los, weil er wusste, dass sie versuchen würde ihn einzuholen. Sein Plan ging auf. Lisa stieß einen empörten Schrei aus und machte sich an die Verfolgung. Nach wenigen Minuten wurde er langsamer und wartete, bis sie ihn eingeholt hatte. Dann liefen sie nebeneinander her.

Weißt du vielleicht, worum es geht?, fragte er sie per Gedankenübertragung, aber sie schüttelte nur den Kopf.

Ist zu undeutlich, sendete sie zurück. *Ich glaube … au weia! Pass auf, Dex – HUNDE!*

Dex verfluchte sich innerlich, weil er seinen Fuchssinnen nicht mehr Aufmerksamkeit geschenkt hatte. Seit mindestens zwei Minuten hatte er »HUND« eindeutig auf seinem Radar gehabt. Er hatte nur geglaubt, dass sie noch ein ganzes Stück entfernt waren. Waren sie ja auch, aber als der Labrador und seine Besitzer eine kleine Anhöhe erreicht hatten, da konnten sie das zwölfjährige Mädchen, das neben einem Fuchs her joggte und sich dabei telepathisch mit ihm unterhielt, klar und deutlich erkennen. Jetzt war es natürlich zu spät, sich wieder in einen Menschen zu verwandeln. Also verschwand Dex einfach im Unterholz, wie flüssiges, rotglühendes Metall, und Lisa rannte weiter den Hügel hinauf und tat so, als hätte sie noch nie im Leben einen Fuchs gesehen.

Bis später!, meldete sie sich noch ein letztes Mal per Gedankentransfer. Dex entfernte sich immer weiter vom Hauptweg, so lange, bis er die Menschen und den Hund weder hören noch riechen konnte. Er verschnaufte unter den wachsigen, grünen Blättern eines Rhododendronbusches und überlegte. Sollte er sich in Dex, den Jungen, zurückverwandeln und ein Stück weiter oben wieder zu Lisa stoßen? Oder war es besser, einfach als Fuchs zurück zur Villa zu laufen? In Menschengestalt mit Lisa Schritt zu halten, würde sehr mühsam werden. Eigentlich war Dex ein ziemlich sportlicher Junge, aber im Vergleich zu seinem Fuchskörper kam ihm sein menschlicher immer furchtbar schwerfällig und unbeweglich vor. Beim Laufen hätte er sich am liebsten jedes Mal sofort in einen Fuchs verwandelt. Und manchmal fühlte er sich als Fuchs irgendwie natürlicher ... ein Gedanke, der ihm gelegentlich ein wenig Sorgen bereitete.

Während er noch darüber nachdachte, schlugen urplötzlich seine Fuchsinstinkte an. Er merkte, wie seine Nackenhaare sich sträubten und tödliches Entsetzen in seine Nase drang. Es war der Geruch eines anderen Fuchses, eines Fuchses in Todesangst, so kräftig, dass Dex buchstäblich mit allen Vieren in die Luft sprang und seine Ohren sich in den Zweigen über ihm verfingen. In diesem Augenblick sauste ein kupferfarbener Blitz direkt vor ihm durch den Wald. Eine Füchsin, die eine panische Botschaft direkt in seine Gehirnwindungen schickte. »FLIEH!« Dex zögerte keine Sekunde. Er jagte ihr hinterher und spürte im selben Moment, dass sie von wahrhaft grausamen Kreaturen verfolgt wurden.

Dex war schnell, aber die Füchsin war noch schneller. Er sah nur noch die weiße Spitze ihrer Lunte aufblitzen, dann war sie aus seinem Blickfeld verschwunden. Aber hinter sich nahm er ein brausendes Donnern wahr. Der ganze Boden bebte, als würde sich ein rasanter, tödlicher Eisenbahnzug auf Schienen nähern. Zuerst wusste er nicht, was das sein sollte. Der Hund vielleicht, obwohl ... das musste etwas anderes sein. Die meisten Hunde waren dümmliche, tapsige Geschöpfe, die niemals in der Lage gewesen wären, einen Fuchs zu übertölpeln und oft einfach nur spielen wollten.

Die meisten Hunde, meldete sich da eine kalte Stimme in seinem Kopf zu Wort, während er sich einen Weg zwischen elastischen Zweigen hindurch bahnte und dabei eine Spur aus abgerissenen Blättern hinterließ. Aber was ist mit Jagdhunden? Kaum hatte Dex diesen Gedanken zu Ende gedacht, da konnte er sie auch schon riechen. Sie waren nur noch wenige hundert Meter entfernt. Hunde. Pferde. Menschen. Eine dreifache Gefahr. Und während sich jetzt das nackte, kalte Grauen um seine Kehle und seine Schultern legte, konnte er auch das heisere Gebell der Hunde hören. Hunde, die weder spielen noch Stöckchen holen und auch keine Naschereien wollten. Hunde, die Blut schmecken wollten. *Sein* Blut.

Kapitel 2

Der Klang eines Waldhorns ließ das Gebell zu einem wilden, ungezügelten Kläffen anschwellen. Die Hunde hatten seine Fährte aufgenommen, ganz ohne Zweifel. Dex erstarrte für einen Moment. Wohin sollte er sich jetzt wenden? Der Füchsin hinterher oder in eine andere Richtung? Letzten Endes folgte er seinem Fuchsinstinkt und jagte ihr nach – vielleicht kannte sie ja ein gutes Versteck. Er flitzte durch das Unterholz und hatte dabei unentwegt ihren warmen Duft in der Nase, auch wenn sie weit und breit nicht zu sehen war.

Dex flüchtete einen steilen, mit Eschen und Holunderbüschen bewachsenen Abhang hinunter, so schnell, dass seine Pfoten kaum die Erde berührten. Dann nahm er ganz in der Nähe, an der tiefsten Stelle des Wäldchens, den Duft eines Baches wahr, und ihm fiel ein, dass eine Fährte im Wasser viel schwerer zu verfolgen ist als an Land. Er duckte sich unter einem Dornengestrüpp hindurch, spürte, wie die scharfen Spitzen seine Ohren streiften, und sah etliche kleinere Tiere in heller Panik das Weite suchen, weil ein wildes Raubtier plötzlich mitten durch ihre eben noch friedvolle Welt stürmte.

Er musste fast auf dem Bauch kriechen, um unter den Dornen hindurchzukommen, die auf einer Strecke von etlichen Metern bis dicht über den Waldboden hingen, aber als er sich dann unter dem Gestrüpp hervorgearbeitet hatte, sah er, dass sich ein Stück weiter vorne etwas bewegte – das war der Bach! Dex platschte in das bräunliche Wasser, so dass eine kleine Flutwelle entstand und durch das seichte Kiesbett lief. Viel zu laut! Er konnte geradezu spüren, wie die Hunde reagierten und sich in seine Richtung wandten, konnte ihre Erregung riechen. Dex wandte sich nach Westen und arbeitete sich durch den Bachlauf. An manchen Stellen war das Wasser nur wenige Zentimeter tief, an anderen versank er bis zu den Hüften, und manchmal, wenn seine Pfoten gar keinen Kontakt mehr zu dem Schlamm und den Kieselsteinen hatten, musste er sogar schwimmen. Allerdings kam er dabei nur unerträglich langsam voran.

Verwandle dich! Verwandle dich!, drängte eine Stimme in seinem Kopf, die er als Owens erkannte. Es wäre wirklich das einzig Sinnvolle gewesen, aber Dex war so in Panik, dass er auf keinen Fall anhalten konnte, und obwohl er verzweifelt versuchte, sich zu verwandeln, wollte es ihm einfach nicht gelingen. Dazu musste er stehen bleiben – gleichmäßig atmen – sich konzentrieren – aber er war sich nicht sicher, ob ihm dafür noch genügend Zeit blieb. Jetzt hörte er die Hunde bereits durch die Dornenhecke brechen, hörte die aufgeregten Rufe der Jäger nicht weit dahinter. Eine solche Angst, wie sie jetzt durch seine Adern pulsierte, hatte er noch nie zuvor empfunden. Es war, als hätten seine Eingeweide sich einfach aufgelöst, und in seinem Kopf herrschte eine einzige, dichte Wolke der Verwirrung. Stück für Stück schien seine Kraft nachzulassen, so dass er, wenn es so weiterging, irgendwann einfach im Bach liegen bleiben und ertrinken würde.

Diese furchtbare Schwäche wäre ihm womöglich zum Verhängnis geworden, hätte er nicht genau in diesem Augenblick ein Loch in der Uferböschung entdeckt. Das war ein Fuchsloch, kein Zweifel! Ein ziemlich enges – vielleicht sogar zu eng für die Hunde? Aber das wusste er nicht genau. Die Füchsin jedenfalls war nicht dort drin, denn es gab keine frischen Duftspuren. Dex zögerte nicht länger und zwängte sich ohne Umschweife in das Loch. Glatt und dunkel schmiegte sich die Erde an seinen Körper, und er wühlte sich immer tiefer und tiefer hinein. Kleine Wurzeln streiften seine Schnauze, seine Ohren, und boten seinen Krallen Halt, so dass er sich noch tiefer ins Erdreich hineinarbeiten konnte. Dex wurde von seiner Angst vorwärtsgetrieben, spürte ihren heißen Atem in seinem Nacken, doch die Erde – wie sie sich anfühlte, wie sie roch – und dazu das dumpfe Echo in seinen Ohren, das alles sprach zu ihm, hielt ihn fest und war tröstlicher als jedes Bett es hätte sein können.

Schon nach wenigen Sekunden weitete sich der enge Tunnel zu einer kleinen Kammer, die gerade groß genug war, dass Dex sich darin umdrehen konnte. Auf dem Boden lagen ein wenig altes Gras und ein paar kleine Tierknochen. Das war definitiv ein Fuchsbau, keine Frage, allerdings zum Glück unbewohnt. Ein Kampf mit einem Fuchsrüden war das Letzte, was Dex jetzt gebrauchen konnte. Er suchte die ganze Kammer ab, setzte sämtliche Sinne ein, um sich in der Düsternis zu orientieren und einen zweiten Ausgang zu finden. Aber es gab keinen. Er saß in der Falle. Und wenn die Hunde bis zu ihm vordringen konnten, dann würde sie zur *tödlichen* Falle werden.

Dex legte die Lunte auf die Erde, drückte sich so weit wie möglich nach hinten und richtete den Blick auf das blasse Licht, das durch die gewundene Tunnelröhre in die Höhle fiel. Von hier bis zur Öffnung waren es schätzungsweise sieben Meter. Er keuchte schwer und beinahe lautlos, aber sein Herzschlag dröhnte wie Donner durch seinen Schädel. Die Hunde waren jetzt im Wasser ... und die Pferde auch. Er konnte das schwere metallische Kratzen ihrer Hufeisen auf den Kieselsteinen am Bachgrund hören, und vor ihnen das Platschen Dutzender Hundepfoten. Männerstimmen ertönten. Dex erstarrte. Sie näherten sich dem Eingang zu seinem Versteck. Wenn sie schon bis hierhin vorgedrungen waren, dann nahmen die Hunde garantiert den Angstschweiß wahr, den er bei seiner Flucht in das Loch an der Uferböschung verströmt hatte. Seine einzige Hoffnung ruhte nun darauf, dass das Loch zu klein, die Hunde zu groß sein könnten.

Noch nie im Leben hatte Dex etwas ähnlich Furchteinflößendes gehört wie den Lärm der Hunde vor der Öffnung des Fuchsbaus. Ihr unheilvolles Gebell steigerte sich immer mehr, wurde lauter und drängender. Sie wussten, dass er da drin war. Sie wussten, dass er in der Falle saß. Unter freudigem Jaulen fingen sie an, in der Erde zu scharren und einzelne Brocken herauszureißen. Dann stieß einer der Jäger einen triumphierenden Schrei aus. »Wir haben ihn!« Noch hatte keiner der Hunde es geschafft, in den Bau einzudringen. Vielleicht hatte er ja noch eine Chance. Wie lange würden sie es wohl versuchen? Wie lange würde er diesen Zustand der grässlichen, grauenhaften Furcht wohl noch ertragen müssen?

Da, plötzlich, ertönte ein lautes, metallisches Knirschen. Der Jäger hatte die Hunde offensichtlich weggezerrt und sich einen Spaten geschnappt. Halb wahnsinnig vor Angst überlegte Dex, ob der Tunnel an irgendeiner Stelle breiter wurde oder ob er überall gleich schmal war wie am Eingang. Eine eiskalte Faust ballte sich in seiner Magengrube, als ihm klar wurde, dass seine Tasthaare kurz hinter dem Eingang eine Erweiterung registriert hatten. Die ersten paar Sekunden waren noch ein ziemlicher Kampf gewesen, aber danach hatte er sich freier und schneller bewegen können. Er wusste es genau. Der Jäger musste lediglich ein, zwei Minuten lang graben, dann hatten die Hunde freie Bahn. Sie würden ihn nach draußen schleifen, wo dann alle das langsame Sterben eines Fuchses hautnah miterleben konnten. Wie lange noch? Dreißig Sekunden vielleicht, mehr nicht!

Grundgütiger, verwandle dich endlich, Dex!, blaffte ihn die Stimme in seinem Kopf erneut an. Dex wusste nicht, ob sein Unterbewusstsein womöglich mit Owens Stimme sprach oder ob Owen tatsächlich eine telepathische Verbindung mit ihm aufgenommen hatte. Das wäre zwar das erste Mal gewesen, aber denkbar war es durchaus, vor allem, wenn er gerade bei Paulina Sartre war.

Allerdings wäre es sinnlos gewesen, sich jetzt zu verwandeln. Die Höhle war schlicht und einfach zu klein. Hätte er sich verwandelt, er hätte sich selbst zerquetscht. Das Blut rauschte in seinen Ohren, als wollte es auf den letzten verbliebenen Kreisläufen noch einmal alles geben. Aber bald schon würde es sich in einem letzten Schwall aus seiner Kehle ins Freie ergießen. Dex spürte bereits, wie seine Lebenskraft immer schwächer und schwächer wurde. Er steckte fest, konnte sich nicht bewegen, auch wenn sein gefangener Geist immer noch um sich schlug und brüllte und flatterte wie eine Motte unter einem Glas. Es war hoffnungslos. Er hatte keine Chance mehr. Aber sollte sein Leben wirklich ein solches Ende nehmen? Das war doch nicht möglich! Das Schicksal hatte ihm doch eine Aufgabe zugedacht! Warum hätte er dem Mordanschlag des ehemaligen Schuldirektors entgehen sollen, nur um jetzt von geifernden Hunden aus einem Erdloch gezerrt und unter Schreien in Fetzen gerissen zu werden?

Die Spatengeräusche verstummten. Ein Ruf ertönte, dann entlud sich die ganze aufgestaute Jagdlust der Hunde in einem freudigen Getöse, als sie wieder auf den Bau losgelassen wurden. Einer nach dem anderen würden sie zu ihm vordringen, und gleich der erste würde ihn nach draußen zerren. Er würde das Tageslicht wiedersehen, nur um wenige, blutgetränkte Sekunden später endgültig in die ewige Dunkelheit verbannt zu werden, während seine Mitmenschen jubelnd dabei zusahen und ihm ihre Finger entgegenstreckten, um die Stirnen ihrer Kinder mit seinem Blut zu bestreichen.

Er konnte schon das Geifern des Leithundes hören, als dieser sich durch den engen Tunnel zwängte. Er konnte das alte Fleisch zwischen seinen Zähnen und den salzigen Schweiß in seinen Nackenhaaren riechen. Dex machte die Augen zu und schickte eine allerletzte Botschaft ab, nur für den Fall, dass Lisa sie hören konnte.

Stecke fest. Komme nicht mehr raus. Tut mir leid.

Jetzt spürte er einen kräftigen Schlag im Nacken.

Gleich würden die ersten Reißzähne seine Haut durchstoßen. Doch nichts dergleichen geschah. Dex schlug die Augen auf und merkte, dass der Jagdhund noch gar nicht in seiner Nähe war. Immer noch etliche Meter entfernt, arbeitete er sich mühsam weiter auf seine Beute zu. Was? Noch ein Schlag in den Nacken? Nein, das war ein harter Erdklumpen gewesen. Jetzt war auch das metallische Knirschen wieder zu hören, dieses Mal allerdings direkt über ihm. Die Jäger mussten mitbekommen haben, wie lang der Gang war, und hatten beschlossen, ihn auszugraben, um ihn ganz sicher zu erlegen. Kaum war diese Erkenntnis zu ihm durchgedrungen, rieselte noch mehr Erde auf seinen Kopf und seinen Nacken. Dazu wurde es plötzlich hell. Kleine Kieselsteine perlten links und rechts an ihm herab.

Das Loch wurde größer und immer größer. *Jetzt könnte ich mich verwandeln! Ich könnte mich verwandeln!*, dachte Dex. Aber konnte er das wirklich? Er platzierte sich direkt unter dem Loch. Ihm war klar, dass seine letzte Hoffnung nur sehr schwach und dürftig war. Einer der Jäger würde ihn bestimmt mit dem Spaten erschlagen, bevor er sich verwandeln konnte. Doch dann spürte er den heißen Atem des Leithundes an seinen Hinterläufen und ihm war klar, dass er keine andere Möglichkeit hatte. Er stieß sich ab und schnellte zum Licht.

Sobald er sich aus der Erde befreit hatte, wurde er von einer Faust brutal im Nacken gepackt. Ein Mann drückte den sich windenden Fuchs an seine Brust und legte ihm den anderen Unterarm fest um die Kehle. Dex trat um sich und riss das Maul auf, um seinem Angreifer wenigstens einen allerletzten Biss zu verpassen. Gleich würde er von einem Dutzend Hunde in Stücke gerissen werden, da konnte er wenigstens einen guten letzten Eindruck hinterlassen.

Doch als er bei der anschließenden Rauferei seine Zähne in die Hand des Mannes schlug, da wurden ihm drei Dinge auf einmal klar. Erstens waren weit und breit keine Hunde zu sehen – die steckten alle noch unter der Erde oder versuchten zumindest, unter die Erde zu kommen. Zweitens waren auch weit und breit keine anderen Menschen zu sehen. Auch sie standen ein ganzes Stück entfernt mit den Rücken zu ihnen im seichten Wasser des Baches und warteten darauf, dass das blutige Schauspiel endlich seinen Lauf nahm.

Und drittens kam ihm der Geschmack des Blutes irgendwie bekannt vor.

Owen schrie nicht auf, als er gebissen wurde. Er war viel zu sehr damit beschäftigt, zu laufen. Er war kräftig, und der Fuchs war nicht schwer. Er stürmte die steile Uferböschung hinauf und dann durch den Wald, schneller als Dex ihn jemals hatte rennen sehen. Nach ungefähr zwei Minuten im Vollsprint – Dex wurde dabei so durchgeschüttelt, dass er Angst hatte, ihm würden gleich sämtliche Zähne ausfallen – ließ Owen ihn einfach auf einen Blätterhaufen fallen und brüllte: »DEX, VERWANDLE DICH! Und zwar VERDAMMT ZÜGIG!«

Einen Augenblick später sank Dex unter dem Gewicht seines menschlichen Körpers noch tiefer in das Laub ein. Er sah, wie Owens verzerrtes Gesicht sich vor Erleichterung entspannte, und wollte aufstehen, sackte jedoch wieder zurück in das Laub. Er wollte etwas sagen, doch seine Zähne klapperten so schnell, dass er kein Wort herausbrachte. Seine Kehle fühlte sich an wie versteinertes Holz, und er zitterte am ganzen Leib. Der Tod hatte ihn verschont, aber jetzt dauerte es paar wenige Sekunden, bis Dex wieder wusste, wie es war zu leben.

Owen kniete sich neben ihn und suchte ihn oberflächlich nach Verletzungen und Wunden ab. Abgesehen von einigen wenigen Kratzern, die von dem Dornengestrüpp stammten, deutete nichts auf den entsetzlichen Gräuel hin, das er gerade eben durchgemacht hatte. Dex merkte, wie er die Augen in die Höhlen rollte. Er wollte nur noch schlafen.

»Nein, Dex, das geht jetzt nicht!«, fluchte Owen und

versuchte ihn auf die Beine zu ziehen. »Wir müssen weiter. Die Jäger sind uns auf den Fersen.«

Er hatte recht. Auch wenn der Schock und die Erschöpfung sich auf seine Ohren geschlagen hatten, konnte Dex trotzdem hören, wie die Jagdgesellschaft immer näher kam. Er versuchte erneut, sich aufzurappeln, und schaffte es, sich auf die Knie zu stützen, bevor er wieder zurücksank. Owen stieß einen besorgten Seufzer aus und legte Dex über seine Schulter. Dieser baumelte für einen Augenblick ungeschickt hin und her, bis er sich an Owens Hals geklammert hatte. Nach einigen Schritten waren sie bei einer dicken Eiche angelangt. Owen setzte Dex ab und lehnte ihn gegen den Stamm. »Versuch dich hinzustellen«, sagte er. »Du musst so natürlich wie nur möglich wirken. Wir können ihnen unmöglich davonlaufen!« Als Dex den Kopf kraftlos zur Seite sinken ließ, nahm Owen sein Gesicht in beide Hände. »Dex! Konzentration! Nicht einschlafen! Du bist noch längst nicht in Sicherheit ... du riechst nach Fuchs. Also los jetzt, aufwachen und klettern!«

Benommen hob Dex den Blick. Tatsächlich hatte der Baum mehrere leicht erreichbare Äste. Zu jedem anderen Zeitpunkt hätte er nur wenige Sekunden gebraucht, um da hinaufzuklettern, aber jetzt kam es ihm vor, als wären seine Gliedmaßen in Beton eingegossen. Owen versetzte ihm einen kräftigen Schubs. Dex wollte gerade anfangen, ihm mit klappernden Zähnen seine Situation zu erklären, da ertönte erneut das Jagdhorn. Wie ein Stromstoß jagte die Panik durch seinen Körper, und er drehte sich instinktiv um und erklomm hastig den Baum. »Höher, höher!«, stieß Owen zwischen zusammengebissenen Zähnen hervor.

Im allerletzten Moment hatte er es geschafft. Als er auf dem vierten Ast, drei Meter über dem Boden, angelangt war, kam eine braun-weiße Hundemeute den Pfad entlanggesaust und versammelte sich auf der Lichtung unter der Eiche. Die Meute lief geradewegs auf Owen zu, ohne ihn jedoch zu beachten. Stattdessen sprangen sie den Baumstamm an. Owen wandte sich um und blitzte den Anführer der Jagdgesellschaft, der auf einer kastanienbraunen Stute näher kam, verärgert an. Er trug einen roten Jagdrock und hielt eine kleine Peitsche in der Hand.

»Ich dachte, sowas wäre verboten«, knurrte Owen ihn an. »Rufen Sie sofort Ihre Hunde zurück!«

»Sondergenehmigung, guter Mann. Wir führen hier eine Schleppjagd durch … und manchmal gerät uns eben versehentlich ein Fuchs in die Quere«, übertönte der Anführer mit lauter Stimme das Hundegebell. Immer mehr berittene Jäger drängten auf die Lichtung, gefolgt von den Treibern, die zu Fuß waren. »Und jetzt sind Sie bitte so freundlich und treten beiseite. Er muss da oben im Baum sitzen. Er ist verletzt. Es ist besser, wenn wir ihm den Gnadenstoß geben.«

»In diesem Baum sitzt niemand, außer meinem Neffen«, erwiderte Owen mit versteinerter Miene. »Füchse können nicht klettern.«

»Das würde ich so nicht behaupten. Das sind schlaue kleine Biester«, erwiderte der Jagdführer. Dann beugte er sich nach vorne und verzog den Mund zu einem schmalen Lächeln. »Obwohl ... vielleicht hat Ihr Neffe ja ein Herz für Ungeziefer und hat sich das Vieh ins Hemd gesteckt.«

»Dex! Siehst du da oben irgendwo einen Fuchs?«, rief Owen. Dex beugte sich nach unten und erwiderte: »Nein. Außer mir ist hier niemand!«

Der Anführer hob erstaunt den Blick.

»Du hast ihn versteckt! Du kleiner Bastard! Komm sofort runter!«

»Unterstehen Sie sich, so mit meinem Neffen zu sprechen«, fauchte Owen ihn an. Der Jagdführer sah ihn zwar trotzig an, aber die Entschlossenheit und die Unbeugsamkeit in der Stimme seines Gegenspielers hatte er durchaus wahrgenommen. Sein Pferd stampfte unruhig mit den Hufen.

»Ruft die Hunde zurück!«, bellte er dann unvermittelt. Mehrere Jäger kamen herbeigeeilt und zerrten die enttäuschten Jagdhunde weg. Der Anführer trieb sein Pferd bis unter den Baum und wendete es mit einem scharfen Ruck. »He, Junge!«, rief er mit deutlich hörbarer Verachtung in der Stimme. »Lass den Fuchs los! Das ist ein Schädling! Er hat bereits die Hälfte der Hühner auf Coopers Farm auf dem Gewissen. Man hat uns gebeten, ihm den Garaus zu machen.«

Dex beugte sich nach unten und streckte beide Arme aus, hielt sich nur mit den Beinen fest. »Sehen Sie?«, sagte er. »Kein Fuchs!« Jetzt war es offensichtlich, und der Jäger stieß einen lauten Fluch aus.

Da ertönte irgendwo in seinem Rücken ein lauter Schrei. Alle drehten sich aufgeregt um. Die Hunde verschwanden genau so schnell, wie sie gekommen waren, und ließen die Jäger alleine unter der Eiche zurück. Der Anführer starrte Owen mit hochgezogener Oberlippe an, riss sein Pferd herum und jagte den Hunden nach. Die Treiber blieben noch einen Augenblick lang stehen und machten sich dann ebenfalls auf den Weg. Gleichzeitig ließ Dex sich nach unten gleiten, bis er erschöpft am Fuß des Stamms saß. Nur einer der Treiber war ein wenig hinter den anderen zurückgeblieben. Er starrte ihnen hinterher, doch dann drehte er sich noch einmal um und blickte erst Dex und dann Owen an. Sein Gesicht kam Dex irgendwie bekannt vor – und das überhebliche, ein wenig spöttische Grinsen erst recht. Er hatte dieses Grinsen schon öfter gesehen, und zwar am Tregarren College, im letzten Schuljahr. Owen schüttelte langsam den Kopf, und der Junge spitzte die Lippen, nickte und schloss sich wieder der Jagdgesellschaft an.

Die ganze letzte halbe Stunde war der pure Wahnsinn gewesen, aber das Wahnsinnigste daran, das wurde Dex jetzt klar, das war die Begegnung mit Spook Williams.

Kapitel 3

Auf dem Rückweg zur Villa musste Owen Dex immer wieder tragen oder stützen. Dex beharrte zwar darauf, dass er alleine gehen konnte, doch ständig gaben seine Knie nach, und er sank wieder zu Boden. Mit der Jagdgesellschaft schienen ihn auch die letzten Kraftreserven verlassen zu haben. Jetzt spielte sein Herz verrückt, und ein Kälteschauer nach dem anderen jagte ihm über Hals und Schultern, so dass ihm die Haare zu Berge standen und seine Zähne wie wild klapperten. Er wollte nur noch schlafen. Ob er es jemals bis zur Villa schaffen würde?

Owen zog ihn immer wieder auf die Beine, redete auf ihn ein, sah ihn prüfend an, und jedes Mal nickte Dex und rappelte sich wieder auf und sagte, dass alles in Ordnung sei. Dabei war er noch nie im Leben weniger in Ordnung gewesen als jetzt. Er brachte ja kaum ein Wort über die Lippen. Jede Silbe wurde von einem angestrengten Keuchen begleitet. An der Grenze zum Hardman-Anwesen wurde er schließlich von einer gewaltigen Übelkeit gepackt, stolperte in ein Gebüsch und musste sich übergeben.

Anschließend rollte er sich, von kaltem Schweiß umhüllt, unter dem nächsten Baum zu einer Kugel zusammen, so lange, bis Owen ihn wieder auf die Beine zog. »Na, komm schon, Dex. Wir sind gleich da«, sagte er. »Du schaffst das.« Dex starrte ihn nur verständnislos an, so dass

Owen ihn schließlich seufzend auf seine Schultern nahm. Mit stetigen, entschlossenen Schritten trug er den halb bewusstlosen Jungen die lange Schottereinfahrt zur Villa entlang, bis Evans, der Butler, und Marguerite ihm entgegeneilten, um zu helfen. Es dauerte nicht lange, bis sie Dex in sein Zimmer geschafft hatten. Marguerite ließ ein warmes Bad ein, während Evans ihm behilflich war, die völlig durchnässten und verschmutzten Kleider auszuziehen. Nachdem Dex sich zitternd und bebend in das warme Wasser gelegt hatte, schickte Owen Gideon zu ihm.

»Er hat einen Schock«, hörte Dex Owen sagen. »Er muss sich aufwärmen, dann braucht er unbedingt ein Glas Zuckerwasser – das bereitet Marguerite ihm gerade zu – und dann muss er schlafen.«

Als Gideon ins Badezimmer trat, sah er sehr besorgt aus. Er setzte sich auf den Korkdeckel der Truhe neben der großen Badewanne und musterte Dex unsicher. »Alles klar, Dexy-Boy?«, fragte er und lächelte matt. Dex nickte schwach. Das warme Wasser tat zwar gut, aber es würde noch eine ganze Weile dauern, bis wieder alles »klar« war. »Was ist denn eigentlich passiert?«, wollte Gideon wissen. Er stützte sich auf den geschwungenen Wannenrand und biss sich auf die Lippe.

Dex sagte: »Fuchsjagd.« Es klang schwach und heiser. Gideon sah ihn entsetzt an.

»Du meinst ... du meinst sie haben ...« Doch dann kam Marguerite zur Tür herein.

»Schluss jetzt!«, bestimmte sie und scheuchte Gideon

nach draußen. »Du sollst bloß aufpassen, dass er nicht ertrinkt, du sollst ihn nicht mit Fragen bombardieren!« Sie war eine kräftige Frau, und es dauerte keine zwei Minuten, bis sie Dex aus der Wanne geholt, abgetrocknet und ins Bett gesteckt hatte. Er ließ sich in die frischen, glatten Laken sinken und trank, wie befohlen, lauwarmes Zuckerwasser durch einen Strohhalm. Sobald er genügend Kräfte gesammelt hatte, stellte er den Becher auf den Nachttisch, machte die Augen zu und ließ sich dankbar vom sanften Grau des Schlafs umhüllen.

* * *

Er schlief zwölf Stunden am Stück und wachte dann zusammen mit den anderen rechtzeitig vor dem Frühstück am nächsten Tag auf. Er setzte sich auf und wusste zunächst gar nicht genau, was gestern eigentlich passiert war – nur, dass es etwas Außergewöhnliches gewesen sein musste. Sein ganzer Körper tat ihm weh. War er vielleicht in eine Schlägerei geraten?

»Wie fühlst du dich, Dex?«, ließ sich jetzt eine müde Stimme vernehmen. Er wandte den Kopf und sah, wie Gideon sich genüsslich unter seiner Decke streckte. Die blonden Haare standen kreuz und quer von seinem Kopf ab. »Gestern hat Owen gesagt, dass du einen Schock hast. Hast du den immer noch oder können wir jetzt frühstücken?«

Dex lachte über die vorsichtige Frage seines Freundes.

»Nein, kein Schock mehr.« Er runzelte die Stirn, als ihm die Ereignisse des gestrigen Tages langsam wieder bewusst wurden. »Ist Owen noch da? Was macht er überhaupt hier?«

»Keine Ahnung«, erwiderte Gideon. »Aber anscheinend will er nach dem Frühstück mit uns reden. Trotzdem, super, dass er gekommen ist, oder? Es hätte nicht viel gefehlt, und die Hunde hätten dich gefressen!«

Dex grinste, aber gleichzeitig schauderte er. Gideon setzte sich auf und blickte ihn erwartungsvoll an. »Na, los, nun sag schon, was passiert ist. Ich hab die ganze Nacht darauf gewartet.«

Dex erzählte ihm, wie er sich ins Unterholz geflüchtet und Lisa alleine hatte weiterlaufen lassen, wie die Füchsin an ihm vorbeigesaust war … und dann die ganze unerfreuliche Episode seiner panischen Flucht, die in einem Fuchsbau geendet hatte.

»Warum hast du dich denn nicht verwandelt?«, wollte Gideon wissen.

»Zuerst ist alles viel zu schnell gegangen«, erwiderte Dex und rieb sich die Stirn, während er versuchte, sich an die Einzelheiten zu erinnern. »Ich bin einfach losgerannt, reiner Fuchsinstinkt. Und außerdem ist die Verwandlung in einen Menschen schwieriger als die in einen Fuchs. Ich hätte mich richtig konzentrieren müssen, aber dazu war einfach keine Zeit. Und als ich dann im Fuchsbau gesteckt habe, war nicht genügend Platz. Ich hätte mich praktisch selbst lebendig begraben.« Erneut lief ein Schauder durch seinen Körper, und er ballte die Fäuste, um das Zittern im

Zaum zu halten. Die Erinnerungen, die vor seinem geistigen Auge aufblitzten, waren alles andere als erfreulich.

»Und was dann?« Gideon wippte auf seiner Matratze ganz leicht auf und ab vor Anspannung. Er liebte gute Geschichten.

»Na ja, ich dachte, mein letztes Stündchen hätte geschlagen. Ich habe Lisa noch eine telepathische Botschaft geschickt.« Er hielt inne, schluckte, spürte selbst jetzt noch den bitteren Nachgeschmack seiner Verzweiflung. »Aber sie hat mir nicht geantwortet.«

»Nee, das ging auch gar nicht«, erwiderte Gideon. »Sie war ja viel zu beschäftigt damit, Owen zu alarmieren.« Damit hatte Dex nicht gerechnet.

»Was? Wie denn das? Los, erzähl!«

Gideon wippte noch ein bisschen doller. Es war ihm deutlich anzusehen, dass er sich freute, nicht mehr nur der unbeteiligte Zuhörer zu sein. »Na ja, Lisa ist gerade die Einfahrt entlanggerannt, als Owen angekommen ist. Und ausgerechnet da hat sie einen von diesen seltsamen Anfällen bekommen, du weißt schon … *Oooooh* und *Aaaaah* und so weiter.« Gideon fuchtelte wild mit den Armen und verdrehte dabei die Augen. »Und als Owen sie gefragt hat, was das alles soll, da hat sie irgendwas von dir gebrüllt und wollte in den Wald zurücklaufen.

Also hat Owen ihr befohlen, dass sie gefälligst stehen bleiben und ihm sagen soll, was sie gerade empfangen hat, und sie hat ihm erzählt, dass du kurz davor warst, von einer Hundemeute in Stücke gerissen zu werden und dass du in einem winzigen Loch feststecken würdest und dich nicht bewegen könntest. Owen hat sie also zum Schweigen gebracht – Und das will was heißen! – und gesagt, dass sie sich hinsetzen und ihm den genauen Standort *schicken* soll. Dann hat er sich vom Gärtner einen Spaten geschnappt und ist in den Wald gerannt.«

»Standort schicken? An Owen?«, fragte Dex nach. Dass Lisa ihm telepathische Botschaften schicken konnte, das hatte er gewusst, aber dass es auch noch andere Menschen gab, die sie empfangen konnten, das war ihm neu.

»Ja, genau«, meinte Gideon. »Owen kann sie empfangen! Habe ich bis dahin auch nicht gewusst. Jedenfalls hat sie sich hingesetzt und ihm den Standort geschickt. Als er zu der Stelle gekommen ist, hat er das Beste gehofft und den Spaten in die Erde gerammt. Und als Lisa dann deine ›letzten Worte‹ empfangen hat, wurde sie völlig hysterisch. In der Zwischenzeit hatten wir uns alle um sie rum versammelt, aber wir konnten nur sehen, dass sie auf dem Rasen gekniet hat, die Hände vors Gesicht geschlagen, und sich die Augen aus dem Kopf heulte. Niemand wusste, was eigentlich los war. Und dann der Volltreffer ... Owen hat tatsächlich einen Fuchs aus der Erde gezogen! Mann, du hättest dich mal sehen sollen, als du hier angekommen bist!«

Dex ließ ein klägliches Grinsen sehen. »Na, los, gehen wir«, sagte er und stieg aus dem Bett. »Ich bin am Verhungern.«

Das Frühstück wurde unten im Wintergarten serviert.

Marguerite häufte Lisas Vater gerade eine Portion Speck, Eier und Toastbrot auf den Teller, Mia beugte sich über eine Schale mit frischem Obst-Müsli, und Lisa spielte lustlos mit einem gekochten Ei.

»Oh, Speck hätte ich auch gerne!«, strahlte Gideon. »Und dazu zwei Spiegeleier, Toastbrot, Bohnen, Pilze und Tomaten. Und Tee! Für Dex bitte das Gleiche!« Marguerite lächelte die beiden zustimmend an und eilte zurück in die Küche.

»Wo steckt denn Owen?«, erkundigte sich Dex.

»Ach, der ist schon seit einer Ewigkeit wach«, meinte Lisa. »Du kennst ihn doch. Er will dich und Gideon in der Bibliothek sprechen, gleich nach dem Frühstück.« Lisa war voll und ganz auf ihr Ei konzentriert, doch dann hob sie den Kopf und sah Dex mit ernster Miene an. Erst jetzt wurde ihm klar, dass er nicht der Einzige war, der unter den Nachwirkungen des gestrigen Tages zu leiden hatte. Er lächelte mitfühlend und dachte: *Ich weiß. Geht es dir gut?* Sie nickte und schickte ihm ein *Und dir?* zurück.

»Ich glaube, ich könnte drei Teller auf einmal verputzen!«, sagte er laut, und sie lächelte ihn erleichtert an.

Mia, die neben ihm saß, legte ihm die Hand auf die Schulter. Sofort wurde er von einer Woge der Erleichterung durchströmt. »Du siehst schon wieder viel besser aus«, sagte sie. »Wir haben uns schreckliche Sorgen gemacht. Aber es ist ja zum Glück nichts Schlimmes passiert.« Dex nickte und griff nach einer Tasse und der Teekanne. Natürlich war es schön, dass es ihm schon so viel besser ging, aber noch lieber wäre es ihm gewesen, wenn sie gar nicht mehr über das alles gesprochen hätten.

»Ich lasse die ganze verdammte Jagdgesellschaft festnehmen, wenn sie noch einmal mein Land betritt«, ließ sich Maurice Hardman hinter seiner Zeitung vernehmen. »Von mir haben sie nämlich *keine* Genehmigung!« Es war sehr beruhigend zu sehen, mit welcher Gelassenheit er die Erlebnisse der COLAs zur Kenntnis nahm. Nach den ersten verwirrten Blicken, als er gesehen hatte, wie Gideon seinen kleinen Koffer durch den Hausflur schweben ließ, und einem Hustenanfall – er hatte sich an seinem Kakao verschluckt, weil Dex sich eines Abends völlig unerwartet in einen Fuchs verwandelt hatte – war Maurice bemerkenswert abgeklärt geblieben.

»Die Gleichmut in Person«, hatte Gideon bemerkt.

Mias Gabe war im Vergleich zu Gideons und Dex' zwar etwas unauffälliger, aber sie hatte bereits einen von Maurices Migräneanfällen kuriert, und er bewunderte sie deshalb aus tiefstem Herzen. »Du hast mir zwei Tage in einem abgedunkelten Zimmer erspart«, hatte er dankbar gemurmelt. »Du kannst wahre Wunder wirken!«

Das Frühstück schmeckte ausgezeichnet. Der Speck, der nicht knuspriger hätte sein können, und die frisch gebratenen Pilze hauchten Dex neues Leben ein. Er merkte, wie der Schrecken des gestrigen Tages langsam von ihm abfiel, und verbannte die Erinnerungen daran in die dunkelste Ecke seines Geistes. Nur eines von vielen COLA-Abenteuern. Nichts, womit man sich länger aufhalten musste. Lisa schien ganz ähnlich zu empfinden. Auch sie hing nicht länger ihren Gedanken an den gestrigen Tag nach, sondern triezte ihren Vater wieder einmal mit dem Wunsch, ihr Pony mit nach Cornwall zu nehmen.

»Du könntest das doch organisieren, Daddy! Du könntest sie überreden, wenn du wirklich wolltest, und das weißt du auch!« Eingeschnappt piekste sie mit ihrem Löffel in das weichgekochte Ei. Ein schmatzendes, ziemlich unangenehmes Geräusch ertönte.

»Schätzchen, zum allerletzten Mal: Du kannst Chrysler nicht mit nach Tregarren nehmen«, sagte ihr Vater mit sehr viel mehr Nachsicht, als sie eigentlich verdient hatte, dachte Dex.

Lisa hob trotzig das Kinn und blickte ihren Vater mit zusammengekniffenen Augen an. Es war eine eindeutige Herausforderung, doch Maurice Hardman schüttelte seine Zeitung und widmete sich dem Wirtschaftsteil.

»Also, ich meine ja gar nicht, dass er auf dem Schulgelände stehen soll.« Seine Tochter ließ immer noch nicht locker. »Aber vielleicht könnten wir in Polgammon einen Stall für ihn suchen. Dann könnte ich jedes Wochenende zu ihm – oder zumindest jedes zweite. Es ist so ungerecht, dass ich ihn überhaupt nicht mehr sehen kann, seit ich dieses Kuddelmuddel im Kopf habe. Schließlich kann ich gar nichts dafür!« Jetzt verzog sie tatsächlich schmollend den Mund. Ihre Freunde wussten genau, dass sie sich jetzt am besten nicht einmischen sollten. Darum beugten sie sich alle hochkonzentriert über ihre Frühstücksteller.

Ihr Vater seufzte. »Liebling, du hast kein Kuddelmuddel im Kopf. Du bist mit einer außergewöhnlichen Gabe gesegnet, das ist alles.« Er legte die Zeitung auf sein Knie und schob sich ein Stück gebutterten Toast in den Mund. Dann schickte er Lisa ein knappes Lächeln und sagte: »Schluss jetzt.«

Mit einem Mal änderte sich Lisas Miene. Konzentriert und ein wenig hochnäsig blickte sie ihren Vater an. »Daddy«, sagte sie. »Grandma sagt, dass du als Kind schon genauso warst! Unerträglich gleichmütig und *immer* im Recht!«

Maurice Hardman verschluckte sich, und Gideon klopfte ihm ein paarmal auf den Rücken. Lisa grinste spöttisch.

»Das ist unerhört!«, beklagte sich Lisas Vater, nachdem er sich wieder beruhigt hatte. »Du kannst ihr ausrichten, dass sich so etwas für eine Tote nicht schickt. Lässt sie mich denn niemals in Frieden?« Er griff erneut zu seiner Zeitung, schüttelte sie noch einmal und vertiefte sich wild entschlossen wieder in den Wirtschaftsteil.

»Jetzt lass ihn doch mal für einen Moment in Ruhe, du Quälgeist!«, sagte Gideon und schenkte sich eine zweite Tasse Tee ein. Zum Glück kicherte Lisa gerade – offensichtlich erzählte ihre verstorbene Großmutter ihr gerade eine lustige Anekdote aus der Kindheit ihres Vaters –, und sie war zu abgelenkt, um sich auf Gideon zu stürzen.

»Reitest du eigentlich auch über Land, Lisa?«, erkundigte er sich als Nächstes. »Und springst über Zäune und so, wie das Mädchen in *Black Beauty*?«

»Manchmal«, erwiderte Lisa und war schlagartig wieder unter den Lebenden. »Früher bin ich natürlich *viel mehr geritten*«, fügte sie giftig hinzu, aber ihr Vater zeigte keine Reaktion. »Mit den anderen Mädchen.«

»Warst du auch schon mal bei einer Jagd dabei?«, wollte Dex wissen. Er spürte, wie Mia neben ihm sich sofort verspannte. Er wusste, dass das eine gemeine Frage war, aber er musste es wissen. Lisa starrte ihn an, dann senkte sie den Blick. Sie wartete, bis alle ratlose Blicke austauschten. Dex ließ sie nicht aus den Augen und versuchte, ihre Gedanken zu lesen, aber sie gab nichts davon preis.

»Kann sein, ja, einmal vielleicht«, murmelte sie schließlich. »Hier in der Gegend wird viel gejagt, und viele von meinen Freundinnen wollten da auch mitmachen. Aber das war *vorher*. Vor dem COLA-Club und bevor ich dich kennengelernt habe, Dex. Jetzt würden sie mich ja sowieso nicht mehr mitmachen lassen. Ich bin schließlich eine Diebin.«

Als sich Lisas Kräfte zum ersten Mal bemerkbar gemacht hatten – das war vor ungefähr zwei Jahren gewesen –, da hatte es mit dem »Finden« angefangen. Wenn ihre Schulfreundinnen etwas verloren hatten, dann hatte Lisa ihnen immer genau sagen können, wo die vermissten Gegenstände lagen. Sie hatte zwar keine Ahnung gehabt, *wieso* sie das wusste, aber sie hatte sich nie geirrt. Irgendwann waren ihre Klassenkameraden dann zu der Überzeugung gelangt, dass Lisa sie bestahl, nur um hinterher sagen zu können, wo sie die Sachen wiederfinden konnten. Eine andere Erklärung war ihnen nicht eingefallen. Lisa war schlagartig zur Außenseiterin geworden, und als wäre das noch nicht genug gewesen, hatte sie auch den Tod einer ihrer ehemaligen Freundinnen »vorausgesehen«. Als sich ihre Vision schließlich bis ins kleinste Detail bewahrheitet hatte, war sie in tiefe Verzweiflung gestürzt.

Ein erstklassiger Psychiater wurde herangezogen, um herauszufinden, wieso Maurice Hardmans kleines Mädchen, dem es an nichts fehlte, in einem solch jämmerlichen, verängstigten Zustand war. Mittlerweile hatten auch verschiedene Geister Kontakt zu ihr aufgenommen und sie flehentlich um Hilfe gebeten. Lisa sollte die Lebenden von ihrem Tod unterrichten, und oftmals führten sie ihr dazu Bilder von ihrem unerfreulichen Sterben vor Augen. Die Belästigungen nahmen einfach kein Ende mehr. Sie sollte warnen, enthüllen, erklären, über verborgene Testamente oder Schätze informieren, ja, sogar Suchmannschaften zusammenstellen, um die Leichname von Vermissten ausfindig zu machen.

Und obwohl Lisa während der Sitzungen mit dem Psychiater kein Sterbenswörtchen davon gesagt hatte, musste doch irgendetwas nach draußen gelangt sein. Paulina Sartre hatte jedenfalls gewusst, wo sie zu finden war, und hatte sie eine Woche später abgeholt. Ihre Freundinnen, die teure Privatschule, die phantastische Villa, ihr Pony, das alles hatte sie zurücklassen müssen, nur wegen des Kuddelmuddels in ihrem Kopf.

»Ich bin froh, dass zumindest die Jagd mittlerweile verboten ist«, sagte Mia. Sie war überzeugte Vegetarierin. »Auch, wenn es immer noch Leute gibt, die das Verbot umgehen wollen, aber es ist der richtige Schritt. Eigentlich müssten alle Tiere vor den dämlichen Menschen beschützt werden.«

»Mein Herz stimmt dir zu«, seufzte Gideon, »aber mein Magen leider nicht.« Er steckte sich das nächste Stück Speck in den Mund und kaute, begleitet von einem zutiefst mitleidlosen Grinsen.

Nach dem Frühstück gingen Dex und Gideon in die Bibliothek. Owen saß auf dem glänzenden Ledersofa und blätterte in einem alten Naturkundebuch. Er lächelte sie an und musterte Dex von oben bis unten. »Heute siehst du schon viel menschlicher aus!«

Dex erwiderte verlegen: »Danke, dass du mich rausgeholt hast. Und es tut mir leid, dass ich auf dem Rückweg so schwach war.«

Owen schüttelte den Kopf. »Ich habe mich gewundert, dass du überhaupt gehen konntest. Du hattest einen schlimmen Schock, verstehst du? Den hätte ich an deiner Stelle auch gehabt.«

»Habe ich das eigentlich geträumt oder war Spook Williams wirklich auch da?«, erkundigte sich Dex. Gideon sah ihn verblüfft an. Das war das erste Mal, dass er den Namen ihres alten Gegenspielers hörte.

»Er war tatsächlich da«, erwiderte Owen. »Aber am besten vergisst du das einfach. Es ist vorbei.«

»Was?«, stieß Gideon hervor. »Spook Williams? Bei der Jagd?«

»Er war ein Treiber«, sagte Dex.

»Bei der Jagd?«, wiederholte Gideon. Owen seufzte.

»Ja, er war dabei. Er wohnt hier in der Nähe, wusstet ihr das nicht? Aber jetzt, bitte … wir müssen uns beeilen, also vergesst, was gestern passiert ist, und passt gut auf, ja? Ich bin hier, um dich mit zurück nach Tregarren zu nehmen, Gideon.«

Gideon, der bisher Dex angestarrt hatte, warf den Kopf herum und richtete den Blick auf Owen.

»Mich? Ich dachte, du bist wegen Dex gekommen. Wieso denn mich?«

»Nun ja, ich glaube, es wäre hilfreich, wenn Dex sich uns anschließen würde«, erwiderte Owen, klappte das Buch zu und stellte es ins Regal zurück. »Tut mir leid, dass ich euch die letzten Ferientage vermiesen muss, aber ich wollte dich gerne vor dem offiziellen Schulbeginn zurück an die Schule holen.«

»Aber wieso denn?«, wollte Gideon wissen.

»Es gibt da jemanden, den du kennenlernen solltest.«

»Wen denn?«

Owen betrachtete Gideon einen Augenblick lang. »Das wirst du sehen, sobald wir da sind, und bitte …« Er hob die Hand. »… kein Wort mehr darüber. Du wirst es noch früh genug erfahren. Geht einfach nach oben und packt eure Sachen. In einer halben Stunde fahren wir los.«

Kapitel 4

Während der dreistündigen Fahrt in Owens Jeep zurück zum Tregarren College saßen Gideon und Dex auf der Rückbank, und natürlich gab Gideon keine Ruhe. Doch Owen fuhr und fuhr und weigerte sich standhaft, auch nur ein Wort mehr zu sagen. Irgendwann gab Gideon dann auf, obwohl er sehr nervös und, so vermutete Dex, auch ein kleines bisschen beunruhigt war, was den geheimnisvollen Besucher anging. Es war nicht sein Dad oder sonst jemand, den er bereits kannte. Das zumindest hatte er Owen entlocken können.

Jetzt beugte Gideon sich zu Dex hinüber und fing wieder an, ihn wegen seiner Situation zu Hause zu nerven.

»Ich finde, du müsstest es ihnen irgendwann einfach vor den Latz knallen. Wenn alle da sind!«, sagte er und grinste allein bei der Vorstellung. »Ich würde *zu gerne* Ginas Gesicht dabei sehen. Und das von Alice!«

Dex seufzte, aber auch er musste grinsen. Gina würde ihn wahrscheinlich mit dem Gartenschlauch unter Beschuss nehmen.

»Hat deine Stiefschwester eigentlich die ganzen Puppen aus deinem Zimmer geräumt, so wie sie es versprochen hatte?«, wollte Gideon als Nächstes wissen.

»Ach was, natürlich nicht. Es ist ja nicht mehr mein Zimmer. Es ist der Puppen-Trakt.« Kaum war Dex im vergangenen Herbst nach Cornwall aufs Internat gegangen, hatte Gina sein feuchtes, altes Zimmer fliederfarben gestrichen und ihrer Tochter überlassen. Und wenn er jetzt zu Besuch nach Hause kam, nahm Alice zwar die Puppen vom Bett (das jetzt einen pinkfarbenen Rüschenbezug bekommen hatte), aber alle anderen blieben, wo sie waren – eine riesige Menge glubschäugiger, ewig lächelnder Figuren mit pinkfarbenen Bäckchen und Grübchen. Was immer Dex in diesem Zimmer machte, er hatte bei allem ein schweigendes und gruselig-fröhliches Publikum. Aber das alles hatte er durch Lisas Einladung hinter sich lassen können, und darum hatte er sich sehr darüber gefreut. Aber noch mehr freute er sich auf sein eigenes Bett in Tregarren, weil es das einzige Bett war, in dem er sich jemals wirklich zu Hause gefühlt hatte.

Kaum hatten sie Cornwall erreicht, entfaltete der einzigartige Duft dieser Gegend seine Wirkung. Schon kurz vor seiner ersten Verwandlung war Dex' Geruchssinn unglaublich empfindlich geworden. Er wusste für gewöhnlich immer, wer gerade das Zimmer betreten hatte, auch ohne hinzusehen. Und er konnte sogar gewisse Stimmungen riechen – Angst, Wut, Gewaltbereitschaft, aber genauso auch Glück und Freundlichkeit. Am Tregarren College mit seinen vielen eigenartigen und oft unberechenbaren Schülerinnen und Schülern war das eine sehr wertvolle Eigenschaft. Die meisten hatten sich mittlerweile mit den einschneidenden Veränderungen arrangiert, die ihre Kräfte ihnen beschert hatten. Jedes der insgesamt einhundertneun COLAs hatte im Lauf der letzten zwei Jahre seine außergewöhnlichen Fähigkeiten weiterentwickelt, und alle waren elf oder zwölf Jahre alt gewesen, als der »Wandel« eingesetzt hatte. Trotzdem gab es immer noch etliche, die darunter litten und sich nicht so recht damit abfinden konnten. Es war gut, wenn es jemanden gab, der speziell diese Kinder im Blick behalten und ihnen gelegentlich vielleicht ein wenig unter die Arme greifen konnte. Darren Tyler zum Beispiel war nach außen hin eigentlich immer genauso fröhlich und aufgeweckt gewesen wie seine Mitschüler aus der Zauberkünstlerklasse. Nur Dex hatte als Einziger seinen tiefsitzenden Kummer gerochen. Dann hatte er mit Darren geredet, so lange, bis dieser ihm sein schreckliches Heimweh gestanden hatte. Daraufhin hatte Owen eine Sondergenehmigung für Darrens Großmutter erwirkt, und sie hatte ein ganzes Wochenende in Polgammon verbracht. Darren war durch diesen Besuch richtiggehend aufgeblüht, und duftete jetzt genauso zufrieden wie die anderen COLAs.

Der andere Vorzug seines Fuchs-Geruchssinns war, dass Dex genau sagen konnte, wie weit sie noch von Tregarren entfernt waren. Mit jedem zurückgelegten Kilometer wurde seine Vorfreude ein kleines bisschen größer. Sein erstes Trimester am College hatte zwar mit einem Kampf auf Leben und Tod am Rand eines hundertfünfzig Klafter tiefen Minenschachts – und mit dem Tod des ersten Schuldirektors, des überaus charmanten Patrick Wood – geendet, aber trotzdem ... Dex genoss es sehr, hier zu sein.

Auch, wenn Patrick Wood sich als Mörder erwiesen hatte, der bereit gewesen war, jeden aus dem Weg zu räumen, der womöglich eine Gefahr für seine Karriere darstellte. Auch Dex wäre ihm um ein Haar zum Opfer gefallen.

Nachdem die ganze Aufregung sich gelegt hatte und mit Paulina Sartre eine zuverlässige und äußerst fähige Nachfolgerin für das Amt der Schulleitung gefunden worden war, hatte niemand Patrick Wood vermisst. Seine enorme Beliebtheit hatte, so stellte sich schnell heraus, vor allem auf Hypnose beruht. Am Fuß der Granitklippen, die das kleine Schulgelände und seine Schülerinnen und Schüler vor den Blicken der Außenwelt schützten, hatte Dex die glücklichsten Momente seines Lebens erlebt. In Tregarren spürte Dex, wie Hoffnung und Selbstbewusstsein in ihm zum Leben erwachten, und das Zusammensein mit Gideon, Lisa, Mia und Owen bedeutete ihm mehr als alles andere.

»Oh! Oh! Können wir vielleicht kurz bei der Schokoladen-Boutique anhalten?«, bettelte Gideon, als sie durch das kleine, hübsche Dörfchen Polgammon fuhren. Hier gaben die Internatszöglinge an den Wochenenden ihr Taschengeld aus. Owen lachte und lenkte den Jeep tatsächlich an den Straßenrand. Dex und Gideon stiegen mit steifen, schmerzenden Beinen aus und rannten in den kleinen Laden. Dort war es wunderbar still, ganz im Gegensatz zu sonst, wenn eine ganze Horde anderer COLAs mit ihnen unterwegs war. Beim Anblick der vielen verschiedenen Schokoladenspezialitäten unter der Glastheke fiel Gideon in einen fast trance-artigen Zustand. Die Ladenbesitzerin war Mrs Whitlock, eine Dame im mittleren Alter. Sie kannte ihn gut und lächelte ihn milde an. »Ach, übrigens, Gideon, ich habe extra eine Ration Knuspermandel bestellt, extra für dich«, sagte sie, und Gideon strahlte über das ganze Gesicht.

Gideon und Dex füllten ihre Vorräte auf. Gideons Vorliebe für Schokolade war legendär. Angesichts der Mengen, die er verdrückte, hätte er eigentlich mindestens das Doppelte wiegen müssen. Dex kaufte sich zwei Schokoriegel, ein paar Pfefferminzbonbons und eine flaschenförmige Packung mit Whiskey-Likör-Pralinen für Owen. Dafür reichte sein Taschengeld gerade eben. Die Schule stellte ihm zum Glück wöchentlich einen kleinen Betrag zur Verfügung – das sogenannte COLA-Geld –, denn von Gina bekam er nie auch nur einen Penny.

Als sie wieder im Jeep saßen, hielt Dex die Aufregung fast nicht mehr aus. Hinter der nächsten scharfen Biegung wichen die hohen, moosbewachsenen Steinmauern links und rechts der Fahrbahn zurück, und die Straße weitete sich zu einer großen, runden Wendefläche. Dahinter stand ein hoher Backsteinturm. Er sah aus wie der Schornstein einer alten Zinnmine, und genau das war er auch. Inzwischen diente er allerdings als Eingang für das Tregarren College. Goldschimmerndes Licht drang zu den schmalen, tiefgezogenen Fenstern links und rechts der massiven Eichentür heraus.

Mr Pengalleon, der Pförtner, machte die Tür auf, und

Barber, sein großer, brauner, zotteliger Hund tapste ihnen im Abendlicht entgegen, um sie zu begrüßen. Owen tätschelte ihm liebevoll den Kopf, und Dex und Gideon gingen in die Hocke, um ihn ein wenig ausführlicher zu hätscheln. Barber beschnüffelte Dex ausführlich, so wie jedes Mal, und schickte ihm einen Gedanken aus seinem Hundegehirn. *Fuchs,* dachte Barber, und dann *Fuchsjunge. Schokolade.* Jetzt wusste Dex, dass der Hund seine Aufmerksamkeit bereits Gideon zugewandt hatte, der eigentlich immer nach Schokolade duftete.

»Herzlich willkommen, Jungs«, begrüßte sie Mr Pengalleon. Er hatte einen Cornwall-Akzent und eine Stimme, die von der Seeluft ganz rau geworden war. Mit seinem dichten, weißen Bart und dem dicken, schweren Mantel erinnerte er sehr an einen Schiffskapitän. Owen hatte ihnen einmal erzählt, dass Mr Pengalleon ein ziemlich hohes Tier bei der Königlichen Marine gewesen war und etliche Jahre lang auf einem Rettungsboot in Helston Dienst getan hatte.

Jetzt brachte der Pförtner sie in sein Wohnzimmer, das gleichzeitig der Eingang zum Internat war. Der große, kreisrunde Raum mit den weiß gestrichenen Backsteinwänden besaß, abgesehen vom Haupteingang, noch drei weitere Eichentüren. Der Fußboden war ebenfalls mit dunklem Eichenholz verkleidet, und in einem alten, gusseisernen Kamin brannte ein kleines Feuer – an diesem Teil der Küste konnte es manchmal sehr kalt werden, auch im April. Ein Schreibtisch, ein Stuhl, ein Sofa und ein Ohrensessel mit hoher Lehne, das waren die einzigen Möbel. In der Tür, die jetzt hinter ihnen ins Schloss fiel, war ein kompliziertes, elektronisches Schloss verbaut. Nur Mr Pengalleon und einige wenige Lehrkräfte kannten den Code. Wenn die Schüler am Wochenende die Erlaubnis bekamen, ins Dorf zu gehen, mussten sie Mr Pengalleon einen unterschriebenen Zettel vorzeigen. Erst dann ließ der Pförtner sie nach draußen. Wenn man den Zettel vergaß oder gar verlor, hatte man Pech gehabt. Mr Pengalleon war zwar immer freundlich, aber trotzdem absolut unerbittlich.

»Hier, das ist für euch, bevor ihr reingeht. Habe ich selbst gemacht«, sagte er und reichte jedem von ihnen einen blauen Porzellanbecher mit heißem, cremigem Kakao. Nach der langen Fahrt war das genau das Richtige, und sie nahmen die Becher dankbar entgegen.

»Sehr gut, Ted«, murmelte Owen hinter aromatischen Kakaodampfwölkchen hervor. »Sie haben viele verborgene Talente.«

»Na ja, das Küchenpersonal ist noch nicht wieder vollzählig. Es hätte schwierig werden können, in der Küche noch was Anständiges zu bekommen«, erwiderte Mr Pengalleon bescheiden. »Ich habe auch dem anderen was ge...« Dann brach er ab und wurde plötzlich rot. »Ich ... also ... äh ...«

»Keine Sorge, Ted«, meinte Owen. »Das wird sich bald regeln.«

Dex und Gideon tranken ihren Kakao leer und wechselten einen Blick. Was war denn jetzt los? Dex roch die schlagartige Verlegenheit des Pförtners und eine leichte Anspannung bei Owen. Es hing irgendwie mit Gideon und ihrer verfrühten Rückkehr ans College zusammen.

Schließlich stellte Owen seinen leeren Becher ab. »Na, dann kommt mal mit, ihr zwei. Los geht's.« Sie warfen sich ihre schweren, mit Klamotten vollgestopften Taschen über die Schultern und folgten Owen durch die Tür gegenüber des Haupteingangs. Wie jedes Mal empfand Dex auch jetzt eine ganz besondere Aufregung. Er spürte, wie sich die Härchen an seinen Armen und in seinem Nacken aufrichteten. Ein Schauder lief ihm über den Rücken, als er auf das Meer hinausblickte, das kraftvoll gegen die weit unterhalb gelegenen zerklüfteten schwarzen Felsen schwappte. Der schmale Klippenpfad, der gleich hinter der Tür begann, war mit einer hohen Mauer gesichert, weil jeder, der hier abgestürzt wäre, einen grässlichen Tod erlitten hätte. Der Ausblick raubte Dex jedes Mal aufs Neue den Atem. Feine Nebelschwaden hingen über der kleinen, gabelförmigen Landzunge, die aus den steilen Granitklippen hervorragte. Das Tregarren College war vor gar nicht allzu langer Zeit anstelle einer stillgelegten Zinnmine hier errichtet worden. Das Schulgebäude war ein langgestrecktes, flaches, elegant anmutendes Gebäude, gebaut aus Steinen, die hier aus der Gegend stammten. Es schmiegte sich um einen rechteckigen, nach einer Seite offenen Innenhof mit einer Rasenfläche und einem quadratischen Teich mit Springbrunnen in der Mitte. In den hohen, breiten Fenstern spiegelte sich der stimmungsvolle Himmel über Cornwall.

Während sie den steilen, gewundenen Pfad entlanggingen, der in den harten Fels gemeißelt worden war, umschmeichelte ein wunderbarer Duft Dex' Sinne. Die Luft war feucht und der Horizont lag verdeckt hinter einem weißen Nebelschleier, aber trotzdem konnte er das Pulsieren des Ozeans hören, der rastlos und unaufhörlich an die Küste schlug. Auf dem tieferen Teil des gabelförmigen Schulgeländes befand sich ein Sportplatz, und in der V-förmigen Lücke zwischen ihm und dem höher gelegenen Teil mit dem Schulgebäude war der Lido zu erkennen, ein natürliches Schwimmbecken. Hier sammelte sich in einem Ring aus Felsblöcken das Meerwasser, so dass die Schüler bei gutem Wetter darin baden konnten.

Da die Dämmerung bereits eingesetzt hatte, leuchteten jetzt die kleinen, weißen Lichtkugeln auf, die überall entlang der Zickzackpfade und Treppen auf Kopfhöhe angebracht waren. Es war ein wunderschöner Anblick.

»Wartet«, sagte Owen und blieb vor einer der kleinen gewölbten Hütten stehen, die in die Klippenwand hineingebaut waren. Es sah fast so aus, als würden sie aus den Felsen, der Erde und dem Rasen, der sie umgab, hervorwachsen. Die meisten Lehrkräfte bewohnten so eine Hütte. Aus ihren spitz zulaufenden, dunkelgrauen Schieferdächern ragte ein kleiner Schornstein hervor, und das Glas in den hohen Fenstern sah ziemlich fleckig aus. Sie hatten etwas Märchenhaftes an sich, und waren tatsächlich halbe Höhlen, weil sie bis tief ins Innere der Granitklippen reichten. Das Wohnzimmer war nach vorne gerichtet, aber dahinter, im Inneren der Felsen, lagen Küche, Schlaf- und Badezimmer.

Owen schloss die Haustür auf und warf seine Taschen hinein. »Ich begleite euch zuerst in eure Unterkunft, und dann mache ich euch ein Feuer«, sagte er leise. Dex und Gideon wechselten erneut einen Blick. Sie kannten den Weg zu ihrer Unterkunft. Und sie wussten auch, wie man ein Feuer in Gang brachte.

Sie gingen also noch ein Stück weiter abwärts, duckten sich unter einem mit feuchtem Farn bewachsenen Felsvorsprung hindurch und überquerten die Steinbrücke über einen quirligen, seichten Bach. Das Wasser floss über ein Felsplateau und konnte sich anscheinend gar nicht schnell genug über eine scharfe Kante ins Meer hinabstürzen. Dahinter lag das Wohngebäude der Jungen mit ihrem Schlafraum. Es hatte ein Schieferdach und war genauso flach und aus demselben Stein gebaut wie das Schulgebäude. Sie machten die Tür auf und traten ein. Der Steinfußboden, das golden schimmernde Holz ... alles war so vertraut. Sie schleppten ihre Taschen den Flur entlang bis in den Aufenthaltsraum. Dort war es dunkel, nicht einmal das Feuer im Kamin brannte. Es war ein seltsames Gefühl, vor allen anderen hier zu sein. Eine Wendeltreppe führte hinauf zu ihrem Zimmer, das sie sich mit Barry teilten. Barry war »Illusionist«, der sich (für gewöhnlich) jederzeit unsichtbar machen konnte. Aber er war jetzt sicher noch nicht hier. In jedem Zimmer in dem langgestreckten Flur im ersten Stock standen vier Betten, vier Eichentruhen und vier Kommoden, auch wenn Dex, Gideon und Barry nur zu dritt im Zimmer waren. Ihre Betten standen jeweils unter einem Fenster in der Dachschräge, das einen Rahmen für den sich stetig wandelnden Himmel bildete.

Kaum hatten sie das Zimmer betreten, blieben sie regungslos stehen. Die fein säuberlich gemachten Betten sahen genauso aus wie immer, aber auf dem hinteren saß ein Junge. Er las gerade ein Buch. Als sie eintraten, blickte er auf und nahm seine runde Brille ab. Dex spürte, wie die Luft, die seinen besten Freund umgab, augenblicklich zu Stein erstarrte. Der Junge, der neben ihm stand, und der Junge auf dem Bett … sie waren beide *Gideon*.

Kapitel 5

Ein lauter Knall ertönte, und Dex sah, dass Gideon – *sein* Gideon – seine Tasche hatte fallen lassen. Er warf Owen einen schnellen Blick zu, doch dieser schüttelte nur ganz behutsam den Kopf und sagte kein Wort.

Der Junge auf dem Bett starrte sie an, runzelte dann die Stirn und blieb ebenfalls stumm. Er stand auf, legte sein Buch beiseite, steckte die Hände in die Taschen seiner Jeans und betrachtete Gideon. Dann nickte er und murmelte: »Sie haben mir schon gesagt, dass du genauso aussiehst wie ich.«

Gideon ging mit langsamen Schritten auf ihn zu, hielt dabei ein-, zweimal inne, als ob der Junge ein wildes, womöglich gefährliches Tier wäre. Dex konnte das Gesicht seines Freundes nicht erkennen, aber seine langsamen Bewegungen kamen ihm sehr seltsam vor. Gideon umrundete das Bett des anderen und musterte ihn von allen Seiten. Doch das, was Dex am meisten erstaunte, waren seine ersten Worte: »Fehlgeburt. Sie haben behauptet, du wärst eine Fehlgeburt gewesen.«

Der Junge wandte sich zu ihm um und setzte sich dann wieder aufs Bett. »Das haben sie behauptet«, sagte er. »Und, hast *du* es geglaubt?«

Gideon ließ sich auf die andere Seite des Bettes sinken. Er war ganz blass, und in seinen grünen Augen funkelten die Tränen. »Ehrlich gesagt …« Seine Stimme war fast nur ein Flüstern. »Nein.«

Wie eine dicke Decke legte sich die anschließende Stille über den Raum. Die Zwillinge starrten einander an, ohne jede Scheu. Jeder war ein Spiegel des anderen. Die gleichen wuscheligen, blonden Haare, die gleichen Augen, die gleichen Sommersprossen, das gleiche kantige Kinn. Der andere Junge war vielleicht ein klein wenig dünner und sah durch die Brille auch etwas anders aus. Dazu kam seine Haltung. Er saß etwas gebeugt da, strahlte nicht ganz so viel Selbstbewusstsein aus wie Dex' bester Freund.

Schließlich ergriff Owen das Wort: »Gideon, darf ich vorstellen: Das ist Luke. Tut mir leid, wenn das für dich erst mal ein Schock ist. Ich könnte mir vorstellen, dass ihr beiden euch erst einmal unter vier Augen unterhalten wollt. Dex und ich bringen solange unten das Feuer in Gang.« Die beiden Jungen sagten kein Wort und ließen einander nicht aus den Augen, während Owen Dex wieder nach draußen schob.

»Alles klar?«, wandte er sich an Dex, während sie den Flur entlanggingen.

»Wo hast du ihn gefunden?« Die Überraschung und die Verwirrung verursachten Dex leichte Schwindelgefühle.

»Auf der Isle of Wight«, erwiderte Owen. »Mrs Sartre hat ihn vor ein paar Tagen entdeckt.«

»Ist er auch ein COLA?«, wollte Dex wissen, als sie die Wendeltreppe hinuntergingen. Eine ganze Weile blieb Owen stumm. Er trat zu der Feuerstelle und entzündete die

Späne und die Kohle, die bereits vorbereitet waren. Als die kleine, blau-gelbe Flamme einigermaßen stabil wirkte, ging er in die Hocke und sagte: »Das wissen wir nicht. Luke meint, nein.«

Dex kuschelte sich auf den großen Sessel dicht beim Feuer. »Aber hast du mir nicht erzählt, dass ihr niemals jemanden hierher bringt, von dem ihr nicht absolut sicher seid, dass er oder sie ein COLA ist? Hast du ihm nicht Triple Eight oder so was gegeben?«

Owen warf Dex einen scharfen Blick zu. Er war nicht stolz darauf, dass er bei seiner ersten Begegnung mit Dex keine andere Möglichkeit gesehen hatte, als ihn in einen fahrenden Lastwagen zu sperren und in eklige Dämpfe zu hüllen, um eine Panikattacke zu provozieren. Damals war Dex noch nicht in der Lage gewesen, sich aus eigenem Antrieb zu verwandeln, darum hatte Owen nur auf diesem Weg herausfinden können, ob er auch wirklich ein Gestaltwandler war. Dex hatte Owen schon längst verziehen, aber eine gelegentliche Spitze konnte er sich nicht verkneifen.

»Nein, Dex«, erwiderte Owen und warf ein paar Holzscheite auf die größer werdenden Flammen. »Triple Eight muss ich nur bei Gestaltwandlern anwenden. Und jetzt hör auf, so zu grinsen, sonst schütte ich dir eine Prise davon in den Tee!«

Dex musste lachen und fühlte sich gleich wieder ein bisschen sicherer.

»Luke behauptet, er hätte keine Kräfte«, fuhr Owen fort. »Und so weit wir es beurteilen können, sagt er die Wahrheit. Aber er ist ein Sonderfall. Bis jetzt hatten wir noch nie ein Zwillingspärchen. Brüder, ja, so wie Jake und Alex Teller, die Stimmen-Imitatoren, aber keine Zwillinge. Das ist eine tolle Gelegenheit für die Forschung.«

»Bei wem hat er denn bisher gewohnt?«, wollte Dex wissen.

»Er ist als Baby von einem kinderlosen Paar adoptiert worden. Der Vater ist vor einigen Jahren gestorben, und die Mutter ist nicht bei bester Gesundheit. Als sie gehört hat, dass er einen Bruder hat, hat sie eingewilligt, dass er hierherkommen darf. Vorher hatte sie keine Ahnung. Niemand hatte eine Ahnung.«

»Gideon schon.«

Owen setzte sich ebenfalls auf einen Sessel, während das Feuer stetig größer wurde. »Ja«, sagte er nachdenklich. »Mit so einer Reaktion habe ich, ehrlich gesagt, nicht gerechnet. Er kann es aber unmöglich gewusst haben. Nicht einmal sein Vater hat es gewusst. Jetzt hat er es natürlich erfahren. Ich habe mit ihm gesprochen, und er kommt nächste Woche hierher, um Luke kennenzulernen. Er ist völlig erschüttert. Obwohl so etwas durchaus öfter vorkommt. Unterlagen gehen verloren und immer wieder werden Babys vertauscht oder verschwinden spurlos.«

»War er denn bei der Geburt nicht dabei?«, hakte Dex nach. »Er muss doch wissen, dass er zwei Söhne hat!«

»Nein … sieh mal, Dex, das sind alles sehr persönliche Dinge. Ich finde, dass Gideon dich in die Einzelheiten einweihen müsste, aber seine Mum und sein Dad waren bei seiner Geburt bereits nicht mehr zusammen. Es ist kompliziert und geht uns wirklich nichts an. Gideon wird dir bestimmt alles erzählen, sobald er bereit dazu ist.«

Schweigend saßen sie da und starrten ins Feuer. Dex fragte sich, was wohl gerade oben in ihrem Schlafraum passierte. Und Owen, so dachte er, fragt sich wahrscheinlich dasselbe. Doch nach der fünfstündigen Autofahrt war Owen auch ziemlich müde, jedenfalls dauerte es nicht lange, bis seine Atemzüge regelmäßiger wurden und ihm die Augen zufielen. Er ließ den Kopf an seine Sessellehne sinken. Wenige Minuten später war auch Dex eingeschlafen.

»He, ihr beiden! Aufwachen! Wir haben Hunger!«

Dex und Owen schreckten gleichzeitig hoch. Verschlafen registrierte Dex das heruntergebrannte Feuer und sah auf seine Armbanduhr. Sie hatten über eine Stunde geschlafen. Gideon tätschelte Dex die Wange, während Luke ein kleines Stückchen hinter ihm stand. »Na, kommt schon. Aufwachen! Wir brauchen was zu beißen.«

Owen gähnte, streckte sich und grinste. Er war offensichtlich erleichtert, dass die Zwillinge nicht so erschüttert waren, dass sie nichts mehr essen konnten. Also machten sie sich gemeinsam auf den Weg über das unheimlich stille Schulgelände, duckten sich unter dem Felsvorsprung hindurch und schlugen dann den felsigen Pfad zum Hauptgebäude ein. Im Speisesaal, einem langgestreckten Raum mit hoher Decke, ausgestattet mit zahlreichen runden Eichentischen und ledergepolsterten Eichenstühlen, waren bereits vier Gedecke vorbereitet.

»Schön, dass ihr alle da seid!«, sagte Mrs Polruth, die Chefköchin. Anscheinend war sie heute Abend alleine hier, nur um ihnen das Essen zu servieren. »Wisst ihr eigentlich, wie spät es ist?«, fügte sie mit einem tadelnden Lächeln hinzu.

»Tut mir leid, Mrs P«, sagte Owen. »Wir beeilen uns, damit Sie möglichst schnell nach Hause gehen können.«

»Papperlapapp!«, erwiderte Mrs Polruth und brachte ein Tablett mit zugedeckten Tellern an den Tisch. »Wenn ich schon mal Launceston Pie koche, dann erwarte ich auch, dass er in Ruhe genossen wird!«

Dann setzte sie jedem ihrer vier Gäste einen tiefen, heißen Steingutteller vor, bis zum Rand gefüllt mit Rindfleisch, Gemüse und einer dicken, braunen Soße, gekrönt von Kartoffelscheiben und einer Art Pastetenkranz. Alle vier stießen ein genüssliches Stöhnen aus und fingen an zu essen. Unterdessen stellte Mrs Polruth noch Limonade für die Jungen und einen Krug Apfelwein für Owen auf den Tisch.

Während der nächsten Minuten sagte niemand ein Wort. Irgendwann stieß Owen einen zufriedenen Seufzer aus, legte seine Gabel für einen Augenblick zur Seite und betrachtete Luke und Gideon, die mit beinahe synchronen Bewegungen das Essen in sich hinein schaufelten. Sie gaben im Schein der Tischleuchte ein seltsames Doppelbild ab.

»Wie läuft's denn mit euch beiden?«, erkundigte er sich.

Luke und Gideon wechselten einen Blick und grinsten Owen und Dex an. »Jetzt ist alles in Ordnung«, erwiderte Gideon begeistert, und Luke nickte.

»Er hat mir eine Telekinese-Vorführung gegeben«, sagte Luke, anscheinend immer noch leicht benommen angesichts dessen, was er da gesehen hatte. »Ich hab's nicht geglaubt, bis ich es mit eigenen Augen gesehen habe. Alles, was du mir erzählt hast, Owen ... ich meine ... ist das denn wirklich wahr? Ich habe gedacht, das wäre hier so eine Art ... ich weiß auch nicht ... so ein Esoterik-Zentrum mit ... na ja, eben Gesängen und Kerzen und so Zeug. Wo die Leute über Visionen und so was reden. Wie in diesen Läden, wo man Tarotkarten und so Krimskrams kaufen kann. Ich hätte nicht gedacht, dass man alles richtig *sehen* kann.«

Owen lächelte und nickte. »Zu Anfang ist es nur schwer zu begreifen. Selbst ich habe eine ganze Weile gebraucht. Aber man gewöhnt sich dran, und dann ist es phantastisch. Ein bisschen furchterregend, manchmal, aber im Grunde genommen einfach phantastisch.«

Luke blickte Dex an. »Stimmt das denn wirklich? Kannst du dich echt in einen Fuchs verwandeln?«

Dex nickte und schluckte das Fleisch und die Kartoffeln hinunter. »Ich zeig's dir nachher«, grinste er. »Ich könnte mich auch jetzt verwandeln, aber das wäre Mrs P nicht recht – beim Essen.«

Luke stieß ein nervöses Lachen aus und widmete sich wieder seinem Teller. Zwischendurch warf er Dex immer wieder unsichere Blicke zu, als wüsste er nicht so recht, ob er ihm trauen konnte.

»Und du, Luke?«, sprach Dex ihn an. »Hast du auch eine spezielle Gabe? Hast du schon mal was ausprobiert?«

»Ach was«, seufzte Luke und schüttelte den Kopf. »Ich kann nicht mal mit den Ohren wackeln. Ich bin bloß der unbrauchbare Zwillingsbruder.«

»So ein Quatsch!«, schaltete sich Gideon mit einem deutlich hörbaren Beschützertonfall ein. Dex spürte einen leichten Stich. Aber wieso eigentlich? Natürlich würde Gideon Luke beschützen. Er war schließlich sein lange verloren geglaubter Bruder. Dex versuchte, alle weiteren unguten Gefühle zu unterdrücken, während sie ihren Launceston Pie aßen und Mrs Polruth heiße Äpfel mit Schlagsahne auf den Tisch stellte.

Als sie fertig gegessen hatten, war es schon nach 22.00 Uhr. Dex wäre beinahe mit dem Kopf voraus in seiner Schale mit Äpfeln und Schlagsahne gelandet. Owen versetzte ihm einen leichten Stoß. »Aufwachen, Dex. Zeit ins Bett zu gehen.«

Sie nahmen wieder den von den kleinen Kugeln erleuchteten Pfad zurück zu ihrer Unterkunft. Owen hätte sie auch gut alleine lassen und sich stattdessen auf den Weg zu seiner weiter oben gelegenen Hütte machen können, aber er begleitete sie. Die frischvereinten Zwillinge gingen ein kleines Stückchen voraus, als er sich neben Dex schob. »Alles in Ordnung, Dex?«, erkundigte er sich mit leiser Stimme. Wieder einmal fiel Dex auf, dass Owen irgendwelche empathischen Fähigkeiten haben musste, denn er war zwar müde, aber gleichzeitig auch irgendwie aufgeregt und nervös. Dieser doppelte Gideon war doch ziemlich verrückt, und er wusste gerade nicht mehr so recht, welchen Stellenwert er im Leben seines besten Freundes noch hatte.

Trotzdem lächelte Dex und sagte: »Alles okay. Ich bin bloß steinmüde.«

»Ja. Ich auch.« Owen erwiderte sein Lächeln. »Du musst dir keine Sorgen machen wegen Gideon und dir, ganz bestimmt nicht. Das weißt du doch, oder?«

»Ich schätze schon«, erwiderte Dex. Die Zwillinge waren schon im Haus, und Owen war an der Tür stehen geblieben.

»Er wird dich brauchen«, sagte er. »Dich, genau so, wie du bist. Okay? Sei ganz du selbst.«

Dex nickte, obwohl er sich nicht sicher war, was Owen eigentlich damit meinte.

»Und jetzt nichts wie los. Sieh zu, dass du genügend Schlaf bekommst.« Owen klopfte ihm kräftig auf die Schulter. »Du hast außergewöhnliche achtundvierzig Stunden hinter dir. Morgen früh klingelt kein Wecker, also schlaf dich aus. Gute Nacht.« Mit diesen Worten drehte er sich um und ging den Klippenpfad hinauf.

Gideon und Luke lagen bereits im Bett und plauderten angeregt miteinander. Ihre Stimmen hörten sich sehr ähnlich an, auch wenn Gideon etwas schneller und selbstbewusster redete, während Luke das rollende R der Isle of Wight angenommen hatte. Dex tapste in das weiß geflieste Badezimmer, um sich zu waschen und die Zähne zu putzen. Als er dann unter seine kühlen, weißen, nach Lavendel duftenden Laken schlüpfte, unterhielten sich die Zwillinge immer noch, auch wenn ihre Stimmen bereits recht schläfrig klangen. Er ließ den Kopf zurück auf das Kissen sinken und blickte durch das schräge Fenster in den wolkenverhangenen Himmel. Nur einige wenige Sterne waren zu sehen. Und auch, wenn die ganze Situation hier gerade sehr seltsam war, so war es doch herrlich, wieder in Tregarren zu sein und im Gleichklang mit dem Meer zu atmen. »Jetzt haltet mal die Klappe, ihr zwei«, sagte er irgendwann. »Ich muss endlich schlafen.«

»Entschuldige, Kumpel«, sagte Gideon, und dann senkten sie die Stimmen, zumindest für eine Weile. Dex kniff die Augen zusammen und zog sich die Decke über die Ohren, um die Geräusche zu dämpfen. Zum Glück dauerte es nicht lange, bis der Schlaf die beiden übermannte. Dex' Schultern entspannten sich, und dann war auch er eingeschlafen.

* * *

Als er am nächsten Morgen erwachte, war es schon nach zehn Uhr. Kein Laut war zu hören. Die blasse Frühlingssonne schien durch den Fensterspalt über ihm, und eine sanfte Brise wehte ins Zimmer. Unter dem Wecker auf seinem Nachttischchen klemmte ein Papierfetzen, der leicht im Luftzug flatterte. Gideon hatte etwas darauf gekritzelt. »Du hast so niedlich ausgesehen im Schlaf!«, stand da mit leisem Spott. »Es wäre einfach nicht richtig gewesen, dich aufzuwecken. Ich zeige Luke die Schule. Du findest uns bestimmt!«

Dex stand auf, wusch sich das Gesicht und zog sich hastig an. Er hatte lange geschlafen und fühlte sich erholt.

Auch wenn die beiden ohne ihn losgezogen waren, kam er sich nicht mehr so fehl am Platz und ausgegrenzt vor wie gestern Abend. Draußen schnüffelte er in alle Richtungen und wurde von Gideons Geruch zum Lido gelockt. Geschmeidig verwandelte er sich in einen Fuchs und huschte auf flinken Pfoten den Pfad entlang und dann quer über den Sportplatz. Die beiden kletterten gerade zwischen den kleinen Felsenbecken in der Nähe des Lidos herum. Gideon hielt eine kleine Krabbe in seinen zusammengelegten Händen und ließ das arme Geschöpf immer wieder in die Höhe schweben. Hilflos zappelte das Tier mit seinen orangefarbenen Beinchen.

Luke hob als erster den Kopf, und als er Dex sah, starrte er ihn mit offenem Mund an und ließ sich auf einen Felsen plumpsen. Gideon sah ihn jetzt auch, und die Krabbe landete mit einem feuchten Platsch in seinen Händen. »Hallo, Dex«, sagte er. »Gut geschlafen?« Dex nickte, ließ sich auf einen flachen Felsbrocken sinken und legte die Lunte um seine Vorderpfoten.

Luke starrte ihn immer noch ungläubig an. »Ist das …? Ist das echt …?«, murmelte er. Dex verwandelte sich erneut, und Luke fiel rückwärts in das Schwimmbecken. Sie zogen ihn wieder heraus.

»Ich … also … ich, ich …«, stammelte Luke mit schief sitzender Brille. An seiner Schulter klebten ein paar Algen.

»Tut mir leid«, sagte Dex. »Ich hätte dich warnen müssen.«

»Wie machst du das?«, stieß Luke atemlos hervor. »Das

ist … das ist doch Wahnsinn. Erst bist du ein … ein Fuchs und dann … also … dann plötzlich ein Mensch? Ich habe gar nicht gesehen, wie das passiert ist!«

»Ist nicht wie im Film, stimmt's?«, kicherte Gideon. »Ich habe ja immer gehofft, dass es wie in einem von diesen Werwolffilmen läuft, wo sie anfangen zu jaulen und überall Haare kriegen und riesige Zähne, und sich vor Schmerzen krümmen.«

»Tja, tut mir leid, wenn ich dich enttäuscht habe«, erwiderte Dex.

»Aber da passiert eigentlich fast gar nichts. Die Luft wabert ein bisschen, wie bei den Illusionisten, aber sonst nichts. Und dann hockt er plötzlich vor einem, ganz süß und flauschig.«

Dex schnaubte.

»Tut mir leid, Dex. Natürlich bist du auch total süß, wenn du *nicht* flauschig bist.«

Dex spritzte seinen Freund mit Meerwasser nass, und dann dauerte es nur wenige Sekunden, bis sie alle drei plitschnass, salzig und voller Algen waren. Sie mussten zurück ins Haus, um sich zu waschen und frische Klamotten anzuziehen. Gideon zeigte Luke die Schuluniformen, die für jeden von ihnen feinsäuberlich gebügelt in dem großen, vierteiligen Schrank am Ende des Schlafraums lagen. Sie bestanden jeweils aus einer holzkohlegrauen Hose, einem weißen Polo-Shirt, auf dessen Brusttasche in Türkis die Buchstaben TG aufgestickt waren, sowie einem türkisfarbenen Sweatshirt für die kühleren Tage.

»Am Wochenende können wir anziehen, was wir wollen, aber wenn wir nach Polgammon gehen, müssen wir das Polo-Shirt oder das Sweatshirt tragen«, erläuterte Gideon. »Jede Woche gibt es ein bisschen COLA-Geld, für den Fall, dass du von zu Hause kein Taschengeld kriegst, so wie Dex zum Beispiel.« Er nickte Dex zu. »Ich hab ihm schon von deiner reizenden Stiefmutter erzählt.«

»Mum hat mir ein bisschen Geld mitgegeben«, sagte Luke. Das hörte sich irgendwie seltsam an. Sie war natürlich nicht seine leibliche Mutter, aber kaum ein COLA erwähnte jemals eine »Mum«, selbst, wenn sie eine Pflege- oder eine Adoptivmutter hatten.

»Prima. Das COLA-Geld ist nämlich nicht besonders viel«, meinte Gideon.

Beim Frühstück – wieder war nur für sie ein einziger Tisch in dem riesigen Speisesaal gedeckt – setzte Gideon seine Einführung in den COLA-Club fort.

»COLA ist die Abkürzung für ›Children Of Limitless Ability‹, also ›Kinder mit Grenzenlosen Fähigkeiten‹«, erzählte er Luke begeistert. »Das bedeutet im Klartext, dass sie keine Ahnung haben, wozu wir tatsächlich in der Lage sind!«, fügte er in dramatischem Tonfall hinzu. »Ich glaube, das ist der wahre Grund, weshalb wir hier sind! Weil sie sich nicht trauen, uns auf die Gesellschaft loszulassen. Weil sie Angst haben, was wir dort alles anrichten könnten.«

»Aber in den Ferien lassen sie uns kurz nach Hause«, fügte Dex trocken hinzu.

»Ja, na ja.« Gideon zuckte mit den Schultern. »Wer weiß?

Könnte durchaus sein, dass sie uns dort die ganze Zeit beobachten! Wir müssen versprechen, dass wir unsere Fähigkeiten niemals anwenden, wenn irgendjemand anderes zuschaut. Und falls wir es doch tun …« Er verstummte und zog dann den Zeigefinger einmal quer über seine Kehle, begleitet von einem gurgelnden Geräusch.

Luke blickte Dex an. »Ist er eigentlich immer so?«

Dex grinste. Er war froh, dass er nicht länger außen vor war. »Leider, ja.«

»Was macht ihr eigentlich die ganze Zeit hier?«, wollte Luke wissen. »Ich meine, zaubert ihr euch ständig was vor oder so?«

Gideon schnaubte verächtlich. »Ach was. Wir sind doch keine Hexen und Zauberer, falls du das meinst. Das ist doch bloß der Quatsch, den sich die normalen Leute ausdenken, die so sein wollen wie wir! Um ein COLA zu sein, brauchst du keinen Zauberstab. Du bist es entweder …« Er ließ seinen Müslilöffel durch die Luft fliegen und fing ihn, nachdem er zweimal den Tisch umkreist hatte, wieder auf, »… oder du bist es nicht.«

Luke grinste. Er war eindeutig beeindruckt. Und Gideon amüsierte sich prächtig, das war nicht zu übersehen.

Dex rührte in seinem Haferbrei und ergänzte: »Die Heiler und Wahrsager benutzen manchmal auch meditative Gesänge oder so was, damit sie sich besser konzentrieren können. Aber nicht irgendwelches Zeug aus uralten, verstaubten Büchern. Sie können alles nehmen, was sie wollen – *Manchester United* zum Beispiel, oder *Fischers Fritz fischt frische Fische.* Total egal, Hauptsache, es hilft. Manchmal stellen sie sogar irgendwelche Duftkerzen auf, obwohl es ohne auch funktionieren würde. Warte mal ab, bis du Lisa kennenlernst. Kein Mensch würde glauben, dass sie eine Wahrsagerin ist!«

»Lisa ist eine verwöhnte Göre!«, sagte Gideon. »Aber wir mögen sie. Mia ist das glatte Gegenteil. Immer ein bisschen durchgeistigt … aber sie kann echt nichts dafür.«

»Und was hat sie für eine Begabung?«, wollte Luke wissen und strich großzügig Butter auf seinen Toast.

»Sie ist eine Heilerin«, erwiderte Gideon. »Die Beste. Absolut phantastisch! Im letzten Jahr hat sie einen gebrochenen Knöchel geheilt, direkt vor unseren Augen!«

»Meint ihr, dass ich sie mag?« Bei dieser Frage brachen Dex und Gideon in lautes Lachen aus.

»Worauf du dich verlassen kannst, Kumpel!«, erwiderte Gideon.

Heute am Nachmittag wurde der erste Schwung Mitschüler erwartet. Die zweite Hälfte sollte dann morgen früh eintreffen. Während die drei Jungen das Schulgelände erkundeten, berichtete Gideon Luke mit lebhaften Sätzen von ihren Abenteuern der letzten Monate. Dex bemerkte auch ein paar Lehrkräfte, die gerade eingetroffen waren. Als sie an einem der Klassenzimmer vorbeikamen, winkte Mrs Dann ihnen kurz zu, und auch der immer ernste Mr Eades in seinem grauen Anzug gönnte ihnen ein knappes Kopfnicken, als sie sein Büro passierten. Es lag direkt neben dem der Schulleiterin, Paulina Sartre.

Sie saßen gerade vor dem Springbrunnen im Innenhof, als Mrs Sartre den Rasen betrat und anmutig und elegant wie immer auf sie zu schritt. Die blass-braunen Haare hatte sie, wie gewöhnlich, zu einem lockeren Knoten im Nacken gebunden. Ihre silbergrauen Augen blickten durch die Gläser einer Goldrandbrille ruhig und gelassen in die Welt, und wie immer trug sie ein dunkles, fließendes Gewand.

»Dex! Gideon! Luke! Wie schön euch zu sehen«, sagte sie, und ihr französischer Akzent verlieh ihren Worten einen besonderen Charme. Die drei Jungen lächelten sie herzlich an. Sie war eine Frau, die enormen Respekt verbreitete, und war als »Seherin« dafür verantwortlich, die verschiedenen COLAs ausfindig zu machen – manchmal sogar noch bevor ihre Fähigkeiten sich überhaupt offenbart hatten. Und dann schickte sie Owen los, um die Kinder hierherzuholen. Manchmal überkam Mrs Sartre auch eine, wie sie es nannte, »Vorahnung«, zum Beispiel über ein Ereignis, was einem ihrer Schüler bevorstand. In solchen Fällen machte sie sich jedes Mal große Sorgen, was man ihr auch deutlich anmerkte.

Jetzt trat sie zu den drei Jungen und legte jedem von ihnen für einen Augenblick sanft die Hand auf den Kopf. Es wirkte wie eine »tantenhafte« Geste der Zuneigung, aber Gideon und Dex wussten es besser. Bei der Berührung stellten sich ihre Haare senkrecht, wie bei einer elektrostatischen Aufladung.

»Gut … gut«, sagte sie leise, fast wie zu sich selbst, während sie Gideon und Luke gleichzeitig über den Kopf streichelte. Bei Dex verharrten ihre Finger ein klein wenig länger, und er spürte, wie ein leichtes Zucken seine Haut durchdrang. Sie blinzelte und hielt den Atem an. Er wusste, dass sie ihn jetzt »las«. »Dex Jones«, murmelte sie. »Du hast Glück, dass du am Leben bist.« Er nickte hastig und wandte den Blick ab. Er wollte nicht daran erinnert werden.

»Nun denn, ich muss gehen«, sagte sie und dann war sie so schnell verschwunden, dass Dex beinahe zu hören glaubte, wie die Luft den plötzlich entstandenen, leeren Raum wieder füllte. Während sie über den Innenhof schritt, drehte sie sich noch einmal zu ihnen um und rief: »Luke ... Gideon ... ich bin froh, dass ihr zusammen seid. Ihr empfindet jetzt Vollständigkeit, nicht wahr?« Mit diesen Worten verschwand sie im Inneren des Schulgebäudes.

Niemand sagte ein Wort. Dex sah Gideon an, und dieser Luke. Luke erwiderte Gideons Blick mit einem Ausdruck, den Dex nicht richtig deuten konnte.

»Jetzt hört aber mal auf mit diesem Vollständigkeitszeug, Jungs!«, sagte er. Seine Stimme klang viel zu schrill.

»Ja, stimmt«, meinte Gideon und schüttelte sich. »Gehen wir mal Barber besuchen.«

Luke blinzelte ebenfalls und schien einen Moment zu brauchen, bis er sich wieder gefangen hatte. Auf dem Weg zum Pförtnerturm wurde Dex das Gefühl nicht los, dass die beiden etwas wussten, was sonst niemand ahnte.

Du bist doch bloß eifersüchtig, sagte er zu sich selbst. Aber dadurch wurde das Gefühl auch nicht besser.

Kapitel 6

»Dex, ist das wahr?« Lisa kam in ihren neuen Laufschuhen quer über den Sportplatz zu Dex gelaufen, der auf einem stabilen Zaunpfahl saß.

»Ist was wahr?«, fragte Dex zurück. Er wusste genau, was sie meinte, aber er hatte keine Lust, ihr irgendwie entgegenzukommen.

»Das mit Gideons Zwillingsbruder natürlich!« Atemlos blieb sie direkt vor ihm stehen.

»Ach so, ja, genau. Gideon hat einen Zwillingsbruder. Er heißt Luke.«

»Wo ist er?«, wollte Lisa wissen. »Das muss ich sehen!«

Dex sprang von seinem Pfahl herab und schlenderte über den Sportplatz. Lisa kam ihm hinterher. »Ich glaube, in der Postkammer«, sagte er. »Gideon zeigt ihm gerade die Schule und so.« Er versuchte, alle Schwere aus seiner Stimme zu verbannen, so gut er konnte, aber trotzdem klangen seine Worte tonlos und dumpf und so mitreißend wie ein nasses Stück Pappkarton. Gideon und Luke waren aufgestanden, während er noch vor seinem Mittagessen gesessen hatte. Hastig hatte er seinen Nachtisch hinuntergeschlungen, bis ihm klargeworden war, dass die beiden ihn womöglich gar nicht dabei haben wollten. Bei diesem Gedanken hatte er sich mehr zurückgewiesen gefühlt, als er zugeben wollte, und darum war er jetzt ganz alleine unterwegs.

»Du bist eifersüchtig, stimmt's?« Takt war nicht unbedingt eine von Lisas Stärken.

»Natürlich nicht!« Dex beschleunigte seine Schritte.

»Echt nicht? Also, ich wär's. Drei sind einer zu viel, heißt es doch ...«

Dex blieb stumm. Manchmal ging Lisa ihm tierisch auf die Nerven. Vor allem, wenn sie recht hatte.

»Alle reden schon darüber«, machte sie weiter. »Wir haben doch alle gedacht, dass es keine anderen COLAs mehr gibt.«

»Na ja, gibt es ja auch nicht«, erwiderte Dex. »Luke ist nämlich gar kein COLA.«

»Was? Keine besonderen Fähigkeiten? Gar nichts?«

»Nein.«

Lisa zuckte mit den Schultern. »Das ist aber wirklich seltsam! Ein ganz normaler Junge. Wie ist er denn so?«

»Er ist okay. Brillenträger. Stammt von der Isle of Wight.«

Lisa unterbrach ihr Verhör, und er spürte, wie sie versuchte, ihm auf telepathischem Weg noch irgendwelche Informationen zu entlocken.

»Wenn du nichts dagegen hast ...«, fauchte er und war, noch bevor sie ihm antworten konnte, zum Fuchs geworden. Dann jagte er davon, so schnell er nur konnte, schlüpfte unter dem Zaun und ein paar niedrigen, windgepeitschten Büschen hindurch und gelangte auf den Klippenpfad, der ihn über mehrere, steile Treppen bis zu Owens Hütte führte. Mühelos sprang er auf den tief gelegenen Fenstersims. Durch die alten, fleckigen Glasscheiben war zwar Licht zu erkennen, aber keine menschlichen Umrisse. Er wandte dem Fenster den Rücken zu, kuschelte sich in seine lange Lunte, ließ sich auf den Bauch sinken und blickte mit erhobenem Kopf aufs Meer hinaus. Der Seewind spielte mit den zarten, fächerförmig angeordneten Tasthaaren rund um seine Schnauze und zerzauste die Fellhaare in seinen Ohren. Seine feinen Krallen kratzten leise über den steinernen Sims. Er konnte sich noch gut an den Tag erinnern, als er sich zum ersten Mal verwandelt hatte, und an sein unglaubliches Erstaunen, als er festgestellt hatte, dass er sich plötzlich im Körper eines Fuchses befand. Er hatte sich versehentlich im Gartenschuppen eingesperrt, nachdem Gina ihn aus dem Haus ausgeschlossen hatte. Infolge der unerträglichen Hitze in der Hütte hatte er eine Panikattacke erlitten und war bewusstlos geworden. Und nach dem Aufwachen hatte er eine Verwandlung festgestellt. Eine ganz gewaltige Verwandlung.

Sein erster Ausflug als Fuchs, bei dem er sich in einem Müllcontainer etwas zu essen besorgt und aus einem alten Autoreifen getrunken hatte, hatte Freiheit bedeutet. Er schauderte bei dem Gedanken, wie sein Leben wohl verlaufen wäre, wenn er keine gestaltwandlerischen Kräfte entwickelt hätte. Dann würde er jetzt immer noch bei Gina und Alice in seinem winzigen, feuchten Zimmerchen hausen und tagtäglich unter dem Mangel an Liebe und Aufmerksamkeit leiden, an den er sich seit dem Tod seiner Mutter gewöhnt hatte. Damals war er vier Jahre alt gewesen.

Aber Tregarren hatte sein Leben völlig auf den Kopf gestellt und aus dem schwächlichen, gleichgültigen, traurigen Jungen, der er vorher gewesen war, einen gesunden, offenen und glücklichen Jungen – und Fuchs, natürlich – gemacht. Aber vor allem hatte Tregarren ihm Gideon beschert. Seinen besten Freund. Auch, wenn er ihm am allerersten Tag einen Fußball aufs Gesicht hatte fallen lassen und ihm mit einem Brennnesselgriff den Arm verbrannt hatte, trotzdem hatte seine Freundschaft Dex befreit, hatte ihn dazu gebracht, über sich selbst lachen zu können.

Aber jetzt war alles anders. Gideon war nicht mehr länger die zweite Hälfte von »Dex und Gideon«, er war jetzt ein Drittel von »Dex und Gideon und Luke«. *Was stellst du dich eigentlich so dämlich an?*, schimpfte Dex mit sich selbst. *Luke ist schließlich gerade erst hier angekommen. Natürlich will Gideon Zeit mit ihm verbringen. Was würdest* du *denn machen, wenn du deinen verschollenen Bruder wiederentdeckt hättest?* Und außerdem war Luke ja ein netter Kerl. Absolut in Ordnung. Dex musste sich eben nur daran gewöhnen, dass er jetzt auch hier war. Es würde für ihn hier ohnehin nicht ganz einfach werden, so ganz ohne besondere Kräfte. Dex beschloss, dass Gideon *niemals* etwas von seiner Eifersucht erfahren sollte.

»So, so, so. Verdrücken wir uns also immer noch in irgendwelche dunklen Ecken, Dex?« Die helle Stimme triefte vor Spott und Hohn. Dex zuckte zusammen und erkannte, dass Spook Williams die Steintreppe herunter kam. Er war so in Gedanken gewesen, dass er den Geruch des anderen überhaupt nicht wahrgenommen hatte. Dex warf ihm einen Blick zu, verwandelte sich jedoch nicht zurück. Er hatte keine Lust, mit seinem Erzfeind zu reden. Spook kam direkt auf ihn zu. Er war groß gewachsen, mit dunkelroten Haaren und blasser Haut, und seine Bewegungen wirkten träge, fast wie bei einer Eidechse. Er trug eine Jeans und ein T-Shirt, und darüber einen langen, fließenden schwarzen Mantel, der mit Halbmonden bestickt war. Absolut lächerlich. Spook träumte ernsthaft von einer Weltkarriere als Zauberkünstler und benahm sich schon als Zwölfjähriger so. Aber eigentlich stand ihm der Mantel gar nicht schlecht, denn er unterstrich seinen schlangengleichen Gang noch.

Alle in der Schule wussten, dass Spook bereits an mehrere Fernseh-Produktionsfirmen geschrieben und vorgeschlagen hatte, eine Zaubershow mit einem talentierten Zwölfjährigen ins Programm aufzunehmen. Aber bis jetzt hatte er noch keine Antwort erhalten. Vielleicht hatte ja auch die Internatsleitung dafür gesorgt, dass seine Briefe nie bei den Fernsehfirmen angekommen waren. Spook war vermutlich klug genug gewesen, nichts davon zu erwähnen, dass er tatsächlich ein Illusionist war, der durch die Kraft seines Geistes fast alle Menschen dazu bringen konnte, die unglaublichsten Dinge zu sehen. Im letzten Jahr hatte die Schule eine spektakuläre Feuerwerks-Darbietung erlebt, geschaffen von Spook und seinen Illusionisten-Freunden. Doch es gab etwas, was Spook bis jetzt noch nicht wusste. Dex, und nur er allein, hatte nicht das Geringste von dieser phantastischen Show gesehen.

Anscheinend war das eine der Nebenwirkungen seiner

Gestaltwandler-Kräfte: dass er für solche Illusions-Kunststücke so gut wie unempfänglich war. Er nahm immer nur ein leises Wabern der Luft wahr, wie das Hitzeflirren über einer Asphaltstraße an einem sehr heißen Tag. Das hatte er schon in seinem ersten Trimester festgestellt, und es hatte sich als sehr hilfreich erwiesen. Nur seine engsten Freunde wussten darüber Bescheid und hatten es bis jetzt für sich behalten. Obwohl, vielleicht ahnte Spook ja so etwas. Jedenfalls war seine Abneigung gegenüber Dex vom ersten Augenblick an unübersehbar gewesen.

»Tut mir leid, dass ich kürzlich nicht länger bleiben konnte. Ich hätte natürlich gerne noch ein bisschen mit dir geplaudert«, sagte er jetzt hämisch, als er auf der Treppenstufe direkt unter dem Fenstersims angelangt war. Dex starrte aufs Meer hinaus und tat so, als hätte er den anderen überhaupt nicht bemerkt. Allerdings richteten sich bereits die ersten Haare in seinem Nacken auf.

»Man musste ja fast den Eindruck haben, als hättest du da ein kleines Abenteuer erlebt, Dex! Hast du womöglich ein paar Würmer ausgebuddelt?«

Dex merkte, wie seine Lunte unwillkürlich anfing zu zucken. Er legte sie wieder ab.

»Und Owen war dir ja anscheinend beim Buddeln behilflich. Ihr habt bestimmt eine Menge Spaß miteinander gehabt«, machte Spook weiter, gefolgt von einem hohen, gepressten Kichern. »Nach allem, was ich gehört habe, hast du wie ein Mädchen geflennt, nachdem er dich aus dem Loch gezogen hat!«

Dex, der Fuchs, fuhr sich mit der Zunge über seine scharfen Zähne und überlegte ernsthaft, ob er Spook beißen sollte. Wie gut es täte, seine nadelspitzen Reißzähne in die Kehle dieses Jungen zu schlagen, seine Schreie zu hören. In diesem Augenblick flog die Tür der Hütte auf und Owen starrte die beiden wutentbrannt an.

»Spook, wenn du noch *einen* Ton zu diesem Thema sagst, ganz egal, zu wem, dann lasse ich dich vier Wochen am Stück nachsitzen, und zwar bei Mr Eades.«

Spook zuckte zusammen, doch dann warf er Owen einen aufmüpfigen Blick zu. »Ich hab zu niemandem was gesagt! Selbstverständlich nicht! Ich wollte Dex bloß ein bisschen aufziehen, mehr nicht.«

»Glaubst du wirklich, dass das nötig ist?« Owen blitzte ihn wütend an. »Hast du eigentlich eine Vorstellung davon …?«

In diesem Augenblick sprang Dex vom Fenstersims auf den Boden und verwandelte sich zurück in einen Jungen. Es war ihm schrecklich peinlich, dass Owen mit Spook über sein unglückliches Erlebnis sprach.

»Hör zu … können wir das nicht einfach vergessen?«, sagte er, während Spook ihm einen verächtlichen Blick zuwarf.

»Ja, na klar, Dex«, sagte er. »Vergessen wir's einfach. Keine Ursache, jederzeit wieder.« Mit diesen Worten stapfte er davon, während der Seewind seinen absurden Mantel bauschte.

Dex starrte Owen an. »Wie hat er denn das gemeint?

Dass ich mich bei ihm dafür bedanken soll, dass er es nicht an der ganzen Schule rumerzählt?«

Owen betrachtete ihn nachdenklich. »Dann bist du also noch gar nicht dahintergekommen?«

Dex legte das Gesicht in Falten. »Hinter was denn?«

»Nein … nun ja, du warst vermutlich viel zu sehr mit anderen Dingen beschäftigt. Was glaubst du denn, wieso die Jagdgesellschaft uns so plötzlich den Rücken gekehrt und uns in Ruhe gelassen hat? Die Hunde hatten alle deinen Duft in der Nase, und sogar der Jagdführer war immer noch überzeugt davon, dass du einen Fuchs unter deinem Pullover versteckt hast.«

Das Gespräch hatte eine Wendung genommen, die Dex ganz und gar nicht gefiel. »Und weiter?«

»Spook hat eine Illusion erzeugt, das ist alles. Er hat ziemlich schnell gemerkt, wer ich bin, und dich hat er auch erkannt. Dann hat er zwei und zwei zusammengezählt und genau zum passenden Zeitpunkt eine kleine Füchsin herbeigezaubert und nach Westen laufen lassen. Die Jäger haben sie gesehen und ihre Hunde hinterhergehetzt.«

Dex wurde speiübel. »Soll das heißen, dass ich … dass ich Spook etwas schuldig bin?«

»Nun ja, wir wollen jetzt nicht gleich maßlos übertreiben!« Owen lachte. »Er hat dir nicht gerade das Leben gerettet. Aber er hat uns aus einer unangenehmen Situation befreit … und zwar ziemlich elegant.«

»Spook? Elegant? Das ist doch nicht dein Ernst.« Owen

blieb stumm, so dass Dex letzten Endes nichts anderes übrigblieb, als mit den Schultern zu zucken. »Also gut. Von mir aus. Vielleicht war es ja wirklich eine ganz coole Aktion. Aber wahrscheinlich hätte er das nicht gemacht, wenn du nicht dabei gewesen wärst.«

In diesem Augenblick ließen sich weiter unten auf der Treppe zwei blonde Jungen sehen. »Dex!«, rief Gideon. »Wo steckst du denn? Komm endlich! Ich will Luke den Wald zeigen. Mrs Sartre hat uns die Erlaubnis gegeben.«

Voller Freude rannte Dex zu den Zwillingen. Gut, dass er Owens Enthüllungen in Bezug auf Spook nicht mehr länger hören musste.

Sie stiegen zum Pförtnerturm hinauf, wo Barber freudig an Gideon und Luke emporhüpfte. Dex bekam nur das mittlerweile übliche, etwas respektvollere, sanfte Kopf-an-Kopf. Barber wusste, dass dieser Junge auch ein Fuchs war, und deswegen erschien es ihm irgendwie unpassend, an ihm hoch zu hüpfen und zu versuchen, ihm das Gesicht abzulecken. Mr Pengalleon gab den Code in die Tastatur ein und entließ sie ins Licht der Spätnachmittagssonne. Sie marschierten hinauf in den alten Wald, der sich auf den Klippen über dem Internat erhob, und setzten sich auf die knorrigen Wurzeln, mit denen sich die alten Bäume an die äußerste Felskante klammerten. Weiter unten sahen sie mehr und mehr Mitschüler im Internat eintreffen und wie kleine Ameisen durcheinanderwuseln.

»Was werden die anderen wohl von mir halten?«, wollte Luke wissen und warf ein paar Steinchen über die Klippenkante. Gideon fing sie mit seiner Gedankenkraft auf und ließ sie wieder zurück in die Hand seines Bruders schweben.

»Du musst überhaupt nichts sagen«, erwiderte Gideon. »Niemand muss sagen, welche Kräfte er oder sie hat – oder auch nicht. Irgendwann kommt es sowieso immer raus. Aber in deinem Fall … wenn du einfach jedes Mal, wenn dich jemand fragt, düster und geheimnisvoll dreinschaust, dann denken sie bestimmt alle, dass du etwas wahnsinnig Beeindruckendes zu verbergen hast.«

»Das mache ich«, erwiderte Luke. Aber es klang nicht besonders überzeugt.

»Bist du denn sicher, dass du absolut keine besonderen Fähigkeiten hast?«, wollte Dex wissen.

»Oh, ja. Ich habe ja schon seit einer ganzen Woche Entwicklungsstunden gehabt, weil sie rauskriegen wollten, ob ich hellsehen kann. Ich musste mir irgendwelche Symbole anschauen und sie dann in Gedanken an Mr Hind schicken. Also habe ich mir die Bilder angeschaut, die Augen zusammengekniffen und den Atem angehalten, bis ich rosa im Gesicht war … nichts! Dann haben sie es andersrum probiert und Mrs Sartre hat irgendwas an mich geschickt. Ich hab zwar jedes Mal was gesagt, aber das war nur geraten. Absolute Fehlanzeige! Dann haben sie mich auf einen Stuhl gesetzt und mich gezwungen, einen Bleistift anzustarren, bis mir die Augen aus dem Kopf gefallen sind, aber das dämliche Ding hat sich keine Millimeter von der Stelle gerührt. Null.«

Gideon stieß einen leisen Pfiff aus. »Aber irgendwas muss da doch sein. Was ist mit Geisterkommunikation?«

»Mit was?«

»Du weißt schon – hörst du vielleicht Stimmen aus dem Jenseits?«

Luke warf Gideon einen skeptischen Blick zu. »Ganz bestimmt«, schnaubte er.

»Au weia!«, meinte Gideon. »Dann mach dich mal auf die eine oder andere Überraschung gefasst.«

»Wir haben eine Menge Hellseher und Medien hier«, fügte Dex erklärend hinzu und beobachtete einen glänzenden kleinen Käfer, der gerade über seine Schuhe krabbelte. In seinem Magen regte sich leiser Appetit. »Sie müssen jedes Mal, wenn sie von irgendwelchen Verstorbenen eine Nachricht bekommen, einen kleinen rosafarbenen Zettel ausfüllen. Und den muss Mr Eades oder sonst irgendjemand unterschreiben, bevor sie ihn weitergeben dürfen. Gideon kriegt ständig Botschaften von seiner … von *eurer* Tante Pam.«

»Wir haben eine Tante Pam?«, erkundigte sich Luke.

»*Hatten*«, verbesserte ihn Gideon. »Sie ist seit Urzeiten tot. Nicht, dass sie sich davon irgendwie einschränken lassen würde.« Er holte einen zerknitterten, rosafarbenen Zettel aus der Hosentasche. »Sie hat mir schon wieder was geschickt, obwohl das Trimester noch nicht einmal angefangen hat. Den habe ich von Jessica Moorland bekommen, gleich, nachdem sie hier war.«

Luke und Dex warfen einen Blick auf den Zettel. Die

Überschrift lautete: BOTSCHAFT AUS DER GEISTERWELT – BENACHRICHTIGUNG. Jessica hatte fein säuberlich ihren Namen, das Datum und die Uhrzeit sowie den Namen des Empfängers darauf eingetragen – *Gideon Reader*. Und unter der Zeile »wurde von einem Geist namens: *Tante Pam* kontaktiert« stand: »*Vergiss nicht den Fisch. Finger weg von Nummer drei. Haareschneiden nicht vergessen.*«

»Bei der sind mehr als nur ein paar Schrauben locker«, seufzte Gideon. »Das ergibt jedenfalls nie einen Sinn.«

Sie lachten gemeinsam, und Dex fühlte sich gleich nicht mehr ganz so verkrampft. Das hatte Tante Pam immerhin geschafft.

Zur Teestunde war der Speisesaal wieder voll. Aus allen Ecken des Landes waren die COLAs nach Tregarren zurückgekehrt. Ihre Freude und ihre Aufregung waren beinahe mit Händen zu greifen. Überall saßen Schülerinnen und Schüler an den Tischen und erzählten ihren Freundinnen und Freunden von den Osterferien. Es war zwar außerhalb der Entwicklungsstunden offiziell verboten, irgendwelche seltsamen Kräfte zu demonstrieren, aber trotzdem war hier und da das eine oder andere Kunststück zu sehen – frei schwebende Suppenschüsseln oder volle Teller, auf denen sich plötzlich Mäuse oder ein wabbeliger Tintenfisch räkelten, begleitet von entsetzten Schreien. Gelegentlich ertönte auch ein verärgertes *Uumpff,* wenn jemand gegen einen unsichtbaren Mitschüler geprallt war.

Barry, der Zimmergenosse von Dex, Gideon und Luke und außerdem Illusionist, hatte sich zu den drei Jungen und Lisa an ihren üblichen Tisch gesetzt. Er knipste sich mit großem Vergnügen ständig an und aus. »Seht ihr? Ich kann es jetzt richtig schnell!«, rief er. »Ich hab die ganzen Ferien über geübt!« Nachdem er ungefähr eine Minute lang abwechselnd sichtbar und wieder unsichtbar geworden war, wurde es Gideon langweilig, und er kippte seinen Schokoladen-Shake über Barrys Stuhl aus. Sofort wurden die Umrisse ihres kräftig gebauten Freundes sichtbar. Die braune Flüssigkeit lief ihm aus den Haaren und der Kleidung, und er schnappte empört nach Luft. »Gideon! Du kleine Ratte!«, rief er.

»Tut mir leid«, lachte Gideon. »Aber wir finden dich so sympathisch, dass wir dich gerne die ganze Zeit sehen wollen!«

»Jetzt geht es sowieso nicht mehr«, knurrte Barry verstimmt, wurde wieder voll und ganz sichtbar und wischte seine nassen Hände an Gideons Haaren ab. »Und ich hab auch keine Lust mehr!«

Lachend reichte Dex Barry eine Serviette. Er mochte seinen Mitbewohner und war aus irgendeinem Grund nicht völlig immun gegen seine Unsichtbarkeits-Illusion, auch, wenn seine Fuchsinstinkte das übliche Flimmern der Luft jedes Mal genau registrierten. Gepaart mit seiner scharfen Nase und dem Pfeifen, das Barry wegen seiner vergrößerten Polypen bei jedem Atemzug ausstieß, wusste er eigentlich immer, wo Barry gerade steckte.

Luke sah sich das alles mit riesigen Augen an. Dex beobachtete ihn, und als er sah, wie seine Miene schlagartig weicher, sein Blick sanfter und sein Mund offener wurde, da wusste er sofort, was los war. Er musste sich nicht einmal umdrehen, weil klar war, dass Mia zu ihnen an den Tisch kam. Luke legte Messer und Gabel links und rechts neben seinen Teller mit Rührei, Schinken und Pommes frites und starrte sie an. Gideon grinste. Mia nahm neben Dex Platz, gegenüber von Luke, und stellte eine Schale mit Nudeln und ein Glas Apfelsaft auf den Tisch. Sie sah Luke an und lächelte dabei. Gideons Zwillingsbruder lächelte ein wenig unsicher zurück.

»Hallo. Du musst Luke sein«, sagte Mia. Ihre Stimme klang sanft und beruhigend, wie Quellwasser auf Kieselsteinen. Luke nickte und starrte sie weiter an.

»Wie schön, dich kennenzulernen«, fuhr Mia fort. »Wir konnten es kaum glauben, dass Gideon einen Zwillingsbruder haben soll. Aber jetzt gibt es daran nicht mehr den leisesten Zweifel. Ihr seid fast vollkommen identisch, oder?«

Luke nickte mit immer noch verschleiertem Blick und offenem Mund. Gideon streckte die Hand aus und klappte ihm den Mund zu, so wie er es bei Dex auch gemacht hatte, als er neu an die Schule gekommen war.

»Ist schon gut, Luke. Mit der Zeit gewöhnst du dich dran. Du kannst auch gar nichts dafür. Das ist der Mia-Effekt.«

Mia errötete und beugte sich über ihr Essen, während Luke seinen Bruder ansah. Gideon fuhr fort: »Das ist die Heilerin, von der ich dir erzählt habe. Absolut brillant! Ich kann dir gerne gegen das Schienbein treten, wenn du es ausprobieren willst.«

»Nein, Gideon!«, stießen Dex und Lisa gleichzeitig hervor. Sie hatten im letzten Jahr alle erfahren, dass Mia zwar eine unglaublich begnadete Heilerin war, dass sie aber die Schmerzen, die sie bei ihren Heilungen anderen Menschen abgenommen hatte, nicht wieder losgeworden war. Darum hatte sie wochenlang eine enorme Last mit sich herumgetragen, ohne zu wissen, wie sie sie abbauen konnte. Wenn Owen Hind nicht gerade noch rechtzeitig gemerkt hätte, was los war, dann wäre Mia vielleicht sogar gestorben.

Inzwischen hatte sie viel darüber gelernt, wie sie den Schmerz auch wieder abgeben konnte, aber trotzdem waren ihre Freunde immer noch sehr besorgt um ihr Wohlergehen. Deshalb achteten sie sorgfältig darauf, dass sie ihnen keine Verletzung, keinen Kopfschmerz nahm, den sie nicht sofort wieder loswerden konnte.

»Und wie geht es *dir*, Dex?«, erkundigte sich Mia leise.

»Prima«, erwiderte Dex und schaufelte sich eine riesige Gabel mit heißem Cottage Pie und Karotten in den Mund.

»Wirklich?«

»Mm-hmm!« Dex strahlte sie an und rollte zur Unterstreichung noch mit den Augen, aber sie wirkte nicht restlos überzeugt.

»Lisa hat mir erzählt, was am Freitag im Wald passiert ist.« Sie schauderte. »Dex, du musst unbedingt – *unbedingt* – gut auf dich aufpassen.«

Dex schluckte und hustete leise. »Mir wäre es am liebsten, wenn wir das Ganze einfach vergessen könnten, und zwar alle!«, sagte er. »Mir geht's prima. Danke der Nachfrage, aber wirklich – alles bestens!« Er strahlte Mia an. Sie lächelte sanft und hüllte ihn wie üblich in eine Wolke der Wärme und der Zuneigung ein, so dass er sich fast ein wenig schämte, weil er sie angelogen hatte. *Alles bestens* war doch eine ziemliche Übertreibung gewesen. In Wirklichkeit war es so, dass er seit dem Aufwachen am Samstagmorgen, nach einem langen Schlaf der totalen Erschöpfung, versuchte, die Ereignisse im Wald so gut wie möglich zu verdrängen. Die wenigen Erinnerungen, die es trotzdem geschafft hatten, sich in sein Bewusstsein zu schleichen, hatten ihm Schüttelfrost und Brechreiz verursacht, und das würde er *garantiert* nicht noch einmal riskieren! Darum hatte er – genau wie jedes andere wilde Tier das auch machte – diese Erfahrung dort gespeichert, wo sie hingehörte. Bei Gefahr würde er jedenfalls nie wieder in ein dunkles Loch flüchten. Das war alles. Die Sache war erledigt. Er musste darüber nicht länger nachdenken. Wenn nur die anderen endlich aufhören würden, ständig darüber zu reden!

Kapitel 7

Während des ganzen Abends bemühte sich Dex, so gut er nur konnte, in Lukes Gegenwart möglichst entspannt und freundlich zu sein. Ihr Quartett der Freundschaft war zu einem Quintett geworden, und Mia und Lisa waren fasziniert von dem neuen Zwilling. Sie fläzten sich gemeinsam auf eines der alten Ledersofas vor dem offenen Kamin im Gemeinschaftsraum, und auch Luke schien sich inzwischen spürbar entspannt zu haben. Es war nicht zu übersehen – und auch nicht weiter verwunderlich –, dass er Mia anhimmelte. Immer wieder sah er zu ihr hinüber, als wüsste er nicht genau, ob sie tatsächlich echt war. Unterdessen wollte Lisa mehr über sein Leben vor dem COLA-Club erfahren.

»Also, wie ist es denn überhaupt passiert?«, wollte sie wissen, stützte sich mit den Händen auf die Knie ihrer weißen Designer-Jeans und sah ihn mit zusammengekniffenen Augen an. »Hallo! Hier drüben!« Sie schnipste mit den Fingern, und Luke riss sich ein wenig verlegen von Mia los.

»Keine Sorge«, sagte Lisa. »In ein, zwei Tagen bist du wieder einigermaßen normal. Und dann kapierst du auch, dass *ich* hier die Schönheit bin und Mia einfach nur langweilig ist.« Mia lachte. Dieser »Mia-Effekt« war ihr unglaublich peinlich, und sie war jedes Mal froh, wenn ihre Freunde sich darüber lustig machten.

»Entschuldigung«, sagte Luke. »Was hast du gerade gesagt?«

»Wie kommt es, dass du hier bist? Was ist davor passiert? Wolltest du hierher? Oder hast du dich gewehrt? Also, ich schon. Ich habe mich aufgeführt, als wäre ich übergeschnappt! Wobei, ehrlich gesagt, sie haben geglaubt, dass ich *tatsächlich* übergeschnappt bin ...« Lisa seufzte.

»Nein, ich habe mich nicht gewehrt. Ich wollte wissen, was es mit dem Ganzen auf sich hat«, erwiderte Luke. »Davor ist eigentlich nichts Nennenswertes passiert. Ich bin ganz normal zur Schule gegangen, und ein paar Kumpels hatte ich auch. Aber keinen wie ... wie Gideon«, fügte er hinzu.

Dex musste alle Kraft zusammennehmen, um den Aufschrei der Eifersucht zu unterdrücken, den er bei diesen Worten empfand. Er würde *nicht* nachgeben! »Und weiter?«, forderte er Luke auf.

»Na ja, wir waren ja zu zweit, nur meine Mum und ich ...«

»Wie ist deine Mum denn so?«, unterbrach Lisa. »Die meisten von uns haben ja keine.«

»Ja, das hab ich schon gehört. Seltsam. Na ja, also, Mum ... Mum ist toll. So liebevoll. Ich meine, für mich ist sie einfach nur meine Mum, weil ich immer nur sie hatte. Aber jetzt ist sie ein bisschen behindert, und ich glaube, es ist ihr ganz schön schwergefallen, weil Dad gestorben ist, als ich sechs Jahre alt war, und sie musste sich dann alleine um mich kümmern und arbeiten und das alles.«

»Vermisst du sie?«, wollte Lisa wissen.

»Tja, na ja, ein bisschen schon. Aber ich darf ja mit ihr telefonieren, und außerdem ist ihre Schwester jetzt zu ihr gezogen, damit sie nicht mehr so alleine ist. Sie kommen ganz gut miteinander klar, worüber ich sehr froh bin. Sie hat gesagt, dass ich die Gelegenheit nutzen soll, also, als Owen zu uns gekommen ist.«

»Dann ist Owen praktisch aus heiterem Himmel bei euch aufgetaucht?«, erkundigte sich Dex. Er konnte sich noch lebhaft an *seine* erste Begegnung mit Owen Hind erinnern, in Ginas Wohnzimmer. Owen hatte damals einen Anzug getragen und mit seinen langen Locken und der wettergegerbten Haut eine ziemlich merkwürdige Figur abgegeben. Dex war zwar zu Anfang ziemlich misstrauisch gewesen, aber trotzdem hatte er sich lieber auf das Wagnis eingelassen, diesem fremden Mann, der im Auftrag einer staatlichen Behörde gekommen war, zu folgen, als noch länger bei Gina und Alice zu bleiben. Und Gina war froh gewesen, dass sie ihn so einfach und dazu noch kostenfrei losgeworden war. Also waren alle zufrieden gewesen.

»Ich bin eines Tages von der Schule nach Hause gekommen, und da hat er dagesessen und mit Mum Tee getrunken«, sagte Luke. »Er hat ihr erzählt, dass ich der verschwundene Zwillingsbruder eines Schülers an einem College für besonders begabte Kinder bin, und dass sie glauben, dass ich womöglich dasselbe Potential habe.«

»Und dann hat deine Mum ›Wow!‹ gesagt und dich mitgehen lassen«, ergänzte Dex.

»Also … nein!«, wandte Luke empört ein und sah Dex an, als sei er nicht ganz bei Trost. »Sie hat natürlich erst mal ein paar Erkundigungen eingeholt. Was denn sonst? Einfach irgendein Formular unterschreiben und mich wegschicken?«

Dex sagte keinen Ton, und Gideon warf ihm einen mitfühlenden Blick zu.

»Jedenfalls war ich dann schon eine Woche vor euch allen hier, und dann sind Gid und Dex gekommen – und jetzt sind wir also komplett«, endete Luke.

»Und du hast wirklich keine besonderen Kräfte?«, fragte Lisa leise und beugte sich so dicht zu ihm, dass die anderen sie nicht hören konnten.

Luke seufzte. »Nein«, erwiderte er geduldig. »Wirklich nicht.«

Lisa ließ sich gegen ihre Stuhllehne sinken und blickte ihn fasziniert an. »Wow!«, sagte sie.

Dex war froh, als er endlich schlafen gehen konnte, auch wenn Barry, Gideon und Luke von Bett zu Bett hüpften und eine Kissenschlacht veranstalteten. Wobei Gideon die Kissen mal warf und mal schweben ließ, während Barry sich ständig an- und wieder ausknipste. Luke war immer noch schwer beeindruckt von ihren Kunststücken. Natürlich machte es ihnen eine Menge Spaß, einen neuen, staunenden Zuschauer zu haben, besonders einen, der selbst keine Kräfte hatte, dachte Dex. Seine rückhaltlose Bewunderung war ihnen jedenfalls sicher. Er zog sich die Bettdecke über den Kopf und bekam kaum mit, dass er sich verwandelt und in der dunklen Mitte seines Bettes zusammengekringelt hatte. Als seine Mitbewohner fünf Minuten später immer noch wie wild über die Betten tobten, stieß Dex ein tiefes Knurren aus. Schlagartig trat Stille ein.

»Hoppla!«, kicherte Gideon. »Dexy-Boy ist ja ganz flauschig geworden. Und er hat die Schnauze voll. Wir sind ihm zu laut! Entschuldige, Kumpel. Das Füchslein braucht seinen Schlaf.«

Sie legten sich in ihre Betten, und nachdem sie noch ein paar Minuten lang geplaudert hatten, schliefen sie einer nach dem anderen ein. Dex schlief auch, aber nicht besonders gut und nicht besonders lange. Er wurde immer wieder wach, stellte fest, dass er wieder zum Menschen geworden war, und beobachtete die Leuchtzeiger seines Weckers. 23.00 Uhr … 00.19 Uhr … 2.15 Uhr. Um 2.35 Uhr setzte er sich seufzend auf, nahm Fuchsgestalt an und schlüpfte aus seinem Bett. Es wäre sinnlos gewesen, noch länger hier herumzuliegen. So aufgewühlt, wie er war, war er draußen besser aufgehoben.

Dex huschte auf seinem eigenen, ganz persönlichen Pfad die Klippen hinauf bis in den Wald oberhalb des Internats. Für einen Menschen wäre das absolut unmöglich gewesen, aber als leichter, flinker Fuchs mit vier behänden Pfoten brachte er die Felswand schon in kurzer Zeit hinter sich. Der Halbmond spendete genügend Licht, und seine Augen waren genauso scharf wie seine anderen Fuchs-Sinne. Wie immer, wenn er unter den schützenden Mantel der Bäume schlüpfte und mit Samtpfoten über den

Waldboden federte, nahm er unzählige andere Geschöpfe wahr. Kleine Nagetiere, schlafende Vögel, sogar Insekten, alle wurden durch die Ankunft des näherkommenden Raubtiers in Aufruhr versetzt. Ein Dachs ganz in der Nähe suchte ungerührt weiter nach Käfern, ohne sich vom Duft des Fuchses aus der Ruhe bringen zu lassen. Eine gelbbraune Eule schwebte im Tiefflug über ihn hinweg, ruhig und konzentriert auf der Suche nach Mäusen und anderen Nagern, während ihr Partner in einem Baum ganz in der Nähe saß und regelmäßig hohe, aufmunternde Schreie ausstieß. Der Duft des nächtlichen Waldes hatte eine entspannende Wirkung auf Dex – es war wie ein kühles Bad nach einem heißen Tag. Wieder einmal schloss ihn die samtene Dunkelheit als eines ihrer Kinder liebevoll in ihre Arme.

Dex hielt kurz inne, um ein paar große, nussige Käfer aufzuschlecken. Als Fuchs war er eigentlich fast immer hungrig. Zuerst hatte er sich dagegen gesträubt, irgendwelche ekligen Sachen zu essen, aber ehrlich gesagt … das allererste, was er in Fuchsgestalt jemals gegessen hatte, damals, in diesem völlig überhitzten Gartenschuppen, war eine tote Spinne gewesen. Tote Spinnen hatte er bis jetzt grundsätzlich vermieden, aber Käfer, Würmer, auch ein paar lebendige Spinnen, das waren alles kleine zappelnde Leckereien, die ihm Kraft spendeten. Bis jetzt hatte er immer noch dem Drang widerstanden, auch Vögel oder kleine Säugetiere zu töten und zu fressen. Es fiel ihm alles andere als leicht, seinen Jagdtrieb zu unterdrücken, aber der Junge im Inneren des Fuchses hatte eine Schwäche für Fell- und Federvieh und setzte sich jedes Mal durch, auch wenn der Fuchs sich sicher war, dass er mühelos in der Lage gewesen wäre, das eine oder andere kleine Tier zu erbeuten. Seine Reflexe waren genauso gut wie die der anderen, auch wenn er nur ein Teilzeitfuchs war.

Er hatte eine Absprache mit dem Küchenpersonal getroffen, so dass an jedem Abend ein Schälchen mit frischen Fleischresten an einer bestimmten Stelle im Speisesaal bereitgestellt wurde. Wenn sein Hunger also zu groß wurde, dann konnte er jederzeit zum vereinbarten Ort kommen und sich ein paar Brocken kaltes Schweinefleisch, Speck oder Hühnchen einverleiben. Im Moment aber reichten kleine Eiweißhäppchen in Form von Insekten und Würmern völlig aus.

Es gab Tage, da fühlte Dex sich in seiner menschlichen Haut irgendwie unwohl. Er hatte festgestellt, dass dieses Unwohlsein meistens verschwand, sobald er sich in einen Fuchs verwandelt hatte. Von Bäumen umgeben und vom Halbmond beschienen fühlte er sich jedenfalls sehr, sehr viel besser, und trotzdem war ihm klar, dass ihn etwas belastete. Wahrscheinlich diese ganze Sache mit Luke. Aber daran würde er sich schon noch gewöhnen. Bestimmt! Er mochte Luke, ganz ehrlich. Wenn sie sich in seinem anderen Leben kennengelernt hätten, irgendwann vor dem COLA-Club, sie hätten sich bestimmt gut verstanden. Luke war still und eher zurückgezogen, aber er hatte einen ähnlichen Humor wie Dex. Und trotzdem begegnete er allem

Neuen mit Offenheit und hatte mit Sicherheit auch eine gesunde Portion Mut, sonst hätte er nicht seine Mutter und sein ganzes vorheriges Leben hinter sich gelassen. Als einziges Kind ohne übernatürliche Kräfte würde es in Tregarren alles andere als einfach für ihn werden, aber er war trotzdem gekommen und bereit, sich der Herausforderung zu stellen. Ja, beschloss Dex, er mochte und respektierte Luke. Er musste sich eben nur daran gewöhnen, dass er Gideon mit noch jemandem teilen musste.

Da spürte er einen Luftzug direkt neben sich und hielt den Atem an … er war nicht mehr allein. Und obwohl er nur als grauer, unwirklicher Schemen zu erkennen war, konnte es keinen Zweifel daran geben, um wen es sich bei diesem Begleiter aus dem Jenseits handelte. Er besaß eine dunkelgraue Schnauze mit einigen wenigen weißen Flecken, und seine Augen leuchteten wie weiße Scheiben in der Dunkelheit. Dunkelgraue Pfoten traten lautlos auf abgestorbene Blätter und Wurzeln, ohne den kleinsten Abdruck zu hinterlassen.

Du bist da! Du bist da! Ich kann dich sehen! Dex blieb stehen und blickte dem Wolf in die Augen. Sein Gegenüber blieb ebenfalls stehen und tat es ihm nach, fast wie ein Spiegelbild. Er betrachtete Dex seelenruhig und ohne irgendwelche Gedanken zurückzuschicken.

Dex war begeistert. Der Wolf hatte ihn schon öfter besucht, aber bisher immer nur im Traum, in der Dämmerzone zwischen Wachen und Schlafen. *Ich bin so froh, dich zu sehen! Ich habe dir so vieles zu verdanken!*, plapperte Dex in Gedanken los. Der Wolf neigte seinen Kopf, als wollte er sagen »Gern geschehen!«

Abwartend sah Dex ihn eine ganze Zeit lang an, dann fragte er ihn: *Willst du mir vielleicht etwas sagen?* Der Wolf neigte erneut den Kopf, ohne jedoch irgendeine Botschaft zu senden. Was hatte das wohl zu bedeuten? *Kannst du immer noch mit mir reden, obwohl ich dich sehen kann?* Der Wolf schüttelte seinen hübschen, zotteligen Kopf und seufzte, so dass sich zwischen ihnen eine kleine, feuchte Atemwolke bildete. Da wurde Dex klar, dass es für sein Gegenüber eine enorme Kraftanstrengung bedeutete, sich sichtbar zu machen. Vielleicht konnte er deswegen nicht gleichzeitig sprechen.

Nach einigen wenigen Sekunden drehte der Wolf sich um und schlug sich zwischen die Bäume, nicht ohne Dex noch einen kurzen, auffordernden Blick zuzuwerfen. Dex ging ihm nach, und der Wolf führte ihn bis an den Waldrand, wo etwas mehr Licht zwischen den spärlichen Ästen hindurchdrang. Die Blätter eines nur spärlich blühenden alten Apfelbaums säuselten im Wind. Der Wolf blieb unter dem Baum stehen und sah sich nach Dex um. Dann hob er eine Pfote und kratzte sehr bewusst dreimal über den Stamm, bevor er sich auf die Hinterläufe setzte und Dex ansah. Dex nickte unsicher. *Okay, verstanden,* lautete seine Botschaft, *irgendwie.* Der Wolf neigte noch einmal die Schnauze und blickte dann so lange nach oben in die Äste des Baumes, bis Dex es ihm gleichtat. Aber da war nichts zu sehen, nur ein unentwirrbares Durcheinander aus Rinde und Blättern und Nachthimmel. Aber keine Botschaft. *Ich kann nichts erkennen! Was meinst du denn damit?* Der Wolf sah ihn erneut an, wurde aber immer durchsichtiger. Dex spürte, dass ihn die Kraft verließ. *Tut mir leid!*, lautete seine verzweifelte Botschaft. *Ich hab dich nicht verstanden!* Da kam ihm eine Idee. *Kannst du es über Lisa versuchen? Mach das. Lisa!* Kurz, bevor der Wolf sich vollkommen in Luft aufgelöst hatte, schien er ihm noch einmal zuzunicken.

Enttäuscht sank Dex zu Boden. Was hatte das alles zu bedeuten? War es wieder eine Warnung? Als er ans Tregarren College gekommen war – beziehungsweise: noch *bevor* er hierhergekommen war –, hatte der Wolf ihn schon einmal gewarnt. In seinen Träumen in seinem winzigen, feuchten Zimmerchen bei Gina und Alice. Wenn dieser Wolf doch nur ein bisschen direkter gewesen wäre. Alle seine Warnungen hatten sich als vollkommen sinnvoll erwiesen, aber erst, *nachdem* Schuldirektor Wood versucht hatte, Dex umzubringen. Es wäre schon ganz praktisch gewesen, das Eine oder Andere ein bisschen vorher zu wissen. Aber allem Anschein nach konnte sein Freund aus der Geisterwelt – oder wo immer er jetzt eben existierte – ihm immer nur kurze Nachrichten schicken. Und Dex' Schläfrigkeit oder die Vermittlung durch ein anderes Medium wie zum Beispiel Lisa oder Jessica hatten auch nicht für eine bessere Verständlichkeit seiner Botschaften gesorgt.

Der Wolf war der erste Gestaltwandler gewesen. Owen und Patrick Wood hatten ihn bereits etliche Monate vor Dex aufgespürt. Der Junge hatte kein leichtes Leben geführt, war auf der Straße und in verschiedenen Kinderheimen aufgewachsen und hatte instinktiv gespürt, dass Patrick Wood ein falsches Spiel spielte und nur an seiner eigenen Macht interessiert war. Er hatte den Charme des Schuldirektors sofort durchschaut, weil er, genau wie Dex, gegen diese Art der Illusion immun war. Und Patrick Wood hatte umgekehrt auch schnell erkannt, welche Bedrohung dieser Gestaltwandler für ihn darstellte. Darum hatte er dafür gesorgt, dass er in Wolfsgestalt von einem Lastwagen gerammt und getötet wurde. Ein Gestaltwandler, der weiß, dass der Tod unmittelbar bevorsteht, wird wieder zum Menschen, aber wenn er überraschend stirbt, dann verharrt er in seiner Tiergestalt.

Ohne es zu wissen hatte Dex jedoch seinen Vorgänger gerächt. Patrick Woods Leichnam lag nun einhundertfünfzig Klafter tief unter dem Internat, nachdem der Schuldirektor in seinem Büro durch eine Falltür gestürzt war. Eigentlich hätte diese Falltür Dex zum Verhängnis werden sollen, aber Patrick Wood hatte sich verrechnet und war selbst hineingefallen. Es gab auch keine sinnvolle Möglichkeit, seine sterblichen Überreste zu bergen. Das Büro war in ein Bücherlager umgewandelt worden, aber Dex hielt sich davon fern. Es gab nur einige wenige, die den Raum überhaupt betraten, und auch das nur ab und zu.

Neben der großen Enttäuschung machte sich jetzt auch nagender Hunger bemerkbar. Etwas Warmblütiges, randvoll mit Protein und Fett, versteckte sich in unmittelbarer Nähe im Unterholz. Dex riss den Kopf herum und schnappte danach, doch dann übernahm seine menschliche Seite das Kommando, blitzschnell, bevor sein Instinkt sich nicht mehr aufhalten ließ. *Zurück in den Speisesaal! Sofort!* Er sprang auf und stürmte durch den Wald und den Klippenpfad hinab. Der Hunger überlagerte jede andere Sinneswahrnehmung. Keine Minute später war er vor dem Speisesaalfenster angelangt. Davor standen mehrere große Metallfässer. Mit einem Satz war er auf den Fässern und krabbelte von dort durch das extra für ihn geöffnete Fenster. Dann tapste er zu dem Plastiknapf neben der Besteckschublade, schob mit der Schnauze den Deckel beiseite und verschlang zwei kalte Würstchen, drei wundervoll fettige, knusprige Speckscheiben und ein dickes Stück Grillschinken. Natürlich hätte er sich dazu auch wieder in einen Jungen zurückverwandeln können, aber ein Festmahl wie dieses war für seine ultrascharfen Fuchs-Geschmacksnerven ein unbeschreiblich intensives Erlebnis. Nachdem der Futternapf leer war, dachte er voll Dankbarkeit an das freundliche Küchenpersonal und trank noch einen halben Liter Wasser aus der extra bereitgestellten Schale gleich daneben.

Eine Minute später tapste er wieder durch seinen Schlafraum zu seinem Bett. Hastig sah er nach, ob vielleicht noch Erde an seinen Pfoten klebte (die Wäscherei hatte sich schon mehrfach über schmutzige Fuchspfotenabdrücke auf den Laken beschwert), und kroch unter die Decke, drehte sich einmal um die eigene Achse, schlang die Lunte um seinen Körper und sank in einen warmen, satten, traumlosen Schlaf.

Kapitel 8

Am nächsten Morgen begann der Unterricht, und er lief auch nicht anders ab als an jeder anderen Schule. In Geographie brachte Mrs Dann ihnen die geologische Struktur der Britischen Inseln nahe und sprach über die Auswirkungen der Geologie auf die industrielle Entwicklung des Landes. Sie war eine gute Lehrerin und an aufmerksame Klassen gewöhnt. Umso mehr störte es sie, dass Dex Jones in der hinteren Reihe saß und teilnahmslos ins Leere starrte.

»Also, Dex«, sagte sie irgendwann mit lauter Stimme, »Welche geologische Formation wird allgemein das Rückgrat Großbritanniens genannt?« Dex schreckte hoch und sah seine Lehrerin schuldbewusst an.

»Äaah«, fing er an. Sie seufzte und stemmte die Hände in die Hüften. Gideon und Luke drehten sich um und sahen ihn mitfühlend an, während Spook, der an dem Tisch rechts neben ihm saß, hämisch kicherte.

»Geben Sie sich keine Mühe, Mr Jones«, sagte Mrs Dann bissig. »Das Rückgrat Großbritanniens, das sind die Pennines. Sie verlaufen in Nord-Süd-Richtung und bilden ungefähr in der Mitte unseres Landes einen Grat. Die anderen wissen das schon seit zehn Minuten, aber für dich ist das offensichtlich ganz neu!«

»Entschuldigung, Mrs Dann«, murmelte Dex. »Ich hab letzte Nacht nicht so gut geschlafen.«

»Dann streng dich ein bisschen an, damit du heute Nacht besser schläfst!«, fauchte Mrs Dann ihn an – was nicht besonders logisch war – und wandte sich wieder der Tafel zu. »Untersteh dich, Gideon!«, fügte sie, ohne hinzusehen, hinzu, als Gideon ein Radiergummi über seinen Tisch wirbeln ließ, um Dex damit einen liebevollen Nasenstüber zu versetzen. Der Radiergummi landete mit leisem Plumpsen auf der Tischplatte, und Gideon beugte sich eifrig über sein Arbeitsheft. Manchmal fragten sie sich, ob Mrs Dann vielleicht doch über irgendwelche Kräfte verfügte. Jedenfalls hatte sie ein unglaubliches Gespür dafür, wann einer ihrer Schüler unerlaubterweise seine besonderen Begabungen zum Einsatz brachte.

Soweit sie wussten, besaßen die Lehrkräfte am Tregarren College keine übernatürlichen Gaben, abgesehen von Pauline Sartre. Aber auch Owen musste zumindest über eine besondere Art der Intuition verfügen, und außerdem war er in der Lage, Lisas telepathische Botschaften zu empfangen, wenn sie sich besonders gut konzentrierte. Sie hatte Dex erzählt, dass sie bei diesem Jagdzwischenfall nur deshalb nicht zu ihm in den Wald gerannt war, weil sie vollkommen damit ausgelastet gewesen war, seine Gedanken zu lesen und die Informationen gleichzeitig an Owen weiterzuleiten. »Da hätte ich nicht einmal gemerkt, wenn fünfzehn Feuerwehrleute in Ballettröckchen direkt vor meinen Augen *Schwanensee* aufgeführt hätten«, hatte sie gesagt.

Dex schauderte und schob diesen Tag wieder zurück in

die dunkelste Ecke seiner Erinnerungen. Von nun an wollte er sich voll und ganz auf Mrs Dann konzentrieren. Der Unterricht ging weiter. Sie zeichneten verschiedene Karten, fügten geologische Einzelheiten hinzu … und dann kam die nächste Unterbrechung. Dex nahm sie schon etliche Sekunden vorher wahr, genau wie Lisa. Für Dex war es ein Duft. Gideon und Luke saßen zwar immer noch über ihre Arbeit gebeugt da, wurden aber mit einem Mal sehr aufgeregt. Adrenalin pulsierte durch ihre Blutbahnen. In diesem Augenblick richtete sich Lisa, die zwei Reihen vor Dex saß, schlagartig senkrecht auf. Dex sah sie an. Tiefe Falten hatten sich auf ihrer Stirn gebildet.

»Brauchen Sie eine Geisterbenachrichtigung, Miss Hardman? Oder hat es noch etwas Zeit?«, seufzte Mrs Dann. Sie wusste, dass die Geister den Medien manchmal so sehr zusetzten, dass jeder Versuch, sich auf den Unterricht zu konzentrieren, sinnlos war.

Lisa schüttelte den Kopf. »Nein, kein Problem.« Dann warf sie Dex einen Blick zu und schickte ihm drei Wörter. *Sie ist da.*

Wer?, sendete Dex zurück, doch Lisa schüttelte nur noch einmal den Kopf und beugte sich wieder über ihr Heft. Eine Sekunde später klopfte es leise, und die Tür wurde geöffnet. Gideon und Luke erhoben sich gleichzeitig von ihren Plätzen und ließen im selben Moment ihre Stifte fallen.

Mrs Dann sank auf ihren Stuhl und knurrte: »Ich gebe auf. Ich will wieder zurück an meine alte Schule!«

Owen stand in der geöffneten Tür und sah Gideon und Luke neugierig an. »Dann wisst ihr also Bescheid?« Die beiden Jungen nickten, und zwar in solch perfekter Synchronität, dass man sie für eine optische Täuschung hätte halten können.

»Tut mir leid, Mrs Dann, aber ich muss Gideon und Luke kurz entführen«, sagte Owen. Mrs Dann schickte sie mit einer Handbewegung nach draußen.

»Geht schon, geht schon!«, seufzte sie müde, und Owen grinste sie entschuldigend an. Die Zwillinge gingen mit raschen Schritten zu ihm und entfernten sich.

Dex kam sich furchtbar ausgeschlossen vor. Seinem besten Freund stand irgendein bedeutendes Ereignis bevor – und er hatte ihn nicht einmal angesehen. *Was ist denn los?*, meldete er sich noch mal bei Lisa, aber sie schüttelte nur wieder den Kopf und wandte sich ihrer Arbeit zu. *Vielen Dank auch!*, schickte er beleidigt hinterher, doch sie nahm sich nur einen neuen Stift und reagierte nicht. Dafür, dass sie eine gute Freundin war, konnte sie einem mächtig auf den Geist gehen.

Kaum war die Stunde zu Ende, lief Dex ihr nach und holte sie am Rand des Innenhofs ein. »Was jetzt?«, herrschte er sie an. »Was ist da los?«

»Weiß *ich* doch nicht!«, keifte Lisa zurück und fasste ihre langen, blonden Haare mit einem Band zusammen.

»Aber du hast mir doch diese Nachricht geschickt. *Sie ist da!* Was hast du denn damit gemeint?«

»Ach, jetzt halt mal die Luft an, Dex. Weiß ich doch

nicht, was damit gemeint war. Ich habe die Botschaft empfangen und ohne groß nachzudenken weitergeleitet. Was kann ich denn dafür, wenn du das immer alles gleich aufschnappst?«

»Aber wer ist denn da angekommen? Hat es was mit Gideon zu tun? Jetzt lass doch mal deine Fingernägel in Ruhe und konzentrier dich gefälligst!«

Lisa betrachtete ungerührt weiter ihre perfekt gepflegten Nägel und verströmte schlagartig eine Eiseskälte. »Ich bin doch kein Informationsbüro für eifersüchtige Freunde«, sagte sie frostig, und Dex biss die Zähne zusammen. »Wenn ich sage, dass ich etwas nicht weiß, dann liegt es daran, *dass ich es nicht weiß!* Das müsstest du doch eigentlich am besten verstehen. Du weißt, dass ich ununterbrochen irgendwelche Botschaften empfange, und die Hälfte davon ist kompletter Blödsinn. Vielleicht geht es ja um Gideon, vielleicht auch nur um Barber, den Hund. So, und wenn du nichts dagegen hast, dann würde ich mich jetzt gerne um ein paar andere Angelegenheiten kümmern.« Grummelnd stapfte sie davon und ließ Dex ratlos und niedergeschlagen stehen.

Er beschloss, nach Gideon zu suchen, aber nirgendwo war eine Spur von ihm oder Luke zu entdecken. Deprimiert irrte Dex über das Schulgelände. Vermutlich hockten die beiden irgendwo im Untergeschoss, in einem der Entwicklungsräume. Vielleicht hatte Owen ja eine Möglichkeit gefunden, Lukes verborgene Kräfte zum Vorschein zu bringen. Und dann fiel Dex etwas auf. Wenn Luke überhaupt keine besonderen Fähigkeiten hatte, wieso waren er und Gideon dann gleichzeitig aufgestanden? Es musste also irgendeine Verbindung zwischen den beiden geben. Andererseits ... solche Phänomene waren auch bei ganz normalen Zwillingen nichts Ungewöhnliches.

Dex hockte sich auf den Zaun am Ende des Sportplatzes und sah einigen seiner Mitschüler beim Fußballspielen zu. Gideon würde doch bestimmt bald nach ihm suchen, oder nicht? Er würde zu ihm kommen und ihm erzählen, was los war. Den besten Freund, den weihte man doch so schnell wie möglich ein, wenn etwas Wichtiges passiert war. Da hörte er ein leises Pfeifen in seinem Rücken. »Hallo, Barry«, sagte Dex, und Barry stieß ein verärgertes Seufzen aus.

»Du solltest doch gar nicht mitkriegen, dass ich hier bin!«, beschwerte er sich und wurde auf der Stelle sichtbar.

»Dann musst du schon die Luft anhalten«, lachte Dex. Er war froh, dass er nicht mehr alleine war.

»Diese verdammten Polypen!«, knurrte Barry, kletterte ächzend auf den Zaun und setzte sich neben Dex. »Nächstes Jahr lasse ich sie rausoperieren.«

»Das hilft bestimmt«, meinte Dex. Barry litt unter Wucherungen an den Rachenmandeln, wodurch seine Luftwege verengt waren. Dadurch entstand bei jedem Atemzug ein leiser Pfeifton. An der Schule hatten sich mittlerweile alle an diese liebenswerte Eigenheit gewöhnt.

»Na ja, aber du würdest trotzdem noch merken, dass ich da bin, stimmt's?«, seufzte Barry.

»Bloß, wenn ich keine schlimme Erkältung habe«, erwiderte Dex. »Also, wenn mein Geruchssinn nicht funktioniert, du nicht mehr pfeifst, nicht irgendwo dagegen stößt und ich die Augen fest zusammenkneife, dann weiß ich garantiert nicht, wo du bist.«

»Ja, klar, auf den Tag freue ich mich jetzt schon.« Barry wusste über Dex' scharfe Fuchssinne Bescheid, genau wie über seine Resistenz gegenüber jeder Form der Illusion. Dex hatte ihm auch erzählt, dass er ihn zwar nicht sehen konnte, wenn er sich richtig unsichtbar machte, dass er aber seltsame Schwingungen der Luft wahrnahm. Darum wusste er zumindest, dass irgendjemand in der Nähe gerade Unsichtbarkeits-Kräfte anwandte.

»Was ist eigentlich mit Gideon los?«, wollte Barry wissen.

»Ich weiß auch nicht«, gestand Dex.

Barry sah ihn verblüfft an, sagte aber nichts. Schweigend saßen sie nebeneinander auf dem Zaun, während der Seewind ihnen die Haare zerzauste. Schließlich sagte Barry: »Wer ist denn das? Ist das Spook? Ich wusste gar nicht, dass hier Hunde erlaubt sind.«

Später wurde Dex klar, dass es der starke Wind gewesen war, der sein Frühwarnsystem ausgehebelt hatte. Erst, als Spook nur noch wenige Meter entfernt war, nahm er den Geruch wahr.

»Grüß dich, Dex«, rief Spook mit aufgesetzter Freundlichkeit. In seinem Grinsen lag so etwas wie eine gehässige Vorfreude, und er hielt eine lederne Leine in der Hand. Am anderen Ende der Leine hing ein jaulender Jagdhund, der mit wildem Blick daran zog und zerrte. »Ich dachte, du freust dich vielleicht, einen alten Bekannten wiederzusehen!«, rief Spook und ließ die Leine los. Der Hund stieß ein tiefes, kehliges Bellen aus und sprang auf Dex zu, der regungslos auf dem Zaun verharrte.

Er war starr vor Schreck, obwohl sein Verstand ihm sagte, dass der Hund keine wirkliche Gefahr darstellte. Es war schließlich nur ein einziger Hund, und er selbst war im Moment gar kein Fuchs. Trotzdem versetzten seine tief im Unterbewusstsein verwurzelten Instinkte ihn in einen Zustand äußerster Panik. Die Angst schnürte ihm die Kehle zu, und er konnte nicht mehr schlucken. Seine Hände umklammerten den Zaun wie Schraubzwingen, während seine Beine gleichzeitig flüssig zu werden und einfach wegzufließen schienen. Der Jagdhund hüpfte an ihm hoch, bellte und schnüffelte, und Dex konnte den Speichel sehen, der von seinen Zähnen tropfte, die zitternde, rosafarbene Zunge, die über seine scharfen Eckzähne hinwegglitt. Die Welt um ihn herum schien in sich zusammenzufallen, sich zu verdunkeln, während eine tödliche Angst ihn in Besitz nahm. Er wollte schreien, brachte jedoch keinen Laut heraus. Er merkte, wie seine Augen immer größer wurden, wie kalter Schweiß seine Haare, seinen Rücken, seine Brust bedeckte. Der Hund wurde immer aufgeregter. Er hatte sich auf Kniehöhe in Dex' Hose verbissen und zerrte an seinen nutzlos gewordenen Marionettenbeinen. Dex konnte den heißen Atem und die scharfen Zähne des Hundes auf seiner Haut spüren.

Wenn Barry nicht dabei gewesen wäre, dachte Dex später, dann wäre er womöglich rückwärts über den Zaun gekippt, bewusstlos den steilen Abhang hinuntergerollt und ins Meer gefallen. Es kam ihm so vor, als würde ihm jetzt nichts anderes mehr übrigbleiben, als sich aus diesem Leben zu verabschieden. Und was noch erschreckender war – ein Teil von ihm wünschte sich das sogar. Zu verschwinden. Dieser grässlichen, alles durchbohrenden Panik um jeden Preis zu entkommen.

Doch dann sprang Barry vom Zaun herab und rammte dem Hund das Knie in die Flanke. »Hey!«, schrie er. »Hau ab, du blöder Köter!«

Der Hund jaulte auf und ließ Dex' Hose los, blieb jedoch in der Nähe, lief aufgeregt hechelnd hin und her und bedachte den Jungen, der nach Fuchs duftete, mit gierigen Blicken. Dann nahm er erneut Anlauf, und dieses Mal war Dex sich sicher, dass er gleich in Ohnmacht fallen würde. Er saß immer noch an derselben Stelle auf dem Zaun, aber in seinem Inneren herrschte ein Chaos, als hätte er sich ein Dutzend Mal überschlagen und sei über einen fahrenden Zug gesprungen. Barry schubste den Hund erneut weg, und dann, aber erst dann, nahm Dex Gelächter wahr. Haltloses, gurgelndes Gelächter. Spook Williams stand vornübergebeugt auf dem Sportplatz. Die Fußballer hatten ihr Spiel unterbrochen und sahen aus der Entfernung zu, was sich dort am Zaun abspielte. Einige lachten, aber manche sahen einander auch unsicher an. Dann kam einer – Darren Tyler – auf Spook zu und blickte ihn wütend an.

»Chip! Chip! Hierher!«, stieß Spook zwischen weiteren

Lachsalven hervor. »Braver Junge!« Zögerlich machte der Hund sich auf den Weg zu Spook, auch wenn er den Kopf immer wieder über seine kräftigen, flauschigen Schultern hinweg zu Dex wandte.

»Lass das, Spook, du Schwachkopf. Das ist nicht witzig«, brüllte Barry. Seine Stimme klang sehr weit entfernt. Erschöpft hatte Dex den Kopf gesenkt. An einem Knie konnte er durch den Riss, den die Hundezähne hinterlassen hatten, sogar seine Haut sehen. Er merkte, wie seine Zähne klapperten, und presste die Kiefer aufeinander. Er sagte nichts und rührte sich nicht. Barry hörte nicht auf, Spook zu beschimpfen, so dass dieser sich irgendwann, immer noch lachend, in Bewegung setzte und den Hund wegbrachte. Dex starrte auf sein Knie. Ein paar Blutstropfen krochen über den Riss in seiner Hose.

»Dex! Hey! Jones!« Jetzt war Barry wieder neben ihm. »Alles in Ordnung, Kumpel?«

Zitternd rang Dex um Atem.

»Soll ich Owen holen? Du siehst ziemlich fertig aus.«

»Nein!« Schlagartig wurde Dex aus seiner Erstarrung gerissen. Die Vorstellung, dass Owen erfuhr, was sich hier gerade abgespielt hatte, war demütigend. »Du sagst zu niemandem ein Wort.«

»Okay.« Zögerlich half Barry ihm vom Zaum herunter. »Aber dir ist schon klar, dass Spook das überall rumerzählen wird. Was war denn bloß los mit dir, Kumpel? Ich meine, das war schon ein ziemlich bissiger Köter und so, aber …«

»Gar nichts«, murmelte Dex, während er bereits die Unterkunft mit den Schlafräumen ansteuerte. »Danke für deine Hilfe, Barry.«

Barry lief ihm noch eine Weile hinterher. Dex konnte seine Verwirrung riechen. Er schämte sich und hatte sich noch nie im Leben so dumm und schwächlich gefühlt. Er wollte Barry nicht einmal in die Augen schauen. Das einzige, was er jetzt wollte, war, mit seinem besten Freund zu sprechen. Er musste Gideon finden. Jedes Mal, wenn die Welt aus den Fugen geraten war, konnte Gideon sie mit einer einzigen dummen Bemerkung wieder ins Lot bringen.

Da ertönte ein lauter Schrei. Als hätte Gideon Dex' stummes Signal empfangen, stand er ein ganzes Stück weit entfernt am Rand des Innenhofs und fuchtelte mit den Armen, winkte ihn zu sich herüber. Dex rannte los. Kurz darauf war er bei seinem Freund angelangt. Er keuchte und hoffte, dass man ihm seine kurz zuvor erlittene Panikattacke nicht mehr ansah. Obwohl Gideon wahrscheinlich sowieso nichts davon bemerkt hätte. Er sah aufgeregt und irgendwie seltsam aus, und sobald Dex dicht genug bei ihm war, packte er ihn am Arm.

»Komm mit! Komm mit!«, stieß er atemlos hervor und stürmte los, zog Dex mit sich um den Springbrunnen herum bis zu der Glastür auf der gegenüberliegenden Seite des Rasenvierecks. Er schleifte ihn den Flur entlang und ohne anzuklopfen bis in Paulina Sartres Büro.

Die Schuldirektorin saß an ihrem Schreibtisch, Owen lehnte am Fenstersims und Luke hatte auf dem Ledersofa neben dem offenen Kamin Platz genommen. Und neben ihm saß noch jemand.

Es war ein Mädchen, ungefähr in ihrem Alter. Sie war klein und sehr hübsch, mit kurz geschnittenen, dichten, schwarzen Haaren, ein paar Sommersprossen auf der Nase und leuchtend grünen Augen. Sie lächelte Dex freudestrahlend an. »Hallo«, sagte sie. »Du bist bestimmt Dex. Ich habe schon viel von dir gehört.«

Dex blickte verwirrt erst zu Owen und dann zu Gideon. Er hatte dieses Mädchen noch nie zuvor gesehen, aber trotzdem kam sie ihm irgendwie bekannt vor. Sie blieb sitzen, die schlanken Finger im Schoß gefaltet, und lächelte ihn mit einem Gesichtsausdruck an, der ihm seltsam vertraut war.

Etliche Sekunden lang sagte niemand ein Wort, bis Owen sich vom Fenstersims abstieß. »Gideon«, sagte er auffordernd, und dieser blickte erst zu Luke und dann zu Dex.

»Dex«, sagte er schließlich, wobei ihm die Aufregung deutlich anzuhören war. »Darf ich vorstellen: das ist Catherine. Sie ist unsere Schwester.«

Kapitel 9

Dex war sprachlos. Er stieß den Atem aus und starrte das Mädchen mit offenem Mund an. Sie erwiderte seinen Blick lächelnd, während Gideon und Luke über das ganze Gesicht strahlten.

»Tut mir echt leid, Kumpel, dass wir dir so einen Schreck einjagen müssen!«, sagte Gideon schließlich.

»Du ... du hast das gewusst? Du hast gewusst, dass du eine Schwester hast?«, stieß Dex hervor, nachdem er seine Stimme wiedergefunden hatte.

»Na ja, irgendwie schon.« Gideon trat von einem Bein auf das andere und setzte eine leicht betretene Miene auf. »Seit Luke hier war, hatten wir beide das Gefühl, als ob da noch was im Anmarsch ist. Noch *jemand.*«

»Und hier bin ich«, sagte Catherine und erhob sich von ihrem Stuhl. Sie trug schicke Sportklamotten und teure Turnschuhe und hatte sich eine silbern glitzernde Spange in die dunkel glänzenden Haare gesteckt. Sie streckte Dex eine Hand entgegen, die genauso perfekt gepflegt war wie Lisas. Irgendwie fühlte Dex sich an eine erfolgreiche Verkäuferin erinnert, so glatt und geschniegelt wie sie war. Er gab ihr die Hand und drückte sie stumm. Ihr Händedruck war warm und fest, genau wie man es von einer erfolgreichen Verkäuferin erwartet hätte.

»Ich freue mich wirklich sehr, dich kennenzulernen,

Dex«, sagte sie und lächelte ihn erneut freudig an. Erst jetzt wurde Dex klar, dass sie Amerikanerin war.

Mit einem Mal wurde er unglaublich müde. Das musste der Schock sein. »Kann ich mich vielleicht irgendwo hinsetzen?«, bat er.

»Aber natürlich, Dex. Hier, bitte.« Mrs Sartre legte ihm die Hand auf die Schulter und brachte ihn zu einem mit Leder bezogenen Eichenstuhl an der Seite ihres Schreibtisches.

»Also … haben Sie sie in Amerika gefunden?«, wandte Dex sich an die Schuldirektorin. Mrs Sartre nickte.

»Wir glauben, dass Catherine tatsächlich die Letzte ist«, sagte sie dann und setzte sich an ihren Schreibtisch, während Catherine, Luke und Gideon wieder auf ihren Stühlen Platz nahmen. »Wie du weißt, Dex, dachten wir eine Zeitlang, du seist der Letzte. Einhundertundneun COLAs. Aber jetzt wissen wir, dass es einhundertundelf sind. Eins, eins, eins. Das ist eine starke Zahl.«

»Ist sie ein COLA?«, erkundigte sich Dex und sah, dass Catherine leicht belustigt das Gesicht verzog, weil er von ihr gesprochen hatte, als wäre sie gar nicht da. Es war eigentlich nicht seine Art, so unhöflich zu sein, aber er war so durcheinander, dass es ihn in diesem Moment absolut nicht kümmerte.

»Das glauben wir. Allerdings wissen wir noch nichts Konkretes. Sie scheint sehr viele verschiedene Fähigkeiten zu haben, in unterschiedlichen Ausprägungen, nicht wahr, Catherine?«

Catherine nahm Gideons Hand. »Ja, Mrs Sartre«, strahlte sie, und dann erhob sich ein Bleistift vom Schreibtisch der Schuldirektorin ein wenig unsicher in die Luft, plumpste wieder zurück, rollte ein kleines Stückchen weiter und blieb liegen.

»Du scheinst das ja ziemlich … locker zu nehmen!«, sagte Dex und starrte das Mädchen an. Er versuchte, so viel wie möglich von ihr zu erfassen, aber es war schwierig. Wahrscheinlich, weil sie aus einem anderen Land stammte und weil er sich so seltsam fühlte.

»Vielleicht sieht es ja so aus, aber eigentlich bin ich total *aufgeregt*!«, rief sie und hörte sich dabei wirklich genauso an wie eine Figur aus einer dieser amerikanischen Fernsehserien, die manche Mädchen so gerne sahen. »Ich hab gedacht, *hey*! Das *kann* doch wohl nicht *wahr* sein. Ich meine, erstmal bin ich total *ausgerastet*, aber jetzt … na ja …« Sie lächelte ihre Brüder an, und ihre grünen Augen blitzten. »Also ich wüsste nicht, wo ich jetzt lieber wäre als hier.«

»Nun denn, ich glaube, es wird Zeit, dass deine Brüder dir eine kleine Führung durch Tregarren geben«, sagte Schuldirektorin Sartre. Sie erhob sich, und alle anderen machten es ihr nach. »Bitte erklärt ihr auch die Regeln, die wir hier haben«, fügte sie hinzu. »Und lass dich nicht zu irgendwelchen Angebereien hinreißen, Gideon.«

Gideon grinste. »Wer, ich?«

Dex wollte sich den Drillingen anschließen, doch dann legte Paulina Sartre ihm die Hand auf die Schulter. Es fühlte sich an wie ein sanfter Stromschlag, und er wusste, dass sie ihn etwas fragen wollte.

»Ich komme nach!«, rief er den anderen hinterher, aber sie waren bereits plaudernd und lachend auf dem Weg zum Innenhof. Sie sahen sich kein einziges Mal um.

»Was ist denn?«, fragte er, als die Bürotür ins Schloss geklappt war. Owen hatte sich nicht von der Stelle gerührt und stand nach wie vor am Fenster.

»Das ist nicht einfach für dich, stimmt's?«, erkundigte sich die Schuldirektorin und drehte sich zu ihm um. Ihre Hand lag immer noch auf seiner Schulter. Sie musterte ihn mit ihren sanften, grauen Augen, und er wusste, dass sie seine Gefühle las. Er ließ sie gewähren.

»Na ja … das ist ja auch ganz schön verrückt, oder nicht?«, sagte er.

»Verrückt? Ja. Aber andererseits sind wir das ja alle, nicht wahr?«

Sie ließ ihn los und brachte ihn zurück zum Sofa. Dex setzte sich hin. Erst, als seine Lunte sich um seine Pfoten schlängelte, wurde ihm klar, dass er sich ohne auch nur eine Sekunde lang darüber nachzudenken in einen Fuchs verwandelt hatte. Er hüstelte ein wenig verlegen und verwandelte sich schnell wieder zurück. »Tut mir leid«, sagte er.

»Keine Ursache«, erwiderte die Schuldirektorin leise, und er sah, dass Owen ihn mitfühlend anlächelte. »Das ist dein Instinkt. Du fühlst dich bedroht.«

»Ach was, nein«, protestierte Dex. »Mir geht es blendend.«

»Ja, ja, ich weiß. Dir geht es blendend. Was ich ausdrücken möchte ist, dass du verunsichert bist. Die Situation ist schließlich, wie du ganz richtig gesagt hast, ziemlich verrückt.«

»Vor allem bin ich furchtbar müde«, murmelte Dex.

Paulina Sartre setzte sich wieder an ihren Platz und nahm die Brille ab, um sich die Augen zu reiben. »Tja, nun ja, das alles ist sehr aufregend. Wir haben Catherine erst vor sechs Tagen entdeckt, in Kalifornien. Wir wussten ja nicht einmal, dass es auch außerhalb des Vereinigten Königreichs COLAs gibt. Schließlich haben wir überall sonst in Europa kein einziges gefunden.«

»Aber wie kommt es, dass sie überhaupt so weit weg war? Und wie kann es sein, dass die drei getrennt worden sind?«, wollte Dex wissen. »Das ergibt doch keinen Sinn. Man kann doch Drillinge nicht einfach verlieren. Wie soll das denn gehen? Die schickt man doch nicht einfach in alle Himmelsrichtungen weg!«

Owen trat von einem Bein auf das andere und sagte: »Ich habe dir ja schon erzählt, dass Gideons Mum bei der Geburt schon gar nicht mehr mit seinem Dad zusammen war. Sie hatten sich getrennt, noch bevor sie gewusst hat, dass sie schwanger war. Anscheinend hat sie dann entschieden, dass sie zwei Babys nach der Geburt zur Adoption freigeben will. Das ist nicht ungewöhnlich für eine alleinerziehende Mutter ohne eigenes Einkommen. Sie hat also beschlossen, Gideon zu behalten und Luke und Catherine abzugeben. Als sie und Gideons Dad dann wieder zusammengekommen sind, da hat sie ihm nur von dem einen Kind, seinem Sohn, erzählt. Das alles hätten wir normalerweise schon viel früher erfahren, aber in der Behörde, bei der die ganzen Unterlagen aufbewahrt wurden, hat es vor acht Jahren eine Überschwemmung gegeben, so dass viele Akten vernichtet worden sind. Um ehrlich zu sein, wir hätten wahrscheinlich nie davon erfahren und uns niemals auf die Suche nach Luke gemacht, wenn Mrs Sartre nicht eine Reihe von Visionen gehabt hätte, die sie davon überzeugt haben, dass es ein Geschwisterkind geben muss. Zwei Geschwisterkinder, wie sich jetzt herausgestellt hat.«

»Und was ist mit Catherines Familie in Amerika? Haben die einfach Ja gesagt und sie keine Woche später ans andere Ende der Welt gehen lassen?«, bohrte Dex weiter. »Das kann ich mir nicht vorstellen!«

»Catherine war bei Pflegeeltern untergebracht«, erwiderte die Schulleiterin. »Sie waren bereit, sie gehen zu lassen, als sie erkannt haben, dass wir ihr hier eine vorzügliche Schulbildung ermöglichen. Außerdem hat sie erst seit einigen Monaten dort gelebt, so dass ihr der Wechsel auch nicht weiter schwergefallen ist.«

»Pflegeeltern? Ich dachte, sie wäre adoptiert gewesen, so wie Luke?«

»Sie hatte weit weniger Glück«, schaltete Owen sich ein. »Zunächst ist sie tatsächlich adoptiert worden, aber ihre Adoptiveltern sind bei einem Autounfall ums Leben gekommen. Da war sie vier Jahre alt. Dann hat sie eine Zeitlang im Heim gelebt, und dann wurde sie ein zweites Mal adoptiert. Aber das war leider eine Katastrophe. Die Mutter hatte, wie sich später herausgestellt hat, psychische Probleme und ist mit ihr einfach nicht zurechtgekommen. Als sie den örtlichen Priester dazu bewegen wollte, Catherine einem Exorzismus zu unterziehen, da hat der Priester das Jugendamt verständigt.«

»Exorzismus? Das ist doch so eine Art Teufelsaustreibung, oder nicht?«, stieß Dex erschüttert hervor. »Das kann doch nicht dein Ernst sein!«

Owen nickte. »Doch, leider. Wir haben uns natürlich gefragt, ob Catherine vielleicht schon früh erste COLA-Eigenschaften an den Tag gelegt hat. Wir haben etliche Schüler hier, die schon als kleine Kinder und in geringem Umfang ein paar merkwürdige Erlebnisse hatten. So etwas kann für jemanden mit einer psychischen Erkrankung sehr furchterregend sein. Nun ja, jedenfalls ist Catherine wieder bei der öffentlichen Fürsorge gelandet, und hat seither bei einer ganzen Reihe von Pflegefamilien gewohnt. Das kommt bei Kindern, die älter sind als fünf oder sechs Jahre, öfter vor. Es ist sehr schwierig, Familien zu finden, die bereit sind, auch Kinder in diesem Alter zu adoptieren.«

Dex fragte sich so langsam, wieso sie ihm das alles erzählten. Mrs Sartre schien seine Gedanken zu lesen.

»Was hast du für einen Eindruck von ihr, Dex?«, fragte sie ihn.

Er starrte sie verblüfft an. »Sie wollen wissen, was *ich* von ihr halte?«

»Ja. Du hast eine interessante Perspektive auf diese Dinge«, erwiderte sie. »Wenn ich mich nicht irre, dann bist du immun gegen Illusionskünste.«

Er starrte sie an. Sie wusste es! Und Owen wusste es garantiert auch.

»Ziemlich«, murmelte er leise vor sich hin. Wer kannte wohl noch sein Geheimnis?

»Nun?«

»Ich ... ich weiß nicht.« Er legte die Stirn in Falten und versuchte, sich auf die Schwester aus Amerika zu konzentrieren. »Sie ... sie ist sehr reizend. Sie funkelt. Ich glaube, sie wird hier gut zurechtkommen. Die anderen werden sie mögen.«

»Und du, Dex? Wirst du sie mögen?« Die Schuldirektorin beugte sich über ihren Schreibtisch und musterte ihn aufmerksam.

Dex erwiderte ihren Blick. »Sie wissen ja, dass ich sowieso schon ziemlich eifersüchtig auf Luke bin.« Sie nickte und lächelte ihn an, als Anerkennung für seine Ehrlichkeit. Dex seufzte. »Und was die Neue angeht ... ich habe noch keine Ahnung, was ich von ihr halte.«

* * *

Am Nachmittag fand er seine Freunde dann wieder. Catherine saß bei ihnen an ihrem angestammten Tisch, und dann hatten sich noch zwei weitere COLAs – Jessica Moorland und Claire Farmer, eine Telekinetikerin aus Gideons

Entwicklungsgruppe – einen Stuhl geholt, um ein wenig mit dem neuen Mädchen zu plaudern. Nur mit größter Mühe konnte Dex sich noch auf seinen üblichen Platz neben Lisa quetschen.

»Keine Eingewöhnungsprobleme, wie es aussieht«, raunte er Lisa zu, während er einen Platz für seinen Teller mit Spaghetti Bolognese suchte.

»Überhaupt keine«, erwiderte Lisa und musterte die Neue intensiv. »Sie muss sich richtig wehren gegen die ganze Aufmerksamkeit. Vielleicht ist sie ja ein bisschen so wie Mia. Jedenfalls sind alle ganz hingerissen von ihr.«

»Und du?«

»Weiß nicht. Ich habe mir noch kein richtiges Bild von ihr machen können. Was weißt du über sie?«

Dex berichtete ihr in knappen Worten das eine oder andere, was er von Owen und Mrs Sartre erfahren hatte. »Sie hat es nicht leicht gehabt«, schloss er seinen Bericht, und Lisa verzog das Gesicht.

»Wer hat es schon leicht?«, meinte sie, was Dex nicht besonders fair erschien. Lisas Vater vergötterte sie und hatte immer schon dafür gesorgt, dass sie von allem nur das Beste bekam. Gideon hatte sich sein ganzes Leben lang auf einen liebevollen und unterstützenden Vater verlassen können, und auch Luke hatte immerhin tolle Adoptiveltern erwischt. Es war keine Frage, dass Catherine bei der Trennung der Drillinge das kürzeste Streichholz gezogen hatte.

»Aber sie scheint das alles ja sehr gut verkraftet zu haben«, sagte Lisa und strahlte. »Also, ich finde sie super.«

Dex schüttelte erschüttert den Kopf. »Manchmal bist du furchtbar oberflächlich, Hardman«, sagte er, und sie schnipste ihm eine Erbse von ihrem Teller entgegen.

Catherine zog die Aufmerksamkeit auf sich, daran konnte es keinen Zweifel geben. Ihr amerikanischer Akzent, ihre fließenden, anmutigen Bewegungen und Gesten und ihre außergewöhnlich offene, freundliche Art, das alles wirkte sehr faszinierend. Luke und Gideon schienen es sehr zu genießen, mit ihr angeben zu können. Gideon zeigte unentwegt kleine Kunststückchen und ließ, ohne auf die Regeln zu achten, Besteck um ihren Teller kreisen oder das Gemüse auf ihrem Teller hin und her rutschen. Luke saß grinsend und sichtlich aufgeregt links von Gideon und warf seiner Schwester immer wieder lange Blicke zu. Catherine war ununterbrochen dabei, die anderen anzufassen und zu drücken. Dex wusste, dass Amerikaner grundsätzlich als offener und »anfasserischer« galten als die Briten, also war das wahrscheinlich ganz normal. Während Catherine mit Gideon, Jessica und Claire sprach, berührte sie sie ständig am Arm, an der Schulter, einmal sogar an der Wange, während sie ununterbrochen Gideons Hand hielt. Das alles hätte bei jedem anderen ausgesprochen seltsam gewirkt, aber bei Catherine war es aus irgendeinem Grund völlig selbstverständlich.

Dex lehnte sich zurück und streckte den Arm hinter Lisa vorbei, um Mias Rücken zu berühren. »Was meinst du?«, wollte er wissen, und sie rutschte ein Stück zurück, um ihm zu antworten.

»Sie scheint ganz reizend zu sein«, sagte sie mit ihrem typischen, sanften Lächeln. »Gideon und Luke können sich glücklich schätzen, dass sie sie gefunden haben. Ich hätte auch gern eine Schwester.« Das war auch so eine Sache. Die meisten COLAs waren Einzelkinder. Sie hatten vielleicht Stief- oder Halbgeschwister, aber nur die wenigsten waren mit richtigen, leiblichen Schwestern oder Brüdern aufgewachsen. Bei den Telekinetikern gab es ein Geschwisterpaar, Bruder und Schwester, und dann waren da natürlich noch Jacob und Alex Teller, zwei Brüder, die telepathisch begabt und phantastische Stimmen-Imitatoren waren. Im letzten Trimester hatte er am Boden gelegen vor Lachen, als sie Spook und Mr Eades nachgemacht hatten.

»Iiih! Du bist grässlich!« Das war Catherine, und als Dex zu ihr hinübersah, stellte er fest, dass Gideon wieder einmal seine üblichen Tricks vorführte. Er hatte ihr gerade mit einem Brennnesselgriff das Handgelenk verbrannt, um ihr anschließend Mias Heilkräfte zu demonstrieren. Das hatte er damals auch mit Dex gemacht. Catherine musste zu Mia gehen, die zuerst, wie üblich, mit Gideon schimpfte, und anschließend Catherines verbranntes Handgelenk in die Hände nahm. Catherine formte mit den Lippen ein erstauntes »O«. »Wow!«, sagte sie dann. »Gibt's dich wirklich? Oder bist du bloß ein Traum? Das ist ja *unglaublich*!« Sie reckte ihr Handgelenk in die Luft. Von der roten Stelle, die Gideon ihr verpasst hatte, war nichts mehr zu sehen. Sie nahm Mias Hände und starrte sie durchdringend an. Mia errötete. »Wie *machst* du das bloß?«, stieß Catherine atemlos hervor. »Das ist ja eine *unfassbare* Gabe! Ich wünschte, ich könnte das auch. Was für ein Geschenk für die Welt!«

Jetzt sah Mia wirklich zutiefst beschämt aus. Als Catherine endlich ihre Hände losgelassen hatte, griff sie hastig nach ihrem Löffel und konzentrierte sich voll und ganz auf ihre Minestrone.

Lisa kicherte ein wenig hilflos. *»Wow!«*, äffte sie Catherine mit leiser Stimme nach. »Mia – du bist einfach *unfassbar*!«

»Lass das«, knurrte Mia. Sie aß ihre Suppe leer und stand auf. »Ich gehe auf mein Zimmer«, sagte sie. »Ich bin total erledigt.«

Sie war noch nicht einmal bis zur Tür gekommen, da rief Catherine ihr nach: »He, warte doch mal, Mia! Ich bin ja jetzt auch bei dir im Zimmer! Kann ich nicht mitkommen?« Mia lächelte und nickte, und Catherine sprang auf, drückte ihren beiden Brüdern je ein Küsschen auf die Stirn und hüpfte hinter Mia her.

Dann herrschte zunächst einmal Stille. Niemand sagte ein Wort. Es war, als hätte sie sämtliche Energie mit nach draußen genommen. Irgendwann warf Gideon Dex einen Blick zu. »Das ist ein Schock, was?« Er grinste und fuhr sich gähnend durch die Haare. »Das mit Luke war ja schon irre genug!« Luke grinste ebenfalls. Er war seinem Bruder wirklich wie aus dem Gesicht geschnitten. »Aber jetzt – Donnerwetter – drei zum Preis von zwei. Womit hat Tregarren das verdient?«

»Weiß euer Dad schon Bescheid?«, erkundigte sich Dex.

»Ja, sie haben ihn gestern Abend angerufen. Er kommt morgen hier runter, zu einer Familienzusammenführung«, erwiderte Gideon. »Dann gehen wir alle zusammen in Polgammon essen, und wahrscheinlich wird es auch jede Menge Umarmungen und Tränen geben. Catherine ist für die Umarmungen zuständig, und Luke und ich für die Tränen, immer abwechselnd. Und Dad wird wohl auch mitmischen, schätze ich mal.«

Dex wunderte sich sehr. Wie konnte Gideon das alles so locker nehmen? Obwohl … vielleicht war das ja die einzige Möglichkeit, wie er diese verwirrende Situation überhaupt verkraften konnte. In der letzten Woche war ja sein ganzes Leben auf den Kopf gestellt worden. Dex hätte ihn wahnsinnig gern alleine gesprochen, um zu erfahren, wie es ihm *wirklich* ging. Aber bis jetzt hatte sich keine Gelegenheit ergeben. Er nahm sich vor, seinen Freund später aufzuwecken und zu einer kleinen Mitternachtstour mit Fuchsbegleitung einzuladen – vorausgesetzt, sie schafften es, ohne gleichzeitig Luke wach zu machen.

Nach dem Abendessen, im letzten Licht des Tages, sagte Dex zu Gideon, dass er später in den Aufenthaltsraum kommen wollte. Aber zunächst hatte er etwas zu erledigen. Geschmeidig verwandelte er sich in einen Fuchs und rannte auf seinem Fuchspfad in den Wald oberhalb des Internats. Dort steuerte er die Stelle an, wo er gestern Nacht den Wolf getroffen hatte. Er hielt inne und schnüffelte, versuchte sich genau zu erinnern, wo der Wolf ihn hingeführt hatte. Dann schlug er die östliche Richtung ein, bis er am Waldrand angelangt war und den alten Apfelbaum erblickte. Er starrte in die Zweige und versuchte, dahinterzukommen, was der Wolf ihm hatte sagen wollen. Er hatte an dem alten Baumstamm gekratzt und dabei nach oben gesehen.

Doch Dex konnte nichts Besonderes an dem Baum feststellen, nur Blätter und einige wenige Blüten. Aber keinen einzigen Hinweis. Seufzend drehte er um und machte sich auf den Rückweg zum Klippenpfad.

Anschließend ging er in den Aufenthaltsraum. Vielleicht konnte er ja mit Gideon über seine Erlebnisse der vergangenen Nacht sprechen, konnte ihn fragen, was er davon hielt. Aber als er dort eintraf, saß nur Luke auf ihrem üblichen Sofa vor der Feuerstelle. Er unterhielt sich gerade mit Barry und teilte Spielkarten aus.

»Wo ist Gid?«, erkundigte sich Dex, und Luke hob den Blick.

»Der ist schon ins Bett gegangen! Er meinte, dass dieses ganze Geschwisterzeug ihn total schlappgemacht hat.«

Dex ging nach oben, aber mit Gideon war nichts mehr anzufangen. Sein Freund hatte sich so tief in seine Decke vergraben, dass nur ein, zwei blonde Haarsträhnen auf dem Kissen zu sehen waren. Es war erst 20.00 Uhr, aber Gideon schlief tief und fest wie ein Stein.

Kapitel 10

Die Tür von Entwicklungsraum 12 öffnete sich, und Gideon kam mit aschfahlem Gesicht herausgestolpert.

»Wie war's?«, erkundigte sich Dex nervös. Wie gut, dass er seinen Freund am Abend nicht mehr aufgeweckt hatte. Gideon hatte seinen Schlaf offensichtlich dringend gebraucht – und hätte noch sehr viel mehr davon vertragen können, wenn man ihn so sah. »War es so schlimm? Haben sie dir irgendwelche Sonden in den Schädel gesteckt oder so?« Das mulmige Gefühl in Dex' Magengrube wurde immer schlimmer. Gideon ließ sich neben ihn plumpsen und schüttelte den Kopf.

»Ach was, keine Sonden. Aber sie schieben dich in so eine Art Metallsarg, auf einer Schiene. Man kommt sich fast vor wie eine Pizza auf dem Weg in den Ofen.«

Dex nickte und fühlte sich kein bisschen erleichtert. Als die Schulleiterin sie heute Morgen bei der Versammlung gebeten hatte, an einem Test teilzunehmen, hatte er keine Ahnung gehabt, dass dazu auch eine Untersuchung in einem Kernspintomographen gehörte. Das war ein unfassbar teures Gerät, das normalerweise verwendet wurde, um Tumore und andere innere Erkrankungen festzustellen. Aber jetzt sollte es unzählige hauchdünne Schichtaufnahmen von ihren Gehirnen und Körpern machen.

»Es stampft und kracht wie wahnsinnig da drin!«,

machte Gideon weiter und rieb sich gähnend die Augen. »Man kommt sich vor wie auf einer Baustelle. Und mit dem Lärm machen sie diese Röntgenbilder. Sie nehmen auf, wie der Krach von deinen Eingeweiden reflektiert wird, und dadurch wissen sie, wie es unter deiner Haut aussieht. Du musst echt still liegen, damit die Bilder nicht verwackeln.«

»Klingt eigentlich gar nicht so schlimm«, sagte Dex.

»War es auch gar nicht. *Das* war gar nicht das Problem.«

»Und wieso siehst du dann so fertig aus?«

»Na ja, sie geben dir so kleine Kopfhörer und fragen dich vorher, welche Musik du hören willst. Die Untersuchung dauert ungefähr eine Viertelstunde.«

»Und?«

»Na ja, ich wollte Charts-Musik hören und ... ich ... ich kann den Gedanken wirklich kaum ertragen ...« Gideon schauderte, fing an zu grinsen und brach schließlich in schallendes Gelächter aus.

»Was denn?«

»Ich liege also in dieser Metallkiste, kann keinen Finger rühren ... und dann spielen sie Celine Dion. Ohne Unterbrechung!« Gideon schüttelte sich und klapperte, immer noch entsetzt, mit den Zähnen, während Dex vor Lachen fast vom Stuhl fiel. Wenn es einen Musikstil gab, den Gideon nicht ausstehen konnte, dann war es klebrige Popmusik.

»Ich habe um Hilfe gerufen«, schnaubte Gideon, während sein Gesicht langsam wieder eine normale Farbe annahm. »Aber bei dem Krach und dem Gestampfe hat mich niemand gehört. Ich glaub, ich verklage sie wegen seelischer Grausamkeit.«

Sie lachten immer noch, als Mr Eades die Tür von E-12 öffnete und die beiden Jungen finster anstarrte.

Sie rissen sich zusammen. Mr Eades redete fast nie. Er war ein grauer Mann mit einem grauen Anzug, grauen Haaren und noch grauerem Auftreten. Um ehrlich zu sein: Er machte ihnen Angst.

»Bitte eintreten, Mr Jones«, bat er mit seiner dumpfen, ausdruckslosen Stimme. Dex gehorchte.

»So, als Erstes brauchen wir deine Unterschrift«, sagte Mr Eades, sobald die Tür hinter ihnen ins Schloss gefallen war. E-12 war ein viereckiger Raum, der von zahlreichen Neonröhren in grelles Licht getaucht wurde. Ein dünner Teppich lag auf dem Fußboden, und die Wände waren mit weiß gestrichenen Korkfliesen beklebt – wahrscheinlich um den Lärm zu dämpfen, dachte Dex. An einer Seite des Raumes befand sich ein Glaskabuff mit zwei Frauen in weißen Kitteln, die an einem Tisch mit zahlreichen Schaltern und Monitoren saßen. Das Ganze wirkte sehr modern und erinnerte Dex an ein Aufnahmestudio. Und das war es ja irgendwie auch, nahm er an.

Mr Eades hielt ihm ein Klemmbrett mit einem Formular entgegen. Daran war mit einer Schnur und einem klumpigen Klebeband ein Stift befestigt, den er Dex in die rechte Hand drückte. Dex überflog den Zettel und stellte fest, dass Gina bereits unterschrieben hatte. Sie war also einverstanden mit diesen merkwürdigen Tests, bei denen sein Innerstes nach außen gestülpt wurde. So stellte er es sich zumindest vor. Er las ein, zwei Abschnitte des Formulars, aber der Großteil war medizinisches oder juristisches Kauderwelsch. Gina hatte sich das bestimmt nicht alles durchgelesen. Ihr wäre es sowieso egal gewesen, auch wenn sie ihm glühende Stäbe in die Nase gesteckt hätten, um sein Gehirn zu rösten. Aber weil er Owen vertraute und wusste, dass er diese Untersuchung befürwortete, würde er mitmachen. Dex seufzte.

»Nun denn, Dex Jones«, sagte Mr Eades und begleitete ihn zu dem monströsen Gerät. »Du musst dich jetzt hinlegen und ungefähr fünfzehn Minuten lang entspannen. Dabei ist es notwendig, dass du vollkommen regungslos bleibst. Musst du vielleicht noch einmal auf die Toilette? Dann wäre jetzt der geeignete Zeitpunkt dafür.«

Kopfschüttelnd betrachtete Dex den Kernspintomographen. Er war so groß, dass auch ein Erwachsener bequem hineingepasst hätte, ein rechteckiger Kasten aus weiß lackiertem Metall, gekrönt von einem bogenförmigen Kopfstück. Zahlreiche Röhren, Kabel und Metallstützen führten zu den Studiowänden. Zu dem Gerät gehörte eine Art Fließband mit einem deutlich erkennbaren Kopfpolster. Im Inneren leuchtete ein sanftes Licht, und auf dem Kopfpolster lagen tatsächlich Kopfhörer.

»Es wird sehr laut da drin«, erklärte Mr Eades und zeigte Dex, wie er sich auf das Fließband setzen und anschließend hinlegen sollte. Eine der Frauen im weißen Kittel kam zu ihm, legte seinen Kopf genau in die richtige Position und klebte ihm zwei mit Kabeln versehene Pflaster an jede Schläfe. Sie lächelte ihn an. »Du kannst dir auch Musik wünschen«, fuhr Mr Eades fort, und Dex musste grinsen.

»Klassik, Jazz oder Charts?« Als DJ war Mr Eades mit seiner ausdruckslosen Stimme eine glatte Fehlbesetzung.

»Klassik«, sagte Dex rasch.

Die Frau im weißen Kittel lächelte noch einmal und setzte ihm die Kopfhörer auf. »Einfach entspannen und nicht bewegen«, sagte sie, streckte die Hand aus und drückte auf eine Taste. Das Fließband setzte sich in Bewegung, und Dex glitt langsam ins Innere der Röhre. Er fühlte sich dabei alles andere als wohl. Es war so eng, dass er mit der Nase beinahe die Metallverkleidung gestreift hätte. Im Inneren hatte er dann eine merkwürdige Spiegelkonstruktion direkt vor den Augen. Damit konnte er den ganzen Raum sehen, obwohl er mitten in diesem Ungetüm aus Stahl steckte. Dex musste schlucken. Mehrfach. Er spürte, wie sein Herz immer schneller schlug und sein ungutes Gefühl stärker wurde. Mr Eades hatte sich mittlerweile in das Glaskabuff zurückgezogen und die Tür geschlossen, während die Frauen an den verschiedenen Schaltern und Monitoren herumhantierten. Bis auf seinen eigenen, abgehackten Atem, verstärkt durch die dicht anliegende Metallhülle, war nichts zu hören.

Dex bemühte sich, ruhig zu bleiben. Er musste eine ganze Viertelstunde hier drin verbringen. Er musste sich entspannen, darum machte er die Augen zu. Er versuchte es mit der Selbst-Hypnose, die Owen ihm beigebracht hatte, aber kaum hatte er sich auf seine übliche kleine Waldlichtung geträumt, da ertönte in seinem Kopfhörer ein blechernes Volkslied. Es war nicht so schlimm wie Celine Dion, aber trotzdem ziemlich schrecklich, weil es auf einem billigen Keyboard gespielt wurde, in schleppendem Rhythmus und dazu noch mit falschen Akkorden. Aber zumindest lenkte es ihn kurzfristig von seiner Umgebung ab.

Dann ging der eigentliche Krach los. Es hörte sich an, als würde jemand mit einer Schaufel auf den Kernspintomographen einschlagen. Dex erschrak und zuckte heftig zusammen, beherrschte sich aber gleich wieder, so gut es nur ging, weil er ja still liegen musste. Der infernalische Lärm wollte einfach nicht wieder aufhören, und Dex spürte, wie sich eine kalte, bebende Übelkeit in seiner Magengrube breitmachte. Irgendetwas an diesen Geräuschen, verbunden damit, dass er auf engstem Raum eingesperrt war und sich nicht bewegen konnte, kam ihm erschreckend bekannt vor.

Er kämpfte ein paar Sekunden lang gegen dieses Gefühl an, versuchte verzweifelt, sich selbst zu hypnotisieren, holte tief Luft, bohrte mit aller Macht die Fingernägel in seine Handflächen, um sich von den Gedanken abzulenken, die sein Gehirn zu überfluten drohten wie Wasser einen gebrochenen Damm. Er biss sich auf die Zunge, spürte einen metallischen Geschmack zwischen den Zähnen und hoffte, dass er dadurch die Gedankenflut irgendwie eindämmen konnte, aber es nützte nichts. Gar nichts.

Er war wie gelähmt, und die Düsternis schlug ihn in ihren Bann. Er merkte, wie der Schutzschild der Vernunft in sich zusammenfiel wie brennendes Stanniolpapier, und dann, begleitet von einem schlagartig einsetzenden, tödlichen Entsetzen, befand er sich wieder im Bauch der Erde.

Er lag tief unten im Inneren des Fuchsbaus, während die Jäger mit ihren Schaufeln seinen einzigen Fluchtweg zerstörten und sich das kehlige Gebell der Hunde durch die feuchtkalten Gänge bis in seine schreckensstarren Ohren bohrte. Dex lag völlig erstarrt in der Metallröhre. Gleichzeitig schlug sein Herz so laut, dass er es hören konnte. Kalter Schweiß lief ihm über die Haut. Eine Welle der Übelkeit bildete sich in seinem Inneren, drängte sich in seine Brust bis hinauf in seine Kehle, während ihn gleichzeitig ein grässliches, schwarzes, alles vernichtendes Gefühl der Niederlage umhüllte, genau wie dort in dem Fuchsbau: das Gefühl, dass es das Beste wäre, einfach aufzugeben und nichts mehr zu fühlen, nie wieder ... dass das Nichts in jedem Fall besser war als diese grauenhafte, ohrenzerfetzende, kreischende, namenlose Angst ...

Jetzt spürte er ein Ziehen an beiden Seiten seines Kopfes, und ihm wurde schlagartig klar, dass er sich verwandelt hatte. Die Kontaktpolster, die an seinen Schläfen geklebt hatten, lagen lose auf seinem Fuchspelz. Von seinen Wildtierinstinkten überrollt, war Dex aus der Röhre gesprungen und kauerte jetzt in einer Ecke von Zimmer E-12. Dabei zitterte er so heftig, dass er nicht einmal mehr vernünftig sehen konnte.

Krachend flog die Tür des Glaskabuffs auf, und Mr Eades kam wutentbrannt herausgestürmt. »Was, um alles in der Welt, soll denn das, Dex Jones?« Als er den Fuchs, der am ganzen Leib zitterte und regungslos zu Boden starrte, unter einem Stuhl in der Ecke liegen sah, blieb er stehen. Dex war nicht in der Lage, sich zu bewegen oder irgendwie zu reagieren. Er nahm Mr Eades nicht einmal wahr. Das einzige, was er sah, war die Szene in dem Fuchsbau, kurz vor seiner Rettung. Immer und immer wieder, wie eine Endlosschleife, liefen diese Bilder vor seinem inneren Auge ab: Die Zähne des Leithundes. Die dunkle, bedrückende Erde mit dem feinen Netzwerk aus Wurzeln. Das grässliche Jaulen und die stechenden Spaten. Der warme Atem der aufgeregten Hunde auf seinem Gesicht. Die Übelkeit und schließlich die Resignation. Der nahe Tod. Irgendwie wollte die nächste Szene einfach nicht kommen, die Stelle, wo Owen von oben zu ihm durchgedrungen war und ihn herausgezogen hatte.

»Aua! Verdammt nochmal, Dex! Hör auf damit!«

Endlich war er wieder zurück in der Gegenwart. Ihm wurde klar, dass er gerade dabei war, jemanden zu beißen. Das war Owen. Für einen kurzen Augenblick sah er alles verschwommen, dann wurde sein Blick wieder klar. Owen hielt sich die linke Hand. Scharfe Zähne hatten mehrere kleine, blutende Risse darauf hinterlassen. Dex wollte sich entschuldigen, aber mehr als ein leises Kläffen brachte er nicht hervor. Er war immer noch ein Fuchs. Owen schien zu merken, dass er wieder »zurück« war, hob ihn hoch und trug ihn hinaus auf den Flur. »Sie bleiben hier«, befahl er Mr Eades, der sich ihm anschließen wollte. Der graue Mann spitzte die Lippen, blieb aber stehen und ließ die Tür von E-12 ins Schloss fallen, so dass Owen und Dex alleine in dem leeren Flur standen. Owen setzte Dex ab und nahm auf einem der Stühle Platz.

Stille legte sich über den Flur. Dex hätte sich am liebsten zusammengerollt, um zu schlafen. Aber gleichzeitig wollte er sich auch entschuldigen, also nahm er all seine verbleibende Kraft zusammen und verwandelte sich wieder zurück. Das T-Shirt klebte ihm am Rücken, und als er seine Fäuste öffnete, sah er in jeder der beiden Handflächen vier halbmondförmige Wunden, überall dort, wo er mit den Fingernägeln die Haut durchbohrt hatte.

»Bitte entschuldige, dass ich dich gebissen habe.« Seine Stimme klang heiser wie das Rascheln trockener Blätter. »Wie lange war ich … war ich so?«

»Ungefähr fünf Minuten, schätze ich.« Owen betrachtete immer noch seine linke Hand. »So lange hat es gedauert, bis ich hier war. Kein Problem, es ist keine tiefe Wunde. Allerdings ist das jetzt schon das zweite Mal in diesem Monat, dass du mich anknabberst. Du hast doch eine Tollwutimpfung bekommen, oder?«

Dex lächelte schwach.

»Schon besser.« Owen musterte Dex von oben bis unten und seufzte. »Was war denn los da drin?«

Dex schüttelte den Kopf und umschlang seine Knie mit beiden Armen, so fest, dass er fast zu einer Kugel wurde. Er wollte Owen nicht erzählen, wie sehr die Angst ihn gerade im Griff gehabt hatte. *Er wollte das nicht!*

»Dex!« Owen ließ nicht locker. »Du hattest eine Panikattacke. Kannst du dir erklären, warum?«

Dex hatte immer noch zu kämpfen. Er wollte unbedingt, dass Owen ihn respektierte, aber seit dem Beginn dieses Trimesters – beziehungsweise schon *bevor* es überhaupt angefangen hatte – war er nichts weiter als ein einziges, jämmerliches Nervenbündel.

»Okay, dann wollen wir einfach mal spekulieren: Du hast einen Flashback erlebt. Du warst mit einem Mal wieder bei der Fuchsjagd. Habe ich recht?«

Dex nickte trostlos. Das hätte er sich ja denken können, dass Owen auch von alleine darauf kam.

»Sehr ärgerlich, dass ich nicht selbst daran gedacht habe«, murmelte Owen. »Ziemlich dämlich, ehrlich gesagt. Dex, es gibt viele Menschen, die in einem Kernspintomographen Panik bekommen. Eigentlich hätten sie dir vorher einen Notfallknopf geben müssen.«

»Notfallknopf?«

»Ganz genau. Der ist mit der Steuerkonsole verbunden und an einem dehnbaren Spiralkabel befestigt, so dass du ihn mit in die Röhre nehmen kannst. In den meisten Fällen wird man allein schon dadurch ruhiger, dass man so ein Ding in der Hand hat. Offensichtlich haben die Schwestern in all der Aufregung vergessen, dir den zu geben. Das wird ein Nachspiel haben«, fügte er grimmig hinzu.

»Oh«, sagte Dex. Etwas anderes fiel ihm beim besten Willen nicht ein.

Owen betrachtete ihn für einen Moment. »Ich weiß übrigens auch von dem Vorfall mit dem Hund«, fuhr er fort. Dex hob den Blick und wurde von einer neuen Welle der Scham überrollt. »Spook hat einen Monat Taschengeldsperre bekommen. Tut mir leid, Dex, aber natürlich konnte er der Versuchung nicht widerstehen und hat sich vor seinen Freunden damit aufgespielt. Einer von ihnen, Darren Tyler, fand sein Verhalten allerdings ziemlich erbärmlich. Auch, wenn er nicht weiß, was du in letzter Zeit alles durchgemacht hast, war ihm klar, wie sehr du gelitten hast. Er hat Spook deswegen mächtig zur Schnecke gemacht, und anschließend hat er es mir erzählt. Anscheinend hat Spook sich von einem seiner Kameraden aus seiner Jagdgesellschaft als Jagdhelfer bei einer anderen Jägertruppe hier vor Ort empfehlen lassen. Und dann hat er sich einen von deren Hunden ausgeliehen. Wir haben uns inzwischen mit den Leuten in Verbindung gesetzt und dieser kleinen Episode ein Ende bereitet.«

Dex wurde von einer enormen Müdigkeit gepackt. Owen stand auf und zog ihn am Ellbogen auf die Beine. »Du solltest dich für eine Weile ins Bett legen. Geh duschen, leg dich schlafen und danach gibt es dann ein kräftiges Abendessen. Wir reden später noch einmal über diese Panikattacken, aber, ganz ehrlich, Dex: es gibt keinen Grund, sich wegen irgendetwas zu schämen. Viele Menschen haben so etwas schon einmal erlebt, und nach allem, was du durchgemacht hast, würde es mich sehr wundern, wenn du *keine* Nachbeben erleben würdest. Wir beschäftigen uns in deiner nächsten Entwicklungsstunde noch etwas ausführlicher damit.«

»Und was ist mit dieser Kernspin-Untersuchung?« Unsicher warf Dex einen Blick zurück zur Tür mit der Aufschrift E-12.

»Wir versuchen es einfach später noch mal, wenn du so weit bist.«

Sie stiegen die Treppe aus dem Untergeschoss mit den Entwicklungsräumen nach oben, und Owen schickte Dex direkt auf sein Zimmer. Als er sich der Tür des Schlafgebäudes näherte, kam Catherine ihm entgegen. Die Schuluniform des Tregarren College stand ihr gut.

»Und, wie gefalle ich dir, Dex?« Sie lachte, drehte sich einmal um die eigene Achse und spreizte die Arme ab wie eine Tänzerin. Er lächelte und nickte – sie war so voller Energie, wie ein Wirbelsturm.

»Ich finde das alles hier so wahnsinnig aufregend!«, sagte sie, nahm ihn an den Händen und strahlte ihn an. Ihre grünen Augen funkelten. »Du musst mir unbedingt erzählen, wie es ist, ein Fuchs zu sein! Das ist ja so *abgefahren*! Bitte? Kannst du's mir jetzt zeigen? Ich *liebe* Tiere!«

Dex war so müde, dass er kaum mehr sprechen konnte. »Tut mir leid, Catherine«, brachte er mühsam hervor. »Ich zeige es dir bestimmt noch, aber jetzt muss ich unbedingt schlafen.«

Catherine setzte sofort eine betroffene Miene auf und

drückte ihm besonders fest die Hände. »Oh, Dex ... das tut mir so leid. Ich bin so eine dumme Nuss! Ich denke immer, dass alle anderen genauso aufgedreht sind wie ich. Meine letzte Mom hat gesagt, ich sei der reinste Brummkreisel. Leg dich hin! Wir sehen uns dann später!« Sie ließ seine Hände los und hüpfte davon.

Dex schlurfte die Treppe hinauf und wollte sich unter die Dusche stellen, doch dann fühlte er sich so schlapp, dass er nur noch die Schuhe abstreifte und sich komplett angezogen ins Bett fallen ließ. Wenige Sekunden später war er eingeschlafen.

Kapitel 11

Dex verbrachte nun fast mehr Zeit in Fuchsgestalt als in menschlicher, weil es ihm leichterfiel, sich zu verwandeln als seine Menschengestalt beizubehalten. Er konnte sich auch nicht erklären, wieso das so war … es sei denn, Paulina Sartre hatte doch recht. Er kam sich verloren und verletzlich vor. Gideon hatte keine fünf Minuten mit ihm verbracht, ohne entweder Luke oder Catherine oder alle beide in seiner Nähe zu haben. Die Drillinge hatten eine sehr emotionale Begegnung mit ihrem Dad in Polgammon erlebt, hatten in dem großen Hotel zu Abend gegessen und einander unendlich viel zu erzählen gehabt. Noch bevor der Abend halb um gewesen war, hatte Michael Reader Catherine vorgeschlagen, für immer nach England zu kommen, und Catherine hatte beschlossen, ab sofort den Nachnamen Reader anzunehmen. Gideon hatte Dex am nächsten Morgen beim Zähneputzen alles erzählt.

»Er weiß gar nicht mehr, wo ihm der Kopf steht!«, sagte Gideon mit Schaum vor dem Mund und schaute Dex im Spiegel an. Er spuckte blassblaue Bläschen ins Waschbecken, nahm eine Handvoll Wasser in den Mund und gurgelte begeistert. »I' chaube, er ha' si' chon immer eine 'ochda 'ewünschd!«

Dex reimte sich die Bedeutung dieser Wortfetzen zusammen und sah seinen Freund ein wenig verwundert an.

»Findest du das alles nicht auch irgendwie ein bisschen beängstigend?«

»Wieso denn das? Ich meine, mir ist schon klar, dass es ziemlich merkwürdig ist – aber merkwürdig ist doch zurzeit das neue Normal, oder nicht? Sie ist meine Schwester. Und Luke ist mein Bruder. Ich kenne die beiden nicht – und gleichzeitig kenne ich sie sehr gut. Es kommt mir so vor ... als wäre das alles so bestimmt gewesen ... Drei aus einem. Einer von dreien.«

Dex verzog das Gesicht. »Du hörst dich schon an wie ein Medium.«

Gideon zuckte zusammen, was Dex ein wenig beruhigte. »Ja, da könntest du recht haben.«

Dex warf einen Blick zur Badezimmertür. Jeden Augenblick würden Luke oder Barry auftauchen, und dann war dieses kostbare Vier-Augen-Gespräch mit Gideon auch schon wieder vorbei. Er ließ nicht locker. »Ich meine – die Vorstellung, dass du deinen Dad mit einer Schwester teilen musst – und womöglich auch noch mit einem Bruder –, macht dir das gar nichts aus?«

»Ach was. Luke kann er ja gar nicht adoptieren. Der ist schon vergeben. Obwohl er wahrscheinlich auch bei uns wohnen wird, schätze ich mal ...«

»Aber ... das Teilen?«

Gideon zuckte erneut mit den Schultern. »Die Dinge verändern sich eben«, sagte er. Er fragte nicht, was Dex davon hielt, sondern steckte nur seine Zahnbürste in das Glas und ließ Dex stehen.

Nach dem Unterricht nahm Owen wieder einmal eine kleine Gruppe interessierter Schülerinnen und Schüler mit in den Wald. Mit ihnen veranstaltete er regelmäßige Überlebenstrainings, wo sie lernten, wie man sich in freier Wildbahn mit Essen und Trinken versorgen und Schlafplätze bauen konnte. Dex, Lisa und Mia erwarteten ihn bereits im Pförtnerturm. Zunächst sah es so aus, als würde Gideon nicht kommen. Dex ließ den Kopf sinken, während er sich auf den dicken, steinernen Fenstersims lehnte und zum Fenster hinaus den gewundenen Klippenpfad entlangstarrte. Weit und breit keine Spur von seinem besten Freund. Gid war sonst immer mit dabei gewesen! Owen blickte auf seine Armbanduhr und machte sich abmarschbereit.

»Die Drillinge haben sich wohl unerlaubt von der Truppe abgesetzt«, meinte Lisa sarkastisch und sah Dex prüfend an. »Ach, jetzt hör doch mal auf damit, Dex!«

Wieder einmal wurde ihm erst nachträglich klar, dass er sich verwandelt hatte. Schnell nahm er wieder seine menschliche Gestalt an, die Wangen immer noch rot vor Scham. Paulina Sartre hatte absolut recht gehabt. Inzwischen brauchte Lisa nur eine einzige Bemerkung fallenzulassen, und schon fühlte er sich bedroht und wurde zum Fuchs. Fast wie eine nervöse Zuckung.

»Nein … da kommen sie«, sagte Mia und spähte an Dex vorbei. Die Drillinge kamen den steilen Pfad emporgehastet. Catherine hüpfte wie eine Bergziege vor den beiden Jungen her. Ihre glänzenden Haare wurden vom Wind zerzaust. Dex biss die Zähne aufeinander. Drillinge. Sie. Anscheinend war Gideon jetzt nur noch im Dreierpack zu haben.

»Entschuldigt, dass wir euch haben warten lassen!«, grinste Catherine, als sie, begleitet von einer frischen Meeresbrise, in den Raum gefegt kam. »Hallo, Dex!« Sie strahlte ihn an. »Mach schon! Tu es für mich.«

Dex schüttelte seufzend den Kopf. »Nein, sonst ist Lisa genervt«, erwiderte er gereizt. »Und außerdem … früher oder später wirst du's schon sehen.«

Catherine hatte ihn schon die ganze Woche gedrängt, sich vor ihren Augen zu verwandeln. Obwohl er zurzeit eigentlich ständig zum Fuchs wurde, schien sie den Zeitpunkt seltsamerweise immer zu verpassen. Sie hörte keinen Augenblick lang auf zu lächeln. Als Gideon und Luke den Raum betraten, kam sie mit federnden Schritten zu Dex gehüpft und hängte sich bei ihm ein.

»Also gut, dann gehen wir eben zusammen durch den Wald, und wenn Lisa mal gerade nicht hinschaut, dann kannst du es ja machen.« Sie lächelte Lisa neckisch an, die wiederum Dex mit zusammengekniffenen Augen fixierte.

»Los jetzt, ihr Rasselbande! Bald wird es dunkel!«, sagte Owen. Gemeinsam verließen sie den Pförtnerturm und gingen hinauf in den Wald. Catherine hatte sich immer noch bei Dex eingehängt und plapperte in einer Tour über das Internat und die Lehrer und die COLAs und welche Fortschritte sie in Entwicklung machte.

»Sie sagen, dass es jetzt so richtig losgeht!«, stieß sie aufgeregt hervor. »Du hast ja keine Ahnung, wie *cool* das ist! Ich kann schon einen Notizblock fliegen lassen! Ehrlich!« Angesichts ihrer Begeisterung musste Dex laut lachen. Er holte den Notizblock, den er mitgebracht hatte, um Owens Hinweise aufzuschreiben, aus seiner Tasche und gab ihn ihr.

»Also los! Dann lass mal sehen.«

Catherine ließ seinen Arm los und verlagsamte ihre Schritte, wog den Block in der Hand. Sie biss sich auf die Unterlippe und wirkte mit einem Mal sehr ratlos. »Ich weiß nicht, ob ich es hier auch schaffe«, murmelte sie leise, und Dex bekam ein schlechtes Gewissen. Er wusste sehr gut, wie schwierig es an den ersten Tagen war, auf Kommando COLA-Kräfte zu zeigen.

»Ist doch nicht schlimm«, sagte er, aber Catherine versuchte es weiter, bis eine Ecke des Notizbuchs allmählich anfing, sich zu heben. Dann schwebte es schließlich ganz in der Luft, wenn auch ziemlich schief und nicht mehr als zwei Zentimeter über Catherines Fingern. Als es wieder herabfiel, verzog Catherine den Mund.

»Das war's schon!«, sagte sie mit tonloser Stimme.

»Nein – das war echt toll!«, ermutigte Dex sie. »Du musst eben immer weiter üben.«

»Ich werde bestimmt nie so gut wie ihr!«, seufzte sie. Doch schon im nächsten Moment schien sie den Fröhlichkeitsschalter wiedergefunden zu haben und knipste ihr Vierhundert-Watt-Lächeln an. Mit schnellen Schritten lief sie nach vorne zu ihren Brüdern. Dort angekommen sprang sie in die Luft und versetzte den beiden einen Klaps auf die Schulter. Dex sah, dass sie sich bei den beiden Jungen einhakte, sich aber etwas mehr in Gideons Richtung lehnte. Er schien ganz eindeutig ihr Favorit zu sein.

»Zeit für ein Feuer«, sagte Owen, als sie auf einer kleinen Lichtung angelangt waren. »Sammelt Stöcke, und zwar eine ganze Menge!«

»Aber Feuer haben wir doch schon gemacht«, protestierte Gideon. »Schon ziemlich oft sogar.«

Owen blickte ihn weise an. »Das ist richtig, Gideon. Aber nicht *so* ein Feuer. Kein rauchloses Feuer. Und das kann in manchen Situationen ziemlich wichtig sein.«

Gideon zuckte mit den Schultern. »Ich mag Rauch«, murmelte er und gähnte.

»Prima. Das freut mich. Aber wenn du dich aufwärmen und etwas essen und zugleich nicht entdeckt werden willst, dann siehst du das wahrscheinlich etwas anders.« Owen kniete sich auf den Waldboden und brach ein paar Stöcke entzwei.

»A-ha«, sagte Gideon und nickte. Luke stand neben ihm und grinste.

»Mir gefällt das«, sagte er. »Das haben wir mal bei den Pfadfindern gemacht.«

Owen nickte anerkennend. »Gut. Und was brauchen wir dazu, Luke?«

»Äh … also … auf keinen Fall feuchtes Holz. Das raucht wie verrückt.«

»Sehr richtig. Genau wie junge, grüne Zweige auch. Und

alte Rinde. Darum solltet ihr immer Zweige und kleine Äste von möglichst weit oben nehmen, oder ihr schneidet sie von umgestürzten Bäumen ab. So trocken wie nur möglich. Anschließend macht ihr auf jeden Fall die Rinde ab. Dex, gib die hier mal rum. Catherine, komm erst mal zu mir und sieh zu, bevor du es selber ausprobierst. Luke, hast du so eines schon mal benutzt?«

Nachdem Luke genickt hatte, verteilte Dex die Schnitzmesser aus Owens Vorrat an alle. Sie besaßen eine kurze, robuste und leicht gebogene Klinge, die in einer Lederscheide steckte. Der Griff war mit gewachster Schnur umwickelt. In den letzten Monaten hatten sie gelernt, wie man dieses wichtige Werkzeug benutzte. So musste man zum Beispiel sorgfältig darauf achten, die Klinge immer vom Körper weg zu bewegen und niemals auf dem Oberschenkel zu schneiden. Sonst bestand die Gefahr, dass man eine Hauptschlagader verletzte. Owen hatte ihnen den Umgang mit dem Messer viele Wochen lang geduldig beigebracht, so dass Dex, Gideon, Lisa und Mia mittlerweile sehr geschickt darin waren, Zweige, Wurzeln und Äste zu bearbeiten.

Owen zeigte Catherine, wie sie das Messer halten musste, um einen dünnen Zweig von seiner Rinde zu befreien. Sie stellte sich ziemlich ungeschickt an und legte das Holz immer wieder auf ihre Knie. »Nein«, sagte Owen nachdrücklich und hielt ihr Handgelenk fest, als sie das Messer wieder ansetzen wollte. »Wenn du abrutschst, dann schneidest du dir in die Oberschenkelarterie und bist wahrscheinlich verblutet, noch bevor wir dich zurück zum College gebracht haben.«

Catherine sah ihn mit großen Augen an. »Ehrlich?«

Als Owen ihre betroffene Miene sah, konnte er sich das Grinsen nicht verkneifen. »Obwohl … glücklicherweise haben wir ja die beste Heilerin der Welt in unseren Reihen.«

»Sie ist wirklich phantastisch, stimmt's?« Catherine nahm Mia an der Hand und drückte sie. Das war Mia so peinlich, dass sie ihre Bewunderin gleich wieder abschüttelte.

»Pass gut auf«, sagte Owen. »Ich zeige es dir noch einmal.«

Eine ganze Weile sah es so aus, als würde sie langsam den Bogen raus kriegen, und Owen ließ sie alleine weitermachen. Dann, plötzlich, schrie sie laut auf. Alle erschraken und zuckten zusammen, so sehr waren sie in die Vorbereitung des Feuerholzes vertieft gewesen. Im selben Augenblick roch Dex Blut und er sprang auf. Catherine hielt mit der rechten Hand ihren linken Unterarm fest. Sie war mit einem Mal sehr blass geworden. Zwischen ihrem Daumen und ihrem Zeigefinger bildete sich ein dunkelrotes Rinnsal.

Catherine machte die Augen zu, kniete sich auf ihren kleinen Stapel aus Zweigen und schwankte leicht. Doch dann legte sich ein seltsames Lächeln auf ihr Gesicht. »Alles okay. Drama beendet!« Sie zog die Hand weg und brachte ein paar Blutspuren zum Vorschein, aber nirgendwo war eine Wunde zu erkennen.

Owen beugte sich mit gerunzelter Stirn über sie. »Was war denn da los, Catherine?«

Sie lächelte, und Dex fand, es sah irgendwie merkwürdig aus, als wäre sie gar nicht ganz anwesend. »Das war bloß eine kleine Heilung, mehr nicht.«

Owen griff nach ihrem Handgelenk und starrte die blutige unverletzte Haut an. »Du hast dich *selbst* geheilt?«

Alle Blicke richteten sich auf Mia, die verwirrt den Kopf schüttelte. »Ich war das nicht«, sagte sie nur.

Sie wandten sich wieder Catherine zu, fast wie Zuschauer bei einem Tennismatch in Zeitlupe. In Tregarren gab es insgesamt zweiundzwanzig Heiler. Sie hatten unterschiedliche Fähigkeiten, und Mia war mit Abstand die beste. Aber niemand von ihnen, nicht einmal Mia, konnte sich selbst heilen.

»Hui! Das ist doch mal was!«, lachte Catherine. Ihre Augen funkelten.

* * *

»Sie ist ziemlich gut, stimmt's?«, meinte Gideon zu Dex, als sie auf dem Rückweg waren. Dex nickte. »Ich meine, das ist schon beachtlich, oder nicht? Wenn man sich selber heilen kann. Wie in einem Superhelden-Comic, oder? Wie ... Captain Invincible! Wer weiß, wenn sie in die Luft gesprengt würde, vielleicht würden die ganzen winzigen Teilchen dann weiterleben.«

Dex lachte. Es tat gut, dass Gideon wieder seine albernen Sprüche machte.

»Wow!« Kopfschüttelnd sah Gideon sich nach Catherine um, die jetzt zwischen Mia und Lisa entlanghüpfte und sie dazu bringen wollte, Marschlieder zu singen. Mia gab ihr Bestes, während Lisa abgestoßen, aber irgendwie auch belustigt wirkte. »Und dann ist da ja noch Luke«, sinnierte Gideon. »Bei dem spielt sich gar nichts ab! Das ist doch eigenartig.«

»Na ja, das werdet ihr ja bald rausfinden«, sagte Dex. »Morgen wollen sie uns doch noch mal untersuchen. Und dieses Mal wollen sie unser Blut haben.«

»Ja, stimmt. Ich habe den Zettel am Schwarzen Brett gesehen. Igitt! Ich hasse Nadeln. Was wollen sie eigentlich mit unserem Blut anfangen? Unsere Blutgruppe kennen sie ja schon, die steht ja in unseren Akten.«

»Ich schätze, sie suchen nach außerirdischer DNA«, schaltete Luke sich ein, der mittlerweile aufgeholt hatte. »Du bist wahrscheinlich Halb-Marsianer oder so. Oder vielleicht wollen sie euch klonen!«

»Also, jedenfalls dürfen sie mir auf keinen Fall zu viel Blut abzapfen«, stöhnte Gideon. »Ich kann jeden Tropfen gebrauchen! Ich komme mir ja jetzt schon so vor, als hätte mir jemand einen halben Liter geklaut. Ich bin so was von erledigt!« Er sieht wirklich sehr erschöpft aus, dachte Dex. Um ehrlich zu sein, sie alle waren ziemlich am Ende – Mia sah aus, als würde sie schon halb schlafen, und sogar Gideon gähnte ständig. Nur Catherine sauste durch die Gegend wie ein düsengetriebener Tennisball. Jetzt versuchte sie gerade, Lisas lange blonde Haare zu einem aufwändigen Knoten zu binden, und zwar im Gehen. Auf Lisas

Miene war eine Mischung aus Resignation und Verwirrung abzulesen.

Dex wandte sich an die beiden Brüder. »Wird eure Schwester eigentlich nie müde?«

»Offensichtlich nicht«, gähnte Gideon, und Luke ließ sich davon anstecken. »Ich glaube, sie ist eine Art Perpetuum mobile in Menschengestalt. Versuch ja nicht, sie aufzuhalten – sie ist eine Naturgewalt.«

Kapitel 12

»Du hast es schon wieder getan, Dex.«

»Oh, tut mir leid«, erwiderte Dex, aber es kam als heiseres Bellen aus seiner Kehle. Verlegen verwandelte er sich wieder zurück.

»So langsam finde ich das besorgniserregend.« Owen ließ sich gegen die Lehne seines Stuhls in einer Ecke von Entwicklungsraum 10 sinken. »Ich brauche die Jagd nur kurz zu erwähnen und schon – schwupps – wirst du zum Kuscheltier. Ich glaube, wir müssen dieses ganze Erlebnis endlich gründlich aufarbeiten, vielleicht hat es dann ein Ende mit diesen ständigen Verwandlungen.«

Dex starrte auf seine Fußspitzen hinab. Ein dumpfes Gefühl breitete sich in seinem Inneren aus. Es kam ihm vor, als läge eine große Kugel aus Eis in seiner Magengrube, und er wollte nicht, dass sie anfing zu tauen. Er wollte, dass dieses ganze Jagd-Erlebnis für immer im ewigen Eis begraben blieb, wollte nie wieder daran denken, geschweige denn darüber reden. Und mit Owen wollte er das alles am allerwenigsten besprechen. Allein der Gedanke daran verursachte ihm Magenkrämpfe. Wahrscheinlich, weil er wusste, wie viel Owen an ihm lag. Die Last war einfach zu schwer.

Jetzt nahm Dex am Rand seines Blickfeldes eine Bewegung war. »Also, ich glaube, es würde mir schon sehr helfen, wenn ich keine Zuschauer hätte«, stieß er trotzig hervor. Owen warf einen Blick an die hintere Wand. Wie alle Entwicklungsräume, die als weit verzweigtes Netz tief im Granit unterhalb des Internats angelegt worden waren, war auch E-10 mit Teppichboden ausgelegt, verbreitete die Lampe ein sanftes Licht, waren die Wände in beruhigendem Grün gestrichen. Und wie alle Entwicklungsräume besaß auch E-10 eine vollständig verspiegelte Wand, so, wie in einem Tanzstudio zum Beispiel. Mit Hilfe seiner scharfen Fuchssinne war Dex schnell dahintergekommen, dass es sich dabei um Einwegspiegel handelte. Wer immer sich dahinter aufhielt, konnte jede Bewegung im Raum beobachten, ohne selbst gesehen zu werden – zumindest von den meisten. Owen seufzte und fuhr sich durch die dunklen, zerzausten Haare.

»Du weißt genau, dass ich daran nicht das Geringste ändern kann«, sagte er leise. »Normalerweise sitzt Mr Eades ja sogar mit hier drin. Nur, weil ich ihn sehr höflich darum gebeten habe, war er überhaupt bereit, seine Notizen hinter Glas zu machen.«

»Aber da sitzen außer ihm noch mehr, oder etwa nicht?«, entgegnete Dex genauso leise. Er starrte Owen durchdringend an. Würde er sich jetzt als Lehrer erweisen oder als Freund? Owen erwiderte wortlos seinen Blick. Dann nickte er fast unmerklich und ließ den Kopf in die Hände sinken, so dass ihm die langen Haare übers Gesicht fielen. Er wirkte zutiefst frustriert, doch dann erfassten Dex' scharfe Ohren sein leises Flüstern: »Denk dir irgendwas aus, Dex. Das richtige Gespräch führen wir dann später.«

»Es war schrecklich«, sagte Dex mit tonloser Stimme. »Wirklich schrecklich. Ich habe gedacht, dass ich sterben muss, aber dann hast du mich da rausgeholt, und ich glaube, dass ich inzwischen darüber weg bin. Okay? Reicht das? Weil ich nämlich die Schnauze voll hab von diesem Psychogequatsche, diesem Weicheier-Blablabla. Mir geht es GUT!« Seine Stimme wurde laut und schrill. »Ich muss mich nicht noch mal dahin zurückversetzen oder mit irgendwas in Kontakt kommen oder ... keine Ahnung ... mein inneres Baby rauslassen oder die Angst annehmen. Ich wäre beinahe bei lebendigem Leib von einer Hundemeute aufgefressen worden, und dann bin ich entkommen. Schlimm, schlimm, aber Vergangenheit. Alles erledigt. Kann ich jetzt gehen?«

»Bitte, wenn du nichts anderes vorhast, als uns allen hier die Zeit zu stehlen, dann von mir aus«, erwiderte Owen mit schneidender Stimme. »Aber du musst dich demnächst noch einmal in diese Röhre legen, also kann ich nur hoffen, dass du wirklich darüber weg bist. Geh. Besorg dir was zu essen.« Er winkte verächtlich ab und beugte sich über einen Schreibblock auf dem Nebentisch. Für einen kurzen Moment war Dex verunsichert. Ob Owen seine Schimpftirade vielleicht für bare Münze genommen hatte? Doch als er sich auf dem Weg zur Tür noch einmal umblickte, sah er, dass Owen sich auf die Lippe beißen musste, um nicht laut loszulachen.

Es war ein warmer, schöner Frühlingstag. Dex ging hinunter zu den Felsenbecken und genoss die Meeresbrise, die sanft über seine Haut strich. Die anderen waren alle noch im Unterricht, so dass weit und breit niemand zu sehen war. Er setzte sich auf einen Stein und beobachtete durchsichtige Krabben und winzige Fische mit blassen Punkten bei ihrem eleganten und unberechenbaren Unterwasserballett.

»Haben sie dich auch früher rausgelassen?« Dex schrak nicht zusammen. Er hatte seit zwei Minuten gewusst, dass sich jemand näherte, und seit dreißig Sekunden, dass dieser Jemand Luke war. Luke, der ganz ähnlich roch wie Gideon, aber nicht Gideon war. Er blickte ihn mit zusammengekniffenen Augen an und legte zum Schutz vor der hellen Spätnachmittagssonne die Hand über die Augen.

»Hallo, Luke. Ja, genau. Wegen Unfähigkeit, wie üblich.«

»Na, klar. Guter Witz, haha«, erwiderte Luke ironisch und Dex spürte einen Hauch von schlechtem Gewissen. Luke musste ja immer noch Entwicklungsstunden nehmen, obwohl es bei ihm eindeutig nichts zu entwickeln gab.

»Wie ist es bei dir gelaufen?«, wollte Dex wissen und warf einen Kieselstein ins Wasser, so dass die Krabben und Fische in heller Aufregung auseinanderstoben.

»Wie immer«, erwiderte Luke und warf ebenfalls einen Stein in das Becken. Er landete mit einem freundschaftlichen Plopp im Wasser. »Die stellen mir jede Menge dämliche Fragen, und ich versuche, möglichst keine dämlichen Antworten zu geben. Sie halten mir irgendwelche Messgeräte vor die Nase, die jedes Anzeichen von Superkräften aufspüren sollen, aber – ach du Schreck – immer noch nichts. Aber hier, sieh mal …« Er drehte sich zu Dex um.

Ein Ausdruck höchster Konzentration legte sich auf sein Gesicht. »Siehst du, da mache ich eindeutig Fortschritte!« Dex starrte ihn an, und dann sah er es: Lukes Ohren bewegten sich, ganz leicht zwar nur, aber eindeutig, vorwärts und rückwärts, und das ganz ohne Hilfe.

Dex lachte und klopfte Luke auf die Schulter. »Manchmal bist du Gideon sehr ähnlich, weißt du?«, sagte er wohlwollend. »Die Verwandtschaft lässt sich nicht leugnen.«

»Aber nicht so wie Catherine, stimmt's?«, erwiderte Luke. Damit hatte Dex nicht gerechnet, und ihm war nicht ganz klar, wie diese Bemerkung gemeint war. Luke starrte wieder aufs Wasser hinaus und fuhr mit den Fingernägeln geistesabwesend über die Felsen. Er schien auf eine Reaktion von Dex zu warten.

»Na ja«, erwiderte dieser vorsichtig. »Sie ist jedenfalls einmalig, so viel steht fest.«

»Ich glaube ...« Luke blinzelte in die Sonne und nahm die Finger von den Felsen. »Ich glaube, sie ist ... also, sie besitzt enorme Kräfte. Weißt du?«

Dex wusste gar nichts. Soweit er es beurteilen konnte, besaßen alle COLAs enorme Kräfte. Das, was er bisher von Catherine gesehen hatte, war dagegen nichts Besonderes gewesen. »Wie meinst du das?«, wollte er wissen, und Luke starrte wieder auf das Schwimmbecken hinab, spitzte die Lippen und stieß einen tiefen Seufzer aus.

»Ich weiß auch nicht«, sagte er schließlich. »Keine Ahnung. Sie ist – bitte, versteh mich nicht falsch –, sie ist meine neue Schwester, und das ist wirklich phantastisch. Aber …«

»Das mit Gideon und dir, das war etwas Besonderes, auch, wenn es nur kurz angehalten hat, stimmt's?« Dex war sich der Ironie seiner Worte bewusst. Luke nickte und lief hellrot im Gesicht an. Das also war's, schloss Dex. Luke war auch eifersüchtig und wusste nicht so recht, wie er mit diesem Gefühl umgehen sollte. Und da war es auch keine Hilfe, dass Catherine ihrem telekinetisch begabten Bruder viel mehr Aufmerksamkeit widmete als ihm.

»Stimmt! Aber, verstehst du, Catherine ist auch phantastisch. Ich bin froh, dass wir uns gefunden haben, alle drei«, sagte Luke mit fester Stimme. »Ich wünschte nur, ich könnte noch ein bisschen mehr … mit ihnen gemeinsam haben.«

»Mach dir nichts draus«, meinte Dex. »Ganz im Ernst: Es ist gut, dich hier zu haben. Du sorgst dafür, dass wir auf dem Boden bleiben.« Ihm war selbst klar, dass er einfach nur irgendwelches Zeug daherplapperte, damit Luke sich besser fühlte.

Luke musterte ihn mit schief gelegtem Kopf. »Wenn du dich in einen Fuchs verwandelst«, sagte er, »wie kommt es eigentlich, dass deine Klamotten dann nicht irgendwo liegen bleiben?« Dex musste grinsen. Die Frage hatte er schon oft zu hören bekommen. »Ich meine …« fuhr Luke fort, »im Film und so, du weißt schon, *Der Unglaubliche …*«

»*Hulk*«, beendete Dex kichernd seinen Satz. »Ja, ich weiß. Der ist jedes Mal, wenn er sich verwandelt, nackt, bis auf die Hose. Mannomann, bin ich froh, dass ich mich nicht auch noch *damit* rumschlagen muss. Jedenfalls habe ich mal länger mit Owen darüber geredet, und wir haben eine Erklärung gefunden, zumindest eine ungefähre.« Luke sah ihn fasziniert an, nickte aufmunternd, und Dex fuhr fort. »Also, wenn du eine Straße entlanggehst, und du hast ein bestimmtes Bild im Kopf, wer du bist und wie die Leute dich sehen und so weiter, da bist du ja auch nicht nackt und ergänzt dein Bild dann noch mit Klamotten und einer Armbanduhr und, wie in deinem Fall, einer Brille. Du hast einfach eine bestimmte Vorstellung von deiner ganz normalen Erscheinung. Das ist dein Selbstbild, verstehst du?«

Luke nickte und schob sich mit nachdenklich gerunzelter Stirn die Brille auf die Nase.

»Wenn ich mich verwandle, dann verwandle ich mich in das Bild eines Fuchses, und andersrum in das Bild des Jungen, der ich davor war«, schloss Dex seinen kleinen Vortrag ab. »Das, was du siehst, ist also eine Art Projektion meines Selbstbildes … oder meines Geistes oder wie immer du es nennen willst. So haben wir es uns zumindest zusammengereimt. Wenn ich in dem Moment, wo ich mich verwandle, angezogen bin, dann bin ich es auch dann wieder, wenn ich mich zurückverwandle. Alles, was ich in der Hand habe, bleibt einfach dort liegen, wo ich es bei der Verwandlung fallen lasse. Aber wenn ich zum Beispiel einen Rucksack trage und der zu meinem Selbstbild gehört, dann habe ich den auch anschließend wieder auf dem Rücken. Merkwürdig, oder?«

Luke nickte. »Sehr merkwürdig, aber cool. Hast du eigentlich auch manchmal Angst davor?«

»Am Anfang hatte ich das schon. Aber gleichzeitig war es auch von Anfang an absolut phantastisch. Und inzwischen fühlt es sich einfach nur *richtig* an.«

Luke starrte wieder auf das Schwimmbecken. »Einfach nur richtig«, wiederholte er.

Dex kam auf die Beine. »Na, komm. Gleich gibt es Abendessen. Wenn wir die Ersten sind, können wir uns die besten Stücke sichern.«

Sie betraten den Speisesaal, als gerade frische Tabletts mit heißem Gemüse-Curry, gekochtem Schinken und Hühnchenpastete unter die schrägen Glasscheiben der Selbstbedienungstheke geschoben wurden. Auf den Tischen standen gefüllte Wasserkrüge und Gläser. »Was ist denn das?«, wollte Dex wissen. Normalerweise bedienten sich alle bei der kleinen Getränkestation in der Ecke. Dort gab es ein tiefes, quadratisches Waschbecken mit Wasserhahn, und daneben ein Regal voller Kartons mit verschiedenen Fruchtsäften und Kannen mit heißem Tee, Kaffee und Milch. Dex stellte fest, dass alles abgeräumt worden war.

»Neue Vorschriften, Schätzchen«, sagte Mrs Polruth und legte noch warme Gabeln, frisch aus der Spülmaschine, in die Besteckschale. »Wir sollen euch eine Zeitlang nichts anderes als Wasser geben. Kein Saft, kein Tee oder Kaffee, und auf gar keinen Fall irgendwelche Limonaden.«

»Aber wieso das denn?« Luke war ratlos.

Mrs P hob eine Augenbraue. »Alles dummes Zeug, wenn ihr mich fragt.« Sie zeigte durch die große Durchreiche in die Küche. »Wo sollen wir das ganze Zeug denn aufbewahren?« Die Hälfte des Fußbodens wurde von einem mächtigen Stapel aus riesigen Plastikflaschen belegt. »Mineralwasser«, sagte sie zweifelnd. »Als wäre das Wasser aus dem Hahn nicht gut genug. Sie wollen eure Ernährung überwachen, weil sie glauben, dass sie so dahinterkommen, wieso ihr so meschugge seid«, fügte sie mit einem mütterlichen Kichern hinzu. »Sie wollen jede zusätzliche Anregung abstellen. Und den Obstsaft haben sie zur Sicherheit auch gleich gestrichen! Also wirklich!« Mit einer ausholenden Bewegung ließ sie die restlichen Gabeln in die Schale fallen und stapfte in die Küche zurück.

»Was, keine Limo? Gar keine?« Als Catherine das hörte, gruben sich tiefe Falten der Enttäuschung in ihr hübsches Gesicht. »Mann, ich liebe Limo!« Enttäuscht schenkte sie sich ein Glas Wasser ein. Etwas anderes blieb ihr auch nicht übrig.

»Der Tee wird mir echt fehlen«, murmelte Mia und schob sich vorsichtig eine Gabel mit Curry und Reis in den Mund. »Wie lange sie das wohl durchziehen wollen?«

»Das ist eine Riesensauerei!«, beschwerte sich Gideon, während er auf einem großen Bissen Schinken und Hühnchenpastete herumkaute. »Das dürfen die doch gar nicht!«

»Ich fürchte, das dürfen sie sehr wohl«, erwiderte Lisa skeptisch. »Das Aufnahmeformular, das unsere Väter ausgefüllt haben, gibt ihnen ziemlich viele Rechte – nur vergiften oder in Stücke hauen dürfen sie uns natürlich nicht. Ist ja eigentlich auch ganz sinnvoll, denke ich. Wie geht dieses Sprichwort noch mal? Man ist, was man isst ... oder trinkt. Vielleicht wollen sie uns in ein paar Wochen noch mal in den Kernspintomographen schieben und nachschauen, ob sich irgendwas verändert hat.«

»Was haben sie bei ihren ganzen Untersuchungen bis jetzt eigentlich entdeckt?«, überlegte Gideon mit nachdenklicher Miene.

»Na ja, in deinem Fall logischerweise gar nichts«, gab Lisa zurück, während sie Pastete und Erbsen auf ihrer Gabel stapelte. »Ein winzig kleines Stammhirn vielleicht, das gerade ausreicht für die wichtigsten Körperfunktionen. Aua!« Ruckartig waren die Pastete und die Erbsen in Lisas Gesicht gelandet. »Du miese Ratte!«, blaffte sie und sprang wutentbrannt auf. »Wenn du das noch mal machst, Reader, dann schmiere ich dir das Abendessen in die Haarwurzeln!«

Aber Gideon sah sie nur verwirrt an. »Das war ich nicht!«, erwiderte er und blickte dann verwundert Catherine an, die seine Hand genommen hatte und Lisa hämisch angrinste.

»Hey!«, sagte sie. »Wenn du dich mit einem anlegst, dann kriegst du's mit allen zu tun!« Lisa durchbohrte Catherine mit wütenden Blicken und machte den Mund auf, um etwas zu erwidern, doch dann klappte sie ihn wieder zu, drehte sich um und stolzierte davon, wobei sie wutentbrannt Erbsen und Bratensoße von ihrem weißen T-Shirt wischte.

Eine peinliche Stille entstand, bis Gideon anfing zu lachen. »Donnerwetter!«, sagte er. »Einen Leibwächter hatte ich bis jetzt noch nie. Da wird scharf geschossen, was?«

Catherine kicherte ebenfalls, und sogar Mia musste sich beherrschen, um nicht zu grinsen. »Hey, sie sieht schließlich immer gut aus, egal, was sie trägt«, sagte Catherine, ließ endlich auch Gideons Hand los und schickte drei Erbsen auf eine kleine Wanderschaft über das Tischtuch. »Sogar Gemüse!«

Dex musste auch lachen – dieses amerikanische Mädchen war schlagfertig, das musste man ihm lassen. Alle am Tisch kicherten, wenn auch ein klein wenig schuldbewusst. Ihnen war klar, dass Lisa in diesem Fall ein bisschen zu schlecht weggekommen war, aber wahrscheinlich war das nur der gerechte Ausgleich für all die vielen Male, wo es genau andersherum gelaufen war. Dex beugte sich über sein Essen, aber irgendetwas beschäftigte ihn, und das hatte nichts mit seinen leisen Schuldgefühlen gegenüber Lisa zu tun, sondern mit Luke. Er schaufelte ungerührt sein Essen in sich hinein. Und er hatte kein einziges Mal gelacht.

Eine Stunde nach dem Abendessen versammelten sich alle einhundertundelf COLAs wieder im Speisesaal. Dieses Mal reihten sie sich in einer langen Schlange auf, um sich Blut abnehmen zu lassen. Dafür waren drei Mitarbeiter aus der Krankenstation zuständig. Die Kantinendamen hatten eine lange Stuhlreihe aufgestellt, so dass die Schülerinnen und Schüler während der Wartezeit sitzen und sich unterhalten konnten. Außerdem waren an der Durchreiche große Platten mit Keksen und Wasserkrügen bereitgestellt worden, für den Fall, dass jemandem »blümerant zumute wird«, wie Mrs P es ausgedrückt hatte, und eine schnelle Blutzuckererhöhung nötig war. Die COLAs standen in kleinen Grüppchen zusammen, lüfteten widerstrebend die mit Pflaster befestigten Wattebäusche in ihren Ellenbeugen und verglichen ihre Einstichwunden.

Dex, Gideon, Barry und Luke hatten jetzt die Spitze der Schlange erreicht. Gideon war ziemlich blass im Gesicht geworden. »Ich hasse Spritzen«, sagte er zum ungefähr zwanzigsten Mal.

»Ja, ja, wissen wir, Gideon«, kicherte Barry. »Du bist echt ein Weichei!«

»Wie viel Blut nehmen sie uns eigentlich ab?«, stieß das Weichei hervor, und tat alles, um ja nicht mitansehen zu müssen, wie das Blut seiner Mitschülerinnen und Mitschüler den Besitzer wechselte.

»Ach, höchstens einen dreiviertel Liter, vielleicht auch einen ganzen«, sagte Barry, begleitet von einem fröhlichen Nasenpfeifen. »Hör zu, Gid, das ist alles kein Ding. Du wirst es überleben, und danach bist du … bist du genau wie ich …« Mit diesen Worten verblasste Barry immer mehr, bis nur noch eine leichenblasse Grimasse in der Luft schwebte. Wenige Sekunden später war auch sie verschwunden. Gideon stampfte ihm auf den Fuß. Barry hatte natürlich nicht daran gedacht, sich nach seinem Verblassen möglichst schnell zu verziehen. »AUA!« Er wurde schlagartig wieder sichtbar, hüpfte auf einem Bein und starrte Gideon wütend an. »Das ist also der Dank dafür, dass ich dich ablenken wollte.«

»Ein Liter wird wirklich nicht nötig sein«, ließ sich jetzt die forsche Stimme der Oberschwester vernehmen. »Zwei Teelöffel reichen uns schon. Aber wenn es dir lieber ist, dann kannst du dich gerne hinsetzen, Gideon. Vorhin ist uns schon mal jemand ohnmächtig geworden, aber sie hat auch gesessen, darum war das nicht weiter schlimm.«

Gideons Gesichtsfarbe wechselte von blass zu pink und dann wieder zu blass. »Ich setze mich lieber hin«, sagte er mit zitternder Stimme. »Ich bin ja schon jetzt kurz vor der Ohnmacht. Das ist der Schock!«

»Du bist echt ein Spinner, Gideon. Ganz im Ernst. Wie soll das der Schock sein, wenn du noch nicht mal gepiekst worden bist?«, sagte Dex.

»Jetzt schon«, sagte die Oberschwester, und Gideon blickte sich erstaunt um. »Was? Sie … Sie …?«

»Ja. Alles erledigt, während Dex dich so schön abgelenkt hat.«

»Ich dachte, Sie wollten zuerst noch die Stelle desinfizieren«, murmelte Gideon und starrte auf die Innenseite seines Ellbogens, während die Oberschwester schon dabei war, einen Wattebausch auf den roten Fleck zu kleben. Er lächelte sie matt an … und kippte dann nach vorne.

»Ach, du meine Güte. Noch einer! Catherine, kannst du die Kekse mal hier rüberbringen?« Catherine hatte als eine der Ersten ihr Blut abgenommen bekommen und verteilte seither unermüdlich Kekse an die COLAs, die es auch schon hinter sich hatten. Sie huschte zwischen ihnen umher wie eine fürsorgliche Bienenkönigin und nahm alle tröstend in den Arm – auch diejenigen, denen das Ganze eindeutig nicht das Geringste ausgemacht hatte. Jetzt kam sie mit besorgter Miene quer durch den Saal gesaust und hielt Gideon fest, der den Kopf zwischen die Knie geklemmt hatte.

»Ist schon okay«, murmelte ihr Bruder. »Alles in Ordnung. Nein, keine Kekse, danke. Ich … ich muss bloß mal kurz ein bisschen schlafen.« Dann brachte er immerhin so viel Energie auf, dass er sich wieder aufsetzen konnte. Er sah wirklich vollkommen erschöpft aus. Catherine umarmte ihn, und er ließ sich mit glasigen, ins Leere starrenden Augen an ihre Schulter sinken.

Die Oberschwester schob Catherine sanft beiseite und stützte Gideon mit kräftigem Griff. »Komm mit, Gideon. Komm zu uns. Dex, Barry und Luke bringen dich dann auf dein Zimmer, sobald sie fertig sind.« Die anderen drei gaben ohne Zwischenfall ihre Blutproben ab und konnten dabei den Blick nicht von dem armen Gideon nehmen. Dann halfen sie mit, ihn auf die Füße zu wuchten.

Noch während das kleine Grüppchen den Speisesaal verließ, hörten sie den erneuten Ruf der Oberschwester: »Da ist schon wieder einer umgefallen! Ich brauche Hilfe, schnell, Mr Williams ist ein bisschen zu groß für mich, das schaffe ich nicht alleine.«

»Hey! Du bist nicht der Einzige, Gid«, lachte Dex. »Spook ist gerade umgekippt wie ein Bowling-Kegel.«

Kapitel 13

Der nächste Tag war ein Sonnabend. Kein Glockenton holte die Schülerinnen und Schüler aus dem Bett, aber zwischen 8.00 Uhr und 10.30 Uhr wartete für alle ein kaltes Frühstück im Speisesaal. An diesem Wochenende hatten Dex und Gideon Ausgang nach Polgammon, zusammen mit der einen Hälfte ihrer Mitschüler. Dex freute sich sehr darauf, nicht zuletzt deshalb, weil Luke und Catherine erst am nächsten Wochenende an der Reihe waren. Ob Owen oder Mrs Sartre das absichtlich so organisiert hatten? Zumindest schien ihnen klar zu sein, wie schwer es ihm fiel, Gideon mit anderen zu teilen.

Dex war gegen neun Uhr startklar, aber als er aus dem Badezimmer kam, stellte er fest, dass Gideon und Barry immer noch tief und fest schliefen. Luke lag lesend im Bett und merkte nicht einmal, dass seine Brille ganz schief saß, so vertieft war er in seinen Abenteuerroman.

»Komm schon, Gideon!« Dex versetzte Gideons Bett einen Fußtritt, aber unter der Decke drang nur ein müdes Stöhnen hervor. »He! Gid! Aufstehen! Wir wollen nach Polgammon, schon vergessen?«

Gideon drehte sich um und blinzelte ihn an. Er rang nach Worten, und als er endlich welche gefunden hatte, klangen sie erstickt und schlaftrunken. »Ichweißauchnich, Dex. Mussnochschlaf'n. Paar Minütchen noch …«

Ungeduldig setzte Dex sich auf die Bettkante und rüttelte Gideon an der Schulter. »Was ist denn los mit dir? Du hast jetzt mindestens vierzehn Stunden lang geschlafen! Weißt du noch? Direkt nach deinem traumatischen Spritzen-Erlebnis hast du dich hingelegt, und da war es kurz vor sieben!«

Gideon gähnte noch einmal und setzte sich auf, legte die Ellbogen auf seine zugedeckten Knie und versuchte, die Augen aufzumachen.

»Bist du vielleicht krank?« Dex fing an, sich Sorgen zu machen. Zuerst nickte Gideon, doch dann schüttelte er den Kopf und zog mit Hilfe der Finger seine Augenlider auf. »Hast du vielleicht Fieber?«, bohrte Dex weiter und legte Gideon die Hand auf die zerfurchte Stirn. Sie fühlte sich ganz normal an.

»Ach was, alles in Ordnung. Ich stell mich mal unter die Dusche, dann bin ich bestimmt gleich wach«, seufzte Gideon und stieg mit so wackeligen Beinen aus dem Bett, als wäre er gestern einen Marathon gelaufen. Als er dann angezogen aus der Dusche wiederkam, sah er wieder ein bisschen normaler aus, auch wenn von seiner sonst so ansteckenden Lebendigkeit nichts zu spüren war. Sie gingen nach draußen, während Luke gerade aufstand.

»Vielleicht sehen wir uns ja unten noch«, sagte er und schlüpfte in seine Schuhe. Barry schnarchte immer noch.

Es war merkwürdig still auf dem Schulgelände. Außer ihnen saßen nur ungefähr zehn weitere COLAs beim Frühstück. Normalerweise waren es an einem Samstag um diese

Zeit mindestens dreimal so viele. Dex war irritiert. »Wo sind die denn alle?«, fragte er mit leiser Stimme seinen Freund, während dieser sich ein Glas Wasser einschenkte. Das meiste landete allerdings auf dem Tischtuch. Gideons Hand zitterte. »Bleib sitzen!«, sagte Dex und besorgte seinem Freund einen großen Frühstücksteller mit kalten Würstchen und Tomatenscheiben, drei Butterbrötchen sowie eine Schale mit seinen Lieblingsflocken und Milch. Erleichtert sah er, wie Gideon das Essen gierig hinunterschlang. Schon nach wenigen Minuten war er fast wieder ganz der Alte.

Lisa setzte sich mit einer Schale Obstmüsli zu ihnen. Allerdings sagte sie kein Wort. Dex musste an den Zwischenfall mit Catherine, der Pastete und den Erbsen denken. »Kommst du mit nach Polgammon?«, sprach er sie vorsichtig an.

»Sind die wahnsinnig witzigen Drillinge auch mit von der Partie?«, gab sie bissig zurück.

Gideon schüttelte den Kopf. »Bloß ich«, sagte er. »Tut mir leid wegen gestern.«

»Na ja, dir muss es nicht leid tun«, erwiderte sie schlechtgelaunt. »Du warst es ja schließlich nicht, oder?«

»Nein, klar, war ich nicht, aber … ich meine … weil wir gegrinst haben und so. Aber es war ja schon ziemlich witzig, das musst du zugeben.«

»Nein.« Lisa schnappte sich ihr Tablett und setzte sich an einen anderen Tisch. »Überhaupt nicht.«

Dex verzog das Gesicht. Es sah ganz so aus, als würde

Lisa sich jetzt komplett zurückziehen. Es wäre nicht das erste Mal gewesen. Manchmal redete sie dann tagelang kein einziges Wort mit ihnen. »Mal sehen, ob wir sie im Dorf treffen. Vielleicht überlegt sie's sich ja noch mal.«

»Wir können es zumindest versuchen«, seufzte Gideon. »Meine Güte! Schau dich doch mal um. Ist vielleicht jemand gestorben?«

Dex hob den Blick und wusste sofort, was Gideon meinte. Die Hälfte ihrer Mitschüler hatte den Kopf in die Hände gestützt, manche gähnten und andere starrten einfach nur geistesabwesend ins Leere. Es gab weder richtige Gespräche noch laute Stimmen, sondern nur vereinzelte müde Sätze. Für mehr als ein »Kann ich mal das Salz haben« schien es einfach nicht zu reichen.

»Na, komm«, sagte Dex. »Nichts wie weg hier.«

Auch in Polgammon war es ungewöhnlich ruhig. Sie trafen nur drei weitere Mitschüler, während sie durch die Souvenirgeschäfte streiften, und sich, nur zum Spaß, besonders hässliche Mitbringsel ansahen. »Ist bei euch an der Schule etwa die Seuche ausgebrochen?«, wollte der dicke Mann an der Kasse des »Tin Tack Treasure Trove« wissen. Dex lächelte achselzuckend und legte den mit einer billigen Plastik-Meerjungfrau beklebten »Ich ♥ Cornwall«-Schlangenaschenbecher wieder zurück ins Regal. Aber dass am Tregarren College *irgendetwas* ausgebrochen war, daran konnte es keinen Zweifel geben.

»Ich hab gewonnen«, sagte Gideon und zeigte Dex ein billiges Barometer. Es klebte auf einem Stück Pappkarton, umringt von mehreren grellbunten Bildern der berühmtesten Sehenswürdigkeiten Cornwalls. Umrahmt wurde das Ganze von Muscheln, die mit pink-türkiser Farbe besprüht und mit Glitzerschnipseln bestreut worden waren. Auf dem bronzefarbenen Plastikaufkleber am unteren Rand stand »Cornwall – Land der zeitlosen Mysterien«.

»Land des zeitlosen Kitschs«, kommentierte Gideon, und dann verließen sie den Laden, weil der Besitzer die Arme vor der Brust verschränkt hatte und sie mit grimmigen Blicken bombardierte.

»Ich muss schließlich auch von irgendetwas leben, versteht ihr …«, hörten sie ihn noch sagen, während sie bereits auf die Straße traten. Draußen stellte Dex erleichtert fest, dass inzwischen doch noch etliche andere Schüler ins Dorf gekommen waren. Lisa und Mia zum Beispiel standen vor dem Postamt und unterhielten sich mit Jessica Moorland, und ein Stück weiter vorne lungerten Jacob und Alex Teller, die telepathischen Brüder und phantastischen Stimmen-Imitatoren, vor der Schokoladenboutique herum und zählten ihr Taschengeld.

»Komm mit«, sagte Gideon entschlossen. »Zeit für Schokolade.«

»Moment mal. Meinst du nicht, wir sollten erstmal zu den Mädchen gehen und versuchen, Lisa ein bisschen aufzutauen?«

»Nur mit Schokolade. Sonst habe ich nicht die Kraft dafür. Und außerdem haben sie gerade ziemlich zwielichtige Gesellschaft bekommen.«

Gideon ging weiter, aber Dex blieb stehen und sah, wie Spook sich Mia, Luke und Jessica näherte. Aber irgendetwas an ihm war anders als sonst. Es dauerte einen Moment, bis Dex klarwurde, dass Spook nicht, wie sonst, angeberisch und breitbeinig daherstolzierte. Vielmehr ließ er die Schultern hängen, so dass er etliche Zentimeter geschrumpft zu sein schien, und seine Miene war kein bisschen heimtückisch. Sehr merkwürdig. Kaum war er bei den Mädchen angelangt, beugte er sich zu Mia und stellte ihr eine leise Frage. Mia sah ihn besorgt an und löste sich von den anderen. Während Lisa und Jessica sich weiter unterhielten, nickte Mia und legte Spook die Hand auf die Wange. Urplötzlich riss Lisa den Kopf herum, und Dex, dessen Fuchsinstinkt sofort Alarm schlug, hörte sie sagen: »He, Spook! Was hast du vor? Du weißt doch, dass das verboten ist!«

»Nein ... nein, alles in Ordnung«, sagte Mia und fuchtelte nervös mit den Händen.

Lisa ging auf Spook zu, und der wich zurück. »Na los, sag schon! Was ist es?«, herrschte sie ihn an. »Kopfschmerzen? Heiserkeit? Pickelalarm? Meinst du nicht, dass ein gebrochener Knöchel mehr als genug ist für die nächsten Jahre?«

Spook blinzelte und ließ den Kopf hängen, was bei ihm eigentlich nie vorkam. Aber Dex wusste, dass Mia so etwas wie die Achillesferse seines Widersachers war. Er machte sich immer noch Vorwürfe, dass er nichts unternommen hatte, als sie im letzten Jahr seinen Knöchelbruch geheilt hatte. Obwohl man ehrlicherweise zugeben musste, dass weder Spook noch sonst jemand gewusst hatte, dass Mia damals noch nicht gelernt hatte, den Schmerz, den sie anderen genommen hatte, auch wieder loszuwerden.

»Hör zu, es ist wirklich nichts Schlimmes«, sagte Mia und streichelte Lisas Schulter. »Es geht nicht um Schmerzen, okay? Und außerdem, Spook ... ich glaube sowieso nicht, dass ich dir helfen kann. Eisentabletten, vielleicht? Oder Schokolade ... vielleicht solltest du möglichst viel Schokolade essen. Vielleicht geht es dir dann besser.«

»Ja, genau ... okay, das mache ich«, erwiderte Spook. »Danke trotzdem.« Jetzt schlurfte er davon und sah tatsächlich schon ein klein wenig besser aus. Und kaum hatte er Dex gesehen, da waren auch sein angeberischer Gang und sein überheblicher Blick wieder zurück. »Was glotzt du denn so, du Pfeife?«, giftete er, ohne Dex überhaupt anzusehen, und rammte ihn im Vorbeigehen mit der Schulter.

»Bist wohl ein bisschen angepiekst, was?«, lachte Dex und sah zu seiner großen Genugtuung, wie Spooks Nacken sich vor Scham verspannte.

»Und du? Wieder mal einem Hund über den Weg gelaufen?«, fauchte der andere zurück.

Dex wandte sich ab. Es war reine Energieverschwendung, und davon schienen sie im Moment sowieso alle zu wenig zu haben. Er betrat hinter Spook die Schokoladenboutique, wo Gideon sich gerade mit Knuspermandel und anderen Köstlichkeiten eindeckte, um die nächsten vierzehn Tage zu überstehen.

»Du siehst ein bisschen blass aus, Gideon«, sagte Mrs Whitlock. »Habt ihr in letzter Zeit zu viele wilde Partys gefeiert?«

Dex schnaubte. »Schön wär's!«, grummelte er.

»Ach, na ja, mach dir keine Gedanken«, meinte Mrs Whitlock. »Mit ein bisschen Knuspermandel kommst du schnell wieder zu Kräften!«

Gideon grinste und wandte sich zum Gehen, da fügte Mrs Whitlock hinzu: »Allerdings, wenn du noch mehr davon in dich reinschlingst, dann siehst du bald aus wie ein Fettfass mit Hose, du Vielfraß!« Dex und Gideon erstarrten, sahen einander blinzelnd an und drehten sich zu der freundlichen Ladenbesitzerin um, aber sie kramte gerade unter der Theke nach Zuckerkonfekt für Spook herum. Spook selbst hielt sich den Bauch vor Lachen.

Hinter dem Regal mit den Butterkaramell-Spezialitäten war Kichern und Rascheln zu hören, und dann rief Gideon: *»Ihr wart das!«* In diesem Augenblick wurde Jacob nach vorne geschubst und zog seinen jüngeren Bruder Alex hinter sich her. Sie waren vor Begeisterung hellrosa angelaufen.

Dex schüttelte bewundernd den Kopf. Die beiden waren vor allem deshalb in Tregarren, weil sie telepathisch miteinander kommunizieren konnten, aber sie hatten noch »ein zweites Standbein«, wie Gideon es nannte, und das war ihr herausragendes Talent für Stimmen-Imitationen. Sie waren so gut, dass es wirklich kaum zu glauben war.

»Tut mir leid, Gid«, keuchte Jacob, ein fröhlich dreinblickender Junge mit großen, blauen Augen und nussbraunem Haar. »Ich konnte einfach nicht widerstehen!«

»Ich werde doch nicht wirklich fett, oder?« Besorgt betrachtete Gideon seine Hüften.

»Nein!«, erwiderte Alex, der zierlicher und blonder war als sein großer Bruder, aber die gleichen blauen Augen hatte. »Aber ein Vielfraß bist du schon. Vielleicht solltest du uns die Hälfte von deiner Tüte abgeben ... deiner Gesundheit zuliebe.«

»Mach dir mal lieber Gedanken um deine eigene Gesundheit!«, erwiderte Gideon mit warnendem Unterton, aber ohne ihnen wirklich böse zu sein. Als die Brüder den Laden verlassen hatten, sagte er zu Dex: »Die sind wahnsinnig gut! Ich finde, die müssten im Fernsehen auftreten.«

»Das ist doch bloß Kinderkram«, mischte Spook sich ein, der mit seinen Einkäufen jetzt ebenfalls die Tür ansteuerte. »Aber *das* ...« Er beschrieb mit der Hand einen Bogen durch die Luft und hinterließ dabei einen Glitzerregen, »... das ist wahres Talent.«

Gideon hielt den Atem an und versetzte Spook einen kräftigen Stoß, so dass er gegen den Türrahmen prallte. Dann blickte er sich nervös um. »Du dämlicher Vollidiot!«, zischte er. »Wenn das jemand gesehen hat!«

Dex hatte natürlich wieder nur das leichte Zittern der Luft, die Spook umgab, wahrgenommen, und dazu die glitzernden Schnipsel. Die waren echt. Spook grinste Gideon spöttisch an. »Ist doch bloß ein Trick, Gideon.

Eine Illusion. Reine Fingerfertigkeit. Alle glauben das, und das können sie auch gerne weiter glauben. Das kommt mir sehr entgegen. Warte bloß, bis *ich* meinen ersten Auftritt habe. Wenn die Kameras auf *mich* gerichtet sind. Ich werde der berühmteste Zauberkünstler des ganzen Planeten, während du immer noch versuchst, Kühlschränken das Fliegen beizubringen.« Er drehte sich um und verließ den Laden, begleitet vom aufgeregten Bimmeln der Türglocke.

»Eines Tages lasse ich ihm einen Kühlschrank auf den Kopf fliegen!«, knurrte Gideon.

»Was hat er denn dieses Mal gezaubert?«, wollte Dex wissen.

»Ach, einen Papageienschwarm. In allen möglichen Farben. Einer hat sein Geschäft auf dich fallen lassen«, fügte er ernsthaft hinzu.

Dex lachte. »Und diese Glitzerschnipsel hier?« Er wollte Gideon aufmuntern. »Ich meine, die *sind* doch echt, oder? Oder lässt meine Immunität womöglich nach?«

»Nein, die sind tatsächlich echt«, erwiderte Gideon. »Er steckt sich immer kleine Tüten mit dem Zeug in die Ärmel. Damit will er den Leuten vormachen, dass er ihnen nur was vormacht, was natürlich gar nicht stimmt, aber irgendwie doch ... wenn du weißt, was ich meine.« Dex nickte. Sie schlenderten die Hauptstraße von Polgammon entlang, die sich zwischen malerischen, strohgedeckten Häusern und originellen Bleiglas-Schaufenstern hindurchschlängelte.

»Wie wär's mit einer Portion Fish'n'Chips?«, schlug Dex

vor. Er gab sich immer noch alle Mühe, die trübe Stimmung zu heben.

»Nööh«, erwiderte Gideon, und Dex merkte, wie auch seine Laune jetzt schlagartig schlechter wurde. »Ich habe Catherine und Luke versprochen, dass ich zum Mittagessen wieder zurück bin. Tut mir leid, Kumpel.«

»Ja, schon gut«, meinte Dex. »Na, dann mal nichts wie los. Dann esse ich eben alleine.«

Gideon blieb ruckartig stehen und sah ihn an. »Ach, Mann, jetzt sei doch nicht so! Komm mit. Wir werden bestimmt eine Menge Spaß zusammen haben.«

Dex rang sich ein schmales Lächeln ab. Eigentlich wollte er nicht so sein, aber anscheinend konnte er nicht anders. »Kein Problem. Ich komme schon klar. Vielleicht kann ich mich ja mit Lisa und Mia zusammentun. Geh du nur.«

»Du nimmst mir das jetzt aber nicht irgendwie übel oder so was, oder?«, erwiderte Gideon mit anklagendem Unterton. »Ich meine, du bist mein bester Kumpel, und das weißt du auch.«

»Natürlich. Aber du hast jetzt eben noch einen Bruder und eine Schwester dazubekommen, oder?« Dex war selbst unglücklich über seinen harschen Tonfall, aber er konnte es nicht ändern. »Und du kannst dich schließlich nicht in Stücke reißen. Ich habe dich jetzt eine ganze Stunde lang für mich gehabt, also los, zieh schon ab.«

Sichtlich verärgert und niedergeschlagen zugleich wandte Gideon sich ab, und dann machte Dex etwas wirklich Gemeines: Er verwandelte sich und huschte davon. Als

Gideon sich wieder umdrehte, war nichts mehr von ihm zu sehen bis auf die kleine Schokoladentüte, die er in der Hand gehabt hatte und die jetzt auf dem Bürgersteig lag. Dex hörte sein gekränktes »Hey! Dex! Ach, Mann, lass doch den Quatsch!« Aber da war Dex schon längst in eine der Kopfsteinpflastergassen hinter der Hauptstraße gehuscht und hatte sich hinter einer Mülltonne versteckt. Er dampfte vor Wut, auf sich selbst ebenso wie auf Gideon. Was hatte er da bloß gemacht? Er hatte sich in aller Öffentlichkeit verwandelt, bloß, weil er sauer auf Gideon war. Auch, wenn er sich ziemlich sicher war, dass ihn niemand dabei beobachtet hatte, aber trotzdem ... dämlich, dämlich, *dämlich*.

Nachdem ein paar Minuten vergangen waren, blickte Dex sich sichernd nach allen Seiten um und trat in Menschengestalt wieder zurück auf die Hauptstraße. Weit und breit war nichts von Gideon zu sehen. Er ging zu dem Imbiss, in dem es die besten Fish'n'Chips auf der ganzen englischen Südwest-Halbinsel gab, und bestellte sich eine Portion. Aber ohne Gideon auf der anderen Tischseite schmeckte es ihm längst nicht so gut, und er aß den Teller nur zur Hälfte leer. Als er gerade aufstehen wollte, packte eine Hand den Stuhl ihm gegenüber, und eine Gestalt ließ sich darauf plumpsen. Es war Lisa, und auch sie war immer noch sauer. Dann sind wir ja schon drei, dachte Dex.

»Hör zu, Lisa, ich bin echt nicht in Stimmung für ...«

»Ach, halt einfach die Klappe und hör mir zu«, fuhr sie ihm gereizt über den Mund. »Das hier geht dich genauso an wie mich. Dein Freund, der Wolf, hat sich wieder gemeldet, und er geht mir auf die Nerven.«

Dex richtete sich auf. Während der vergangenen Tage hatte er kaum Gelegenheit gehabt, an den Wolf zu denken oder sich zu überlegen, was die Botschaft zu bedeuten hatte, die er ihm neulich nachts im Wald geschickt hatte. Also hatte er seinen Rat befolgt und tatsächlich Kontakt mit Lisa aufgenommen.

»Wann denn?«, erkundigte er sich vorsichtig, weil er wusste, dass Lisa sich manchmal viel Zeit ließ, bis sie ihre Nachrichten weitergab. Wahrscheinlich hatte sie Angst, dass es immer mehr wurden, je mehr sie verteilte.

»Gestern, ehrlich gesagt.« Sie starrte ihn herausfordernd an. »Ich hätte es dir gestern Abend schon gesagt, aber dann musste ich mir ja erst mal das Abendessen aus den Kleidern waschen.«

»Okay.« Dex bemühte sich um Geduld. »Was hat er gesagt?«

»Er sagt: ›Vorsicht vor dem Dritten‹ und ›Vertrau auf deine Schwingen‹. Oder Stimmen oder so was in der Art. Der übliche Quatsch eben. Und frag mich *ja* nicht, was es zu bedeuten hat. Es wäre mir ehrlich gesagt sehr recht, wenn ihr euren tierischen Gedankenaustausch in Zukunft ohne mich fortsetzen könntet.«

»Jetzt sei doch nicht so garstig«, erwiderte Dex erschöpft, und zu seiner großen Verblüffung ließ Lisa den Kopf auf die Tischplatte sinken. Sie holte tief Luft und sah ihn müde an.

»Ich weiß ja selber, dass ich garstig bin. Ich weiß bloß nicht, warum. Ich bin ja gar nicht auf *dich* sauer. Ich bin bloß … ich weiß auch nicht … sauer. Durcheinander. Irgendwas ist hier … ach, ich weiß auch nicht. Aber so ist es schon die ganze Zeit, seit dieses Mädchen hier aufgetaucht ist.«

Dex musste unwillkürlich lächeln. Also *noch* jemand, die ein bisschen eifersüchtig war.

»Ich dachte, du magst Catherine. Alle mögen Catherine. Sie ist wirklich nett, das musst du zugeben.«

»Ja, das stimmt. Hmmm … nett.« Lisa sprach mit einem aufgesetzten amerikanischen Akzent weiter: »Und sie *liebt* meine Klamotten, und wie ich rede und wie ich mir die Haare mache und, o … mein *unglaubliches* Talent. Aber natürlich kann sie das auch, wusstest du das?«

»Was? Sie ist auch ein Medium?«

»Da bin ich mir noch nicht ganz sicher, aber das Ding mit der Wünschelrute, das hat sie drauf. Sie wollte, dass ich sie auf die Probe stelle und ein paar Dinge verstecke, und, ganz ehrlich, ich hab mir wirklich Mühe gegeben. Aber sie hat alles wiedergefunden. Süß, hübsch, tolle Klamotten … und ein Multitalent. Es gibt also überhaupt keinen Grund, sie nicht *wahnsinnig* toll zu finden, oder?«

Lisa schien sich wirklich Mühe zu geben. Sie setzte sich auf und beschrieb mit den Armen einen Halbkreis, die Handflächen nach unten auf die Tischplatte gerichtet. »Ich gehe jetzt wieder zurück. Und ich bin *keineswegs* eingeschnappt, Dex, besten Dank auch.«

Dex grinste. Sie musste irgendwie seine Gedanken gelesen haben, als sie zu ihm an den Tisch gekommen war.

»Bis später, Hardman«, sagte er freundlich, und sie winkte ihm über die Schulter hinweg noch einmal zu, bevor sie endgültig weg war. Er dachte über die Botschaft nach: ›Vorsicht vor dem Dritten‹ und was war das andere gewesen? ›Vertrau auf deine Schwingen‹? Stimmen? Er seufzte. Der Dritte, das war vielleicht ein Datum. Jetzt war es Ende April, also war vielleicht der dritte Mai gemeint. Bis dahin waren es noch ein paar Tage. Vielleicht würde dann ja etwas passieren. Aber *Vertrau auf deine Schwingen?* Was denn für Schwingen? Schwingtüren vielleicht? Davon gab es die eine oder andere in Tregarren. Aber ansonsten kannte er nur noch ein anderes Haus, in dem es Schwingtüren gab, und das war Lisas riesige Villa. Oder waren doch Stimmen gemeint? Das ergab allerdings noch weniger Sinn. Dex schüttelte den Kopf und ließ sich die anderen Hinweise des Wolfs durch den Kopf gehen – die drei Kratzer am Baum. Vielleicht hing das irgendwie mit ›dem Dritten‹ zusammen? Aber dann hatte er auch immer wieder nach oben in die Zweige des Baumes geschaut, nicht wahr?

Dex beschloss, auf dem Rückweg ins Internat noch einmal in den Wald zu gehen und bei dem Baum vorbeizuschauen. Er fand ihn problemlos wieder, kam aber der Lösung des Rätsels keinen Schritt näher. Er kletterte den knorrigen Stamm ein ganzes Stück weit hinauf und blickte sich sorgfältig um. An den Zweigen waren bereits erste rosafarbene Blüten zu erkennen. Dex richtete den Blick nach oben zur Baumkrone. Weit oben entdeckte er eine Art Kugel aus alten, dunklen Blättern. Ob das ein Nest war? Nein – doch nur Blätter, die sanft im Wind hin und her schaukelten. Sie sahen ziemlich zerfleddert aus. Er gab auf und rutschte am Stamm wieder nach unten. Vielleicht besuchte der Wolf ihn ja noch einmal im Traum und brachte ein bisschen mehr Klarheit in die ganze Sache.

»Das wäre wirklich sehr hilfreich!«, rief Dex laut und blickte dabei aufmunternd zum Himmel. Doch in dieser Nacht träumte er nur, dass er fliegen konnte und wie er immer hin und her durch kleine, quadratische Öffnungen sauste. Anschließend lief eine von Alices Puppen zusammen mit Gideon Schlittschuh auf dem Lido, aber Gideon wollte Dex seine Schlittschuhe nicht leihen. Und dann ging es irgendwie um Fische, und Celine Dion fing an zu singen …

Kapitel 14

Dex versuchte krampfhaft an Pizza zu denken. Ein Stück Pizza in einem Pizzaofen. Ein Stück Pizza mit einem Notfallknopf. Er hielt das an einem Spiralkabel befestigte, rautenförmige Plastikding fest in der Hand und wusste, dass sie ihn sofort wieder rausholen würden, sobald er auf die Taste in der Mitte drückte.

»Alles in Ordnung, Dex?«, hörte er Owens Stimme im Kopfhörer. Heute gab es keine Musik, sondern nur Owen als Begleitung.

»Ja, alles okay. Dieses Mal halte ich bestimmt durch«, erwiderte Dex und bemühte sich, ruhig und gleichmäßig zu atmen. Die enge Röhre war eigentlich gar kein Problem, solange er wusste, dass es einen Ausweg gab. Als Fuchs lag es in seiner Natur, sich in Tunnel und Röhren zu flüchten. Seine Panik war durch das grässliche, metallische Stampfen hervorgerufen worden, das ihn so sehr an die Spaten der Jäger erinnert hatte. Sein Magen ließ ein melodiöses Gurgeln hören. Owen hatte ihm angeboten, die Kernspinuntersuchung durchführen zu lassen, während die anderen COLAs noch beim Frühstück saßen, und Dex hatte sofort zugestimmt. Er wollte diese Angelegenheit so schnell wie möglich hinter sich bringen und war fest entschlossen, sich dieses Mal im Griff zu behalten.

»Gut – ich glaube auch, dass du durchhalten wirst.« Obwohl sich Owens Stimme im Kopfhörer sehr blechern anhörte, spürte Dex ihre beruhigende Wirkung. »Am besten sagst du jetzt nichts mehr. Du weißt, dass du den Kopf vollkommen stillhalten musst, damit die Bilder nicht verwackeln. Ich kann deine Füße sehen. Wackle mal mit den Zehen, wenn du mich gut verstehen kannst.«

Dex grinste und setzte anschließend wieder eine neutrale Miene auf. Er hatte sich schon gewundert, wieso Owen ihn gebeten hatte, Schuhe und Strümpfe auszuziehen. Gehorsam wackelte er mit den Zehen.

»Ausgezeichnet«, kicherte Owen. »So, und jetzt heißt es durchhalten. Ich rede einfach weiter. Wir legen jetzt los.«

Beim ersten lauten Knall spürte Dex, wie seine Eingeweide sich zusammenkrampften. Er konzentrierte sich mit aller Macht auf seine Atmung – langsam und gleichmäßig, langsam und gleichmäßig – denk nicht an … denk nicht an … das Ding.

»Du bist der letzte Kandidat«, sagte Owen in lockerem Plauderton. »Wir müssten eigentlich schon bald die ersten Ergebnisse bekommen, und dann wissen wir ziemlich schnell, ob es in euren COLA-Gehirnen eindeutige Unterschiede zu den anderen gibt. Das ist eine verblüffende Technik, wirklich absolut verblüffend. Als würde man das Gehirn aus dem Schädel holen und es mit einer Brotschneidemaschine in hauchdünne Scheiben schneiden, die man sich dann in aller Ruhe anschauen kann. Nur nicht ganz so eklig. Phantastisch. Eure Blutproben werden in dieser Woche auch noch auf Abnormitäten … äh, ich meine natürlich Unterschiede … untersucht.«

Dex konzentrierte sich, so gut es inmitten des stampfenden Getöses ging, auf Owens Stimme, und das half ihm auf jeden Fall dabei, ruhig zu bleiben. »Wenn du mich noch hörst, dann wackle mal mit den Zehen an deinem rechten Fuß, Dex.« Er gehorchte. Mit einem Mal blitzten das dunkle Loch und der wühlende Fuchshund wieder vor seinem geistigen Auge auf, wie ein Messer, das unvermittelt durch die Zimmerdecke gestoßen wird. Sein Herz wummerte, und der Notfallknopf lag schweißnass in seiner Hand, doch Owen redete weiter. »Hör mir zu, Dex, hör gut zu. Denk an ein Feuer ohne Rauch. Was hast du letzte Woche darüber gelernt?«

Fieberhaft dachte Dex an trockenes Holz, an Rinde, die von Zweigen geschält wurde, an die richtige Stapeltechnik, um die Hitze zu kanalisieren, und wie man verhinderte, dass die verbrannten Stücke wieder in die Flammen fielen. Er dachte an den Wald, daran, wie Catherine sich geschnitten und selbst geheilt hatte, an den Apfelbaum, der keine seiner Fragen beantwortet hatte, die dunkle Blätterkugel, die aussah wie ein Nest, aber keines war, und an Gideon. Gideon! Seit gestern hatte er kein Wort mit ihm geredet, und das verursachte ein unangenehmes Ziehen in seiner Magengegend. Da stimmte etwas nicht, da war etwas ganz und gar nicht richtig. Erneut streckte die Düsternis ihre Krallen nach ihm aus: unerbittliche Kiefer, der Gestank nach vergammeltem Fleisch …

»Dex! Hier geblieben! Wackle mit deinen linken Zehen!« Owen musste es wissen. Er musste irgendwelche empathischen Kräfte haben, wie hätte er sonst mitbekommen sollen, wie es Dex gerade erging? Er war ja nicht an irgendwelche anderen Überwachungsgeräte angeschlossen.

Alles in Ordnung, ich bin immer noch da, erwiderte Dex in Gedanken.

Und Owen sagte: »Gut. Sehr gut.« Obwohl, vielleicht war das auch nur eine Reaktion auf Dex' Zehenwackeln.

»Jetzt wenden wir uns mal den Pilzen zu«, fuhr Owen fort. »Ich möchte, dass du verschiedene Listen machst, zuerst von den essbaren und anschließend von den nicht essbaren, und am Schluss – das Wichtigste – von denjenigen, die leicht zu verwechseln sind.«

Pfifferlinge mit ihren kleinen, aprikosenfarbenen Schirmen waren die ersten, die Dex einfielen, dann die Wiesenchampignons. Der Knollenblätterpilz – *keine* gute Idee. *Fliegenpilz.* Hallimasch! Das waren diese nussbraunen, die an Bäumen wuchsen und die aufgeschnitten und gebraten wie Fleisch schmeckten. Die hatten sie im vergangenen Herbst gemeinsam gegessen, er und Gideon, Mia und Lisa. Sie hatten im Schneidersitz unter einer Eiche gehockt, ein Feuer gemacht, und dann hatte Owen ihnen gezeigt, wie man die Pilzscheiben im Kochtopf garen oder an einem Stock über dem Feuer grillen konnte. *Spaten.* Wann war diese Untersuchung denn endlich zu Ende? Er konnte es ertragen, mit Owens Hilfe, aber er hatte das Gefühl, als könnte er sich jederzeit versehentlich verwandeln. Verwandeln und davonlaufen. So wie er es gestern mit Gideon gemacht hatte. Das Ziehen in der Magengegend war wieder da. Er und Gideon hatten seither kein Wort miteinander gesprochen, nicht, weil sie einander bewusst aus dem Weg gegangen waren, sondern weil keiner von ihnen einen Schritt auf den anderen zu gemacht hatte.

Beim Abendessen hatte Gideon mit Catherine, Luke, Barry und Mia an einem Tisch gesessen. Normalerweise hätte Dex sich zu ihnen gesetzt, aber nach der üppigen Portion Fish'n'Chips vom Mittag hatte er keinen großen Hunger gehabt. Jedenfalls nicht genug, um sich dazu zu setzen und sein schlechtes Gewissen zu ertragen, weil er Gideon einfach hatte stehen lassen. Er war an der Essensausgabe vorbeigeschlendert, hatte Suppe und Brot mit einem kurzen Blick gestreift und sich dann unverrichteter Dinge in den Aufenthaltsraum gesetzt.

Dort hatte er sich mit zwei, drei anderen COLAs zusammen einen Film angeschaut und nicht einmal gemerkt, wie Gideon auf dem Weg in ihr Zimmer an ihm vorbeigegangen war. Als er dann auch nach oben gekommen war, hatte sein Freund (hoffentlich war er das noch!) bereits geschlafen – schon wieder. Genau wie Barry, unter dessen Decke ein regelmäßiges Pfeifen zu hören gewesen war. Nur Luke war noch wach gewesen und hatte, wie üblich, gelesen. Zu Dex' großem Erstaunen hatte er gesagt: »Du musst dich morgen früh unbedingt wieder mit ihm versöhnen.« Dex hatte Gideons Ebenbild verblüfft angestarrt. »Du fehlst ihm genauso wie er dir«, hatte Luke noch hinzugefügt und dabei umgeblättert. »Tut mir leid, dass ich eure Freundschaft so durcheinandergebracht habe.«

Dex hatte den Kopf geschüttelt. »Das muss es nicht. *Mir* tut es leid. Du bist ein feiner Kerl, Luke. Hier geht es nicht um dich.« Luke hatte nur wortlos mit den Schultern gezuckt.

Am nächsten Morgen war Dex wieder vor Gideon aufgewacht. Es war Sonntag, also war die Klingel auch heute stumm geblieben. Er hatte sich mit Owen im Untersuchungsraum getroffen, und jetzt lag er hier, als Panikpizza, und war immer noch mit Gideon zerstritten. Er *musste* das wieder in Ordnung bringen.

Da hörte der Lärm wie von Zauberhand mit einem Mal auf. »Alles erledigt«, sagte Owen. »Sehr gut gemacht!«

Dex wackelte erleichtert mit allen Zehen gleichzeitig, und Owen lachte. Sie holten Dex aus der Röhre, und er zog sich Schuhe und Strümpfe an. »Ich muss was mit Gideon besprechen«, sagte er zu Owen und rannte nach draußen.

Die anderen saßen alle beim Frühstück. Über dem Tisch zog ein kleiner Besteckschwarm seine Bahn. Dex musste grinsen. Besteck fliegen zu lassen, das war so typisch Gideon. Er würde zu ihm gehen und ihn bitten, kurz mitzukommen, und dann würde er sich entschuldigen. Gideon würde lachen und ihm ein paar Schimpfwörter an den Kopf werfen, und dann wären alle Irritationen ausgeräumt. Dann war alles wieder gut.

Doch als er sich dem Frühstückstisch näherte, da war überhaupt nichts gut. Gideon hing schief und krumm auf seinem Stuhl, hatte den Kopf in die eine Hand gestützt und schaufelte sich mit der anderen Rührei auf Toast in den Mund. Seine Augen waren halb geschlossen. Mia widmete sich stumm ihrem Müsli und hatte für die Besteck-Flugschau nicht einmal einen Blick übrig. Barry mampfte Würstchen und starrte stumpf vor sich hin. Der einzige, der die umherfliegenden Messer und Gabeln überhaupt beachtete, war Luke. Und wer hatte die Kontrolle über das Besteckgeschwader? Das war ganz eindeutig Catherine. Ihre grünen Augen sprühten vor Begeisterung, während sie sich an Gideons Schulter festhielt.

»Schau! Schau doch mal, Gideon. Bin ich jetzt so gut wie du? Schau doch mal hin!«

Gideon nickte und sagte: »Ja, Cath … toll!«, aber er machte dabei kaum die Augen auf. Dex stand daneben und betrachtete die Szenerie, während das Herz ihm immer schwerer wurde. Irgendetwas stimmte doch hier nicht. Irgendetwas stimmte *ganz und gar nicht!*

»Gideon«, sagte er, aber nur Catherine und Luke reagierten überhaupt. »Gid! Kann ich dich mal kurz sprechen?«

Catherine warf ihm einen Blick zu und tippte Gideon an. »Ich glaube, Dex will sich entschuldigen«, sagte sie, während das Besteck fein säuberlich sortiert auf dem Tischtuch landete. Ein beschützender Tonfall schwang in ihrer Stimme mit. Dex ärgerte sich. Hatte Gideon ihr womöglich alles erzählt? Gideon hielt nach wie vor den Kopf gesenkt und aß sein Rührei. *Ob er mich absichtlich ignoriert?*, dachte Dex trübsinnig. Aber das wäre so untypisch für seinen Freund gewesen, dass er es einfach nicht glauben konnte.

»Ich glaube, es ist besser, wenn du jetzt gehst«, sagte Catherine mit vernünftiger, besänftigender Stimme, hakte sich bei Gideon ein und rückte etwas näher an ihn heran – eindeutig besitzergreifend. »Du hast gestern etwas gemacht, was ihn sehr verletzt hat, verstehst du? Ich rede mit ihm. Wahrscheinlich ist er nachher zu einem Gespräch bereit.«

Dex starrte sie erschüttert an. »Ich glaube, mein bester Freund kann für sich selbst sprechen, oder nicht?« Er ging zu Gideon und rüttelte ihn an der anderen Schulter. »Gideon! Wach auf, du Idiot! Komm mit mir nach draußen. Wir müssen reden!« Gideon machte die Augen weit auf und musterte Dex mit einem Blick, aus dem schlechte Laune und Verwirrung gleichzeitig sprachen.

»Ich esse gerade!«, sagte er.

Dex beugte sich zu ihm hinunter, so dass er ihm direkt in die Augen sehen konnte. »Es ist sehr wichtig, Gideon! Im Ernst!« Seufzend ließ Gideon die Gabel auf seinen fast leeren Teller fallen, erhob sich und folgte Dex nach draußen. Heftige Windböen wehten ihnen ins Gesicht.

»Zuerst mal möchte ich mich entschuldigen wegen gestern«, sagte Dex hastig. »Das hätte ich nicht machen sollen … ich war einfach nur …«

»Eifersüchtig, ja, ich weiß«, murmelte Gideon und verschränkte die Arme vor der Brust. »Wolltest du das sagen? Weil, da bin ich auch von selbst draufgekommen.«

Dex starrte ihn betroffen an. »Na gut, ja, ich bin mir ein bisschen abgeschoben vorgekommen. Ich kriege das in den Griff, aber du musst das auch mal von meiner Warte aus betrachten …«

»Ich sehe das von deiner Warte aus, und es tut mir auch leid«, sagte Gideon, und Dex wurde es gleich ein wenig leichter ums Herz. »Wirklich schade, dass wir zusammen nicht so gut klarkommen. Aber ich kann Catherine und Luke auch nicht jedes Mal stehenlassen, wenn es dir in den Kram passt. Ich hab sie ja gerade erst kennengelernt. Sie … sie sind mir wichtig. Verstehst du das nicht? Besonders Catherine. Ich glaube, es hat etwas zu bedeuten, dass wir wieder zusammengeführt worden sind. Wir sind irgendwie eine Einheit, und du … du …«

»Ich gehöre nicht dazu«, ergänzte Dex niedergeschlagen. Gideon sah ihn unglücklich an, sagte aber kein Wort. »Du bist nicht mehr du selbst, Gid«, fuhr Dex fort. »Das ist dir doch auch klar, oder? Du bist … du bist zurzeit völlig durch den Wind. Genau wie die anderen. Ihr seid alle total schlapp. Schon beim Abendessen todmüde. Das ist doch nicht normal.«

»Wenn's dich tröstet, Dex«, erwiderte Gideon mit traurigem Achselzucken.

»Nein! Nein, hör mir doch mal zu!« Jetzt wurde Dex von einer echten Angst gepackt. Mit einem Mal schlugen alle seine Fuchsinstinkte auf einmal Alarm, genau wie am Tag der Jagd. Er war sich absolut sicher. »Hier läuft doch irgendetwas schief! Siehst du das denn nicht? Alle benehmen sich so seltsam! Ich glaube ... also, vielleicht hat es ja mit diesen Kernspinaufnahmen von unseren Gehirnen zu tun, mit den Blutuntersuchungen oder – ich weiß auch nicht – vielleicht auch mit dem Essen. Das Wasser! Gideon, Kumpel! Glaub mir, da ist ein ganz krummes Ding am Laufen!«

Gideon winkte mit einer müden Handbewegung ab und drehte sich um. »Na, klar, Dex, logisch. Es liegt am Wasser.« Mit diesen Worten ließ er Dex stehen, dem nichts anderes übrig blieb, als ihm sprachlos hinterherzustarren. Nur seine Hände waren in Bewegung, ballten sich hilflos zu Fäusten, entspannten sich wieder, immer im Wechsel. Er machte die Augen zu und versuchte verzweifelt zu begreifen, was in den letzten zwei Minuten passiert war. Er war gerade dabei, seinen besten Freund zu verlieren, und die Welt versank im Grau.

Als er die Lider wieder öffnete, starrte er direkt in ein grünes Augenpaar. Gideons Schwester lächelte ihn traurig an. »Hey ... er kriegt sich bestimmt wieder ein, Dex«, sagte sie. Es sah so aus, als sei sie kurz davor, in Tränen auszubrechen. »Ich glaube, das alles hat ihn ein bisschen überfordert, also das mit Luke und mir«, sagte sie, und Dex war verblüfft. So viel Mitgefühl hätte er ihr gar nicht zugetraut. »Er wird sich irgendwann an uns gewöhnen, und dann ist er bestimmt wieder ganz der Alte. Ich rede mal mit ihm.«

* * *

»Mir geht es prima, ehrlich!« Mia setzte sich neben Dex auf den warmen Sportplatzrasen und schüttelte den Kopf. »Und Gideon auch, glaube ich. Ich meine, ja, er war ziemlich müde in letzter Zeit, aber das ist wahrscheinlich eine ganz natürliche Reaktion auf die vielen Emotionen, die auf ihn eingestürmt sind. So geht der Körper eben mit Stresssituationen um.«

Dex zupfte wütend das Gras unter seinen gekreuzten Beinen aus. »Aber es ist ja nicht nur Gideon! Alle sind ständig müde. Du auch! Und so ... ruhig. Viel zu ruhig.«

Mia lächelte ihn an. »Genau das möchte ich ja, verstehst du? Das machen alle Heiler. Wir können unsere Energie viel besser bündeln, wenn wir ruhig sind. In den Entwicklungsstunden beschäftigen wir uns zum Beispiel ganz viel mit Selbst-Hypnose. Darum kommt es dir wahrscheinlich so vor. Und du hast sicherlich recht, ich war in letzter Zeit öfter mal müde, aber das ist auch nicht weiter verwunderlich. Überleg doch mal, was wir hier alles machen. Vielleicht verlangen sie manchmal ein bisschen zu viel von uns. Vielleicht sollten wir die Lehrer bitten, uns ein bisschen mehr Freizeit zu gönnen. Vielleicht können sie die Abschlussprüfungen ein Stück nach hinten verschieben oder so was. Es ist doch unfair, dass wir den ganz normalen Lehrplan einhalten und gleichzeitig auch noch mit all dem anderen Zeug klarkommen müssen.«

»Du wolltest mich sprechen?« Lisa kam zu ihnen. Sie trug neue Laufschuhe, mit denen sie seit einer Stunde schon ihre Runden um den Sportplatz drehte. Wenigstens ist *sie* noch nicht ins Koma gefallen, dachte Dex.

»Ja, genau. Danke, dass du gekommen bist.« Dex kam sich ein bisschen vor, als würde er eine Sitzung leiten. Er hatte Lisa eine Botschaft »geschickt« und sie gebeten, zu ihm und Mia zu kommen. »Ich möchte mit euch über Gideon sprechen, und darüber, wieso wir alle ständig so müde sind.«

»Müde?«, wiederholte Lisa. »Sehe ich etwa müde aus?«

»Nein, ehrlich gesagt nicht.«

»Und was ist mit denen da?«, wollte Mia mit leiser Stimme wissen und deutete auf die Tregarren Terrors, eines der beiden Fußball-Teams des Internats. Sie machten sich gerade für das anstehende Spiel gegen die Tigers warm. Aus der Ferne sahen sie alle völlig normal aus, geradezu energiegeladen.

Dex seufzte und riss noch mehr Grashalme aus. »Bin ich eigentlich der Einzige, dem das auffällt? Mia, du warst doch auch beim Frühstück. Du hast auch gesehen, was da passiert ist. Findest du nicht, dass Gideon sich ziemlich seltsam benimmt?«

Mia nickte. »Ja. Ich fand auch, dass er ein bisschen schroff zu dir war. Aber er kommt bestimmt bald wieder zur Vernunft. Du bist schließlich sein bester Freund, Dex.«

»Ich *war* sein bester Freund.«

Lisa ließ sich neben ihn ins Gras plumpsen und fing an, die Beine zu dehnen. »Du wirst auch immer sein bester Freund bleiben, du Trottel!«, sagte sie freundschaftlich.

»Aber ich weiß, was du meinst. Zurzeit läuft er ziemlich geistesabwesend durch die Landschaft, wie benebelt irgendwie. Ich schätze, diese ganze Drillingsgeschichte ist ihm ein bisschen über den Kopf gewachsen.«

»Das hat Mia auch gesagt. Heißt das, dass keine von euch irgendwelche anderen Signale empfängt? Lisa? Gar nichts? Hat der Wolf sich vielleicht noch mal gemeldet? Oder sonst … irgendwas …?«

Voll konzentriert dehnte Lisa jetzt ihre Füße. »Natürlich empfange ich alles Mögliche. Ich kriege ständig irgendwelche Botschaften. Jetzt gerade zum Beispiel von einer alten Dame, die mir ganz schön auf den Keks geht. Sie war anscheinend früher mal ein Star in einem Varietétheater und trällert mir ständig ein Lied ins Ohr, wo es darum geht, dass irgendjemand unterwegs nicht trödeln soll. Dumme Kuh! Sie hat mir ja nicht mal gesagt, *wer* nicht trödeln soll. Reine Zeitverschwendung! Hau ab! Stell dich wieder an, sobald du zusammenhängende Sätze formulieren kannst!«

Dex musste lachen. Dass Lisa ein Medium war, war wirklich kaum zu glauben.

»Das Problem ist, Dex«, fuhr sie nun etwas ernsthafter fort, »dass ich gar nicht immer mitkriege, ob eine Botschaft nun wichtig ist oder nicht. Manchmal kommen die dümmsten Sachen ganz ernsthaft und gewichtig daher, und die wirklich bedeutsamen Dinge locker und leicht. Ein Handbuch zum Entschlüsseln von Botschaften aus dem Jenseits, das wär mal was. Aber bis jetzt hat mir noch niemand eines geschenkt.«

Dex nickte. »Dann fühlst du dich also ganz gut?«

»Ja, schon, überwiegend.« Lisa erhob sich und begann mit Rumpfbeugen, legte die Fingerspitzen auf die Zehen, um ihre Oberschenkelmuskeln zu dehnen. »Aber ich laufe auch ziemlich viel und sehe zu, dass ich viel Zeit alleine verbringe, damit ich nicht durchdrehe. Du solltest mal wieder mitkommen – als Mensch meine ich. In letzter Zeit bist du viel zu oft ein Fuchs. Das Laufen macht den Kopf frei. Manchmal denke ich …«

Lisa hielt inne, und Dex spürte genau zur gleichen Zeit einen kräftigen Luftstoß. Sie ging in die Knie, als hätte sie einen Faustschlag empfangen. Dex und Mia sahen sie beunruhigt an. Lisas Gesicht war verkrampft, ihr Blick war in die Ferne gerichtet, und ihre Pupillen zogen sich zusammen, als wollte sie etwas aus ihrem Blickfeld verbannen, was sie nicht ertragen konnte.

Sie schlug ihre bebende Hand vor den Mund und keuchte: »Dad!«

Kapitel 15

Einige Sekunden lang standen Dex und Mia einfach nur vollkommen erschüttert da und sahen Lisa nach, die quer über den Sportplatz zum College-Gebäude rannte. Dann verwandelte Dex sich in einen Fuchs, und zwar so schlagartig, dass ein deutlich hörbares Schnalzen ertönte, und jagte seiner Freundin hinterher.

Lisa stürmte schon die Eingangstreppe zu Owens Hütte hinauf, als Dex sie endlich eingeholt hatte. *Lisa. Lisa, was ist denn los?*, rief er in Gedanken. Doch das, was er zurückbekam, war unverständliches, panisches Gestammel. *Dad! Dad! Oh, nein! Nicht Dad! Nicht …* Sie warf sich gegen Owens Tür und bearbeitete sie mit den Fäusten. Als Owen ihr dann öffnete, wäre sie beinahe auf ihn gestürzt. Er fing sie auf und hielt sie fest. Sie kreischte: »Dad! Es ist mein Dad, o nein, o nein … Owen, bitte – BITTE! – du musst mich zurückbringen! Ich muss zu ihm! Ich muss zu ihm! Er ist … o nein, o nein …«

Dex war bis ins Mark erschüttert. Noch nie hatte er Lisa so erlebt. Tränen liefen ihr übers Gesicht, und sie lehnte sich wie vom Blitzschlag getroffen an die Wand. Owen sah Dex an und sagte: »Hol Mrs Sartre, her, Dex. Sofort.« Dex sauste den Pfad entlang und nahm Abkürzungen, an die kein Mensch auch nur hätte denken können. Wenige Sekunden später jagte er bereits über den

Innenhof und sprang durch ein offenes Fenster in das Hauptgebäude.

Paulina Sartre kam ihm bereits bleich und mit tief besorgter Miene entgegen. Sie sah Dex und sagte: »Wo ist sie? Bei Mr Hind?« Dex nickte, während er mühsam zum Stehen kam, und lief mit ihr zusammen wieder zurück. Wusste sie schon, was Maurice Hardman zugestoßen war? War es überhaupt schon geschehen? Denn manchmal kam es vor, dass Mrs Sartre und Lisa Informationen bekamen, *bevor* sich etwas Bestimmtes ereignete. Vielleicht konnten sie es ja noch verhindern, was immer es sein mochte.

Als sie in Owens Hütte angelangt waren, brabbelte Lisa immer noch hysterisch vor sich hin, während Owen versuchte, sie zu beruhigen. »Langsam!«, sagte er gerade. »Solange du so aufgeregt bist, kannst du gar nicht vernünftig empfangen. Reiß dich zusammen, Lisa. Dann erfährst du vielleicht Genaueres.«

Paulina Sartre trat auf Lisa zu und legte ihr die Hände auf die bebenden Schultern. Augenblicklich wurde sie ruhig, als ob sie von einem Betäubungspfeil getroffen worden war. Ihre feuchten, blauen Augen wurden eine Spur dunkler, ihr abgehackter Atem stockte einmal und beruhigte sich, und dann starrte sie die Schuldirektorin wie hypnotisiert an. Wobei – Dex war sich sicher, dass sie tatsächlich hypnotisiert war.

»Wo?«, erkundigte sich Mrs Sartre mit einer Stimme wie kühle, graue Seide. Sogar Dex spürte ihre besänftigende Wirkung, und so konnte er ohne Anstrengung wieder menschliche Gestalt annehmen. Lisa blinzelte träge, und Mrs Sartre nickte. »Ja. Ja, so ist es. Ich kann es jetzt auch sehen. Und findet das jetzt statt oder in der Zukunft?« Lisa blinzelte noch einmal und bewegte die Lippen wie beim Gebet, ohne dass ein einziges Wort zu hören war. »Dann, ja – dann musst du gehen. Mr Hind bringt dich unverzüglich hin.«

Lisa machte die Augen zu. Sie war vollkommen ruhig. Dex sah fasziniert zu, was sich da abspielte. »Du gehst jetzt zum Auto, *Chérie*«, sagte Mrs Sartre mit sanfter Stimme. »Du steigst ein und dann schläfst du bis zu eurer Ankunft. Du wirst keinerlei Botschaften entgegennehmen, außer für dich selbst, *tu comprends?*« Lisa nickte. Ihre Augen waren immer noch geschlossen, und sie schwankte ein wenig.

»Gut. Jetzt kannst du aufwachen«, sagte Mrs Sartre und ließ Lisas Schultern los. Lisa schlug die Augen auf und blickte sich ruhig und gefasst um, auch wenn ihre Mundwinkel zitterten und sie sich auf die Lippe biss.

Owen wandte den Blick von Lisa zu Mrs Sartre. »Wo fahren wir hin? Was ist passiert?«

»Mr Hardman hatte einen Autounfall«, sagte Mrs Sartre. »Er lebt, aber in seiner Lage braucht er Lisa. Fahr bitte los, Owen.«

Owen schnappte sich seine Jacke und die Autoschlüssel und legte Lisa die karierte Decke, die auf dem alten Ledersessel neben der Feuerstelle lag, um die Schultern. Dann brachte er sie nach draußen, führte sie den Pfad zum Pförtnerturm hinauf und zum Tor hinaus. Dex sah ihnen schweigend nach. Lisa tat ihm wahnsinnig leid. Er hatte ihren Dad sehr gern und hoffte inständig, dass er wieder gesund wurde.

»Du sagst bitte Mia und Gideon Bescheid«, wandte Paulina Sartre sich an Dex. »Vielleicht kann Mia Lisa ein wenig Unterstützung geben.«

»Wäre es nicht besser, wenn Mia gleich mitfahren würde?«, flehte Dex. »Vielleicht kann sie ihm ja helfen.«

Paulina Sartre schüttelte den Kopf. »Nein, Dex. Mia ist noch nicht bereit. Das wäre zu gefährlich, und zwar in mehrfacher Hinsicht.«

Vielleicht hatte dieses Ereignis ja auch etwas Gutes. Vielleicht ließ sich dadurch wenigstens die schreckliche Kluft zwischen ihm und Gideon überbrücken, dachte Dex, als er mit Mia und Gideon zusammen schweigend über den Innenhof ging. Er hatte die beiden schnell gefunden, aber Mia hatte ohnehin schon nach ihm gesucht, weil sie erfahren wollte, was mit Lisa los war. Sie hatte Gideon aus dem Aufenthaltsraum geholt. Ohne ihn anzusehen berichtete Dex, was Lisas Vater zugestoßen war.

»Ach du meine Güte«, murmelte Gideon. »Arme Lisa. Armer Maurice. Ich hoffe, alles wird wieder gut.« Dann schüttelte er seufzend den Kopf und ging zurück in den Aufenthaltsraum.

Mia sah Dex an und lächelte unsicher. »Ich schicke positive Gedanken«, sagte sie.

»Kann Lisa die auf die Entfernung überhaupt empfangen?«

»Oh. Mit ihr bin ich schon lange durch. Ich meinte dir und Gideon.«

* * *

Es war bereits dunkel und außerdem wehte ein stürmischer Wind, als sie endlich Genaueres erfuhren. Kurz nach dem Abendessen – Dex saß im Aufenthaltsraum – drückte Jacob Teller ihm einen Zettel mit einer Nachricht von der Schulleiterin in die Hand. *Owen hat angerufen,* stand da. *Maurice Hardman ist heute Morgen in der Nähe seines Hauses mit einem anderen Auto zusammengestoßen und musste aus seinem Wagen herausgeschnitten werden. Er hat sich dabei ein Bein, das Becken und drei Rippen gebrochen, schwebt aber nicht in Lebensgefahr. Lisa wird einige Tage lang bei ihm bleiben. Danke für Eure Hilfe. Bitte sag es allen anderen weiter.*

Mit einem erleichterten Seufzer gab Dex den Zettel an Mia weiter, die ebenfalls laut seufzte und ihn Gideon reichte. »Uff! Das war ganz schön knapp«, sagte Gideon zu Mia und erzählte es Catherine und Luke. Dex hockte auf der Sofalehne neben Mia, dicht beim Feuer, und sah, wie die Drillinge tief betroffen die Köpfe zusammensteckten. Mia schickte ihm einen kleinen, tröstenden Impuls, aber das war keine wirkliche Hilfe. Er fühlte sich ausgeschlossen. Catherine beugte sich zu ihren beiden Brüdern, und aus den Lauten, die sie von sich gab, sprach tiefe Besorgnis. Dann löste sie sich von den beiden und kam zu Dex und Mia.

»Was für ein Tag!«, stöhnte sie leise und wischte sich die

glänzende Feuchtigkeit aus den Augenwinkeln. »Wie geht es euch denn? Kommt ihr klar?« Sie nickten, und Catherine drückte ihnen die Schultern. »Eine unglaubliche Gefühlsachterbahn ist das hier, stimmt's?«, fuhr Catherine fort. »Sagt mal, wollen wir nicht mal was richtig Schönes zusammen machen? Wie wäre es zum Beispiel mit einer Mitternachtsparty?«

Dex blickte sie verblüfft an. Irgendwie kam sie ihm immer mehr vor wie eine Figur aus einem Enid-Blyton-Roman.

»Nein, seht mal ... tut mir leid, wenn das jetzt irgendwie unsensibel rüberkommt, bei allem, was die arme Lisa gerade durchzustehen hat«, sagte sie, als hätte sie seine Gedanken gelesen. »Es ist eben nur ... ich mache mir Sorgen um dich und Gideon, Dex. Wir müssen das unbedingt wieder geradebiegen. Er benimmt sich im Moment total kindisch, aber ich weiß, dass du ihm wahnsinnig wichtig bist. Also, was sagt ihr dazu? Morgen Abend? Wenn das Wetter mitspielt? Wir könnten alle zusammen rausgehen und ein Mondschein-Picknick veranstalten.«

»Also, ich finde, das ist eine tolle Idee«, sagte Mia.

Dex war sich nicht ganz so sicher, aber er nickte auch, und Catherine klatschte vor Freude in die Hände. »Super! Ich kümmere mich um alles. Wartet nur ab, das wird ein Riesenspaß!«

Beim Zubettgehen herrschte eine seltsame Stimmung. Gideon redete immer noch kein Wort mit Dex, während er sich gegenüber Barry und Luke ganz normal benahm.

Dex putzte sich die Zähne, legte sich dann so schnell wie möglich ins Bett und verkroch sich unter die Decke. Der Atlantikwind schleuderte Regentropfen gegen das geneigte Fenster über seinem Kopf – vielleicht würden Catherines Pläne für den morgigen Abend ja ins Wasser fallen. Einen kurzen Augenblick lang überlegte er, ob er noch einen Waldspaziergang unternehmen sollte, ganz alleine, in Fuchsgestalt, aber der Regen wurde jetzt stärker, und er hatte keine Lust, nass zu werden. Außerdem war er sich nicht sicher, ob er die Sachen, die die Küche ihm bereitstellte, wirklich essen sollte. Beim Abendessen jedenfalls hatte er sich mit Crackern direkt aus der Packung, Streichkäse und ein bisschen Milch aus einem versiegelten Karton bedient. Er wurde immer misstrauischer, was das zubereitete Essen anging. Und das Wasser. Einerseits hätte er seine ganzen düsteren Ängste nur zu gerne als alberne Verschwörungstheorie abgetan, aber andererseits … dass alle seine Mitschüler ständig so erschöpft und ausgelaugt waren, musste ja schließlich eine Ursache haben.

Er wandte seinen Zimmergenossen den Rücken zu und dachte an die Journalistin Caroline Fisher, die mittlerweile eine gute Freundin geworden war. Vermutlich war sie die einzige Journalistin auf der Welt, die über den COLA-Club und das Tregarren College Bescheid wusste. Im vergangenen Herbst hatte sie beinahe die versammelte Weltpresse vor das Tor des Pförtnerturms gelockt, nachdem sie Dex von seiner Heimatstadt bis hierher verfolgt hatte. Er hatte diese Frau mit den eleganten Anzügen und ihren hinterlistigen Tricks verabscheut. Aber Patrick Wood, der damalige Schuldirektor, hatte sie eingeladen, hatte sie wie eine gefräßige Spinne in sein Netz gelockt und sie dann mit Hilfe seiner Illusionskräfte in die Irre geführt, so dass sie, ohne es zu wollen, in das Sumpfmoor oberhalb des Waldes geraten war. Und dann hatte Dex ihr, zusammen mit Gideon, Lisa und Mia, das Leben gerettet. Dadurch hatte sich das Verhältnis zu Caroline Fisher dramatisch verändert. Sie hatte sich einverstanden erklärt, die COLAs mit keinem Wort zu erwähnen, und war nach einer ausführlichen Besprechung mit mehreren Regierungsbeamten wieder in ihr Leben zurückgekehrt.

Aber seither standen sie und Dex regelmäßig in Kontakt. Kurz nach dem Vorfall im Sumpf hatte sie ihm geschrieben und ihn vor den Leuten gewarnt, die für den COLA-Club zuständig waren, hatte gesagt, dass manche vielleicht nicht das waren, was sie zu sein schienen. Behutsam zog Dex die Schublade seines Nachttischchens auf und tastete nach dem kleinen Päckchen, das er von unten an die Tischplatte geklebt hatte, so dass es bei einer oberflächlichen Suche wahrscheinlich nicht entdeckt wurde. Darin lag der Schlüssel für den »Eulenkasten«. Dabei handelte es sich um eine kleine Hütte irgendwo im Exmoor. Sie war Carolines Zufluchtsort und – das hatte sie ihm deutlich gemacht – auch *sein* Zufluchtsort, falls er jemals einen benötigte. Dex hatte eigentlich gedacht, dass es niemals so weit kommen würde. Aber jetzt war er sich da nicht mehr so sicher. Inzwischen wurde ihm immer klarer, dass ihre Warnung durchaus berechtigt gewesen war. Die COLAs konnten nur hoffen, dass die offiziellen staatlichen Stellen *wirklich* auf ihrer Seite standen – aber selbst, wenn das so war … man hatte die COLAs schließlich hier zusammengeholt, um sie zu beobachten und zu erforschen, oder etwa nicht? Und war die Manipulation ihrer Nahrung und Getränke nicht die beste Möglichkeit, um bestimmte Reaktionen zu testen? Vielleicht war das alles ja eine vollkommen gefahrlose Sache, aber Dex empfand mittlerweile ein tiefes Misstrauen, das er nicht so einfach wieder loswurde. Zum Frühstück würde er jedenfalls nur einen Joghurt aus einem verschlossenen Becher essen. Und vielleicht … vielleicht würde er sogar jagen gehen. Die Vorstellung, eine Beute zu erlegen, löste sehr zwiespältige Gefühle bei ihm aus. Einerseits wünschte er sich, dass er sich davon einfach nur abgestoßen fühlte, aber andererseits wusste er genau, dass das nicht stimmte. Als Mensch konnte er keinem Lebewesen etwas zuleide tun, aber als Fuchs hatte er einen anderen Blick auf die Tiere in seiner Umgebung. Es gab eine Nahrungskette, und er befand sich nun einmal am oberen Ende. Das hatte die Natur so eingerichtet.

Er fiel in einen unruhigen Schlaf und flog im Traum wieder durch die kleinen Quadrate. Dann hörte er, wie Lisa nach ihm rief. Und dann wiederholte sie jedes seiner Worte, wie eine nervtötende Fünfjährige. Irgendwann rückte der Traum dann wieder in den Hintergrund und sein Schlaf wurde tiefer. Aber noch immer bekamen seine

Fuchsinstinkte die regelmäßigen Atemzüge seiner schlafenden Zimmergenossen genau mit.

Der Krach war so laut, dass Dex aufschrie und wild um sich schlug. Sein ganzes Gesicht piekste, und dann fiel irgendetwas unter lautem Prasseln auf den Boden. Barry setzte sich ruckartig auf, und Gideon plumpste mitsamt seiner Decke über die Bettkante. Luke schreckte ebenfalls hoch und schrie merkwürdigerweise »Tschuldigung!«, bevor er sich verwirrt umsah. Der Atlantikwind wehte jetzt laut pfeifend durch das Zimmer und brachte die Seiten des Buches auf Dex' Nachttischchen zum Flattern.

»Was, zum Teufel, war denn das?«, rief Barry laut. Dex knipste seine Nachttischlampe an. Tausend winzig kleine, nasse Glassplitter glitzerten im Schein der Glühbirne. Sie lagen überall auf dem Fußboden und auf seiner Bettdecke und rieselten aus seinen Haaren herab. Er hob den Blick und sah den Nachthimmel über sich, umgeben von einem unregelmäßigen Rand. Die drei schrägen Dachfenster ihres Schlafraums waren zerborsten.

Dex hätte gerne geglaubt, dass der Wind einen Zweig oder ein paar Steine gegen die Fenster geschleudert hatte, aber ihm war klar, dass das nicht sein konnte. Nicht auf alle drei Fenster gleichzeitig. Inzwischen hatte sich Gideon verwirrt und verängstigt aus seiner Decke geschält. »Ich … ich … ich hab gedacht, das wäre ein Traum.«

»Warst du das etwa?«, wollte Barry wissen. »Experimentierst du jetzt mit Glas herum, Gideon? Weil das nämlich überhaupt nicht witzig ist, Kumpel!«

»Nein!«, protestierte Gideon. »Das war ich nicht ... oder zumindest *glaube* ich nicht, dass ich das war. Ich meine ... das ist mir noch nie zuvor passiert.«

»Irgendwann ist immer das erste Mal«, murrte Barry verärgert und schüttelte die Scherben von seiner Decke. Wie Dex hatte auch er kleine Blutstropfen auf den Wangen, der Stirn und der Nase, überall dort, wo einer der kleinen, scharfen Splitter seine Haut verletzt hatte. Luke, dessen Bett das letzte in der Reihe war und nicht direkt unter einem Fenster lag, hatte weniger Splitter abbekommen. Aber auch er wirkte geschockt und durcheinander.

»He, Dex, kannst du vielleicht den Fuchs machen und einem der Lehrer Bescheid sagen? Das wäre nett«, sagte Barry schlecht gelaunt. Anscheinend hatte er das Kommando übernommen. »Wir müssen ja wohl in ein anderes Zimmer umziehen.«

Dex sauste los und war fünf Minuten später zusammen mit Mrs Dann und Mr Pengalleon wieder da. Zum Glück hatte es aufgehört zu regnen, und auch der Wind hatte nachgelassen, so dass die vier Jungen erst einmal in den Aufenthaltsraum verfrachtet wurden, wo sie den Rest der Nacht auf den Sofas verbringen konnten. Saubermachen konnten sie auch noch morgen früh. Überall auf dem Flur gingen jetzt die Türen auf. Schlaftrunkene Jungen streckten die Köpfe heraus und wollten wissen, was der Lärm zu bedeuten hatte.

»Husch, husch zurück ins Bett, und zwar alle!«, sagte Mrs Dann bestimmt. »Da ist nur eine Fensterscheibe kaputtgegangen, mehr nicht! Also los, Abmarsch!« Sie suchte frische Bettwäsche zusammen und drückte sie den nun Zimmerlosen in die Hand, während Mr Pengalleon sich die Bescherung ansah und sich dabei den Bart kratzte.

»Da kümmern wir uns morgen früh drum«, sagte er schließlich. »Passt gut auf, wo ihr hintretet, und dass ihr mir keine Glassplitter durch das ganze Haus schleppt.«

»Alles in Ordnung, Luke?«, fragte Mrs Dann, während sie vorsichtig nach unten gingen und sich jeder ein Sofa zum Schlafen suchte. Luke machte einen irgendwie kränklichen Eindruck.

»Ich habe ein bisschen Kopfweh, Mrs Dann«, sagte er. »Schon beim Einschlafen, und jetzt ist es noch schlimmer geworden. Und die Sache mit den explodierenden Fenstern hat es auch nicht gerade besser gemacht.«

»Nein, nun ja, das war auch nicht zu erwarten. Ich hole dir eine Kopfschmerztablette.« Sie brachte ihm eine Tablette und ein Glas Wasser, und dazu noch einen Keks, damit er die Tablette besser verdaute. Anschließend ging sie zurück in ihre Unterkunft. Sie hatte nicht einmal gefragt, weshalb die Fenster eigentlich zu Bruch gegangen waren. Wie die meisten Lehrkräfte hatte Mrs Dann sich daran gewöhnt, dass auf Tregarren Merkwürdigkeiten an der Tagesordnung waren, und außerdem war es wirklich mitten in der Nacht.

Mr Pengalleon hatte die Tür mit Absperrband gesichert, damit keines der anderen COLAs versehentlich barfuß ins Zimmer ging. »Ich mache gleich morgen früh sauber, noch bevor ihr aufgestanden seid«, sagte er. »Dann könnt ihr euch die Sachen rausholen, die ihr braucht.«

Als die vier Jungen alleine waren, legte sich eine unangenehme Stille über den Aufenthaltsraum.

»Gideon«, sagte Dex leise. »Warst du das?«

»Ich sag doch, ich weiß es nicht!«, fauchte Gideon zurück. »Falls doch, dann habe ich keine Ahnung, wie ich das gemacht habe. Jedenfalls habe ich es ganz bestimmt nicht gewollt!« Er machte einen zutiefst erschütterten Eindruck, und dann knüllte er die Kissen rund um seinen Kopf zusammen und machte die Augen zu.

Barry schnaubte und drehte sich um, und dann dauerte es nicht lange, bis leises Pfeifen unter seiner Decke hervordrang. Auch Gideon schien eingeschlafen zu sein. Dex warf einen Blick hinüber zu Luke, spähte angestrengt durch die Dunkelheit, um herauszufinden, ob Luke noch wach war. Schließlich nahm er für wenige Sekunden Fuchsgestalt an, um ihn mit seinen Fuchsaugen zu beobachten. Sofort hatte er Luke sehr viel klarer vor Augen. Er lag stumm und schweigend auf dem Rücken und hatte seine großen, dunklen Pupillen starr an die Zimmerdecke gerichtet. *Für einen Nicht-COLA muss das alles ganz schön schwierig sein*, dachte Dex.

Kapitel 16

Am nächsten Morgen waren die Fenster des Schlafraums bereits mit dicker, durchsichtiger Plastikfolie abgeklebt. Der Fußboden war gewischt und die Betten frisch bezogen worden. Mr Pengalleon hatte das Putzpersonal schon im Morgengrauen zur Arbeit gebeten und die Fenster eigenhändig zugeklebt.

»Der Glaser kommt auch bald«, sagte er zu Dex, als dieser vorsichtig das Zimmer betrat, um sich seine Kleider zu holen, »aber die Reparatur wird natürlich ein bisschen dauern. Wir müssen die Leute erst mal gründlich überprüfen, bevor wir sie aufs Gelände lassen.« Er seufzte, und Dex nickte und dachte nicht zum ersten Mal, dass es ohnehin ein Wunder war, dass das Tregarren College seine unglaublichen Geheimnisse schon so lange bewahrt hatte.

»Da hat es wohl jemand ordentlich krachen lassen, was?« Dex drehte sich um und sah, dass Spook den Kopf zur Tür hereinstreckte. Er hatte eine gehässige, neugierige Miene aufgesetzt. »Was ist denn passiert, Jones? Wieder mal eine kleine Panikattacke gehabt? Die Fenster mit einem gezielten Kopfstoß erledigt?«

Dex ging nicht darauf ein und erwiderte: »Die Papageien waren spitze, Spook. Aber das Glitzerzeug fand ich ein bisschen übertrieben. Obwohl, meiner kleinen Schwester würde das sehr gut gefallen. Trittst du vielleicht auch bei Puppen-Partys auf?«

»Na, na, na, Jungs ...«, sagte Mr Pengalleon, während er das letzte Fenster abklebte.

»Irgendwann bleibt dir das Lachen noch in deiner räudigen, kleinen Schnauze stecken«, entgegnete Spook. »Was willst du später eigentlich mal werden? Schädlingsbekämpfer?« Dann zog er sich zurück, noch bevor Dex eine Antwort parat hatte. Ehrlich gesagt, ihm fehlte einfach die Kraft dazu. Die Aufregungen der vergangenen Nacht und das unbequeme Sofa hatten ihn müde und gereizt werden lassen.

Beim Frühstück bestürmten ihn Mia, Catherine und Jessica Moorland mit Fragen. Sogar Jennifer Troke, die zu Barrys Gruppe der Unsichtbarkeits-Illusionisten gehörte, tauchte plötzlich neben ihm auf und wollte Einzelheiten wissen. Gideon und Barry erzählten von dem plötzlichen Knall und dem Wind und dem anschließenden Durcheinander, wobei Barry Gideon immer noch beschuldigte, dass er »mit Glas herumexperimentiert« habe.

»Du wolltest es bestimmt biegen oder so was, stimmt's?«, fragte Barry. Nachdem er ein paar Bissen Schinken mit Rührei verspeist hatte, klang seine Stimme allerdings schon nicht mehr ganz so empört.

»Wollte ich gar nicht!«, beharrte Gideon. »Dex, sag's ihm – hab ich geschlafen oder nicht?«

Dex blickte auf und nickte. Ihre Blicke begegneten sich, und dann gab es einen seltsamen Moment des Innehaltens, als Gideon wieder einfiel, dass sie ja eigentlich zerstritten waren und er nicht genau wusste, ob er das noch weiter durchziehen wollte oder nicht. Dex war sich ganz sicher, weil ihm genau derselbe Gedanke durch den Kopf zuckte. »Er hat wirklich geschlafen«, sagte er. Vielleicht konnte er dadurch die Situation wieder entspannen. »Hat sich nicht gemuckst.«

Gideon grinste. »Na, bitte!«

»Trotzdem könntest du es gewesen sein«, wandte Catherine ein. *»Im Traum!«* Sie machte eine dramatische Pause. »Na ja, aber wer kann das schon sagen?« Sie stellte sich hinter Gideon und legte die Finger an seine Schläfen. »Du hast so phänomenale Kräfte. Könnte doch sein, dass sie sogar dann aktiv werden, wenn du im Tiefschlaf bist. Verrückt! Ich wünschte, ich hätte auch solche Kräfte. Denk bloß, was du damit alles machen könntest!«

Gideon lächelte, aber Dex fand, dass es ein klein wenig unsicher wirkte. »Ja ... denk bloß.« Er blickte sich um und schien sich nicht recht wohl in seiner Haut zu fühlen. Dann sprach er genau das aus, was Dex dachte: »Obwohl, vielleicht wäre das ja gar nicht so toll. Vielleicht wäre es besser, wenn nicht die ganze Schule davon erfahren würde. Sonst halten sie mich womöglich für eine Gefahr für die Allgemeinheit.«

»Ich nehme es mit ins Grab!«, flüsterte Catherine und setzte sich mit anmutigen Bewegungen neben Gideon. Luke musste zur Seite rücken, um ihr Platz zu machen. Der Milchkrug rutschte über den Tisch und blieb vor Catherines Fingern abrupt stehen, so dass ein Schluck Milch auf das Tischtuch schwappte.

»Weißt du, Catherine«, sagte Mia freundlich. »Du solltest so was eigentlich nicht außerhalb der Entwicklungsstunden machen. Früher oder später sieht dich jemand und dann musst du einen langen Vortrag von Mr Eades über dich ergehen lassen. Also spar dir so was lieber.«

Catherine strahlte sie an. »Du hast ja so recht!«, sagte sie, während sie Milch über ihre Frühstücksflocken schüttete. »Du passt immer auf mich auf, stimmt's? Ich wünschte, ich hätte nicht bloß einen Bruder, sondern auch noch eine Schwester. Und die müsste genau so sein wie du.«

Dex hatte das Gefühl, als würde das Gespräch für einen kurzen Moment ins Stocken geraten. Vielleicht hatten sie es ja alle bemerkt, aber sicher war er sich nicht. Und falls es auch Luke aufgefallen war – dem Bruder, den Catherine soeben aus ihrem letzten Satz gestrichen hatte –, dann ließ er sich nichts anmerken.

Der Joghurt bildete nicht gerade eine solide Grundlage für den Vormittagsunterricht. Schon in Chemie fing Dex' vernachlässigter Magen an zu knurren. »Führst du da drin womöglich auch ein chemisches Experiment durch, Dex?«, kommentierte es Mr Buckley ironisch, während er einen winzigen Löffel Kaliumpermanganat aus einer Dose holte, um der Klasse dessen gewaltige, explosive Kraft zu demonstrieren.

»Tut mir leid, Sir«, murmelte Dex, und die Mädchen in

seiner Klasse kicherten hörbar. »Ich habe bloß ein bisschen Hunger.«

»Nun ja, dann versuch doch, deinen Vesuv bis zum Mittagessen halbwegs unter Kontrolle zu behalten«, meinte Mr Buckley. »Wenn ich es richtig mitbekommen habe, dann hast du in den letzten vierundzwanzig Stunden schon mehr als genug explosive Situationen erlebt.«

In der Mittagspause huschte Dex in den Speisesaal, um nachzusehen, ob es irgendetwas gab, was er ohne Bedenken essen konnte – ein hartgekochtes Ei vielleicht, oder irgendetwas Verpacktes oder ... aber ihm war klar, dass er nur seine Zeit vergeudete. Mrs P rühmte sich nicht umsonst, dass sie stets gutes, gesundes Essen aus frischen Zutaten auf den Tisch brachte. Heute zum Beispiel einen mediterranen Gemüseauflauf mit gedünsteter Forelle und Schalotten. Es duftete phantastisch, und Dex hatte einen Riesenhunger, doch dann blickte er sich im Speisesaal um, und was er sah, bestärkte ihn in seiner Entschlossenheit. Zwar lag niemand schlafend mit dem Gesicht im Teller, aber ganz offensichtlich waren alle seine Mitschüler vollkommen erledigt. Barry und Luke saßen neben Gideon und hatten bereits angefangen zu essen, aber keiner sagte auch nur einen Ton oder blickte von seinem Teller auf.

Nur Catherine war natürlich wieder quicklebendig. Sie schob sich gerade zwischen zwei Tischen hindurch, den Teller mit dem Fisch hoch über dem Kopf, und plauderte mit allen, bei denen sie vorbeikam. Die Köpfe der anderen hoben und senkten sich wie bei einer La Ola. Vielleicht setzt bei ihr die Wirkung erst später ein, weil sie noch nicht so lange hier ist, überlegte Dex.

Jessica und Jennifer saßen ganz in seiner Nähe, hatten die Köpfe zusammengesteckt und unterhielten sich leise. Schlaff hingen die Gabeln in ihren Händen. Als Dex sah, dass Jessica ständig gähnte, hatte er plötzlich eine Idee und ging zu ihr.

»Jess, hast du in letzter Zeit eigentlich interessante Botschaften empfangen?«, erkundigte er sich und zog sich einen Stuhl heran. Jessica und Jennifer sahen zuerst einander und dann ihn an, und ihm war sofort klar, dass er mitten in ein »Mädchengespräch« geplatzt war.

»Jedenfalls keine für dich«, erwiderte Jessica kurz angebunden.

»Also, nein … nicht für mich vielleicht, aber … na ja, du weißt schon, ganz allgemein«, nahm Dex einen neuen Anlauf.

»Dex, du weißt doch, dass ich dir keine Botschaften geben darf, die für andere bestimmt sind«, sagte Jessica pikiert. »Und wenn, dann sowieso nur mit einem offiziellen Benachrichtigungszettel, den ein Lehrer unterschrieben hat.«

Dex hätte ihr am liebsten gesagt, dass sie sich ihren offiziellen Benachrichtigungszettel sonstwo hinstecken konnte, aber dann holte er nur einmal tief Luft. »Was mich interessiert ist, ob du in letzter Zeit *viele* Botschaften bekommen hast.«

Endlich schien Jessica zu begreifen, dass das eine ernsthafte Frage war. »Wieso denn? Was ist denn los?« Er spürte, wie sie versuchte, in seine Gedankengänge einzudringen und sich ein wenig umzusehen. Richtig, sie besaß ja auch hellseherische Fähigkeiten. Nicht besonders ausgeprägt, aber doch so, dass sie ab und zu etwas erkennen konnte.

»Ach, nichts Besonderes ... also ... ich würde einfach gerne wissen, ob die Kernspinuntersuchungen oder die Bluttests uns irgendwie beeinflusst haben.« Das war ein Bluff, aber ziemlich überzeugend, wie er fand.

»Oder ob es womöglich *am Wasser liegt!*«, sagte Jessica mit einer dramatischen Betonung, und dann fing sie an zu kichern. »Ich habe deine Theorie schon mitbekommen.« Jennifer lachte auch, und Dex kochte vor Wut.

Vielen Dank auch, Gid!, dachte er. Sein Wunsch, das Zerwürfnis mit seinem Freund wieder ins Reine zu bringen, löste sich augenblicklich in Luft auf. Wutentbrannt stapfte er zur Tür hinaus. Er *wusste*, dass er recht hatte. Er *wusste*, dass irgendetwas nicht stimmte. Okay, vielleicht lag es nicht am Wasser oder am Essen, aber solange er sich nicht ganz sicher sein konnte, würde er kein Risiko eingehen. Wieso waren die anderen eigentlich alle blind für das, was sich hier abspielte? Es war doch vollkommen offensichtlich!

Während er den Innenhof überquerte, hörte er in seinem Rücken schnelle Schritte. Kaum hatte er sich auf den Rand des Springbrunnens gesetzt, war Jessica bei ihm und hockte sich neben ihn.

»Na, willst du dich noch ein bisschen mehr über mich lustig machen?«, knurrte er sie an.

Jessica lächelte, doch dann beugte sie sich zu ihm und sagte leise: »Ehrlich gesagt … ich weiß ja nicht, ob das was zu bedeuten hat, und bevor du uns angesprochen hast, habe ich nicht weiter darüber nachgedacht, aber …«

»Was?« Dex befürchtete immer noch, dass sie ihn gleich mit Spott überschütten würde.

»Ich habe in letzter Zeit tatsächlich kaum etwas empfangen.«

Dex sah sie aufmerksam an und erkannte jetzt auch die echte Besorgnis auf ihrem Gesicht. »Was? Keine Botschaften aus dem Jenseits mehr?«

»Na ja, doch … ein bisschen was schon. Aber irgendwie schwächer als sonst und schwieriger zu verstehen. Noch nicht lange, erst seit ein paar Tagen. Manchmal ist es auch wieder besser, aber das hält nicht lange an. Wie wenn du einen schlechten Fernsehempfang hast. Ist wahrscheinlich nur eine Phase. Catherine meint, das wären die Hormone.« Dex zuckte zusammen. »Na ja, weil Mädchen sich ja früher entwickeln als Jungs«, fügte sie hinzu. »Und Catherine … na ja, sie ist ja Amerikanerin. Und die reden ja bekanntlich über *alles*. Sie glaubt, dass es daran liegt. Vielleicht. Ich weiß auch nicht.«

»Bist du eigentlich auch ständig müde?«, erkundigte sich Dex. Er wollte möglichst schnell wieder über etwas anderes als Hormone reden.

»Manchmal. Hängt wahrscheinlich miteinander zusammen. Jedenfalls … entschuldige, dass wir dich ausgelacht haben, Dex. Du bist schon in Ordnung, ehrlich. Wir haben es nicht so gemeint.« Sie ging zurück in den Speisesaal, wo Jennifer an ihrem Tisch saß und stumpf zum Fenster hinausstarrte.

Dex empfand eine grenzenlose Erschöpfung. Er hatte keine Lust mehr, ohne seinen besten Freund durch die Gegend zu ziehen, hatte keine Lust mehr auf dieses undefinierbare Misstrauen, das sein ständiger Begleiter geworden war. Er war müde und hungrig. Und auch, wenn er es sich nicht eingestehen wollte, war ihm doch klar, wo er jetzt hingehen und was er als Nächstes tun würde. Es hatte zwar lange gedauert, aber er hatte immer gewusst, dass es früher oder später passieren würde. Und jetzt war es so weit.

* * *

Still und schläfrig lag der Wald in der Nachmittagssonne. Arglos. Auf leisen Pfoten, so gut wie lautlos, schlich Dex durch das Unterholz, kroch unter Stechpalmen und Nesseln hindurch, duckte sich hinter umgestürzte Baumstämme, folgte seiner Nase. All die komplizierten, menschlichen Gedanken spielten jetzt keine Rolle mehr. Er wurde von einer einzigen, sehr elementaren Logik sowie der Duftspur seiner Beute geleitet.

Am westlichen Waldrand wurde der Baumbestand lichter, ragten Heidekräuter und Moos wie gierige Finger auf den weichen Teppich aus Blättern und Rindestückchen hinaus. Nach links fiel das Gelände in Richtung Meer ab, während sich rechts ein felsiger Hügel erhob. Dort gab es nur noch eine Handvoll verkrüppelter Ginsterbüsche, die sich unter dem erbarmungslosen Küstenwind duckten. Ein schmaler Kiespfad schlängelte sich durch das seichte Tal und über die giftgrüne Kruste des trügerischen Sumpfmoors hinweg, in dem Caroline Fisher im letzten Jahr um ein Haar spurlos verschwunden wäre. Etwas dichter an den Bäumen befanden sich kleine, mit Heidekraut, Moos und feinen Gräsern bewachsene Hügel. Und in den höher gelegenen Abschnitten dieser Landschaft waren hübsche, runde Kaninchenlöcher zu erkennen. Mit hübschen, runden Kaninchen.

Dex kauerte sich tief ins hohe Gras und wartete. Etliche Minuten lang rührte sich nichts. Einige der aufmerksameren Kaninchen hatten seine heimliche Ankunft registriert und waren in Deckung gegangen. Doch da ihr Gedächtnis genauso flauschig und durchlässig war wie ihre Wuschelschwänzchen, tauchten sie schon bald wieder auf, und es dauerte nicht lange, bis sieben oder acht von ihnen an den wohlschmeckenden Gräsern knabberten. Dex ließ die Schnauze wie das Visier eines Gewehrs von rechts nach links und wieder nach rechts gleiten und konzentrierte sich dann auf eines der Tiere dicht in seiner Nähe. Alle seine Muskeln waren gespannt und platzten fast vor Energie. Sein Herz begann zu rasen wie die Triebwerke eines Flugzeugs beim Start und versorgte seine Gliedmaßen mit hochprozentigem Jagd-Treibstoff. Die Aufregung ergriff von ihm Besitz, so dass er sie mit der Zunge schmecken konnte. Die Welt jenseits des kleinen Kaninchens verschwamm zu einem undefinierbaren Grau, nur seine Beute war als farbiger Klecks deutlich zu erkennen. Dex schnellte los.

Das Kaninchen erschrak und sprang in die Luft, wollte fliehen, doch er hatte es schon gepackt, bevor es wieder Bodenkontakt hatte. Er schmeckte Fell und Knochen und die panikartigen Zuckungen des Lebens – und dann ein Knacken und eine plötzliche, metallische Wärme. Seine Beute wehrte sich nicht mehr. Später, wenn er wieder Dex, der Junge, geworden war, würde er beschließen, nicht mit seiner ersten richtigen Fuchsmahlzeit anzugeben. Aber jetzt suchte und fand er mit Hilfe seines Instinkts Fleisch und Fett zwischen Fell und Knochen, und alles das, was er nicht mochte, ließ er für die Aasfresser zurück. Anschließend trottete er gemächlich wieder durch den Wald, wie in Trance nach diesem schrecklich-befriedigenden Erlebnis, und rollte sich unter einer umgestürzten Eiche zusammen, wo in der vergangenen Nacht – das verriet ihm der Duft – ein Dachs auf Futtersuche gewesen war. Es dauerte keine Minute, bis er eingeschlafen war, umhüllt von seiner Lunte und der tiefen Erschütterung über das, was er getan hatte.

Kapitel 17

»Hier, bitte sehr. Schlag zu!«, sagte Owen mit breitem Grinsen und überreichte Dex ein schweres, in fettdichtes Pergamentpapier verpacktes Päckchen. Darin verbarg sich eine riesige Pastete. Der weiche, dicke Teig, der als geflochtener Zopf über dem Ganzen lag, war mit einer glänzenden Schicht aus gebackenem Ei überzogen. Dex musste lachen. Er und Gideon hatten während ihres Besuchs in Lisas Villa mit Marguerite über die Pasteten im Internat gesprochen und gesagt, wie sehr sie diese vermissten. Marguerite hatte das persönlich genommen und ihnen mitgeteilt, dass niemand in ganz Cornwall bessere Pasteten zubereiten konnte als *sie*.

»Soll ich die mit Gideon teilen?« Seine Freude über diese unerwartete Ergänzung seines Speiseplans außerhalb der Internatsküche war noch viel größer, als Owen ahnen konnte.

»Nein, er hat ja auch eine bekommen«, erwiderte Owen. »Ich habe das Gefühl, dass Backen für Marguerite ungefähr so ist, wie für andere Leute das Beten, wenn sie schwer krank sind oder in Gefahr geraten. Solange ich dort war, gab es, glaube ich, höchstens eine halbe Stunde, in der sie nicht in der Küche gestanden hat.«

»Wie geht es Maurice?«, erkundigte sich Dex, während Owen die Tür seiner Hütte zumachte und sie gemeinsam den Klippenpfad hinunter bis zum Innenhof gingen.

Owen war erst vor einer Stunde zurückgekehrt und hatte sich mit seinen frisch gebackenen Mitbringseln gerade auf den Weg gemacht, als Dex bei ihm aufgetaucht war, um zu erfahren, was es Neues gab.

»Maurice ist wieder zu Hause. Er hat einen großen Gips und bekommt im Moment noch sehr viele Schmerzmittel, aber er wird wieder ganz gesund. Es ist auf einem dieser schmalen, kurvigen Sträßchen in der Nähe seines Hauses passiert – er ist mit einem Lieferwagen zusammengestoßen. Vermutlich hätte er den Unfall nicht überlebt, wenn er nicht ungefähr drei Sekunden vor der nächsten Kurve Lisas entsetzten Aufschrei gehört hätte. Dadurch hat er den Wagen scharf nach links gelenkt, und wenn er das nicht getan hätte, noch bevor er überhaupt wusste, was los war, wäre er vermutlich zerquetscht worden. Der Lieferwagen war viel zu schnell, und der Fahrer hat auf sein Handy gestarrt. Anscheinend ist er mit einem geprellten Knie davongekommen.«

»Dann hat Lisa ihrem Vater also das Leben gerettet?«, sagte Dex ehrfürchtig.

»Sieht ganz danach aus. Kann ganz schön praktisch sein, so eine Vorahnungs-Gabe.«

Dex schüttelte verwundert den Kopf. Er spürte, wie die Haare in seinem Nacken sich senkrecht stellten, so unheimlich kam ihm das vor. Und er vermisste Lisa. Sie war vermutlich die Einzige, die seine Sorgen in Bezug auf das Wasser und das Essen ernst genommen hätte. Aber sie war ja nicht da.

»Wann kommt Lisa denn wieder zurück?«, wollte er wissen, während sie die niedrige Steinbrücke über den kleinen Bach mit dem Wasserfall überquerten. Owen musterte ihn neugierig.

»Gegen Ende der Woche. Was hast du da eigentlich in den Haaren hängen, Dex?«

Dex tastete den Bereich, auf den Owen starrte, ab und merkte, dass sich mehrere harte Klumpen in seinen dünnen Haaren verfangen hatten, gleich hinter dem linken Ohr. Er wusste sofort, was das war. Vor zwei Stunden war er aus dem Wald zurückgekehrt. Ob die anderen das womöglich auch bemerkt hatten? Aber weder in Geographie noch in Mathe hatte irgendjemand eine Bemerkung deswegen gemacht.

»Das ist doch Blut oder nicht?«, sagte Owen. »Hast du dir an einem Felsen den Kopf gestoßen?«

»Ja, wahrscheinlich«, erwiderte Dex und spürte, wie er ganz heiß im Gesicht wurde. Er begutachtete ausgiebig seine Pastete und überlegte krampfhaft, wie er am besten das Thema wechseln konnte. Owen musterte ihn immer noch, und dann, als sie bei dem Rasenviereck des Innenhofs angelangt waren, blieb er plötzlich stehen, legte den Kopf schief und bedachte seinen Schüler mit einem langen, forschenden Blick.

»Sobald du so weit bist, Dex«, seufzte er schließlich und machte sich auf die Suche nach Gideon. Dex blieb stehen und starrte auf seine Zehenspitzen hinab. Owen wusste Bescheid. Da war er sich absolut sicher. Vielleicht hatte er ja damit gerechnet, dass es eines Tages passieren würde, aber, na ja, das war ja nicht unbedingt etwas, was man seinem Lehrer im Vorübergehen mal kurz erzählen wollte, oder? »*Verzeihung, Sir. Sir! Ich habe gerade zum ersten Mal einem Kaninchen den Kopf abgebissen, Sir.*«

Dex war sehr froh, dass er die Pastete hatte.

Das Abendessen verlief genauso trübsinnig und freudlos wie das Mittagessen und das Frühstück. Am liebsten wäre Dex auf den Tisch gesprungen und hätte seinen Mitschülern zugerufen: »Wacht endlich AUF! Hört mir zu! Findet ihr das alles nicht zumindest ein kleines bisschen merkwürdig?« Aber da sie ja ohnehin schon über ihn lachten, ließ er es bleiben. Bevor er den Mund aufmachte, musste er sich erst absolut sicher sein, denn immerhin besuchten ja noch alle den Unterricht und machten das, was sie auch sonst immer machten. Sie waren eben die meiste Zeit ein bisschen ... gedämpft könnte man sagen. Nur bei Gideon und zunehmend auch Mia war es deutlich schlimmer – sie wirkten wirklich *sehr* erschöpft. Dex holte tief Luft und setzte sich zu ihnen an den Tisch. Luke war noch bei der Essensausgabe, zusammen mit Catherine, und von Barry war weit und breit nichts zu sehen. Aber nicht nur das. Es gab auch sonst keinerlei Anzeichen, dass er in der Nähe war. Dex' Nase und seine Ohren sagten ihm, dass er sich nicht einfach nur unsichtbar gemacht hatte und irgendwo in der Nähe herumlungerte.

»Na, seid ihr gut drauf? Alle frisch und munter oder was?«, sagte er mit aufgekratzter Stimme. Mia lächelte ihn schwach an und rührte in ihrer Suppe herum, während

Gideon nickte und etwas in sein Schinken-Kopfsalat-Sandwich knurrte. »Seid ihr alle bereit für die große Mitternachtsparty mit Catherine?«, fuhr Dex fort und flüsterte Gideon deutlich hörbar zu: »Was meinst du? Kommst du auch aus dem Bett, Gideon?«

Gideon setzte sich auf, verzog ein wenig beleidigt das Gesicht und wirkte ein kleines bisschen wacher. »Aber selbstverständlich. Solange wir keine Überraschungen wie gestern Nacht mehr erleben auf jeden Fall. Wie sieht's bei dir aus, Mia?«

Mia gähnte und streckte sich graziös. »Ich gehe früh zu Bett, damit ich erholt zu der Party kommen kann«, sagte sie, aber als Dex sie ein bisschen genauer ansah, dachte er, dass sie wahrscheinlich drei Tage Schlaf gebraucht hätte, um einigermaßen erholt auszusehen. Sie war noch blasser als sonst und hatte große Ringe unter ihren Augen.

»Du bist müde, stimmt's?«, sagte Dex ernsthaft. »Du bist sehr müde! Findest du nicht …«

Mia legte ihm die Hand auf den Arm. »Ja! Ich bin müde, Dex. Ich habe Maurice eine Menge heilende Kräfte geschickt, und dazu die Sorgen um Lisa … und um euch beide …« Sie blickte Gideon durchdringend an. »Es ist also nicht weiter verwunderlich, oder? Außerdem habe ich Catherine, seit wir Schulschluss hatten, bei ihren Mathehausaufgaben geholfen, und das ist *richtig* anstrengend!« Sie ließ ein ironisches Kichern hören, und Catherine, die gerade mit ihrem gefüllten Tablett an den Tisch kam, machte ein zerknirschtes Gesicht.

»Also, hör zu! Es tut mir leid. Ich dürfte dich nicht so ausnutzen«, sagte sie ernsthaft und nahm Mias Hand. »Du *musst* es mir sagen, wenn ich dir auf die Nerven gehe! Ihr alle!« Sie sah sich schuldbewusst um. »Ich weiß, dass ich ziemlich aufgedreht bin, und manchmal so anstrengend, dass die Leute einfach genug von mir haben. Meine letzte Adoptivmutter hat gesagt, dass ich sie noch mal ins Grab bringen werde.«

Jetzt entstand eine kleine, unbehagliche Pause, weil mindestens zwei am Tisch wussten, dass ihre letzte Adoptivmutter tatsächlich gestorben war. »Na ja«, machte Catherine unbeirrt weiter. »Ich bin jedenfalls eine Non-Stopp-Quasselstrippe und das weiß ich auch, und deshalb macht es mir auch gar nichts aus, wenn ihr mir sagt, ich soll mich mal ein bisschen zurückhalten und euch für eine Weile in Ruhe lassen. Das haben sie in den Kinderheimen ständig zu mir gesagt. Hey, Luke!« Sie wandte sich an ihren Bruder, der gerade einen Stuhl unter dem Tisch hervorzog. »Versprich mir, dass du sagst, ich soll die Klappe halten, wenn ich dich ständig immer nur vollquassele.«

»Na, klar«, murmelte Luke. »Halt die Klappe, Catherine.«

Sie biss sich auf die Unterlippe, senkte den Blick auf ihren Teller und fing schweigend an zu essen. Niemand sagte ein Wort.

Irgendwann meldete sich dann Luke wieder zu Wort. »Hör mal, das war doch … also nur Spaß. Was machen denn …« Auch er fing jetzt an, übertrieben laut zu flüstern. »… die Vorbereitungen für die Mitternachtsparty?«

»Oh! Das wird phantastisch«, stieß Catherine hervor und ließ den Löffel fallen, um voller Vorfreude in die Hände zu klatschen. »Ich habe ein *tolles* Picknick vorbereitet und eine Decke, wo wir uns draufsetzen können, und Gideon hat mir noch so eine ... eine Paste gegeben.«

»Pastete«, verbesserte Gideon. »Und Dex kann seine auch noch mitbringen, stimmt's?«

Dex nickte. Er hatte zwar vorgehabt, seine Pastete, oder zumindest einen Teil davon, gleich noch zu essen, aber eigentlich war er immer noch ziemlich satt von seinem Festmahl am Waldrand. Er blickte zu Gideon hinüber und spürte einen Anflug von Traurigkeit. Eigentlich wollte er nichts lieber, als mit seinem besten Freund über seine Jagderfahrung sprechen, aber es kam ihm so vor, als seien er und Gideon wahnsinnig weit voneinander entfernt. Dex wickelte einen Streichkäse und ein paar Cracker aus der Verpackung und machte wieder einen Milchkarton auf. Das rohe Protein in seinem Magen würde jedenfalls Gesellschaft von einer großen Portion Kalzium bekommen, das stand fest.

* * *

»*Was?* Was will *der* denn hier?«, platzte Gideon heraus. In diesem Moment erkannte auch Dex, wer da ein Stück vor ihnen Arm in Arm mit Catherine den mondbeschienenen Pfad entlangschlenderte. Es war Spook.

»Ach, komm, nun sei nicht so garstig«, bat Mia. Sie hatte

einen dicken Bademantel über ihren Schlafanzug gestreift und trug dazu Joggingschuhe. Trotzdem zitterte sie ein bisschen. »Catherine hat ihn heute Nachmittag eingeladen. Ich glaube, ihr ist gar nicht klar, dass ihr euch nicht so gut versteht.«

»Dass wir uns *nicht so gut verstehen?* Das ist die Untertreibung der Woche!«, schnaubte Gideon.

»Ach, na ja, Spook kann ab und zu auch ganz witzig sein«, erwiderte Barry, der mit einem Picknickkorb in den Händen hinter ihnen her kam. Irgendwie hatte Catherine Mrs Polruth dazu gebracht, ihr jede Menge Kuchen und ein paar verbotene Limonadendosen aus der Speisekammer zu überlassen. Auch die Pasteten, die Dex und Gideon gespendet hatten, lagen in dem Korb, zusammen mit einem scharfen Messer und einer Packung Papierservietten, um die Kuchenstücke zu verteilen. »Letztes Jahr am 5. November beim großen Lagerfeuer, da hat er eine phantastische Show hingelegt«, wandte Barry sich an Luke. »Ein riesiges Feuerwerk, zusammen mit ein paar anderen Illusionisten. Sehr cool, auch wenn er sich für Gottes Geschenk an die Zunft der Zauberkünstler hält. Aber natürlich ...« Er richtete sich sichtbar auf und reckte die Brust nach vorne, doch dann geriet er auf ein paar losen Steinen ins Stolpern, so dass die Wirkung ziemlich verpuffte. »... ist das keine *echte* Zauberkunst, im Gegensatz zur Kunst des Unsichtbarmachens. Ich wette, er würde fünfundzwanzig Feuerwerke dafür hergeben, wenn er das könnte.«

Sie versammelten sich an einer geschützten Stelle am

Rand des Sportplatzes, wo ein Holzzaun Schutz vor dem Seewind bot, und Catherine breitete ihre Karodecke sowie ein paar Yogamatten auf dem Boden aus. Dann setzten sie sich alle in Schlafanzügen und Bademänteln um den Picknickkorb und sahen einander ein wenig peinlich berührt im Schein des Mondes an. Es war relativ warm für einen Abend Ende April, und Catherine war voll in ihrem Element, öffnete den Korb in der Mitte und holte eine glitzernde Glasflasche mit Kirschlikör heraus. »Den habe ich mitgebracht!«, sagte sie fröhlich und goss einen kleinen Schluck in die Plastikbecher, so dass es für alle reichte. »Aus den Staaten. Man kann richtig die Kirschen schmecken. Einfach phantastisch. Also dann, auf den COLA-Club. Uns allen viel Kraft!«

Ein wenig unsicher murmelten die anderen im Chor: »Uns allen viel Kraft!«, und tranken den Likör. Mia keuchte und hustete, und Spook gackerte belustigt los. »Catherine!« Mia starrte sie an. »Da ist ja *Alkohol* drin!«

Catherine zog eine Schnute und lachte keck. »Na ja, vielleicht ein kleines bisschen«, gab sie zu. »Nur, damit er nicht schlecht wird. Nachschlag, jemand?«

Sie sahen einander an, dann streckte Spook ihr seinen leeren Becher entgegen. »Her damit, Cath! Ich kann das vertragen, im Gegensatz zu deinen Brüdern.« Sofort ließen auch Gideon und Luke ihre Becher nachfüllen, und auch Dex, der laut lachend den Kopf schüttelte, fand, dass ein bisschen mehr nicht schaden konnte. Das Zeug enthielt bestimmt so gut wie gar keinen Alkohol. Auch Barry und

Mia leerten ihre Becher und ließen sich von Catherine nachschenken.

Anschließend zerteilten sie die Pasteten in schwere, fleischige Stücke und verteilten sie an alle. Sie schmeckten absolut köstlich. Mittlerweile hatte Dex einen solchen Bärenhunger, dass er sich richtig zusammenreißen musste, um nicht vor Erleichterung laut aufzustöhnen. Den anschließenden Kuchen lehnte er ab, auch wenn es ihm mehr als schwerfiel. Aber da er nicht wusste, welche Zutaten darin verarbeitet waren, hatte er keine andere Wahl. Das Essen und der Likör sorgten für ausgezeichnete Stimmung, und Catherine war eine vorzügliche Gastgeberin, die es schaffte, allen in der Runde irgendwelche lustigen Geschichten oder Sprüche zu entlocken.

»Weißt du noch, die Sache mit dem Frosch in der alten Pferdetränke in Polgammon?«, würgte Barry mit einem Mund voller Bananenkuchen hervor. »Mann! Ich wär fast gestorben vor Lachen!« Er beugte sich zu Catherine. »Wir haben vor dem Fish'n'Chips-Laden gestanden, da sagt Dex plötzlich ›He, seht mal, da schwimmt ein Frosch in der Tränke‹, also sind wir rübergegangen und, na ja, Dex musste sich echt total zusammenreißen, damit er ihn nicht auffrisst …«

»Barry!«, protestierte Dex, ebenfalls laut lachend. »Ich habe noch nie einen Frosch gegessen. Höchstens mal Spinnen und Käfer und … und …« Er ließ das Ende seines Satzes in der Luft hängen und dachte an sein Mittagessen, während Catherine bereits voller Abscheu beide Hände vor den Mund geschlagen und die Augen weit aufgerissen hatte.

»Das ist doch nicht dein Ernst! *Niemals*!«, stieß sie atemlos hervor, musste aber gleichzeitig auch lachen.

»Bloß, wenn ich ein Fuchs bin«, grinste Dex. Das Ganze war ihm ein bisschen peinlich. »Das ist der reine Instinkt, verstehst du? So wie Gideon Schokoladentaler isst, ganz automatisch, ohne dass er es überhaupt mitkriegt.«

»Jedenfalls«, kam Barry noch einmal auf seine Geschichte zurück, »stehen wir also vor dieser Tränke und starren den Frosch an, den Dex *nicht* essen will. Da taucht der Frosch ab, so dass wir ihn nicht mehr richtig sehen können, aber Gideon lässt ihn wieder hochschweben, ganz lässig.«

»Bloß, damit wir ihn besser sehen können«, schaltete Gideon sich ein. »Und auch bloß ein paar Zentimeter über dem Wasser.«

»Der Frosch jedenfalls ...« Barry konnte sich jetzt nicht mehr halten vor Lachen. »... macht so ein verdutztes Gesicht. Ich habe bis dahin gar nicht *gewusst*, dass Frösche verdutzt aussehen können, aber bei dem war es eindeutig so. Und dann haben wir alle angefangen zu lachen wie blöd und ... und ...«

Gideon nahm den Faden auf. »Na ja, ich hatte das Gefühl, als würde er vielleicht gerne ein bisschen Karussell fahren, also habe ich ihn ganz langsam kreisen lassen und er ist ein bisschen höher geflogen und dann haben Dex und Barry plötzlich auf dem Boden gelegen vor Lachen und du weißt ja, dass ich mich dann gar nicht mehr bremsen kann.«

»Der Frosch kreiselt also durch die Luft«, stieß Barry zwischen einzelnen Lachsalven hervor, »und macht dabei ein, na ja, ein ziemlich verschrecktes Gesicht, würde ich sagen, und dann hören wir plötzlich hinter uns eine Stimme, die sagt: ›Sowas macht man aber nicht mit Amphibien.‹ Das war ein kleiner Junge, vielleicht sechs, sieben Jahre alt, mit vorwurfsvollem Blick und einer Eistüte in der Hand.«

»Ich habe den Frosch sofort, *plopp*, wieder ins Wasser fallen lassen«, machte Gideon weiter, »und wir haben uns alle umgedreht und möglichst unschuldige Gesichter aufgesetzt, aber der Junge ist zu seiner Mutter gerannt und hat gesagt: ›Mummy, die Jungs da lassen Frösche in die Luft schweben!‹ Und sie …« Gideon wurde schon wieder von einem Lachanfall geschüttelt. »… sie sagt doch glatt: ›Jetzt reicht es aber endgültig mit diesem Blödsinn, Jimmy. Heute gibt es kein Fernsehen!‹ Dann zerrt sie ihn die Straße runter. Armes Bürschchen!«

Sie konnten sich nicht mehr halten vor Lachen. Barry hämmerte mit beiden Fäusten auf den Erdboden ein, Mia hätte sich beinahe an ihrem Kuchen verschluckt, und sogar Spook musste sich die Tränen aus den Augen wischen.

»Du hast dich so dermaßen danebenbenommen, Gideon«, prustete Mia. »Sie hätten dir die Hölle heißgemacht, wenn das rausgekommen wäre.«

Catherine holte noch eine Flasche Kirschlikör aus dem Korb, und sie stießen alle fröhlich damit an. Zum ersten

Mal seit vielen Tagen fühlte Dex sich wieder wohl. *Sieh dich doch mal um!*, dachte er. *Uns geht es doch gut. Du hast dich ganz ohne Grund so verrückt gemacht!*, sagte er sich. Sie leerten alle noch einen Becher und dann ließ Spook zur allgemeinen Erheiterung ein paar Illusionen erscheinen. Dex tat sein Möglichstes, um genau so fasziniert hierhin und dorthin zu blicken wie die anderen, und Gideon half ihm, wie immer, mit ein paar gezielten Hinweisen aus: »Tanzende Frösche. In pinkfarbenen Balletträckchen.« Als Spook die Vorführung mit einer Armbewegung beendete, klatschte Dex laut Beifall, genau wie die anderen. Spook sah ihn verblüfft an.

Dex zuckte mit den Schultern und sagte: »Keine Panik, ich will bloß keine schlechte Stimmung machen.«

Dann wurden noch mehr Geschichten erzählt, komische, aber auch dramatische. Dex und Gideon berichteten Catherine sogar ein wenig von den Ereignissen in Dex' erstem Trimester, als sie der Journalistin das Leben gerettet hatten. Und auch Patrick Woods Tod verschwiegen sie ihr nicht.

»Ihr habt alle so unglaubliche Abenteuer erlebt«, seufzte Catherine und legte die Arme um Gideon und Mia, die links und rechts neben ihr saßen. »Und ich? Bin zur Schule gegangen, und ab und zu ins Einkaufszentrum. Ich kann es immer noch nicht glauben, dass ich jetzt wirklich hier bin! Ich will auch Abenteuer erleben! Das hole ich alles nach, garantiert. Hey, los, kommt doch mal her, Dex, Luke, Barry, du auch, Spook. Wie schön, dass ihr alle so gut miteinander klarkommt. Ich hasse es, wenn die Leute sich streiten. Kommt, tut mir einen Gefallen … Gruppenumarmung!«

Dex und Gideon wechselten einen entsetzten Blick, aber Barry robbte bereits auf Knien zu Catherine hinüber und lehnte sich an sie. Es erinnerte ein wenig an ein Rugby-Gedränge. Jetzt schlang auch Spook achselzuckend einen Arm um Barry und einen um Mia. Dex holte einmal tief Luft und wollte sich dann an Gideon und Mia hängen. Er fühlte sich immer noch unwohl und gehemmt bei all dem, und er hatte Glück. In diesem Augenblick nämlich rückte die Gruppenumarmung dicht zusammen, und zwar ohne ihn, was Catherine, so wie es aussah, gar nicht mitbekam. Luke machte ein extrem verlegenes Gesicht, aber er war trotzdem dabei. Die Brille hing ziemlich schief und krumm auf seiner Nase. Nachdem die ganze Gruppe ein paar Sekunden lang eng umschlungen in verlegenem Schweigen verharrt hatte, stieß Gideon ein lautes Schnauben aus, und sie fingen wieder an zu lachen und ließen sich in das feuchte, dunkle Gras fallen.

»Mehr! Erzählt mir mehr!«, lachte Catherine. »Oder … ich weiß … Dex, verwandle dich in einen Fuchs. Oh, *bitte*! Für mich!« Sie hatte ihm den Arm um den Hals geschlungen und hielt ihn fest. »Komm schon!«, flehte sie ihn an. »Tu es für mich!« Er nickte, auch wenn er sich ein klein wenig unwohl dabei fühlte. Wahrscheinlich, weil Spook auch dabei war. Er wollte sich von ihr losmachen, bevor er sich verwandelte, aber sie klammerte sich an ihn. »Nein!

Nicht! Ich will spüren, wie deine Haut plötzlich zu Fell wird!« Dex starrte sie wie vom Donner gerührt an.

»Ich ... ich weiß echt nicht, ob ich das kann, wenn mich jemand festhält«, sagte er. Das stimmte zwar nicht ganz, aber das einzige Mal, als es bisher vorgekommen war, da war es um Leben und Tod gegangen.

Spook stieß ein gehässiges Lachen aus. »Nein, du brauchst Platz, Jones, stimmt's? Jede Menge Platz.« Dex sah ihn verdutzt an. Nach der freundlichen, zugewandten Atmosphäre der letzten Minuten hatte Spooks plötzliche Feindseligkeit die gleiche Wirkung, als würde ihm ein Krug kaltes Wasser ins Gesicht geschüttet.

»Wie meinst du das?«, wollte Catherine wissen, die den plötzlichen Stimmungsumschwung anscheinend nicht mitbekommen hatte.

»Na ja, das ist auch eine ziemlich witzige Geschichte, findest du nicht, Dex?«, erwiderte Spook und grinste über das ganze Gesicht. »Willst du sie erzählen? Oder soll ich ...?«

Barry machte ein verkniffenes Gesicht. Mia stand auf und packte mit entschlossenen Bewegungen die Überreste des Picknicks ein, während sie Spook mit grimmigen Blicken bombardierte, doch der Zauberkünstler starrte Dex unentwegt in die Augen. Nach seiner Miene zu urteilen, schien er sich königlich zu amüsieren.

»Nein, ganz ehrlich, Cath, die ist richtig gut. Also, eines Tages beschließt unser Dex, einen kleinen Fuchs-Spaziergang zu unternehmen, und was meinst du, was dann passiert? Er gerät mitten in eine Fuchsjagd! Zum Schreien komisch! Er macht sich in die Hose vor Angst und rast los wie verrückt, und weil er viel zu viel Schiss hat, anzuhalten und sich zurückzuverwandeln, muss er einfach immer weiterrennen.« Spook kicherte, aber es klang gewollt und böse.

Mit fasziniertem Gesichtsausdruck sah Catherine abwechselnd von Dex zu Spook und wieder zurück. Regungslos und überwältigt von Wut und Scham stand Dex da. Er konnte gar nicht glauben, was da gerade passierte. Jetzt stand auch Gideon auf und ballte die Fäuste.

»Tja und dann«, fuhr Spook fort, »läuft unser Dex schnurstracks in diesen Fuchsbau! Und die Hunde natürlich hinterher, so dass er sich ganz bis ans hintere Ende flüchten muss, und jetzt kann er sich auf keinen Fall mehr verwandeln, weil er ja viel zu wenig Platz hat. Die Hunde freuen sich schon auf ein leckeres Abendessen! Aua!« Spook zuckte zusammen, als ihn ein kleiner Stein an der Schläfe traf.

»Halt bloß die Klappe, Spook, sonst kriegst du als nächstes ein Stück von der Klippe ab«, warnte ihn Gideon, aber Spook hielt lediglich schützend die Arme vor den Kopf und stand auf. Er war fest entschlossen, seine Geschichte zu Ende zu bringen. Catherine starrte ihn vollkommen fasziniert an.

»Jedenfalls wäre unser Dexy-Boy jetzt schon längst wieder Hundekacke, wenn er nicht gerade noch rechtzeitig gerettet worden wäre.«

»Und wer hat ihn gerettet?«, stieß Catherine atemlos hervor. Die anderen schienen jetzt genauso erstarrt auf die Fortsetzung zu warten wie Dex.

»Der gute, alte Mr Hind, der zufälligerweise mit einem Spaten in der Gegend war und ihn ausgegraben hat. Und – nun ja – in gewisser Weise hatte *ich* auch meinen Anteil daran.«

»Du?«, spie Gideon hervor. »Was soll das denn heißen?«

»Na ja, was glaubst du denn, woher ich das alles weiß?«, ätzte Spook. »Ich war dabei, du Idiot! Und ich hab dafür gesorgt, dass die Hunde ihn in Ruhe lassen. Ich hab die Jagdgesellschaft einem anderen Fuchs – einer Fuchs-*Illusion*, um genau zu sein – auf den Hals gehetzt, damit der arme, kleine Dex von dem Baum runterklettern konnte, auf dem er sich heulend versteckt hatte. Du hast dich noch gar nicht bei mir bedankt, Dex.«

Wenn Dex noch irgendwelche Zweifel gehabt hatte, ob Gideon sein Freund war oder nicht, dann lösten sie sich eine Sekunde später in Luft auf. Gideon sprang mit einem einzigen, mächtigen Satz über den Picknickkorb hinweg und rammte Spook die Faust übers Kinn.

Kapitel 18

»Aua, aua, *AUA*!« Gideon sog die Luft zwischen den zusammengebissenen Zähnen ein und verzog das Gesicht, während Dex, so gut er konnte, ein nasses, kaltes Tuch um die schnell dicker werdenden Finger seines Freundes wickelte. Er lachte und streichelte Gideon über den Kopf.

»Wieso hast du ihm nicht telepathisch eins übergebraten?«, sagte er. »Du hättest mit deiner Gedankenkraft und einer leeren Likörflasche doch genau so viel Schaden anrichten können.«

»Manchmal«, erwiderte Gideon grimmig, »muss man etwas auf die altmodische Art und Weise erledigen. Da will man das befriedigende Gefühl spüren, jemandem die Faust ins Gesicht zu klatschen.« Grinsend ließ er seine lädierte Hand in den Schoß sinken. »Das war gut, oder nicht? Hast du das Knacken gehört? Und dann den Knall, als er auf dem Boden gelandet ist?«

»Es war super«, erwiderte Dex gerührt. »Aber eigentlich hätte *ich* ihm eine verpassen müssen.« Er unterbrach sich und dachte an die Konsequenzen dieses unrühmlichen Endes ihrer Mitternachts-Party. »Er wird es an der ganzen Schule rumerzählen, oder?«

»Das spielt keine Rolle. Niemand wird ihm ein Wort glauben.«

»Aber wieso nicht? Es stimmt ja.« Dex biss sich auf die

Unterlippe und starrte hinauf an das reparierte Dachfenster über ihm. Im Schein des untergehenden Mondes sah er einen Schatten draußen vorbeifliegen und spürte einen leisen Stich in der Brust. In diesem Moment wünschte er sich, auch einfach davonfliegen zu können.

»Was denn? Dass du Todesangst gehabt hast? Also, mal ehrlich, Dex. Wer lässt sich schon gerne bei lebendigem Leib auffressen? Ich hätte jedenfalls auch eine Heidenangst gehabt. Ich hätte nicht bloß geheult, ich hätte mir in die Hose gemacht!«

Dex lächelte. Gideon war wieder ganz der Alte, keine Frage. Doch dann schüttelte er den Kopf. »Das ist ja noch nicht alles. Obwohl, nur damit das klar ist: Ich habe *nicht* geheult. Ich konnte mich bloß nicht mehr auf den Beinen halten, und dann habe ich in einen Busch gekotzt. Aber wie gesagt, das ist noch nicht alles.« Und dann erzählte er Gideon, wie Spook mit dem Jagdhund auf den Sportplatz gekommen war und wie er darauf reagiert hatte.

Gideon konnte es fast nicht glauben. »Wie hat er denn den Hund an Mr Pengalleon und Barber vorbeigeschmuggelt?«

»Ich schätze mal, mit einer Illusion oder so. Vielleicht war Barber ja gerade nicht da. Manchmal zieht er ja auch ganz gern alleine los. Jedenfalls war ich total am Ende. Ich konnte absolut nichts dagegen machen, konnte keinen Finger mehr rühren, nur noch wie versteinert dasitzen. Ich hatte so eine Angst, dass ich gedacht habe, ich würde ohnmächtig werden.« Dex schlug die Hände vors Gesicht, so sehr schämte er sich vor Gideon, aber dieser reagierte ganz nüchtern und sachlich.

»Das war doch bloß eine Panikattacke, Dex. So wie in dem Kernspintomographen. Also …«, fügte er hastig hinzu, »das soll natürlich nicht heißen, dass eine Panikattacke nichts Schlimmes ist oder so. Ich meine nur, dass das … na ja, dass so eine Reaktion eben ganz *normal* ist, wenn man sich's überlegt. Bei meiner Tante Mary war das auch mal so, nur halt mit Omnibussen. Sie wollte aussteigen, da hat sich ihre Handtasche irgendwo verfangen, der Bus ist losgefahren und sie ist ein ganzes Stück mitgeschleift worden, bevor sie es gemerkt haben. Während das alles passiert ist, ist sie eigentlich ganz ruhig geblieben. Aber dann, später, hat sie die totale Panik gekriegt, jahrelang. Es ist sogar immer schlimmer geworden. Am Schluss musste man nur noch sagen ›Ding-dong, die Fahrscheine bitte‹, und schon hat sie die Augen verdreht und ist rückwärts in die nächste Ecke getorkelt. Einmal bei einem Sportfest an meiner Schule … das war echt peinlich.« Er schüttelte den Kopf. »Wäre besser gewesen, ich hätte sie in Ruhe gelassen …«

Dex starrte ihn erschüttert an. »Jahrelang?«, wiederholte er. »Das hat *jahrelang* gedauert?«

Gideon meinte achselzuckend: »Kann sein, dass sie es immer noch hat. Ich hab sie nicht mehr gesehen, seit ich neun war.«

Jetzt betraten Luke und Barry das Zimmer. Sie hatten Catherine noch geholfen, die Picknicksachen aufzuräumen. Jetzt setzten sie sich auf ihre Betten und wollten, dass Gideon das kalte Tuch abnahm und ihnen seine geschwollene Hand zeigte.

»Das war so cool«, sagte Barry. »Er ist umgekippt wie ein gefällter Baum.« Er warf Gideon einen bewundernden Blick zu. »Aber das wird er dir heimzahlen, Gideon, das weißt du auch. Und, Dex, dich hat er jetzt erst recht auf dem Kieker.«

Gideon fing an, behutsam seine Hand wieder einzupacken. »Soll das etwa heißen, dass er noch reden kann? Ich dachte, ich hätte ihn zumindest für die Nacht stumm gemacht.«

»Mia hat ihm geholfen«, murmelte Luke, und Dex und Gideon schnaubten entrüstet.

»Na ja«, fuhr Luke fort. »Er hat sich auf dem Boden gewälzt und gestöhnt, da hat sie es einfach nicht ausgehalten. Trotzdem hat sie ihm auch ganz deutlich den Marsch geblasen. Aber egal, was du davon hältst, Gid, für dich ist es besser, dass sie ihn geheilt hat. Falls Spook dich bei den Lehrern anschwärzen will, dann hat er jetzt nicht mehr viele Beweise.«

Gideon ließ sich einigermaßen besänftigt in die Kissen sinken. »Aber trotzdem ein super Abend, oder nicht?«, meinte er und gähnte. Dann kicherte er, und alle anderen grinsten. Luke und Barry legten sich ebenfalls ins Bett, und auch Dex schlüpfte unter seine Decke.

Die Müdigkeit rollte auf ihn zu wie eine große Welle, und er ließ sich willig hineinfallen. Er war glücklich und bekümmert zugleich. Glücklich darüber, dass mit Gideon alles wieder in Ordnung war – und gleichzeitig sehr, sehr bekümmert über die Panikattacken. Jahrelang! War das wirklich denkbar? Da rollte die nächste Welle auf ihn zu, und er ließ sich von ihr in den Schlaf tragen.

* * *

Der nächste Morgen war dann der Anfang vom Ende. Wenn Dex später zurückblickte, dann auf diesen Vormittag. Es war, als ob ein Stein an einer Bergflanke ins Rutschen gekommen war. Unauffällig, aber unaufhaltsam. Genau wie die größeren Steine, die sich infolge seines Sturzes lösten. Genau wie das Chaos, das sich daraufhin entfalten sollte.

Gideon wollte und wollte nicht aufwachen.

Genauso wenig wie Luke und Barry.

Nachdem Dex sie alle der Reihe nach geschüttelt hatte, zitterte er selbst am ganzen Leib. Angstschweiß lag auf seiner Stirn. Hier stimmte etwas nicht, und zwar ganz und gar nicht.

»Gideon!«, versuchte er es noch einmal. Er rüttelte seinen Freund kräftig an der Schulter und zog ihm die Decke weg. Gideon rollte sich aber lediglich zu einer Kugel zusammen, stieß ein paar unverständliche Laute aus und kniff die Augen weiterhin fest zusammen. »Gideon! Kumpel! Wach auf! So langsam mache ich mir echt Sorgen. Sag doch was … irgendwas. Meinetwegen auch ›Hau ab‹. Aber *sag was!*«

Gideon stieß ein schlaftrunkenes Genuschel aus, aber Dex konnte kein Wort verstehen. Was war denn bloß los mit ihm? Dex stand vor seinem Bett und versuchte, nachzudenken. Sie waren lange wach gewesen, das stimmte, aber *er* war zur selben Zeit wie immer aufgewacht. Also was war mit den anderen los? Vielleicht ... vielleicht ... Er dachte noch einmal an die Mitternachtsparty. War der Likör vielleicht schuld daran? Der Alkohol? Hatten seine Freunde womöglich eine Art ... Kater? Obwohl, nein. Er hatte ja auch von dem Zeug getrunken. Das Aufstehen war ihm zwar ein wenig schwerer gefallen als sonst, aber einen Kater hatte er bestimmt nicht. Dex ließ sich auf sein Bett sinken und starrte auf seine Füße hinab. Ob sein Verdacht in Bezug auf das Essen doch richtig war? Einen anderen Unterschied konnte er beim besten Willen nicht erkennen. Das musste es sein! Er hatte keinen Bissen von dem Essen, das in der Schule zubereitet wurde, angerührt ... und war als einziger wenigstens einigermaßen wach.

Eine Sekunde später jagte er in Fuchsgestalt zur Zimmertür hinaus und den Flur entlang, wo die anderen COLAs sich träge ins Badezimmer oder nach unten schleppten, um sich eine Tasse Tee oder Kakao zu besorgen. »Hallo, Dex«, brummelte Alex Teller, als Dex an ihm vorbeisauste, aber sonst nichts. Die COLAs hatten sich mittlerweile daran gewöhnt, dass ab und zu ein Fuchs zwischen ihnen umherhuschte.

Im Mädchenhaus sah es allerdings ganz anders aus. Nachdem Jessica Moorland ihm die Tür geöffnet hatte und er das Haus betreten hatte, rief sie ihm hinterher: »He, Dex! Du kannst nicht einfach so hier reinrennen. Hier sind keine Jungs erlaubt!«

Ungeduldig verwandelte Dex sich zurück und wirbelte herum. »Ich muss Mia sprechen, und zwar sofort!«, stieß er hervor.

Jessica blinzelte und brachte ihn nach oben. »Achtung, Junge im Anmarsch!«, rief sie laut und deutlich. »Dringend! Zieht euch was an!«

»Guten Morgen, Dex. Was gibt's?« Catherine kam zu ihrer Zimmertür herausgehüpft. Dafür, dass sie die halbe Nacht wach gewesen war, wirkte sie unglaublich lebendig und energiegeladen. Ihre grünen Augen funkelten, und ihre Haut war leicht gerötet, so, als wäre sie schon beim Joggen gewesen.

»Ich muss Mia sprechen«, sagte er mit verbissener Miene. »Darf ich reinkommen?«

»Ja, na klar. Alle anderen sind schon beim Frühstück. Aber Mia schläft noch. Du kannst sie gerne aufwecken.«

Erneut versetzte die Angst Dex einen Stich. Noch während er das Zimmer betrat und Mia regungslos in ihre Decken gekuschelt daliegen sah, wälzte er in Gedanken verschiedene Theorien. Wenn tatsächlich das Essen schuld war, warum war Catherine dann so quicklebendig? Vielleicht … vielleicht war das ja ihre eigentliche Gabe – übermenschliche Energie oder Resistenz …? Das war denkbar. Jessica Moorland stand direkt hinter ihm, als er Mia an der Schulter rüttelte.

»Wach auf, Mia! Bitte!« Sie drehte sich um, stöhnte laut und schien den Kopf zu schütteln.

»Ist sie vielleicht krank?« Jessica klang besorgt.

»Ich weiß nicht«, erwiderte Dex niedergeschlagen. »Mia! Mia! Aufwachen!«

Jessica schob ihn beiseite und legte die Hand auf Mias Stirn. »Also, Fieber hat sie keins«, stellte sie fest. Sie schüttelte ihre Mitbewohnerin, doch Mias Augen blieben geschlossen. Jessica richtete sich ruckartig auf und marschierte nach draußen. »Warte mal!«, rief sie über die Schulter zurück und war zehn Sekunden später mit einem großen Glas Wasser in der Hand wieder da. »Das müsste gehen«, erklärte sie, und kippte Mia unter Dex' verdutzten Blicken das Wasser über den Kopf.

»WAS?« Mia saß schlagartig senkrecht im Bett und sah sich ratlos nach allen Seiten um, wobei ihr die nassen Haare gegen Wangen und Stirn klatschten. »Was? Was?«, wiederholte sie mehrfach. Erst dann nahm sie Dex wahr. Er grinste schelmisch und stieß Jessica an. »Warum hast du das gemacht?«, beschwerte Mia sich mit weinerlicher Stimme bei ihrer Freundin.

»Das Füchslein braucht dich«, erwiderte Jessica achselzuckend. »Und du warst praktisch im Koma. Es musste sein.«

»Mia.« Dex setzte sich auf die andere Bettkante und sah sie durchdringend an. »Du musst unbedingt mitkommen. Gideon, Barry und Luke liegen in ihren Betten und sind überhaupt nicht wach zu kriegen. Genau wie du gerade eben noch. Sie reagieren überhaupt nicht. Da stimmt irgendwas nicht.«

»Na ja, *mich* habt ihr immerhin wach gekriegt«, erwiderte Mia mürrisch und nahm ihren klatschnassen Schlafanzug in den Blick. »Probier's doch einfach noch mal mit der Kalt-Wasser-Technik. Ich komme nach, sobald ich wieder trocken bin.«

Als sie dann endlich durch das Wohnhaus der Jungen ging und mehrfach mit zaghafter Stimme rief: »Achtung, Mädchen im Anmarsch. Zieht euch was an!«, hatte Dex Gideon und Barry bereits nass gemacht und wollte sich gerade Luke vorknöpfen. Seine ersten beiden Opfer hatten sich aufgesetzt und starrten triefend und benommen vor sich hin.

»Wassollndaswern?«, blubberte Gideon und schüttelte den Kopf, so dass die Tropfen nach links und rechts zur Seite flogen.

»Sonst wacht ihr ja nie wieder auf«, erwiderte Dex und kippte den dritten Krug über Luke aus. Dieser schrie auf und fuchtelte wie wild mit den Armen in der Luft herum. »Tut mir leid, Kumpel«, sagte Dex.

Dann setzte er sich auf sein Bett. Mia trat ein, setzte sich neben ihn, und dann sahen sie gemeinsam zu, wie das triefende Trio allmählich wacher wurde. Als sie schließlich alle halbwegs normal sprechen konnten, sagte Dex: »Wir müssen uns unterhalten.«

Sie hörten schweigend zu, während er ihnen seine Theorie unterbreitete. Er rechnete fest damit, dass irgendwann wenigstens einer so etwas sagte wie: »Also das ist der Grund! Ich habe mich schon die ganze Zeit gewundert, wieso ich so schlapp bin!«

Als Erster brach Luke das Schweigen. »Wenn wir also alle vom Staat vergiftet werden, wieso wirkt es dann bei Catherine nicht?«

Dex schüttelte den Kopf. »Das weiß ich auch nicht. Keine Ahnung. Vielleicht ist sie dagegen resistent … so wie ich gegen Illusionen resistent bin.«

Luke schien nicht wirklich überzeugt zu sein, und Gideon noch weniger. »Dex – Kumpel – denk doch mal nach. Was ist mit den Lehrern? Die essen und trinken doch alle das Gleiche wie wir, und die haben sich gar nicht verändert, oder?«

»Na ja … aber das wissen wir nicht genau, oder? Wir haben keine Ahnung, was sie nach der Schule so machen«, entgegnete Dex, aber er merkte, dass er ins Schwimmen geriet. »Vielleicht bekommen sie auch andere Sachen zu essen, aus unterschiedlichen Packungen oder so … ich weiß auch nicht«, gab er schließlich geknickt zu. »Aber findet ihr nicht auch, dass hier *irgendetwas* ziemlich merkwürdig ist?«

»Hier gibt es eine Menge Dinge, die ziemlich merkwürdig sind, Dex«, erwiderte Mia freundlich. »Genau dafür ist diese Schule ja da.«

»Ihr glaubt mir nicht, stimmt's?«, murmelte Dex leise und spürte, wie die Panik sich als kalter Stachel in sein Innerstes bohrte.

»Das ist es nicht«, erwiderte Mia. »Du hast bestimmt recht, irgendwie, weil … es stimmt ja, wir sind alle ziemlich erledigt. Aber das könnte doch genauso gut an unserem ... unserem Alter liegen, verstehst du? Ich meine, wir sind doch jetzt alle in diesem, na ja, diesem *gewissen Alter* eben, oder? Und vielleicht ist das ja für COLAs viel anstrengender als für normale Leute.«

Dex sah sie alle der Reihe nach an. »Und ihr seid also wirklich kein bisschen beunruhigt?«, fragte er schwach.

»Ich bin ständig beunruhigt«, seufzte Luke und ließ sich auf sein Kissen plumpsen. Doch dann schoss er sofort wieder in die Senkrechte, nachdem er gemerkt hatte, dass es klatschnass war. »Glasscherben, eiskaltes Wasser ... ich will gar nicht wissen, wie ich das nächste Mal geweckt werde.«

Dex seufzte und stand auf. »Also dann, bis zum Frühstück«, sagte er. Niemand erwiderte ein Wort.

Er hätte nur zu gerne mit Lisa geredet, aber sie würde erst zum Abendessen wieder zurück sein. Dann hatte er eine Idee. Vielleicht konnte er ja *doch* mit ihr reden. Er verwandelte sich, kletterte ein kleines Stück die Klippe hinauf und kauerte sich auf einen bequemen, moosbewachsenen Felsen. Dann schlang er seine Lunte um die Beine, machte es sich in der steifen Meeresbrise bequem und schloss die Augen. Zuerst rief er ihren Namen, immer und immer wieder. Ein bisschen lächerlich war das Ganze ja schon. Ziemlich idiotisch. Sie war ja Hunderte Kilometer weit weg.

Doch als er gerade aufgeben wollte, spürte er einen plötzlichen Luftzug. Seine Nackenhaare stellten sich senkrecht, und er schauderte am ganzen Körper. Dann hörte er Lisas verärgerte Stimme: *Also gut, also gut! Was ist los?*

Du kannst mich hören!, staunte Dex. Er spürte Lisas Missmut eher als dass er ihn hörte.

Jaaa! Aber nur ganz leise und außerdem machst du mir Kopfschmerzen. Was ist los?

Er grinste zufrieden. Er hätte wirklich nicht gedacht, dass es funktionieren würde. Schnell ordnete er seine Gedanken. *Lisa – wenn du nachher am Bahnhof ankommst ...* Er hielt inne. Er hatte angenommen, dass sie mit dem Zug anreiste, aber was, wenn Owen sie wieder abholte?

Ja! Was?, drängte sie ungnädig.

Holt Owen dich ab?

Ja. Wieso?

Er überlegte, wie er es am besten ausdrücken konnte. Es war unmöglich, das alles jetzt zu erklären. Dann würde sie am Schluss Migräne bekommen. *Bleib einfach so lange im Zug, bis du mich siehst.* Schweigen. *Lisa! Hast du verstanden? Steig nicht aus und lass dich nicht sehen, solange ich nicht eingestiegen bin und mit dir geredet habe. Das ist SEHR wichtig.* Schweigen. Und dann ...

Okay, Dex. Bis später dann, im Zug.

Dann war sie wieder weg. Das kitzelige Gefühl, das ihren telepathischen Austausch begleitet hatte, erlosch abrupt, und Dex merkte, dass er einen Bärenhunger hatte. Doch gerade, als er zum Frühstück zur Schule zurücklaufen wollte, fiel es ihm wieder ein: kein Essen, kein Wasser. Dex warf einen Blick nach oben, Richtung Wald, der dort auf knorrigen Wurzelspitzen über die Klippenkante ragte. Er hörte den kehligen Ruf einer Waldtaube und fällte einen Entschluss.

Kapitel 19

Zum Abendessen aß Dex eine Packung Chips (hoffentlich nicht manipuliert) und überlegte, wie er am besten zum Bahnhof kam. Er war sich sehr wohl bewusst, dass Gideon und Luke ihm ab und zu besorgte Blicke zuwarfen, während sie sich über ihren frisch panierten Schellfisch, die Pommes frites und die Erbsen hermachten, und dass Mia, die sich einen Teller vegetarisches Chili genommen hatte, ihm ein mitfühlendes Lächeln schenkte. Er erwähnte seine »Verschwörungstheorie« mit keinem Wort, aber er merkte, dass dadurch wieder eine unsichtbare Wand zwischen ihm und den anderen entstand – dabei hatte er die entspannte Stimmung gestern Abend so sehr genossen, vor allem, als Gideon Spook diesen Kinnhaken verpasst und ihm dadurch gezeigt hatte, dass er immer noch sein bester Freund war. Normalerweise hätte er mit Gideon auch über seine Jagderlebnisse gesprochen. Es war kaum zu ertragen, dass er so etwas Unfassbares getan hatte, ohne Gideon davon berichten zu können. Erst vorhin hatte er eine Taube erlegt und gefressen – eine grässliche und zugleich beglückende Erfahrung – und hätte wahnsinnig gerne mit jemandem darüber gesprochen. Er wusste, dass Gideon gar nicht genug davon hätte kriegen können, dass er bei jeder Einzelheit vor Vergnügen gejuchzt hätte, aber dann sah er ihn an und wusste, dass sich nichts verändert hatte: Gideon saß zwischen Luke und Catherine. Er wirkte eigentlich ziemlich normal und schien die stumpfe Erschöpfung, die ihn am Morgen noch beherrscht hatte, abgeschüttelt zu haben. Auch, wenn er noch immer nicht gerade quicklebendig war. Mia verhielt sich ebenfalls ziemlich still, und Barry hatte sogar den Kopf in die Hand gestützt, während er in seinem Essen herumstocherte.

Nur Catherine war natürlich putzmunter und sprühte vor Energie. Sie hatte einen Schlagball mit an den Tisch gebracht und war trotz Mias warnender Worte wild entschlossen, ihn unter der Decke entlang fliegen und um die Lampen kreisen zu lassen. »Schau, Gideon! Schau doch hin!«, flüsterte sie und drückte ihrem Bruder dabei den Arm.

Gideon hob den Kopf und lächelte verschlafen, und auch Luke blickte nach oben. »Mia hat doch gesagt, du sollst das nicht machen«, sagte er sachlich und Catherine zog ein beleidigtes Gesicht.

»Ich weiß ... aber es macht so einen *Spaß*, und schließlich tue ich niemandem weh.«

Verblüfft sah Dex, dass Luke ihr einen wütenden Blick zuwarf und knurrte: »Sicher! Aber du hast versprochen, dass du es bleiben lässt! Es kann ja ...« In diesem Augenblick ertönte ein lauter Knall und der kleine, harte Ball fiel senkrecht herab. Luke streckte blitzartig die Hand aus und fing ihn auf. Eines der oberen Fenster hing plötzlich schief im Rahmen.

Catherine schlug die Hände vor den Mund und riss ihre hübschen Augen vor Entsetzen weit auf. »Aber ich hab doch gar nichts …« flüsterte sie. Glücklicherweise hatte das Küchenpersonal im selben Augenblick ein paar schwere Metallbehälter auf den Tresen gewuchtet und von dem Krach nichts mitbekommen.

»Tut einfach so, als wäre nichts gewesen«, wisperte Barry leise. Anscheinend schien sich auch niemand sonst davon aus der Ruhe bringen lassen, dachte Dex. Nur Luke war plötzlich knallrot im Gesicht. Offensichtlich fühlte er sich für seine Schwester verantwortlich.

Aber das war noch nicht das Ende dieses kleinen Dramas. Spook hatte ihnen schon den ganzen Tag böse Blicke zugeworfen, so dass Dex sich schon fragte, welche Rachepläne er wohl gerade ausheckte. An seinem Kinn war jedenfalls ein dicker blauer Fleck zu erkennen, trotz Mias Heilkünsten und sehr zu Gideons Freude. »Das war *ich*!«, kicherte er und warf immer wieder einen Blick hinüber. »Das ist ja ein richtiges Kunstwerk!« Luke grinste belustigt, wandte sich wieder seinem Essen zu und erstarrte. Sämtliche Farbe wich aus seinem Gesicht.

»Was ist denn los?«, wollte Dex wissen, und auch Gideon starrte auf seinen Teller hinab. Die beiden Brüder wichen vorsichtig zurück. »Was?«, drängte Dex und knüllte seine leere Chipstüte zusammen.

»Finger«, würgte Luke mit belegter Stimme hervor. »Abgehackte Finger.«

Gideon schauderte. »Und Spinnen«, ergänzte er. »Große, schwarze Spinnen, die meine Pommes in ein dichtes Netz einspinnen.«

Spook, der hinter ihnen saß, hatte das Kinn in die Hand und die Ellbogen auf den Tisch gestützt und wirkte hochkonzentriert. Gideon presste wütend die Lippen aufeinander, und dann klatschte Spooks Teller mitten in dessen Gesicht. Ein erboster Schrei ertönte, dann das Gelächter der anderen. Die Zwillingsbrüder entspannten sich sichtlich. »Weg sind sie«, murmelte Luke, aber sowohl ihm als auch Gideon schien der Appetit vergangen zu sein.

Dex stand auf und sagte zu den anderen, dass er später noch in den Gemeinschaftsraum kommen wollte. Vorhin hatte er kurz mit Owen gesprochen und erfahren, dass Lisas Zug um 19.10 Uhr am Bahnhof ankommen sollte. Er hatte also noch eine halbe Stunde um sich zu verwandeln und zum Bahnhof zu gelangen. Sobald er den Wald oberhalb der Klippen hinter sich gelassen hatte, bewegte er sich außerhalb des erlaubten Bereichs. Er konnte eine Menge Schwierigkeiten bekommen, aber das Risiko musste er eingehen. Natürlich hatte er dabei auch ein schlechtes Gewissen, weil er wusste, dass Owen und Paulina Sartre ihm mehr Freiheiten einräumten als anderen COLAs, und zwar, weil sie ihm vertrauten. Es war allgemein bekannt, dass er regelmäßig in Fuchsgestalt in den Wald ging, auch wenn der Wald genau genommen schon verbotenes Terrain war, obwohl er noch zum Grundbesitz des Internats gehörte. Die anderen Schüler konnten nur durch den Pförtnerturm und an Mr Pengalleon vorbei dorthin gelangen, aber Dex war eben ein Sonderfall. Die Lehrkräfte akzeptierten seine besonderen Bedürfnisse und hatten bisher immer ein Auge zugedrückt. Aber das konnte sich natürlich sofort ändern, wenn sie feststellten, dass seine Ausflüge viel größer waren als erlaubt.

Zum Glück bereitete der Weg zum Bahnhof dem Fuchs keine größeren Schwierigkeiten. Die beiden Straßen, die er überqueren musste, waren wenig befahren. Also sauste er als kaum sichtbarer, roter Pfeil quer über den Asphalt und war noch vor Owen an den Gleisen. Lisas Zug kam sogar ein wenig früher als geplant. Dex konnte das leise Singen der Schienen hören, die seine Ankunft ankündigten, und huschte lautlos unter die niedrigen Büsche jenseits der Gleise. Von dort konnte er genau beobachten, wie Owen den Bahnsteig entlangspazierte, sich auf eine Bank setzte und anfing, in einem Buch zu blättern. Dex verspannte sich. Er würde sich beeilen müssen.

Der Zug hatte nur drei Waggons und war bei seiner langen Fahrt quer durch das Land sehr schmutzig geworden. Unter lautem Zischen und Keuchen hielt er an und verdeckte Owen die Sicht. Dex hoffte, dass er vielleicht durch ein offenes Fenster in den Zug springen konnte, doch dann musste er feststellen, dass sie alle geschlossen waren. Er nahm Menschengestalt an und rannte zur nächstgelegenen Tür. Der Sprung auf das Trittbrett war nicht ganz einfach, aber er schaffte es und drückte die Klinke nach unten. Zum Glück war es ein altmodischer Waggon mit altmodischen Türen. Bei diesen modernen mit elektronischen Türöffnern wäre es sehr viel schwieriger geworden. Kaum war er im Zug, wandte er sich nach links, weil Lisas Duft eindeutig aus dieser Richtung kam. Er traf sie, als sie gerade ihre Tasche aus dem Gepäcknetz herunterholte.

»Schieß los«, sagte sie, ohne sich umzudrehen. Der Waggon war leer, aber Dex sah aus dem Augenwinkel, wie Owen sich von seiner Bank erhob und den Bahnsteig entlangging. Panik ergriff von ihm Besitz. Er durfte sich auf gar keinen Fall sehen lassen. »Was ist denn los, Dex?«, wollte Lisa wissen und schwang sich ihre Tasche über die Schulter. Sie sah ihn besorgt an.

»Hör zu, ich habe jetzt keine Zeit für Einzelheiten.« Dex kauerte sich mit tief gesenktem Kopf auf einen Sitz. »Nur so viel: Du darfst auf keinen Fall etwas essen oder trinken, sobald du in Tregarren bist.« Sie starrte ihn ungläubig an. »Ich meine es ernst, Lisa. Nichts essen, nichts trinken. Nicht, solange du nicht mit mir gesprochen hast. Wir treffen uns im Tränenpalast, sobald du da bist.«

Lisa nickte und fing an zu lächeln. »Hallo, Owen. Ich komme gleich. Musste nur noch meine Sachen zusammensuchen.« Owen nahm Lisas Tasche und erkundigte sich, während sie ausstiegen, nach ihrem Vater. Dex schlug das Herz bis zum Hals. Er machte das Fenster auf der linken Seite auf und duckte sich, als Owen und Lisa vor dem Waggon vorbeigingen. Eine Sekunde später fuhr der Zug los. Ein Mädchen im dritten Waggon war fest überzeugt, dass da gerade ein Fuchs zum Zugfenster hinausgesprungen und im Gebüsch verschwunden war. Aufgeregt erzählte sie es den anderen Fahrgästen, aber zu

Dex' Glück war sie erst zwei Jahre alt. Die anderen nahmen sie nicht ernst.

* * *

»Also gut. Es ist spät, ich habe Hunger und sitze in einem eiskalten Erdloch. Außerdem wird mein Hintern langsam nass.« Lisa hielt sich nicht mit langen Vorreden auf. »Worum geht es hier eigentlich?«

Dex zwängte sich neben Lisa. Der Tränenpalast bot nicht besonders viel Platz. Im letzten Jahr hatten Dex und Lisa hier ihre erste wirklich ernsthafte Begegnung gehabt. Es war eine winzig kleine Höhle, gerade groß genug für zwei Kinder. Sie lag versteckt unter einem Felsvorsprung und von langen Seegrasbüscheln verdeckt, nur ein, zwei Meter unterhalb des Zauns, der den Schulsportplatz begrenzte. Bei jener ersten Begegnung hatte Dex Lisa hier entdeckt, in Tränen aufgelöst und verzweifelt, weil sie glaubte, dass sie es in Tregarren unter keinen Umständen mehr länger aushalten würde. Sie hatte das Internat von Anfang an gehasst. Aber seit damals nannten sie diese kleine Höhle ihren Tränenpalast, obwohl sie beide hier nie wieder auch nur eine Träne vergossen hatten.

»Wie ist es dir zu Hause ergangen, Lisa? Wie geht es dir?«, wollte Dex wissen.

Sie sah ihn achselzuckend an. »Ich weiß auch nicht. Ich habe mir Sorgen gemacht! Mein Dad ist an jede Menge Schläuche angeschlossen. Was erwartest du?«

»Nein, nein, ich meine … körperlich.« Dex wusste nicht so recht, wie er es ihr erklären sollte. »Überleg mal, wie du dich hier gefühlt hast, bevor du das mit deinem Dad erfahren hast. War da ein Unterschied, rein körperlich?«

Sie beäugte ihn misstrauisch und versuchte dahinter zu kommen, was er meinte. »Ich weiß auch nicht, äh, also, zu Hause war alles in Ordnung. Eigentlich habe ich mich sogar ganz gut gefühlt, angesichts der Umstände. Ich meine, sobald klar war, dass Dad außer Lebensgefahr ist, habe ich mich körperlich richtig gut gefühlt. Ein paarmal war ich sogar reiten, und das war phantastisch. Ich will immer noch mein Pony hierher holen.«

»Okay, und jetzt überleg mal. Kannst du dich erinnern, wie müde und erschöpft du letzte Woche gewesen bist?«, hakte Dex nach.

»Ähm, ja. Worauf willst du eigentlich raus, Dex?«

Dex holte tief Luft und hoffte inständig, dass Lisa ihn ernst nahm. Dann erzählte er ihr, was sich in den vergangenen Tagen am Tregarren College abgespielt hatte. Wie müde und lustlos alle geworden waren. Wie schwer es ihm gefallen war, Gideon, Luke und Mia nach der Mitternachtsparty überhaupt wach zu bekommen. Und zu guter Letzt berichtete er ihr auch von seinem Verdacht, dass jemand ihr Essen und Trinken manipulierte. »Deswegen habe ich seit ein paar Tagen nichts mehr angerührt. Und ich fühle mich eigentlich ganz gut dabei.« Damit beendete er seinen Vortrag. Lisa schwieg eine Weile, und er hatte schon Angst, dass sie ihn gleich mit Hohn und Spott überziehen würde, aber dann spitzte sie die Lippen, zupfte an ihren sorgfältig manikürten Fingernägeln herum und starrte hinaus auf das dunkler werdende Meer.

»Ich möchte das eigentlich nicht glauben, Dex«, sagte sie schließlich. »Aber da könnte was dran sein.« Dex stieß einen erleichterten Seufzer aus.

»Als ich vorhin angekommen bin, habe ich nämlich genau gesehen, was du meinst. Es ist, als hätte sich so eine Art Nebel über die ganze Schule gelegt. Ich glaube, wenn ich nicht weg gewesen wäre, wäre es mir nicht aufgefallen, weil es sich wahrscheinlich ganz allmählich eingeschlichen hat. Die anderen sind alle irgendwie träge geworden, auch ihre Gedanken. Ich kriege viel weniger von ihnen mit als sonst, aber nicht, weil sie sich bewusst abschotten, sondern weil sie ... weil sie irgendwie schläfrig sind. Und ich glaube auch nicht, dass es an mir liegt. Den ganzen üblichen Quatsch aus dem Jenseits kann ich ja nach wie vor empfangen. Aber ... das Essen? Glaubst du wirklich, dass sie uns etwas ins Essen mischen? Warum sollten sie so was tun?«

»Ich weiß es nicht«, erwiderte Dex niedergeschlagen. Es war seltsam, aber Lisas Zustimmung löste bei ihm Erleichterung und Angst zugleich aus. Es war eine grässliche Vorstellung, dass sie tatsächlich irgendwie vergiftet wurden. Er liebte Tregarren und ertrug den Gedanken nicht, dass Caroline Fishers warnende Worte sich womöglich bewahrheiten sollten.

»Natürlich werden wir die ganze Zeit beobachtet und kontrolliert und so weiter, das stimmt«, fuhr Lisa fort.

»Diese Einwegspiegel zum Beispiel, oder? Als würden wir das nicht merken! Einmal haben sich *sechs* Leute in den kleinen Raum dahinter gequetscht, und alle haben zugesehen und sich Notizen gemacht. Das Problem ist, Dex, dass sie nicht genau wissen, was wir sind. Oder was wir irgendwann mal tun könnten. Manchmal spüre ich in den Entwicklungsstunden richtige Angst. Nicht bei Owen oder Mrs Sartre, aber bei den anderen, bei denen, die hinter der Glasscheibe sitzen. Die machen sich zum Teil echt in die Hose. Und das nur bei einem Medium wie mir. Stell dir mal vor, wie es ihnen geht, wenn sie die Telekinetiker beobachten. Gideon ist der, der mich am meisten beunruhigen würde.«

Dex nickte. Ihm ging es genauso. Die meisten seiner Mitschüler verfügten, soweit er es beurteilen konnte, über relativ harmlose Kräfte. Er selbst konnte sich in einen Fuchs verwandeln und stellte auch nicht gerade eine große Gefahr dar. Die Heiler und die Medien, die Seher und die Rutengänger besaßen allesamt faszinierende und nützliche Fähigkeiten. Aber was war mit denen, die mit Hilfe ihrer Gedanken Gegenstände verrücken konnten? Irgendwann vielleicht sogar aus kilometerweiter Entfernung. Was war mit denen, die einem ein Feuerwerk im Badezimmer vorgaukeln oder einen Teller voller Pommes frites zu einem Haufen abgehackter Finger werden lassen konnten? Mit denen, die sich auf Kommando unsichtbar machen konnten? Ja, Lisa hatte recht. Die Angst war die Bedrohung, die sie am meisten fürchten mussten.

»Dann glaubst du also, dass ich recht habe«, sagte er düster, pflückte ein paar Grashalme zwischen den Felsen heraus und spielte damit herum.

»Tja, du hast auf jeden Fall recht damit, dass hier irgendetwas nicht stimmt. Und dass sie ausgerechnet jetzt unsere Verpflegung umgestellt haben, ist vielleicht mehr als nur Zufall. Aber was ist mit dir? Geht es dir denn wirklich besser, seit du hier nichts mehr isst und trinkst?«

»Ich fühle mich ganz gut. Aber auch nicht gerade großartig. Ich mache mir ja ständig Sorgen, von denen niemand etwas wissen will. Aber ich bin jedenfalls längst nicht so müde und abgestumpft wie alle anderen ... obwohl – *fast* alle anderen. Aber um Catherine stillzulegen, braucht man wohl einen Vorschlaghammer«, fügte er hinzu.

»Wahrscheinlich ist sie noch zehnmal aufgedrehter, wenn sie nicht heimlich mit Beruhigungsmitteln zugedröhnt wird«, meinte Lisa mit spitzer Zunge. »Aber was ist mit den Lehrern? Essen die nicht das Gleiche wie wir? Benehmen die sich auch irgendwie seltsam? Bei Owen ist mir jedenfalls nichts aufgefallen.«

»Ich weiß«, erwiderte Dex trübselig, und Lisa wusste, was er dachte. Sie seufzte auch.

»Nein«, sagte sie leise. »Ich kann mir nicht vorstellen, dass Owen da mitmacht. Er würde das niemals zulassen.«

»Na ja ...« Dex suchte nach einer Erklärung. »Vielleicht ist es ja eine Art Prüfung, völlig harmlos. Vielleicht wollen sie nur sehen, wie wir ... wie wir reagieren.« Da packte ihn mit einem Mal eine große Traurigkeit. Er konnte das alles nicht mehr länger ertragen. Wenn sie doch einfach nur gesagt hätten, dass sie ein Experiment durchführten, und dass sich niemand Sorgen zu machen brauchte, auch wenn der eine oder die andere ein wenig müder war als sonst …

»Dex?« Lisa richtete sich ruckartig auf und stieß sich dabei den Kopf an der niedrigen Höhlendecke. »Wenn du die ganze Zeit über nichts gegessen und getrunken hast … wie hast du das denn angestellt? Wie kriegst du das hin?« Sie sah ihn mit zusammengekniffenen Augen an und stieß den Atem aus.

»Oh, mein Gott!«

Kapitel 20

»Also gut, wir machen es folgendermaßen«, sagte Dex leise, während sie auf dem Weg zu den Unterkünften waren. Die Laternen entlang des Zickzackpfades, der durch Tregarren führte, waren angesprungen, und das Schulgelände wirkte dadurch wieder ein bisschen wie ein Elfengarten. Es war kaum vorstellbar, dass an einem solch wunderschönen Ort irgendwelche finsteren Dinge geschehen sollten.

»Die Milch aus den Packungen kannst du trinken. Sie wird verpackt angeliefert, und ich glaube kaum, dass sie die irgendwie manipulieren können. Das Gleiche gilt für Kekse und Chips, wenn du so was erwischen kannst.«

»Oh, lecker«, sagte Lisa.

»Aber wenn du etwas Richtiges zwischen die Zähne bekommen willst, dann muss ich es jagen.«

»Bäh, wie eklig! Was denn ... tote Kaninchen? Gammelige, alte Tauben?«

»Tauben sind überhaupt nicht gammelig. Und außerdem musst du sie ja nicht roh essen. Wir machen ein Lagerfeuer und braten sie, so, wie Owen es uns beigebracht hat.«

»Wo? Wo machen wir ein Feuer? Ich kann schließlich nicht einfach in den Wald gehen, so wie du. Ich brauche dazu immer eine Genehmigung, und die kriege ich ganz bestimmt nicht jeden Tag. Oh, entschuldigen Sie bitte, Mr Eades! Ich brauche mal wieder eine Ausgeherlaubnis. Ich will mir zum Abendessen ein Häschen schlachten!«

Dex lachte. Es tat so gut, Lisa mitsamt ihren bissigen Bemerkungen wieder hier zu haben. »Keine Sorge. Ich habe mir schon einen Platz ausgesucht. Ich zeig ihn dir morgen.«

»Und? Willst du mit Owen darüber reden?«

»Ja, klar. Aber jetzt noch nicht. Ich will mir erst sicher sein. Wir warten noch ein paar Tage ab, wie es dir damit geht, damit wir Bescheid wissen. Dann spreche ich ihn an.«

»Okay. Ich rede mit Mia, aber über die Verpflegung sage ich kein Wort. Ich will nur wissen, was mit ihr los ist. Also dann, bis zum Frühstück, das wir nicht essen.« Mit diesen Worten verabschiedete sie sich und verschwand im Mädchengebäude.

Langsam kehrte Dex zum Schlafhaus der Jungen zurück. Gideon fragte sich bestimmt schon, wo er in den letzten zwei Stunden gesteckt hatte. *Hoffentlich!* An der Stelle, wo der Pfad sich unter einem Felsvorsprung entlangzog, roch und hörte Dex, dass Spook Williams hinter ihm war. Er drehte sich um und sah, dass der andere auf ihn zukam und dabei die Hände ausstreckte, so, als würde er ein Tablett vor sich her tragen. Er hatte eine bösartige Miene aufgesetzt, und Dex seufzte. Er war zu erschöpft für irgendwelchen Blödsinn.

»Was ist denn jetzt schon wieder los?« Er verschränkte

die Arme vor der Brust und stellte sich mitten in den Weg. Wahrscheinlich war es an der Zeit, dass er Spook selbst eine Ohrfeige verpasste. Spooks Augen funkelten, und die Luft um ihn herum schien zu vibrieren. Mit einem Mal wurde Dex klar, dass Spook irgendeinen Illusionstrick anwandte. Und es schien alles andere als einfach zu sein, wie man an seinem Gesichtsausdruck und den Schweißtropfen auf seiner Oberlippe sehen konnte. Dex machte den Mund auf, wollte etwas sagen, doch dann ließ er es sein. Jetzt hatte er ein Problem. Spook kniff die Augen zusammen. Was war das für eine Illusion, die er da geschaffen hatte? Dex hätte jetzt dringend einen Tipp gebraucht, aber leider war kein Gideon, kein Barry, kein Luke in der Nähe. Schließlich nuschelte er kaum hörbar: »Sehr witzig, Spook.« Vielleicht kam er damit ja durch.

»Ach ja? Findest du, du Flachpfeife?«, erwiderte Spook und ließ die Arme sinken. Er beobachtete Dex mit einer Art feindseliger Neugier, und dann – oh, nein – legte sich eine plötzliche Erkenntnis auf sein Gesicht. Spook starrte Dex durchdringend an, als wollte er in seinen Schädel eindringen. »Du …«, flüsterte er. »Du … du bist … du kannst es nicht … ja, genau. Jetzt hab ich's kapiert!« Mit einem einzigen, schnellen Schritt stand Spook vor Dex und rüttelte ihn an den Schultern. Er stieß ihn so fest gegen die Felswand, dass Dex vor Schmerz laut aufschrie. Der spitze Granit bohrte sich gegen seinen Hinterkopf und seine Wirbelsäule. »Du kannst es nicht sehen, stimmt's?«, stieß Spook zwischen zusammengebissenen Zähnen hervor.

»Du kannst nichts davon sehen? Was ist eigentlich los mit dir, Dex Jones? Du bist anders als wir alle, stimmt's?« Dex stieß Spook mit einer kräftigen Bewegung von sich und hob die Fäuste. Sein Widersacher wich zurück und ließ die Arme locker zu beiden Seiten herabhängen. Einen Augenblick lang sah es so aus, als würde er gleich anfangen zu weinen. *Er hat Angst,* dachte Dex und konnte es gleichzeitig kaum fassen. *Er hat richtig, richtig Angst.*

»Ich kann sehen, dass du dir echt Mühe gibst«, sagte er. »Ich sehe deine Anstrengung, und zwar jedes Mal. Ich kann sie sogar *riechen.*«

Spook biss sich auf die Unterlippe und starrte Dex an, als wollte er ihn am liebsten gleich ins Meer werfen.

»Aber, nein, mich kannst du nicht täuschen, Spook. Ich bin resistent gegen Illusionen aller Art. Für mich bist du ein ganz normaler Mensch, ohne irgendwelche besonderen Fähigkeiten. Gewöhn dich dran.« Mit diesen Worten drehte er sich um und machte sich auf den Weg zum Aufenthaltsraum. Er wusste, dass seine Worte viel, viel schmerzhafter waren als alles, was er Spook sonst hätte antun können. Er spürte, wie sein ewiger Widersacher ihm hinterherstarrte, so lange, bis die Tür hinter ihm ins Schloss gefallen war.

Im Aufenthaltsraum war es ruhig. Die meisten COLAs schienen sich eine Quizsendung im Fernsehen anzuschauen, nur Barry saß auf dem Sofa neben der Feuerstelle und spielte ein Spiel auf seinem tragbaren, kleinen Gameboy. »Deiner funktioniert?«, murmelte Dex und setzte sich neben ihn. Mit elektronischen Geräten hatte man in Tregarren normalerweise nicht viel Freude, weil sie oft kaputtgingen oder sich ständig aufhängten. Gideon war der Meinung, dass das an der starken übersinnlichen Aktivität hier lag.

»Ja, im Moment jedenfalls«, knurrte Barry, ohne sich von seinem Kampf gegen einen winzigen Pixeldrachen ablenken zu lassen. »Aber bestimmt nicht mehr lange.«

»Seit wann geht er denn wieder?«, wollte Dex beiläufig wissen.

»Eigentlich schon den ganzen Tag, mal besser, mal schlechter«, erwiderte Barry und ließ den winzigen Bildschirm nach wie vor nicht aus den Augen.

Dex seufzte. Deutlich weniger übersinnliche Aktivität. Es war so offensichtlich! Wenn Barry das doch nur auch erkannt hätte. »Barry, kannst du dich vielleicht mal kurz unsichtbar machen?«, bat er. Barry warf ihm einen schnellen Blick zu und konzentrierte sich wieder auf sein Spiel. »Wozu denn? Bei dir funktioniert das doch sowieso nicht, oder?«

»Doch, doch, es funktioniert. Ich kann dich dann auch nicht sehen. Ich kann dich bloß immer noch riechen und hören … und außerdem sehe ich die Luft vibrieren. Aber du wirst auch für mich unsichtbar. Ach, bitte. Ich möchte was ausprobieren.« Barry seufzte tief, schaltete sein Spiel aus, zuckte mit den Schultern und machte sich unsichtbar. Allerdings … wirklich unsichtbar konnte man das nicht nennen. Beim besten Willen nicht. Es war eher so, dass er verblasste, ein wenig durchsichtiger wurde. Dex schluckte und spürte eine leichte Übelkeit. Es wurde eindeutig schlimmer.

»Und?«, sagte Barry verstimmt, nachdem er wieder vollständig zu sehen war.

»Phantastisch«, meinte Dex. »Ach, übrigens, Barry, Spook weiß jetzt, dass ich gegen Illusionen immun bin. Du hättest mal sein Gesicht sehen sollen, als ich es ihm gesagt habe!«

»Wieso hast du es ihm überhaupt verraten?« Barry sah Dex mit gerunzelter Stirn an. »Ich dachte, das soll ein Geheimnis bleiben.«

»Er ist von selbst drauf gekommen. Wenigstens ist ihm dann sein schmieriges Grinsen erst mal im Hals stecken geblieben.«

Barry starrte schweigend ins Feuer, und als er nach einigen Sekunden den Blick hob und Dex ansah, da hatte er eine ungewöhnlich ernste Miene aufgesetzt. »Sei lieber vorsichtig, Dex. Ich meine, ich weiß, dass Spook ein dämlicher Idiot ist, aber er wird immer wütender auf dich. Und auf Gideon. Ich denke, du solltest ihn nicht noch zusätzlich reizen.«

* * *

Beim Frühstück war Dex sehr froh und erleichtert, dass Lisa wieder mit am Tisch saß. Im Lauf der vergangenen Woche waren die Mahlzeiten beinahe unerträglich geworden, aber jetzt waren sie wenigstens zu zweit. Sie löffelten Joghurts und tranken Milch aus versiegelten Bechern und Packungen und beobachteten die anderen.

Gideon und Luke waren nicht mehr ganz so müde wie gestern und erkundigten sich, wie Lisas Woche gewesen war, so dass es am Tisch deutlich lebhafter zuging als zuvor. Auch Mia wirkte wacher, während Lisa von ihrem Vater erzählte. Als sie dann den Speisesaal verließen, murmelte Dex Lisa kurz zu, dass sie sich zum Mittagessen beim Tränenpalast treffen würden. Sie verzog zwar das Gesicht, nickte aber.

Im Unterricht an diesem Morgen beobachtete Dex Mrs Dann sehr genau. Ihre Schüler benahmen sich zwar nicht gerade wie Zombies, aber sie waren insgesamt so unkonzentriert, dass es der Lehrerin auffallen *musste*. Und zu seiner großen Erleichterung war es auch so. Mehrfach stand sie mit in die Hüften gestemmten Händen vor der Klasse und schüttelte seufzend den Kopf, während ihre Schüler bei jeder Antwort ins Stocken gerieten oder einfach ins Leere starrten.

»Was ist denn bloß los mit euch?«, fragte sie, als die Stunde sich ihrem trüben Ende näherte. »Nicht, dass ich mich beschweren wollte, aber ich habe euch endlos lange den Rücken zugedreht, und trotzdem hat niemand auch nur den kleinsten Versuch unternommen, ein wenig Zauberei ins Spiel zu bringen. Barry! Jennifer! Tut mir den Gefallen und macht euch unsichtbar, ja?«

Barry und Jennifer sahen einander verwirrt an. Mrs Dann

hatte sie schon öfter dabei erwischt und sie jedes Mal großzügig mit Anti-Illusions-Spray besprüht. Durch die grüne Spezialfarbe wurden sie auch dann sichtbar, wenn sie eigentlich unsichtbar waren.

»Ich warte!«, sagte Mrs Dann. Barry zuckte mit den Schultern und Jennifer nickte, dann verblassten sie alle beide. Dex nahm zwar kaum eine Veränderung wahr, aber die anderen schienen zufrieden zu sein.

»Gut«, meinte auch Mrs Dann. »Geht doch!« Sie sah auf ihre Armbanduhr. »So, noch eine Viertelstunde bis zum Mittagessen. Ich möchte, dass ihr jetzt alle zum Sportplatz geht und dort ein bisschen herumrennt.« Ein paar Kinder fingen laut an zu stöhnen. »Das meine ich ernst! Ihr seid alle schlaff und kraftlos. Offensichtlich esst ihr nicht genügend Gemüse. Also los, hopp, hopp. Für das Pachtwesen in der schottischen Landwirtschaft kann ich euch heute sowieso nicht mehr begeistern.«

Das Klassenzimmer leerte sich rasch, und Dex nickte Lisa zu, um ihr deutlich zu machen, dass das Treffen wie verabredet stattfinden sollte. Doch zuerst wollte er noch kurz mit Mrs Dann reden. Sie war gerade dabei, ein wenig mutlos ihre Bücher in der Schreibtischschublade zu verstauen. Eine schimmernde, braune Haarsträhne hing ihr ins Gesicht, und dann fiel die Tür ins Schloss. Dex holte einmal tief Luft – hoffentlich war das, was er jetzt vorhatte, kein Riesenfehler! – und sagte: »Mrs Dann, was glauben Sie? Was geht Ihrer Meinung nach an der Schule vor?«

Die Lehrerin hielt inne, aber Dex konnte ihr Gesicht nicht sehen. Dann schob sie die Schublade zu, richtete sich auf, wischte sich die Haare aus dem Gesicht und sah Dex mit einem Ausdruck an, der sich, wie Dex fand, am ehesten mit dem Begriff »direkt« beschreiben ließ. Sie sah ihm mehrere Sekunden lang in die Augen. Ob sie womöglich Gedanken lesen konnte? Aber bis auf ihr ganz natürliches, einfühlsames Wesen nahm er nichts dergleichen wahr. »Ich weiß es auch nicht, Dex«, lautete ihre Antwort. »Was meinst du denn?«

Dex war noch nicht so weit. Er wollte erst noch ein bisschen mehr von ihr hören, bevor er es wagte, ihr eine Antwort zu geben. »Irgendetwas geht doch hier vor, oder nicht?«, sagte er nur.

Sie ließ sich seufzend auf ihren Stuhl fallen. »Ich weiß es nicht, Dex. Ich weiß es nicht! Das ist genau das Problem, verstehst du? Wie soll ich als ganz gewöhnlicher Mensch wissen, was bei euch normal ist und was nicht? An meiner alten Schule, meiner *normalen* Schule, war ich Beratungslehrerin, und ich hatte einen sehr guten Ruf. Ich habe oft sehr schnell gespürt, ob ein Kind Probleme hatte, ob es einsam war oder gemobbt wurde oder vielleicht selbst gemobbt hat. Ich war wirklich gut. So habe ich ja auch die Stelle hier bekommen. Aber mit euch ... bin ich ratlos. Ich kann euch unterrichten, sicher, aber oft weiß ich überhaupt nicht, was sich in euren Köpfen abspielt. Darum frage ich dich: Geht hier etwas vor? Stimmt etwas nicht? Oder ist es vielleicht ganz normal, dass ihr ständig diese unglaublichen Dinge macht und dann eben sehr müde werdet? Dazu kommt noch, dass ihr jetzt alle langsam in … in das *gewisse Alter* kommt.«

»Ja, klar!«, erwiderte Dex hastig. »Ich weiß! Aber das ist noch nicht alles. Ich glaube … ich glaube, dass wir irgendwie beeinflusst werden. So was wie ein Test.«

Zu seinem großen Erstaunen nickte sie. »Zweifellos. Deshalb seid ihr ja hier. Darum diese Kernspin-Untersuchungen und die Blutproben. Wir müssen so viel wie möglich über euch in Erfahrung bringen. Schließlich können wir nicht einfach die Hände in den Schoß legen und abwarten, was als Nächstes passieren wird. Wir müssen uns bemühen zu verstehen. Und, Dex, auch, wenn du das Gefühl hast, als würdest du unter einem Mikroskop leben, denk immer daran: Es gibt für dich und euch alle keinen sichereren Ort als Tregarren.«

»Ist das so?«

Sie wartete lange, sehr lange. Dann stand sie auf. »Ich bin hier nicht als Wissenschaftlerin angestellt, Dex, das weißt du. Ich weiß natürlich nicht genau, worum es bei diesen Untersuchungen geht, aber ich bin fest überzeugt davon, dass niemandem ein Schaden zugefügt werden soll. Ich werde mit Mr Hind sprechen. Vielleicht hat er ja eine Erklärung für diesen seltsam benebelten Zustand.« Verblüfft zuckte Dex mit den Augenbrauen. Mrs Dann hatte gerade denselben Begriff gebraucht wie Lisa nach ihrer Ankunft. »Aber in der Zwischenzeit solltest du dir nicht allzu viele Gedanken machen. In ein paar Tagen hat sich das Ganze bestimmt wieder gelegt. Und dir scheint es ja so weit recht gut zu gehen.«

Dex lächelte freudlos. Seine Theorie, warum das so war, behielt er lieber für sich. Er wandte sich zum Gehen, drehte sich jedoch noch einmal kurz um, um der Lehrerin eine letzte Frage zu stellen. »Mrs Dann, essen Sie eigentlich regelmäßig im Speisesaal?«

Sie legte den Kopf zur Seite, fast wie ein Vogel. »Nicht immer. Die meisten von uns haben in ihrer Hütte eine Küche. Manchmal brauchen wir nämlich ein bisschen Abstand von euch. Warum fragst du?«

»Ach, nichts«, erwiderte Dex.

* * *

»Du willst mich wohl verarschen!« Lisa stemmte die Hände in die Hüften und verzog angewidert das Gesicht.

»Ach, jetzt mach doch nicht so ein Drama daraus«, knurrte Dex und ging in die Knie, um das tote Kaninchen in die Hand zu nehmen, eines von dreien, die seit dem frühen Morgen in der kleinen Höhle lagen.

Lisa verschränkte naserümpfend die Arme vor der Brust und blickte sich um. »Aber das hier ist toll«, sagte sie dann und betrachtete die niedrige, wellenförmige Decke der kleinen Höhle, die sich nach hinten immer mehr verjüngte. Der Boden, der voller Kieselsteine, Granitsplitter und alter, glattpolierter Treibholzstücke lag, stieg allmählich an und traf in der hinteren Ecke V-förmig mit der

Decke zusammen. Im Inneren der Höhle war es trocken, aber das Plätschern des Meerwassers war jederzeit deutlich hörbar.

Zur Höhlenöffnung fiel Tageslicht herein, und jetzt kam noch eine zweite Lichtquelle dazu. Dex hatte mit geschickten Handgriffen in einem Steinkreis ein kleines Feuer entzündet. »Die sind aber nicht feucht, oder?«, fragte Lisa, nachdem sie sich endlich entschlossen hatte, neben ihm in die Knie zu gehen. »Du weißt doch, dass Owen uns immer wieder gewarnt hat, auf keinen Fall feuchte Steine für eine Feuerstelle zu nehmen, weil sie explodieren könnten.«

»Ja, ja«, erwiderte Dex gereizt. Er brauchte jetzt unbedingt etwas zu essen. »Die habe ich von ganz oben, wo das Meer nicht mal bei Sturmflut hinreicht. Die sind knochentrocken.«

»Wann hast du die Höhle entdeckt?«

»Im Winter«, erwiderte Dex. »Eigentlich seltsam, dass niemand anders auf die Idee gekommen ist, aber vom Schulgelände aus kann man sie kaum sehen. Ich habe sie als Fuchs entdeckt und mir dann einen Weg gesucht, der auch für Menschen begehbar ist. Nur bei Flut kommt man hier nicht rein. Und jetzt Schluss mit dem Gequatsche.«

Er reichte ihr das Messer, das Owen ihm gegeben hatte. Die scharfe Klinge war auf der einen Seite flach und auf der anderen leicht gewölbt, und daher ideal geeignet, um Haut vom Fleisch zu trennen. Außerdem hatte er sein Taschenmesser dabei, was zwar nicht ganz so gut geeignet war, um

Kaninchen zu häuten, aber es würde gehen. Lisa konnte das bessere Werkzeug gut gebrauchen, schließlich hatte sie es nur ein einziges Mal geübt, und das war im letzten Winter bei Owen gewesen. Es hatte ihr nicht den geringsten Spaß gemacht.

»Das ist eklig«, murrte sie leise.

»Wenn du das nicht kannst, dann mache ich es eben«, erwiderte Dex und musste das Grinsen unterdrücken, als Lisa ruckartig den Kopf hob.

»Natürlich kann ich das! Aber ich muss es ja nicht *gern* machen, oder?« Sie häuteten also gemeinsam die Kaninchen und nahmen sie aus. Das Fell und die Innereien legte sie vor der Höhle unter einen Stein, damit die Seevögel sich später bedienen konnten.

Das Feuer brannte jetzt gleichmäßig, und die Glut hatte eine rötlich-blasse Färbung angenommen. Da Dex Owens Ratschläge genau befolgt und nur trockenes Holz ohne Rinde verwendet hatte, war keinerlei Rauch zu sehen. Schweigend spießten sie die frischen Kadaver auf dünne, grüne Haselstöcke und legten diese auf zwei kräftigere Astgabeln, die sie links und rechts der Feuerstelle in den Boden gerammt hatten. Dann schob Dex ungefähr ein Dutzend Pilze auf einen weiteren Stock, um sie zu grillen, sobald das Fleisch fast gar war.

»Bist du sicher, dass die nicht giftig sind?«, hakte Lisa nach und beäugte die Pilze misstrauisch. Dex zog ein kleines Büchlein mit zahlreichen Eselsohren aus seiner Gesäßtasche. Es war eine kleine Einführung in die Pilzkunde. Er schlug es auf und bat Lisa, die Pilze auf dem Stock mit den Bildern auf der Seite zu vergleichen. Sie schob die Unterlippe vor und nickte. »Okay.«

Das Essen schmeckte nicht schlecht. Das Kaninchenfleisch war zart, wenn auch ungewohnt. Lisa hatte im Winter, während des Überlebenstrainings mit Owen, zum ersten Mal so etwas gekostet, und Dex war beeindruckt, wie viel sie davon essen konnte. Aber sie war eben ein ziemlich praktisch denkender Mensch, und außerdem ausgesprochen dickköpfig. Auch die Pilze aß sie auf, und dann spülten sie das Ganze mit Mineralwasser hinunter, das sie aus einer nahegelegenen Quelle geschöpft hatten.

»Müssen wir das jetzt jeden Tag machen?«, fragte sie und warf einen Blick auf ihre Armbanduhr. Gleich fing der Nachmittagsunterricht an. »Ich meine, das ist ganz schön zeitaufwändig. Es wird auffallen, wenn wir ständig fehlen.«

»Wir halten es zumindest so lange durch, bis wir ein Ergebnis haben«, erwiderte Dex. »Wenn du auch so schlapp und müde wirst wie die anderen, dann wissen wir, dass es nicht am Essen oder am Wasser liegt.«

»Und wenn nicht? Wenn du tatsächlich recht hast mit deiner Vermutung? Wie lange können wir das dann durchhalten?«

»Wenn ich tatsächlich recht habe«, sagte Dex und befühlte den Eulenkastenschlüssel an der Kette, die er seit ein paar Tagen wieder um den Hals trug, »dann müssen wir das nicht länger durchhalten. Dann sehen wir nämlich zu, dass wir von hier verschwinden.«

Kapitel 21

Die Fenster in Dex' Schlafsaal waren komplett erneuert und sämtliche Glassplitter restlos beseitigt worden, aber trotzdem gab es auch in dieser Nacht Grund zur Aufregung. Dieses Mal war das Ganze allerdings deutlich weniger dramatisch: Barry bekam einen unglaublichen Niesanfall.

Dex wurde mitten aus einem lebhaften Traum gerissen, in dem er über die Klippenkante oberhalb der Schule gesprungen war, sich dann mitten in der Luft umgedreht hatte und sanft zu Boden geglitten und vor dem Wohnhaus der Jungen gelandet war. Doch dann hatte Barry mit seinem ewig langen und lauten Geniese alle aufgeweckt und war auf der Suche nach Taschentüchern kreuz und quer durch das Zimmer gestapft.

»Was ist denn *los*?«, ächzte Gideon und knipste seine Nachttischlampe an.

»Haaaa-tschiiii!«, lautete Barrys Antwort. Da kam Luke aus dem Badezimmer geschlurft und drückte ihm eine Klopapierrolle in die Hand. Barry sank auf sein Bett und schnäuzte sich die Nase. Es klang wie ein Nebelhorn. »N-Das sin' meine Allergien!«, stöhnte er durch das Taschentuchknäuel hindurch. »Ich m-bin geg'n irg'nwas allergisch! Wer ha'da was rumgesprühd?«

»Niemand«, erwiderte Gideon. »Wieso sollten wir mitten in der Nacht mit irgendwas rumsprühen?«

»Dann eb'n Kidd'nschlachd!« Barry starrte sie alle der Reihe nach über seine geschwollene Nase hinweg vorwurfsvoll an. Auch seine Augen waren dick geschwollen und voller Tränen. »Ihr wissd genau, dadd ich geg'n Daunen allergisch bin!«

»Nein! Wir haben doch geschlafen!«, sagte Gideon. »Vielleicht liegt ja irgendwas in der Luft. Pollen oder so. Dex hat sein Fenster aufgemacht.«

Dex warf einen Blick nach oben. Er konnte sich zwar nicht daran erinnern, dass er das neue Fenster geöffnet hatte, aber es stand ein ganzes Stück weit offen. Meeresluft wehte herein. Dex setzte sich auf und blickte sich um. Mit einem Mal hatte er ein unheimliches Déjà-vu. Die Meeresluft, die das offene Fenster umspielte ... ihm ins Gesicht wehte ...

»N-Da. Bidde!« Anklagend deutete Barry auf drei kleine, gekrümmte, weiß-gelbe Federn auf dem Fußboden. »Ihr habd eine Kidd'nschlachd gemachd!« Dex hob die Daunen auf und warf sie zum Fenster hinaus, was durch den Wind alles andere als einfach war. »Hörd bloß auf damid!«, knurrte Barry und vergrub sich unter seiner Bettdecke.

»Ach, jetzt mach nicht so'n Drama draus, Barry«, gähnte Gideon und knipste seine Lampe wieder aus. »Schlaf weiter!«

Unter deutlich hörbarem Schniefen und Murren schlief Barry wieder ein. Dex ließ sich auf sein Kissen sinken und versuchte, diesem Déjà-vu-Gefühl, das er gerade gehabt hatte, noch ein wenig auf die Spur zu kommen. Was war das gewesen? Es ließ bereits nach, und er war gerade dabei, wieder einzuschlafen, als ein einziger Gedanke, klar und deutlich, durch seinen Kopf zuckte. Ihre Kissen und Decken bestanden zu hundert Prozent aus synthetischem Material. Ohne eine einzige Daune.

* * *

»Mir geht's gut, mir geht's gu-hut!«, hauchte Lisa Dex ins Ohr, als sie auf dem Weg zum Frühstück an ihm vorbei lief. »Oh, nein!« Sie machte auf dem Absatz kehrt und rannte in die Gegenrichtung davon. »Ich hab sie nicht gesehen! Ich hab sie nicht gesehen!«, hauchte sie dieses Mal und fügte dann mit lauterer Stimme hinzu: »Oh, ich hab was vergessen.«

Dex spähte den Gang entlang und sah Catherine etwas weiter hinten winken und dabei auf und ab hüpfen. »Hallo, Lisa! Hallo!« Sie fuchtelte wie wild mit den Armen. Dex drehte sich um und rannte Lisa hinterher.

»Gehst du etwa jemandem aus dem Weg?«, fragte er sie, als er sie schließlich auf den Stufen vor der Mädchenunterkunft wieder traf. Sie starrte missmutig vor sich hin und wartete, bis Catherine in den Speisesaal gegangen war.

»Na ja – ich hab heute Morgen einfach keine Lust auf das Schmusebärchen«, erwiderte Lisa kurz angebunden.

»Ich dachte, alle mögen Catherine!«, lachte Dex.

»Hey! Na, klar! Sie ist ja auch sooo cool! Sooo süß! Sooo warm und fröööh-lich!« Lisa versuchte sich an einem gedehnten und ziemlich falschen kalifornischen Akzent. »Was soll man daran nicht mögen, stimmt's?« Sie unterbrach sich und stieß erleichtert den Atem aus, als sie sah, dass die Luft rein war. Dann machten sie sich gemeinsam noch einmal auf den Weg zum Frühstück. »Ja, ja, sie ist bestimmt ganz in Ordnung«, murmelte sie dann und warf Dex einen Seitenblick zu. »Aber sie ist immer so … so … so ekelhaft gut drauf! So *nett*. Und ständig fasst sie einen irgendwo an. Sag nicht, dass dir das noch nicht aufgefallen ist! Sie versucht doch auch ständig, *dich* anzugrapschen. Am liebsten würde sie dich zu ihrem kleinen Schoßhündchen machen!«

»Du bist doch nicht etwa eifersüchtig, oder?«, sagte Dex und ließ sich laut prustend vor Lachen zu Boden fallen, noch bevor Lisa ihm eine Kopfnuss verpassen konnte.

»Das hättest du wohl gerne, Jones! Also dann … Cheddar und Cracker? Joghurt? Milch? Iii-bäh. Ich glaube, demnächst werde ich zum Käsekuchen!«

Gerade, als Dex hinter Lisa den Speisesaal betreten wollte, hörte er, wie jemand seinen Namen rief. Er drehte sich um und sah Owen auf sich zukommen. »Dex, hast du mal eine Minute?« Owen lächelte, doch Dex konnte noch etwas anderes in seiner Miene erkennen, und außerdem nahm seine Nase den Geruch großer innerer Anspannung wahr. Er ging seinem väterlichen Freund mit langsamen Schritten entgegen, und sie trafen sich auf dem Rasen beim Springbrunnen. Die Luft, die Owen umgab, wirkte sehr dünn und durchsichtig, aber das Wasser, das in seinem Rücken so anmutig ins Becken plätscherte, dafür umso schärfer. Dex wusste zwar nicht, warum, aber ihm war klar – ob es ihm nun passte oder nicht –, dass ihm etwas Unangenehmes bevorstand.

Owen bedeutete ihm mitzukommen, und sie betraten das Schulgebäude und gingen in Paulina Sartres Büro. Die Schuldirektorin war nicht da, aber Dex sah, wie Mrs Dann an der Ecke des Korridors kurz stehen blieb und ihn mit besorgter Miene ansah. In diesem Augenblick wurde ihm klar, dass sie mit Owen über das, was nun kommen würde, gesprochen haben musste. Owen machte die Tür zu und setzte sich auf die Kante des massiven Eichenschreibtisches. Dann machte er ein Handzeichen, und Dex ließ sich auf dem davor stehenden Ledersofa nieder.

»Dex, was ist eigentlich los mir dir?«, fing Owen an, direkt und ohne Umschweife, aber mit einem Unterton, den Dex nicht recht einordnen konnte. War es Verletztheit? Enttäuschung?

Dex blieb stumm und sah Owen lediglich mit zusammengekniffenen Augen an, versuchte, hinter seine Fassade zu dringen.

»Lass das«, sagte Owen irgendwann. »Du brauchst nicht in meinem Kopf herumzuwühlen. Frag mich einfach! Sind wir im letzten Jahr nicht gute Freunde geworden? Vertraust du mir etwa nicht? Was habe ich getan, dass du dich so abweisend verhältst?«

Dex hatte ein schlechtes Gewissen. Nichts. Owen hatte nicht das Geringste getan.

»Gar nichts«, murmelte er und starrte dabei auf seine Hände. »Ich vertraue dir. Selbstverständlich vertraue ich dir.«

»Tja, nun, wir hatten ja schon einmal solche Probleme, nicht wahr?«, sagte Owen. Er blickte zu Boden, und Dex wusste, dass er an das vergangene Jahr dachte, an die grässlichen Minuten im Büro des alten Schuldirektors. Damals hatte er Dex beinahe bewusstlos geprügelt und war allem Anschein nach wild entschlossen gewesen, ihn umzubringen. Doch das war nur ein Trick gewesen, um Patrick Wood von seinem mörderischen Vorhaben abzubringen. Trotzdem hatte sein scheinbarer Verrat Dex beinahe alle Hoffnung und das Leben gekostet.

»Also ...«, fuhr Owen fort. »Irgendetwas geht hier vor sich ... etwas Gewichtiges ... aber du verschweigst es mir.«

Dex hielt keine Sekunde länger mehr zurück, was er zu sagen hatte. Jetzt war der Zeitpunkt gekommen. »Ich glaube, die Schule manipuliert unser Essen und Trinken, um festzustellen, welche Auswirkungen das auf uns hat. Ich glaube, das ist der Grund dafür, dass alle so abgestumpft und müde sind. Aber mir gefällt das nicht. Ich habe keine Ahnung, ob du überhaupt davon weißt, und wenn du es weißt und mir trotzdem nichts davon gesagt hast, dann weiß ich nicht, ob ich .... also ... ob ich ...« Dex merkte, wie seine Gefühle ihm die Kehle zuschnürten. Er machte die Augen zu und atmete langsam ein und aus, versuchte, die Beherrschung zu bewahren. Er wollte Owen nicht ins Gesicht sehen, denn er hatte Angst.

Stille legte sich über den Raum. Dann hörte er Owen aufstehen und auf und ab gehen, und als er endlich wagte, den Blick zu heben, da hatte sein Gegenüber die Arme vor der Brust verschränkt und so, wie er es immer tat, die Hände unter die Achseln geschoben. Seine Lippen waren zu einem schmalen Strich zusammengepresst, und er warf Dex einen Blick zu, in dem eine Mischung aus Wut und Faszination lag.

»Du hast dich ein bisschen von mir abgekehrt, Dex, nicht wahr?«, sagte er, ohne sein etwas geistesabwesendes Auf und Ab zu unterbrechen. Dex schluckte und sagte nichts. »Du warst Jagen, habe ich recht?«

Dex senkte den Blick auf seine Zehenspitzen und nickte. Er wusste nicht, ob er nun beschämt oder stolz sein sollte.

»Aber anstatt zu mir zu kommen und mit mir über deine Befürchtungen zu sprechen, so wie du es im vergangenen Trimester gemacht hättest, sagst du einfach gar nichts und verwandelst dich stattdessen in einer Tour, ziehst dich immer weiter zurück. Der animalische Instinkt, was, Dex? Hat der dich überkommen, als du die Taube oder das Kaninchen oder was auch immer es war, gerissen hast, kurz bevor ich dich mit Blut im Haar gesehen habe?«

Dex starrte ihn an, regungslos, voller Angst. Er konnte beim besten Willen nicht erkennen, was Owen gerade durch den Kopf ging, dazu war er viel zu aufgeregt. Was dachte Owen von ihm? Dass er zu weit gegangen war?

Owen ging um den Schreibtisch herum und hieb dann mit beiden Händen kraftvoll auf die Tischplatte, so dass

Dex vor Schreck zusammenzuckte. »Und was sagen deine Fuchsinstinkte dir jetzt, Dex? Was glaubst du, was ich bin? Freund oder Feind?«

Dex' Kehle war mit einem Mal vollkommen ausgedörrt. Er machte die Augen zu. Owen sagte kein Wort mehr, aber Dex hörte, wie er sich auf den ledernen Schreibtischstuhl fallen ließ. Dann wurde der Telefonhörer abgenommen, und Owen tippte rasch eine Nummer ein. Mit seinen scharfen Ohren nahm Dex den Klingelton am anderen Ende der Leitung wahr und anschließend eine tonlose, knurrige Stimme. »Chambers.«

»Hier Spezialagent Hind«, sagte Owen, und Dex riss die Augen weit auf. Noch nie zuvor hatte Owen sich in seinem Beisein so genannt. Nach einer kurzen Bestätigung kam Owen ohne Umschweife zu seiner Frage. »Chambers ... die Versuche mit den COLAs – gibt es da schon Ergebnisse?«

Dex merkte, wie ihm der Unterkiefer herunterklappte. Sie machten also *doch* Versuche! Owen hatte es gerade zugegeben! »Okay, Phase drei. Gibt es da schon etwas? Drosseln wir weiter alle stimulierenden Mittel? Gibt es schon Pläne, die Menge wieder zu erhöhen? Ja. Nein. Bis jetzt gibt es nichts zu berichten, aber ich melde mich vielleicht gegen Ende der Woche noch mal. Nein ... nein, alles bestens. Sie wissen doch, wie gerne ich am Meer bin!« Und dann lachte er laut – *Er lachte!* – und legte wieder auf.

Dex konnte nicht anders, als ihn ununterbrochen anzustarren. Owen lächelte ihn an, verschränkte die Arme vor der Brust, schob die Hände in die Achselhöhlen und seufzte reumütig. »Dex, du hast recht. Wir haben tatsächlich euer Essen manipuliert. Wir haben euch alle anregenden Stoffe wie zum Beispiel Koffein oder raffinierten Zucker weitgehend entzogen und stattdessen Vitamine, Zink, Calcium und Lebertran hinzugefügt.«

* * *

»Dämlich? Wieso solltest du dir dämlich vorkommen?« Lisa blieb stehen (was sie nur äußerst selten machte, bevor sie sämtliche geplanten Runden um den Sportplatz gedreht hatte) und wandte sich zu Dex um, der sich redlich bemüht hatte, mit ihr Schritt zu halten. Er wollte vernünftig mit ihr reden, und das ging nicht, wenn er in Fuchsgestalt war.

Dex zuckte mit den Schultern. »Ich hätte von Anfang an mit ihm reden sollen.«

»Dex, ist es dir eigentlich jemals in den Sinn gekommen, dass der große und gütige Owen Hind nicht über alles Bescheid weiß, was hier vor sich geht?« Lisa bückte sich, um die Schnürsenkel ihres linken Laufschuhs zu binden. »Und außerdem ergibt das keinen Sinn! Wenn es nämlich nicht am Essen oder am Wasser liegt, woran liegt es dann? Hat Owen sich dazu irgendwie geäußert?«

»Ich habe ihn nicht gefragt«, gestand Dex kleinlaut und scharrte mit den Sohlen über den Rasen. Es war Samstag, und die beiden Fußballmannschaften des Tregarren College – die Tigers und die Terrors – trugen auf dem Sportplatz ein »Freundschaftsspiel« aus. Auch, wenn Gideon und Spook – sie waren in unterschiedlichen Teams – sich gerade alles andere als freundlich anbrüllten. »Vielleicht habe ich mir das alles ja nur eingebildet. Vielleicht … vielleicht hat es was mit meinen Panikattacken zu tun.«

»Panikattacken?« Lisa sah ihn verwirrt an. »Was denn für Panikattacken?«

Da erst wurde Dex klar, dass sie davon noch gar nichts wusste. Mit zerknirschter Miene berichtete er ihr von seinem Erlebnis in dem Kernspintomographen und von seiner Begegnung mit dem Jagdhund hier auf dem Sportplatz. Er lief dabei knallrot an vor Scham und fragte sich, ob sie wohl gleich anfangen würde zu lachen. Lisa war nicht gerade für ihre übergroße Sensibilität bekannt. Doch sie lachte nicht. Sie hob lediglich den Blick zum Himmel und schüttelte den Kopf, während ihr blonder Pferdeschwanz im Zickzack durch die Luft hüpfte.

»Hast du sie eigentlich noch alle, Dex? *Natürlich* hast du Panikattacken! Dir ist doch klar, dass ich die meiste Zeit, als das passiert ist, in deinem Kopf gewesen bin, oder? Und sogar ich hatte eine Panikattacke, und zwar die ganze Zeit über! Du hättest mal *meinen* Zustand sehen sollen! Hör zu – damals war damals und jetzt ist jetzt. Du hast recht. Die Leute hier benehmen sich äußerst merkwürdig, und das hat nichts mit dem Durcheinander in deinem Kopf zu tun!«

Dex blickte auf den Fußballplatz und fuhr sich geistesabwesend über die Haare. »Und was ist mit denen da? Die machen doch alle einen halbwegs normalen Eindruck, oder nicht?«

»Ssssicher!«, zischte Lisa. »Aber beim Mittagessen liegen sie dann wieder mit dem Gesicht im Suppenteller! Das weißt du doch! Apropos – was essen *wir* eigentlich heute?«

»Soll das heißen, dass du immer noch das Selbsterlegte vorziehst?«, fragte Dex.

»Und ob! Schließlich bin ich Owen nicht so hoffnungslos verfallen, dass ich einfach nur lächle, zu allem Ja und Amen sage und mich mit irgendwelchen zwielichtigen Pasteten abfüllen lasse. Im Moment geht es mir prima, und ich will, dass das so bleibt – so lange, bis ich mir sicher sein kann. Also, was hast du anzubieten?«

Dex fühlte sich sofort ein wenig besser. »Taube? Eichhörnchen?« Ihr angewiderter Blick sagte mehr als tausend Worte. »Also gut, dann gibt es eben wieder armes, niedliches Kaninchen.«

Eine Stunde später trafen sie sich in der Höhle. Dex war in Fuchsgestalt erschienen und hielt zwei schlaffe Kaninchen in seinem blutverschmierten Maul. Lisa presste die Lippen aufeinander und atmete hörbar ein. »Was ... was ist das für ein Gefühl?«, erkundigte sie sich schließlich. Dex trat von einem Bein auf das andere und versuchte es ihr zu erklären. Dabei kam er sich ein bisschen so vor, als würde er Gideon verraten. Eigentlich hätte er das alles als Erster erfahren müssen, aber er saß jetzt ja beim Mittagessen, zusammen mit Luke und Catherine, vielleicht auch mit Mia und Barry. Wahrscheinlich war ihm noch nicht einmal aufgefallen, dass Dex gar nicht dabei war.

»Es geht sehr schnell«, sagte er. »Nicht langsam und qualvoll. Sehr plötzlich und quasi schmerzfrei.«

»Du musst mich nicht extra schonen«, sagte Lisa und machte sich daran, die Tiere zu häuten. Dieses Mal ließ sie keinerlei Abscheu mehr erkennen. »Wie fühlt es sich an, in dir drin?«

Dex überlegte. »Mächtig, irgendwie … wie ein Drang … so wie dein Bedürfnis zu laufen vielleicht. Oder so, wie manche Leute unbedingt klettern oder schwimmen müssen. Sehr körperlich. Aufregend. Aber sehr, sehr intensiv. Alles andere wird unwichtig, und mein ganzes Selbst ist – hochkonzentriert, ganz auf das eine Ziel ausgerichtet, wie ein Pfeil. Wenn ich vergesse, dass ich auch ein Mensch bin, dann ist es der Hammer. Nichts als der reine Instinkt. Aber wenn ich an meine menschliche Seite denke – das ist mir schon ein paarmal passiert –, dann ist es auch irgendwie schrecklich. Wie in meinem ganz privaten Horrorfilm. Wenn auch nicht besonders lange. Es geht … wie gesagt … es geht immer sehr schnell. Ich würde es auch nicht tun, wenn wir es nicht müssten. Also, nur zum Spaß – auf keinen Fall.«

Lisa sah ihn ein wenig zweifelnd an. »Ziemlich praktisch«, sagte sie. »Der Wolfsjunge ist stolz auf dich.«

Dex ließ sich auf den Boden fallen. »Hat er sich etwa wieder gemeldet?«

Lisa nickte und löste dabei das Fleisch von der mit bläulichen Adern durchzogenen Haut- und Fellschicht. »Stocher mal ein bisschen im Feuer.«

»Er hat sich gemeldet. Wieso hast du mir nichts davon gesagt?«

Lisa warf ihm einen durchdringenden Blick zu. »Jetzt mach dir mal nicht ins Hemd! Im Moment meldet er sich ständig, aber dann ist er auch wieder weg. So wie alle anderen auch.«

Dex ließ seiner Enttäuschung freien Lauf. »Also, findest du nicht, dass das vielleicht wichtig sein könnte? Mal ganz ehrlich, Lisa!«

»Er hat ja gar nichts Neues gesagt«, erwiderte sie abwehrend. »Da kommt immer nur das Gleiche ... du weißt schon ... ›Finger von dem Dritten‹ und ›Vertrau auf deine Schwingen‹ und das mit dem buschigen, grünen Zeug und so weiter. Ich dachte, das muss ich dir nicht alle fünf Minuten wieder um die Ohren hauen. Ich bin schließlich nicht der Anrufbeantworter des Jenseits, kapiert?«

Dex nahm Lisa das gehäutete Kaninchen aus der Hand, legte es auf die Astgabel über dem Feuer und packte sie anschließend an den Schultern. »Jetzt halt mal die Klappe und *hör mir zu!*« Sie sah ihn verdattert an. »Du hast gerade was gesagt, was ich zum allerersten Mal gehört habe. Das mit dem buschigen, grünen Zeug. Lisa! Was teilt er dir mit? Was zeigt er dir?«

Wenigstens setzte Lisa eine leicht schuldbewusste Miene auf. »Tut mir leid – ich dachte, das hätte ich dir schon gesagt!« Er schüttelte den Kopf und starrte sie an. »Also, na ja … er zeigt mir immer wieder dieses Zeug. Es ist so eine Art Pflanze – buschig und grün und irgendwie rundlich.«

»Wo ist das? Wo?«

»Ich weiß es nicht … irgendwo oberhalb, in einem Baum oder so.«

»*SIEH NACH!*«

»Also gut, also gut!« Sie machte die Augen zu und legte die Stirn in Falten. »Ja, eindeutig in einem Baum.«

Dex musste sofort an die Nacht denken, als er im Wald gewesen war, die Nacht, in der ihm der Wolf erschienen war und ihn zu dem Apfelbaum geführt hatte. »Okay, okay«, sagte er, fuchtelte mit den Händen in der Luft herum und überlegte. »Was könnte das für eine Pflanze sein, kugelförmig und hoch oben in einem Baum?«

»Klingt irgendwie nach Mistel, finde ich«, sagte Lisa und schlug die Augen wieder auf.

»Mistel?«

»Ja. Du weißt doch, diese Zweige, wo die Leute sich an Weihnachten drunter stellen und sich dann küssen. Unser Gärtner baut das richtig an, für Partys und so. Grässliche Sitte.«

»Und das wächst auf Bäumen?«

»Ja, genau. Das ist ein Parasit. Er wird durch Vögel oder zum Beispiel durch unseren Gärtner verbreitet, und wenn er sich in der Rinde eines Baumes einnistet, fängt er an zu wachsen, schließt sich an die Lebensadern des Baumes an und entzieht ihm dadurch Energie. Also, genau genommen handelt es sich um einen Halb-Parasiten, weil er die

Photosynthese nämlich selbst durchführt … das haben wir in meiner letzten Schule in Biologie durchgenommen. Ich glaube …«

»STOPP!« Dex erhob sich und fing an, das Feuer zu umrunden. »Moment mal! Was hast du da gerade gesagt, das mit den Lebensadern und so?«

Lisa legte die Stirn in Falten und wiederholte: »Die Pflanze entzieht dem Baum Energie. Sie ist schließlich ein Parasit. Parasiten ernähren sich von anderen Lebewesen. Obwohl, die Mistel ist eigentlich ganz hübsch. Allerdings hochgiftig, also niemals etwas davon essen.«

»Und … lass die Finger von dem Dritten.« Dex ließ sich zu Boden sinken. Er hatte das Gefühl, als würde die Erde sich plötzlich langsamer drehen. Ein dumpfes Brummen legte sich wie Wasser über seine Ohren. *Gewissheit* hüllte ihn ein.

»Lass die Finger von dem Dritten«, flüsterte er. Lisa starrte ihn an, ohne zu merken, dass das Kaninchen über dem Feuer langsam verkohlte.

»Was denn? Was?«

Dex legte die Fingerspitzen aneinander und drückte sie einen Augenblick lang auf seinen Mund. Dann blickte er Lisa an. »Catherine ist der Dritte.«

»Dex – was soll das denn heißen?«

»Lisa«, sagte er bedächtig. »Bitte, denk nach, ganz sorgfältig. Wie *fühlst* du dich in Catherines Gegenwart – ganz ehrlich?«

Lisa kniff die Augen zusammen und starrte ihn an.

»Catherine? Ich weiß auch nicht. Genervt. Sie ist so süß und so anhänglich und schmusig. Ich finde sie vor allem … ich weiß auch nicht – ermüdend.«

»Ermüdend?«

»Ja, genau. Und dann dieses ständige ›Oh, es muss so *toll* sein, wenn man so ist wie du! Du hast so *unglaubliche* Gaben!‹« Wieder äffte Lisa Catherines überschwänglichen kalifornischen Akzent nach. »Und immer kommt dann so was wie ›Ich wünschte, ich könnte wenigstens ein kleines bisschen so sein wie du!‹ Da wird mir jedes Mal schlecht, wenn ich ganz ehrlich sein soll.«

Dex stieß ein wildes Gelächter aus. »Das ist es! Genau das ist es! Sie ist eine Mistel! Er hat recht!«

»Was redest du denn da?«

»Denk doch mal nach!« Dex packte Lisa an den Handgelenken. »Jedes Mal, wenn sie in deiner Nähe ist, nimmt sie deine Hand oder legt dir den Arm um die Schultern oder irgend so was, stimmt's?«

Lisa verzog das Gesicht »Nur, wenn ich nicht rechtzeitig wegkomme.«

»Und bei allen anderen macht sie es genauso. Also, bei den anderen Schülern. Nur nicht bei Luke. Luke ist ihr vollkommen egal. Findest du das nicht sehr seltsam? Immerhin ist Luke ihr Bruder! Aber sie hängt sich immer nur an Gideon, fast wie ein Hautausschlag. Warum? Woran liegt das?«

Lisas Lippen formten ein »O«. Mit einem Mal hatte sie es begriffen. »Luke besitzt keine Kräfte!«

Dex nickte eifrig. »Verstehst du? Keine Kräfte. Kein Grund. Und wenn sie weg ist, sind alle anderen total erschöpft! Schlapp. Ohne Energie. So, wie sie jetzt alle durchhängen. Alle, *bis auf Catherine!* Catherine ist das blühende Leben. Sie saugt alle anderen aus!«

Lisa starrte ihn an. Als sie die Bedeutung seiner Worte schließlich voll und ganz erfasst hatte, ließ sie den Blick sinken. »Ein bisschen was von dem, was *ich* habe. Sie hat versucht, mich auszusaugen! Dieser Parasit!«

»Hör zu! Seit du wieder da bist, bist du ihr immer aus dem Weg gegangen, stimmt's? Heute Morgen, gestern … du warst eine ganze Woche weg, und seither hat sie dich kein einziges Mal angefasst. Mich auch nicht! Ich hatte einfach keine Gelegenheit, viel Zeit mit den Drillingen zu verbringen, weil ich ständig etwas zu essen jagen muss oder versucht habe, dich zu treffen! Und wir zwei sind ja nicht schlapp, oder?«

Jetzt ging auch Lisa aufgeregt auf und ab. »Das klingt logisch. Weißt du noch, als sie diese merkwürdige Selbstheilung veranstaltet hat, oben im Wald? Die Kraft hat sie sich einfach von Mia geholt. Und beim Essen macht sie ständig so kleine Telekinetiker-Tricks, während sie sich gleichzeitig an Gideon kuschelt.« Lisa schauderte sichtbar. »Kein Wunder kümmert er sich nicht mehr um dich! Sie hat ihm ja jedes bisschen Kraft geraubt. Diese hinterlistige, widerliche, kleine Zecke!« Lisa lief zum Höhleneingang. »Na warte. Der gebe ich jetzt mal eine Kleinigkeit von MIR auf die Ohren!«

Doch Dex versperrte ihr den Weg. »NEIN! Nicht, Lisa – das darfst du nicht.«

»Oh, und ob ich das darf!« Lisa tänzelte umher wie ein Boxer im Ring. Noch nie hatte Dex sie so wütend erlebt. »Denk an Mia! Du weißt, wie empfindsam sie ist! Du weißt, dass wir sie beschützen müssen! Catherine saugt auch ihr alle Energie ab, und zwar nur zum Spaß!«

»Lisa! HINSETZEN!«

Dex musste lauter gebrüllt haben, als er gedacht hatte, denn Lisa wurde blass und ließ sich sofort zu Boden sinken. »Du hast plötzlich so seltsam geguckt«, murmelte sie leise.

Dex holte tief Luft. Auch er zitterte am ganzen Körper, und er hätte wirklich nichts lieber getan, als mit Lisa zusammen ins Internat zu laufen und den Parasiten aus ihrer Mitte zu entfernen. Aber er war noch bei klarem Verstand. »Ganz abgesehen davon, dass du ihr dann jede Menge Energie anbieten würdest – und zwar inklusive Strohhalm zum bequemen Absaugen – müssen wir auch an Gideon denken. Sie ist schließlich seine Schwester, und vielleicht weiß sie nicht einmal, was sie da tut.«

»Oh, sie weiß es!«, erwiderte Lisa und nickte mit dem Kopf. Dex sah das genauso.

»Wir müssen ihr aber zumindest eine Chance geben. Ich rede mit ihr. Vielleicht können wir sie ja aufhalten, ohne dass etwas Ernsthaftes passiert.«

Lisa holte einmal tief Luft und stieß den Atem dann wieder aus, streckte mehrfach die Finger aus, nur um sie kurz darauf wieder zu Fäusten zu ballen. »Also gut«, sagte sie, schon etwas ruhiger. »Tu, was du für richtig hältst, Dex. Für Gideon. Aber wenn sie wieder anfängt, dann kriegt sie von mir was verpasst, was sie nicht so schnell wieder vergisst. Fingerknöchel.«

Dex musste lachen. In gewisser Weise war das alles eine Erleichterung. *Endlich* ergab das Ganze einen Sinn. Das mit dem »Auf die Schwingen vertrauen« war zwar immer noch unklar, aber alles andere ... Dex spürte, wie sich eine Last von seinen Schultern hob, und weil er sich so sehr danach sehnte, beschloss er, dass alles andere zunächst einmal nicht so wichtig war.

Der Wolf in Lisas Gedankenwelt stieß ein lautes Klagegeheul aus, aber sie war so voller Empörung und Wut, dass sie es nicht bemerkte.

Kapitel 22

Catherine saß zusammen mit Spook auf dem Rand des Springbrunnens im Innenhof und übte ein paar Tricks. Spook bereitete es sichtlich großes Vergnügen, den Lehrmeister zu spielen. Auch, wenn Dex nicht erkennen konnte, welche Illusionen sie da gerade herbeizauberten, er sah zumindest, dass die Luft vibrierte und wusste also, dass Catherine etwas zustandebrachte. Spook neigte sein kupferrotes Haupt wie ein geduldiger, alter Weiser, und dann sprang Catherine auf und klatschte vor Vergnügen in die Hände.

»War ich gut, Spook? War ich gut?«, stieß sie atemlos hervor, und als er nachsichtig nickte, schlang sie ihm die Arme um den Hals und umarmte ihn mit aller Kraft. Spook sah unglaublich selbstgefällig aus, aber als Catherine sich wieder von ihm löste und er die Arme hob, um ihr noch einen Trick zu zeigen, da konnte Dex eindeutig erkennen, dass er zitterte. Wie schnell würde das arrogante Grinsen wohl aus Spooks Gesicht verschwinden, wenn er erfuhr, was Catherine ihm mit dieser freundschaftlichen Umarmung angetan hatte?

»Catherine«, rief Dex, und sie erstarrte, noch bevor sie sich zu ihm umdrehte. Vielleicht hatte sie bereits an seinem Tonfall gemerkt, was er von ihr wollte (schließlich hat sie ja auch die Hellseher angezapft, dachte Dex).

»Hey! Dex Jones! Machst du mir jetzt endlich mal den

Fuchs?« Sie strahlte ihn an, während Spook die Lippen kräuselte.

»Hast du etwa dein Territorium markiert, du Promenadenmischung?«, schnarrte er. »Oder wieso stinkt es hier plötzlich?«

Dex beachtete ihn nicht. »Ich muss mit dir reden, Catherine«, sagte er eindringlich. »Alleine.«

»Oh, es wird todernst!«, neckte sie ihn und zog eine übertrieben niedergeschlagene Miene, bevor sie sich noch einmal zu Spook umwandte. »Vielen Dank, Herr Lehrer! Ich muss jetzt gehen.« Sie wollte ihn zum Abschied umarmen. Ohne zu wissen, wieso (schließlich ging es ja um *Spook*) rief Dex: »Nein! Lass das! Sofort!«

Spook war so verdutzt, dass ihm nicht einmal ein spöttischer Spruch einfiel, und Catherine ließ ruckartig die Arme sinken. Sie starrte Dex durchdringend und ohne jede Andeutung eines Lächelns an. Um genau zu sein, er meinte sogar, einen entfernten Angstgeruch wahrzunehmen.

»Wir müssen reden, und zwar sofort«, sagte Dex leiser als zuvor und wandte sich um. Er wusste, dass sie ihm nachkommen würde. Sie gingen bis zum oberen Ende des Schulgeländes, wo ein paar zarte Hecken sie vor Blicken schützten. Dahinter führte ein sanft geneigter, felsiger Abhang bis zum Meer hinunter. Sobald Dex sicher war, dass niemand sie hören konnte, drehte er sich zu Catherine um.

»Ich weiß jetzt, was du machst.«

Ihre hübschen, grünen Augen wurden größer, und sie neigte den Kopf zur Seite. »Was meinst du denn?«

»Deine COLA-Gabe«, entgegnete Dex. »Wenn man es überhaupt eine Gabe nennen kann. Ich weiß, was es ist.«

Sie richtete sich auf und reckte das Kinn in die Höhe. »Und, was ist es?«

»Du saugst die Kräfte der anderen COLAs ab.« Sie starrte ihn versteinert an. »Nicht wahr?«

Etliche Sekunden lang stand sie regungslos da und sagte keinen Ton. Dann ließ sie sich auf die Grasbüschel, die auf dem Abhang wuchsen, sinken, schlang die Arme um die Knie und blickte aufs Meer hinaus.

»Du hast recht. Genau das ist es. Ich bin ... ich bin so was wie ... eine Borgerin.«

»Eine Borgerin?« Dex' Stimme war voller Hohn. »Vielleicht, aber nur, wenn du zuerst gefragt hättest. Und ich kann mich nicht erinnern, dass du das jemals getan hast.«

»Hör zu, Dex, du brauchst dir keine Sorgen zu machen«, sagte sie leichthin. »Bei dir scheint es sowieso nicht zu funktionieren. Obwohl ich es gerne noch ein bisschen intensiver ausprobieren würde.« Bei diesen Worten streckte sie die Hand nach ihm aus, als wäre er ihr bester Freund. »Ach, komm schon. Ich tu dir doch nichts!«

Er wich empört zurück. »Mir vielleicht nicht, aber den anderen sehr wohl, Catherine. Du machst sie schwächer. Das muss dir doch klar sein. Du kuschelst dich an sie und saugst ihnen das Leben aus dem Leib. Oder willst du behaupten, dass du das nicht weißt?«

Catherine verzog bedauernd den Mund und zuckte mit den Schultern. »Es hält ja nicht an. Sie erholen sich jedes

Mal wieder. Ich borge mir nur was von ihnen. Ich wünschte, es wäre dauerhaft. Stell dir doch bloß mal vor, wie viel Macht ich dann hätte.«

Dex starrte sie voller Verachtung an. »Und was würde dann aus den anderen? Die würden mit dem Gesicht nach unten im Meer treiben«, murmelte er. Später würde er sich von ganzem Herzen wünschen, dass er diesen Satz nie ausgesprochen hätte.

Mit einem Mal wandte Catherine sich zu ihm um. Ihre Lippen zitterten, und dann schlug sie die Hände vors Gesicht. »Bitte, verrat mich nicht, Dex!«, stieß sie unter ersticktem Schluchzen hervor. »Bitte! Die Leute würden mich hassen, und das könnte ich nicht ertragen. Gideon … er würde sich wünschen, dass er mich nie gefunden hätte.«

Dex betrachtete sie abschätzend. »Ich gebe dir eine einzige Chance. Ich will, dass alle bis zum Ende der Woche wieder ganz normal sind. Du lässt die Finger von ihnen. Hast du das kapiert?«

Sie biss sich auf die Lippe und nickte.

»Dann sage ich es nicht weiter. Nicht einmal Gideon. Versprichst du das?«

»Habe ich eine andere Wahl?« Sie schniefte. »Du hast gewonnen, Dex Jones.« Und dann stand sie auf und stapfte davon, ganz so, als wäre es ihr voller Ernst.

* * *

Beim Abendessen ließ Catherine sich heute nicht blicken, genauso wenig wie später im Gemeinschaftsraum. Dex hatte sich auf das Sofa vor den offenen Kamin gesetzt, und Lisa ließ sich, wie üblich, neben ihn plumpsen.

»Sie liegt im Bett«, sagte sie leise. »Angeblich hat sie das Gefühl, dass sie krank wird, aber sie will sich nicht von Mia behandeln lassen.«

»Gut«, meinte Dex.

»Hmmm«, erwiderte Lisa.

»Was denn?«

»Es kommt mir fast ein bisschen zu einfach vor. Dir nicht?«

Dex seufzte. »Es muss ja nicht immer alles kompliziert sein. Es kommt ja durchaus vor, dass auch mal was problemlos funktioniert oder nicht?«

Lisa spitzte die Lippen und starrte in das Feuer. »Ich traue ihr jedenfalls keine fünf Zentimeter über den Weg. Ich finde, du solltest es Owen erzählen.«

Doch Dex schüttelte den Kopf, obwohl er nach der Szene in Paulina Sartres Büro nichts lieber getan hätte, als Owen alles zu berichten. Aber er hatte Catherine sein Wort gegeben. »Wir haben es ihr versprochen. Wir sagen es Owen nur dann, wenn sie noch einmal irgendwas versucht. Außerdem kann sie doch gar nicht durch und durch böse sein. Immerhin ist sie Gideons Schwester. Mir ist schon klar, dass du sehr misstrauisch bist, aber du bist eben immer noch sauer auf sie, und außerdem konntest du sie von Anfang an nicht leiden. Mal ehrlich, wäre es dir nicht sogar ganz recht, wenn unser Verdacht sich bewahrheiten würde?«

Lisa durchbohrte ihn mit kalten Blicken. »Was soll *das* denn schon wieder heißen?«

Dex trat unsicher von einem Bein auf das andere und vergrub die Hände in den Hosentaschen. »Na ja ... sie ist, ähm, also ... hübsch, und sie hat echt coole Klamotten und ...«

»Du glaubst, dass ich *eifersüchtig* bin?« Lisa war empört, und für einen kurzen Augenblick hatte Dex die Befürchtung, dass sie sich gleich auf ihn stürzen würde. Doch dann beließ sie es bei einem finsteren Blick und stürmte nach draußen.

Aber nicht einmal der Streit mit Lisa konnte Dex' Freude darüber trüben, dass Gideon langsam wieder er selbst wurde. Catherine hielt sich an ihre Zusage. Sie ließ sich in den ersten Tagen kaum sehen, angeblich, weil sie von irgendeinem Virus geschwächt war. Und danach behielt sie ihre freundliche, offene Art zwar bei, stellte jedoch jeden körperlichen Kontakt ein. Ein- oder zweimal während der Mahlzeiten registrierte Dex sogar, wie sie sich bewusst von irgendwelchen Leuten zurückzog. Als sie merkte, dass er sie beobachtete, reagierte sie mit einem kühlen, starren Blick. Er nickte ihr kaum sichtbar zu und war beeindruckt, dass sie sich so diszipliniert an ihre Zusage hielt.

Allmählich kehrte die Fröhlichkeit nach Tregarren zurück. Beim Essen hallten laute Stimmen, Lachen und Geschrei von den Wänden des Speisesaals wider, und Mrs Dann musste ihre Schüler mindestens zweimal pro

Tag verwarnen. Auch sie machte wieder einen sehr viel zufriedeneren Eindruck. Gideon hatte nichts als Unfug im Kopf und war pausenlos damit beschäftigt, den großen Fernseher im Aufenthaltsraum durch die Luft schweben zu lassen, ohne sich um die Beschwerden der anderen irgendwie zu kümmern.

Erleichtert nahmen auch Lisa und Dex wieder an den gemeinsamen Mahlzeiten teil. »Klar, frisch gegrilltes Wild war auch nicht schlecht«, sagte Lisa, nachdem sie wieder aus ihrer Schmollecke gekommen war. »Aber dieser Launceston Pie hier! Der hat mir echt gefehlt. Ach, übrigens ...« Sie beugte sich dicht zu ihm, während sie an der Essensausgabe anstanden. »Ich habe gehört, dass Catherines Werte in Entwicklung rapide in den Keller gegangen sind.« Dex lächelte und nickte erleichtert.

* * *

»Hey, Dexi-Hexi! Kommst du mit? Schokoladen-Nachschub besorgen?«, brüllte Gideon am Samstagmorgen in aller Frühe. Er ließ ein Kissen quer durch das Zimmer schweben und auf Dex' Kopf fallen, um ihn aufzuwecken. Dex war so erleichtert darüber, dass Gideon noch vor ihm wach war, dass er beinahe angefangen hätte zu weinen.

Der Weg ins Dorf führte durch den Wald, und die Maisonne wärmte ihnen den Rücken. Dex holte tief Luft, und dann erzählte er seinem Freund von seinen Jagderlebnissen. Gideon riss die Augen weit auf.

»Du hast tatsächlich ein Kaninchen gegessen? Roh?«

»Na ja, paniert war es jedenfalls nicht.«

Gideon starrte ihn bewundernd an. »Das musst du unbedingt noch mal machen, wenn ich dabei bin!«, stieß er hervor und lief vor Aufregung hellrot an.

»Solange du hinter mir her trampelst, werde ich wohl kaum was fangen!«, lachte Dex.

Gideon grinste fröhlich und sagte dann mit etwas mehr Ernst: »Tut mir leid, dass ich dich in letzter Zeit ein bisschen vernachlässigt habe, Kumpel. Ich schätze mal, diese ganze Drillings-Wiedervereinigungs-Kiste hat mich ziemlich durcheinandergebracht.«

Dex nickte. »Ist ja auch kein Wunder. Ich an deiner Stelle wäre auch ziemlich ausgeflippt.«

»Aber jetzt geht es mir wieder ganz gut«, fuhr Gideon fort, »und ich glaube, Cath und Luke auch. Cath hat sich ein bisschen beruhigt. Ich schätze mal, sie hat eine beste Freundin oder so gefunden, jedenfalls bekomme ich sie in letzter Zeit viel seltener zu sehen.«

»Sehr gut«, erwiderte Dex mit ein klein wenig zu viel Begeisterung, so dass Gideon ihm einen erstaunten Blick zuwarf. »Nein ... ich meine ... sehr gut für sie, dass sie ... also ... dass sie jemanden gefunden hat, mit dem sie über Mädchenzeugs und so reden kann«, fügte er hastig hinzu.

Da ertönte plötzlich in ihrem Rücken eine vertraute Stimme mit französischem Akzent, und sie schraken beide zusammen. »Gideon Reader! Du hast außerhalb des Entwicklungsunterrichts die Gesetze der Schwerkraft manipuliert! Dein Wochenendausgang wird hiermit gestrichen!« Erschrocken sahen Dex und Gideon sich um. Wo hatte die Schuldirektorin sich denn versteckt? Gideon machte ein bedröppeltes Gesicht.

»Ich habe den Fernseher doch bloß ein paar Zentimeter angehoben!«, stieß er hervor und schluckte.

Da ertönte zu ihrer Linken ein ersticktes gurgelndes Geräusch, gefolgt von lautem Gelächter, und dann sausten die Teller-Brüder an ihnen vorbei. »Hab ich dich erwischt, Gid!«, gluckste Jacob, während Alex sich vor Lachen fast nicht mehr auf den Beinen halten konnte.

»Du kleines …«, fing Gideon an, aber auch Dex hatte bereits angefangen, schallend zu lachen. Die Tellers konnten so witzig sein! Gut, dass auch sie wieder ganz die Alten waren.

»Wartet mal«, sagte Dex. »Habt ihr noch mehr auf Lager?«

Die Brüder verlangsamten ihre Schritte, und ließen, während sie zu viert weitergingen, die verschiedensten Personen aus Tregarren lebendig werden. Alex konnte vor allem Mr Pengalleon täuschend echt nachmachen. »Gut aufpassen, Barber«, sagte er mit der Reibeisenstimme des alten Torwächters. »Das sind Hasenköttel, keine Schokoladenstückchen. Gut aufpassen!«

Dann fing Jacob an, auf Zehenspitzen herumzuhüpfen und in die Hände zu klatschen. Es war eine perfekte Imitation von Catherine, so perfekt, dass Dex eine richtige Gänsehaut bekam. »Also, Leute! Ihr seid *unglaublich*! Ihr könnt so *tolle* Sachen machen! Ich *liiieebe* es! Bei mir zu Hause gibt es so was nicht. Wenn ich doch bloß auch so sein könnte wie du, Gideon! Kannst du dich nicht in eine Schachtel legen und dich selber als Geschenk verpacken?«

Gideon schaute ein wenig verlegen aus der Wäsche, und Dex sagte hastig: »Macht mal Spook.«

Sofort verschwanden die weit aufgerissenen Catherine-Augen aus Jacobs Gesicht und er setzte stattdessen die hochmütige, eingebildete Miene von Spook Williams auf. Auch seine Schritte veränderten sich, wurden zu einem trägen Schlendern. Er hob die Arme und sagte im genau richtigen Tonfall: »Hokuspokus, fidibus – schaut mal alle her, was ich für tolle Glitzereffekte zaubern kann. Oh – ich bin *so* wundervoll, es ist kaum auszuhalten. Hat vielleicht jemand meinen Notfallspiegel gesehen? Ich hab mich schon seit fünf Minuten nicht mehr abgeknutscht.«

Dex und Gideon lachten und lachten, bis sie sich gegen einen Baum lehnen mussten, um nicht auf der Stelle umzukippen.

* * *

Dex hatte eigentlich damit gerechnet, dass Catherines neu entdeckte Zurückhaltung eine Weile anhalten, vielleicht sogar dazu führen würde, dass sie sich immer mehr zurückzog, doch schon wenige Tage nach ihrer Auseinandersetzung stellte er fest, dass sie wieder ganz die Alte war. Zwar hielt sie sich nach wie vor strikt an die Abmachung, keinerlei körperlichen Kontakt mit ihren Mitschülern zu suchen (was seltsamerweise niemandem aufzufallen schien!), doch abgesehen davon hatte sie ihre bezaubernde Art und ihren Charme wieder zurückgewonnen. Anscheinend ertrug sie es einfach nicht, *nicht* im Mittelpunkt zu stehen, darum tat sie alles, um ihre Beliebtheit zu behalten.

Eines Morgens traf Dex sie in der Postkammer, als sie gerade dabei war, ein aufwendig gestaltetes Plakat aufzuhängen:

Dex las den Text und blickte sie an: »Du willst wirklich noch einmal ganz von vorne anfangen, stimmt's?«

Catherine lächelte ihn liebreizend an. »Na ja, irgendwas muss ich mit meinem talentfreien Leben ja anfangen«, sagte sie leichthin. »Ich habe über deine Worte nachgedacht, und ich finde, ich sollte den COLAs etwas zurückgeben. Und wenn es etwas gibt, was ich kann, ohne mir etwas borgen zu müssen, dann ist es, Partys zu veranstalten. Ich habe von Mrs Sartre die Erlaubnis bekommen, und die Lehrer haben auch versprochen, dass sie mithelfen wollen. Und? Was sagst du dazu? Willst du dir auch was ausdenken? Fürs Unterhaltungsprogramm?«

Dex schüttelte lächelnd den Kopf. »Ich bin beeindruckt, ehrlich, Ich finde, dass du sehr gut mit der Situation umgehst. Wahrscheinlich helfe ich beim Grillen. Unterhaltung ist nicht so mein Ding. Probier's doch mal bei Spook«, fügte er ironisch grinsend hinzu.

»Der steht schon auf der Liste!«, erwiderte Catherine. »Zusammen mit ein paar anderen Illusionisten. Jennifer Troke wird etwas singen, und die Teller-Brüder wollen eine richtige Show ausarbeiten!«

»Das klingt doch gut«, sagte Dex und ließ sie alleine. Kaum zu glauben, wie positiv sich die ganze Situation entwickelt hatte!

* * *

Unten in den Kellergängen mit den Entwicklungsräumen zuckte Lisa kurz zusammen, während sie die fünfzehnte Geisternachricht auf einen rosafarbenen Vordruck notierte und ihn anschließend Mr Eades zuschob, damit der sie lesen und unterzeichnen konnte. »Hör auf zu jammern«, murmelte sie geistesabwesend vor sich hin. »Du bist gleich dran!«

* * *

Am Morgen der amerikanischen Grillparty wachte Barry von seinem eigenen, lauten Niesen auf. Er beschuldigte Gideon, dass er schon wieder Kissen durch die Luft schweben lassen hatte und zeigte ihm zum Beweis vier kleine, gelb-weiße Daunenfedern. Doch Gideon stritt alles ab und ließ anschließend laut kichernd jede der vier Federn in eine Zimmerecke unter der Decke schweben.

»Das war bestimmt ganz schön schwierig«, sagte Luke über den Rand seines Buches hinweg. Er nahm seine Brille ab und wischte sie am Zipfel seiner Schlafanzugjacke sauber. »Aber trotzdem, Barry, Gid war das nicht. Die Kissen sind doch mit Schaumstoff gefüllt, nicht mit echten Daunen. Die müssen also zum Fenster reingeweht sein.«

Dex, der gerade in seine Schuluniformjacke schlüpfte, zuckte urplötzlich zusammen. Da war es wieder, dieses eigenartige Déjà-vu-Gefühl. Schwer ließ er sich auf sein Bett sinken. Gleichzeitig merkte er, dass Luke ihn durchdringend anstarrte.

»Alles in Ordnung, Dex?«, fragte er. »Du hast plötzlich so seltsam geguckt.«

* * *

Gemächlichen Schrittes kam Mr Pengalleon über das hintere Ende des Sportplatzes geschlendert und sah Barber nach, der zu den Felsenbecken beim Lido lief. Ohne zu zögern tobte der Hund im Wasser umher, ließ sandige Fontänen aufspritzen, versuchte eine Krabbe zu fangen und scheiterte – wie immer.

»Probier's noch mal, Barber«, feuerte Mr Pengalleon ihn an. »Dann machen wir uns zum Abendessen eine schöne Krabbenpastete. Auf geht's, Barber, weitermachen.«

Doch Barber machte nicht weiter, sondern blieb mit einem Mal stocksteif stehen und hob seine zottelige Schnauze in Richtung Horizont. Mr Pengalleon konnte deutlich sehen, wie sich seine drahtigen Nackenhaare senkrecht stellten. Nachdem er mehrere Sekunden lang regungslos verharrt war, drehte Barber sich um und kam zu seinem Herrchen zurückgerannt, schnappte sich, ohne auch nur im Geringsten langsamer zu werden, einen Zipfel vom Mantel des alten Mannes und hätte ihn um ein Haar umgerissen.

»Barber! Was, um Himmels willen, ist denn in dich gefahren? Aus!«

Barber schlug seine Zähne nur noch tiefer in den dicken, schwarzen Stoff und stieß, während er ununterbrochen daran zog und zerrte, ein tiefes, jaulendes Knurren aus. Erst, als Mr Pengalleon sich willig über den Sportplatz bis zu den ersten, niedrigen Felsenstufen ziehen ließ, gab Barber ihn wieder frei und rannte zurück zum Pförtnerturm. Alle paar Schritte blieb er stehen, um sich umzudrehen und nachzusehen, ob sein Herrchen ihm auch wirklich folgte.

Als sie alle beide wieder vor dem Feuer im Inneren des Pförtnerturms saßen, tastete der alte Mann nach seinem Telefonhörer. Sein Gefühl sagte ihm, dass er unbedingt die Französin anrufen musste. Aber was sollte er ihr berichten? Dass sein Hund sich seltsam benahm? Mr Pengalleon beschloss, sich in seinen Sessel zu setzen und noch ein wenig länger darüber nachzudenken. Und während er das tat, fiel er in einen unruhigen Schlaf.

Kapitel 23

Alle schienen in Partylaune zu sein. Ganz egal, ob ihnen bewusst war, wie leblos der Catherine-Effekt sie gemacht hatte oder nicht, jetzt jedenfalls legten sich die Schülerinnen und Schüler von Tregarren mit besonders viel Eifer und Energie ins Zeug.

In den vergangenen Tagen waren in den Entwicklungsstunden erstaunliche Werte gemessen worden. Auf dem Schwarzen Brett vor dem Versammlungssaal hing eine Tabelle, aus der genau hervorging, welche sprunghaften Fortschritte die Telekinetiker, die Illusionisten und die Heiler bei der regelmäßigen Überprüfung ihrer »paranormalen Fähigkeiten« an den Tag gelegt hatten. Auch die Medien registrierten auf einmal wieder sehr viel mehr Botschaften aus dem Jenseits, während die Wünschelrutengänger beim Auffinden versteckter Versuchsobjekte geradezu Millimeterarbeit leisteten. Die Lehrer behaupteten, das läge an der verbesserten Ernährung mit all den zusätzlichen Mineralien und dem Lebertran, die man ihnen verabreicht hatte.

Aber letztendlich war das alles harte Arbeit, genau wie die übrigen Schulfächer auch. Darum freuten sich die COLAs über die Gelegenheit, sich ein bisschen zu amüsieren, und stürzten sich mit Feuereifer auf die Vorbereitung der amerikanischen Grillparty. Einige hatten sich Stars-and-Stripes-Kostüme genäht, während andere sich bereit erklärt hatten, Mrs Polruth beim Backen behilflich zu sein. Es sollte amerikanischen Apfelkuchen geben.

Am Nachmittag wurden daher nur ein paar belegte Brote für diejenigen bereitgestellt, die sonst nicht bis zum Beginn der Party durchgehalten hätten. Dann rollten Mrs P und ihre Helfer vier Gasgrills auf stabilen Rollwagen zum Sportplatz. Etwas später bauten die COLAs im Licht des Sonnenuntergangs mit Hilfe von Stützböcken einfache Tische auf und breiteten im Halbkreis vor einer improvisierten Bühne, auf der das Unterhaltungsprogramm stattfinden sollte, zwei Dutzend Strandmatten im Gras aus. Stabile Stöcke wurden rund um den Festplatz in den Boden getrieben, und darauf wurden dicke, nach Zitrone duftende Kerzen gestellt, die Licht spenden und gleichzeitig die Mücken vertreiben sollten.

Lisa, Mia und Gideon saßen an einem Tisch, schnitten Dutzende Hotdog-Brötchen auf und schnippelten Salatgemüse. »Echt schön ist das«, sagte Mia mit einem zufriedenen Seufzen. Sie sah richtig gesund und munter aus, und es war kaum vorstellbar, dass sie noch vor wenigen Tagen so gebrechlich und krank gewirkt hatte.

Dex blickte zur anderen Seite des Tisches, wo Catherine gerade dabei war, Servietten auszuwickeln. Gleichzeitig unterhielt sie sich mit den beiden Teller-Brüdern über ihre bevorstehende Aufführung. Er sah, wie sie Alex' Schulter drückte und ihm noch einen sanften Klaps verpasste, bevor sie wieder einen Schritt zurücktrat. Gut. Solange es dabei blieb, war alles in Ordnung. Aber früher oder später würde er es Gideon sagen müssen. Der hatte die Entwicklungswerte seiner Schwester mit gerunzelter Stirn zur Kenntnis genommen, und auch Luke hatte schon mit einem zufriedenen Unterton in der Stimme festgestellt, dass er womöglich nicht der einzige Blindgänger im Kreis der Drillinge war. Ja ... Gideon musste es erfahren. Vielleicht konnte Dex Catherine sogar dazu bringen, es ihm selbst zu sagen.

Die amerikanische Grillparty hätte als eines der besten Feste aller Zeiten in die Geschichte des Tregarren College eingehen können ... wenn sie nicht von den anschließenden Ereignissen vollkommen in den Hintergrund gedrängt worden wäre. Catherine hatte Talent, gar keine Frage, auch wenn es sich weniger um eine übernatürliche, sondern um eine sehr weltliche Gabe handelte. Sie konnte einfach unglaublich gut mit Menschen umgehen. So war es ihr offensichtlich völlig mühelos gelungen, mit den amüsantesten COLAs ein Programm auf die Beine zu stellen, das die Zuschauer von den Stühlen riss.

Zuerst zeigten die Telekinetiker eine ziemlich abgedrehte Jonglier-Show mit verschiedenen Küchengeräten. Das Ganze sah aus wie ein durchgeknallter Synchronschwimm-Wettbewerb, nur ohne Wasser ... und ohne Schwimmer. Irgendwann im Verlauf der Vorführung rief Gideon einem anderen Telekinetiker aus seiner Gruppe – Peter Forster – ein lautes »En garde« zu, und dann fingen ihre beiden ferngesteuerten Küchengeräte (Gideons Schneebesen und Peters Schöpfkelle) aus heiterem Himmel und mitten in der Luft an, miteinander zu fechten. Das klimperte und klirrte ununterbrochen, so lange, bis Schneebesen und Schöpfkelle irgendwann spiralförmig zum Himmel aufstiegen wie zwei Tänzer aus Edelstahl, und aufrecht auf dem Dach der Turnhalle landeten. Dann verbeugten sie sich, bis ihre telekinetischen Gebieter den Kontakt zu ihnen abbrachen und sie zu Boden fielen.

Alle brachen in lautes Gelächter und Jubel aus, und diejenigen, die keinen Burger oder Hotdog in der Hand hielten, klatschten begeistert Beifall. Als Nächstes war Jennifer Troke an der Reihe. Ein wenig verschämt setzte sie sich mitsamt ihrer Gitarre an den Rand der flachen Bühne und sang mit ihrer weichen, reinen Stimme mehrere sehr anrührende Folksongs. Die vielen, geballten Gefühle, die jetzt in der Luft lagen, schnürten Dex die Kehle zu, während Mia und die anderen Heiler, die für solche Dinge noch viel empfänglicher waren als die anderen, eine Gänsehaut nach der anderen bekamen.

Anschließend zeigten die Teller-Brüder ihre zum Schreien komische Imitations-Show, angefangen bei Paulina Sartre (die bei den anderen Lehrkräften und dem Personal hinter den Strandmatten der COLAs auf ihrem Klappstuhl saß und das Ganze genüsslich lächelnd verfolgte) über Spook, Gideon und Mr Eades bis hin zu Mr Pengalleons Hund Barber.

»Wo steckt Barber eigentlich?«, wandte Dex sich an Lisa, die lachend neben ihm saß. »Und Mr Pengalleon? Wieso sind sie nicht mit dabei?«

Lisa klatschte stürmisch in die Hände, während die Brüder ihre Nummer mit einer albernen Verbeugung beendeten. »Keine Ahnung«, erwiderte sie unbestimmt. Dann hörte sie allmählich auf zu klatschen, obwohl die anderen weiter wie wild jubelten und »Zugabe! Zugabe!« riefen. Jacob und Alex gingen rückwärts, mit tief geneigten Köpfen, von der Bühne. Es war eher ein Gefühl, aber Dex nahm trotzdem deutlich wahr, wie die Kälte von Lisa Besitz ergriff. Er wandte sich zu ihr und sah, wie sie sich die linke Schulter rieb und in die Ferne starrte.

»So ein Mist. Kannst du denen nicht einfach sagen, dass du heute Abend frei hast?«, sagte Dex mitfühlend, weil ihm klargeworden war, dass die Geister an Lisas kleine Dachluke klopften und verlangten, dass sie ihre Botschaften weitergab. Als wäre sie eine Postbeamtin, die immer verfügbar sein musste. Lisa schüttelte den Kopf, als wollte sie etwas loswerden. Dann stand sie auf.

»Die sollen sich ein bisschen gedulden!«, sagte Dex. »Gleich fangen die Zauberkünstler an. Du musst mir doch sagen, was mir alles entgeht.«

Doch Lisa hatte sich schon in Gang gesetzt. »Es dauert nicht lange«, sagte sie unbeschwert. »Ich will bloß was nachsehen.«

Dex war zwar enttäuscht, aber nicht weiter beunruhigt. So etwas kam ständig vor. Er beneidete Lisa und die anderen Medien nicht. Die Vorstellung, dass jeder x-beliebige Geist aus dem Jenseits seinen Kopf als Portal benutzen wollte, um irgendwelche Botschaften ins Diesseits zu schicken … einfach grässlich. Er rutschte neben Gideon, der mittlerweile wieder ins Publikum zurückgekehrt war, und stützte sich auf die Schulter seines besten Freundes, um wenigstens den Hauch einer Ahnung zu bekommen, was die Illusionisten denn so zeigten. Auf diese Weise hatte er im letzten November immerhin ansatzweise etwas von ihrer Feuerwerks-Show mitbekommen, weil Gideon ihm in leisen Worten geschildert hatte, was da alles passierte.

Auch wenn Spook wieder einmal die Chefrolle an sich gerissen hatte (Dex musste, wenn auch widerwillig, zugeben, dass er ganz eindeutig der talentierteste unter den Illusionisten war), schien Gideon sich königlich zu amüsieren. Angelehnt an Catherines Amerika-Motto hatten die Illusionisten sich eine Art Karnevalsumzug überlegt, bei dem sie alle möglichen amerikanischen Filmstars, Zeichentrickfiguren und historischen Persönlichkeiten auftreten ließen. Catherine kreischte laut und hüpfte auf und ab vor Vergnügen, und auch alle anderen applaudierten und lachten ununterbrochen. Dex blickte sich um. Die Gesichter seiner Mitschüler waren vor Freude gerötet, und auch die Lehrkräfte machten einen sehr entspannten und aufgekratzten Eindruck.

Als die Vorführung sich dem Ende näherte und alle Beteiligten noch einmal auf die Bühne kamen, trat Spook mit galanter Geste nach vorne und streckte die Hand aus. »Meine Damen und Herren«, rief er mit seiner Showmaster-Stimme, »ich bitte um einen kräftigen Beifall für die Party-Managerin des COLA-Clubs und Vorsitzende des Festkomitees des heutigen Abends: Catherine Reader!«

Von wohlwollendem Applaus begleitet ergriff Catherine Spooks ausgestreckte Hand und trat auf die Bühne. Sofort spürte Dex leichte Besorgnis. *Lass ihn los,* dachte er, aber andererseits ... was war schon dabei? Wahrscheinlich hätte es ziemlich seltsam gewirkt, wenn sie ihn sofort wieder abgeschüttelt hätte.

»Leute! Kommt, lasst uns zusammen singen!«, rief Catherine mit vor Freude übersprudelnder Stimme. »Ihr kennt doch die Beatles, oder?« Die Lehrkräfte brachen in wieherndes Gelächter aus, und etliche COLAs brüllten übertrieben enthusiastisch »Jaaa!«

»Hab ich mir fast gedacht!«, kicherte Catherine und legte kokett den Kopf zur Seite. »Jennifer. Wärst du so nett ...?«

Jennifer lächelte, nahm ihre Gitarre und stimmte die ersten Akkorde von »All You Need Is Love« an. Zu jedem anderen Zeitpunkt, dachte Dex, hätten die meisten COLAs bei so etwas laut aufgestöhnt und sich angewidert abgewandt – auch, wenn es ein Beatles-Hit war. Aber heute nicht. Heute waren sie bester Laune, verzückt vor Freude und erfüllt von dem Gedanken, dass sie einer Gruppe angehörten, wie es sie auf der ganzen Welt höchstwahrscheinlich kein zweites Mal gab. Und so fingen sie voller Inbrunst an zu singen. »Love – Love – Love ...« Selbst Owen und Mrs Dann fielen mit ein, hoben ihre Becher in die Höhe und schwangen sie hin und her.

Dex grinste und beschloss, sich ebenfalls anzuschließen, doch noch bevor er mit »Nothing you can do« fertig war, bohrte sich ein Schrei, ein harter, verängstigter Schrei, wie ein kaltes Messer in seinen Geist. Es war Lisa, und sie klang erschrocken. Zu Tode erschrocken. Noch bevor Dex diesen Gedanken zu Ende gedacht hatte, jagte er bereits in Fuchsgestalt mitten durch die Menge und ließ das Kerzenlicht und die inzwischen abgekühlten Grilltische hinter sich.

Lisa! Was ist los? Wo bist du? Er schnüffelte, wollte ihre Duftspur finden, konnte sie jedoch nicht entdecken. Entweder war sie zu weit entfernt oder das Durcheinander der Gerüche aus Grillfleisch und den aufgeregten COLAs überforderte seine Nase. Dex lauschte angestrengt. Er hörte etwas, aber er wusste nicht genau, was es war. Angst, ja, sogar Panik. Ging es um … *Barber?* Vielleicht ja, vielleicht aber auch nicht. Er wollte sich umdrehen und zum Pförtnerturm laufen, und dabei fiel sein Blick auf den Sportplatz. Nur wenige Sekunden waren vergangen, seit er weggelaufen, sich verwandelt, und auf den Boden gekauert und versucht hatte, mit Lisa Kontakt aufzunehmen. Die Menge hatte sich von ihren Plätzen erhoben und sang nun schunkelnd und lachend weiter. Doch was Dex wirklich Sorgen machte, war, dass das Ganze immer mehr einem Bogen, nein, einem Kreis ähnelte. Die COLAs schwebten offensichtlich auf einer Woge des Glücks und fassten sich jetzt, wie auf Kommando, an der Hand. Dex kauerte im hohen Gras am Rand des Sportplatzes und konnte nicht sehen, wer dieses Kommando gegeben hatte, doch dann traf ihn die Erkenntnis, plötzlich und hart wie ein Betonklotz. Mit einem Mal wusste er es. Catherine hatte den COLAs etwas gegeben. Und jetzt wollte sie sich etwas zurückholen.

Er spannte seine Muskeln an und machte sich bereit, wartete auf eine Lücke im Kreis, um auf sie zuzuspringen und sie, wenn nötig, mit den Zähnen am Weitermachen zu hindern. Er durfte auf keinen Fall zulassen, dass sie die Situation so ausnutzte! Das war … das war … *unverschämt*!

Dex!!! Er erstarrte mitten in der Bewegung. *Dex!!! Vertrau auf deine Schwingen! Jetzt, Dex! Sofort!!!*

In Panik und vollkommen frustriert schüttelte er die Schnauze. Er wusste immer noch nicht, was diese Worte bedeuten sollten! Er spürte, wie Lisas tödliches Entsetzen durch seine eigenen Adern pulsierte, und jetzt kam auch noch seine eigene Angst dazu. Aber sie war das Einzige, worauf er irgendwie reagieren konnte.

Er kauerte sich wieder ins Gras, suchte nach der Lücke, doch als er sie gefunden hatte, spürte er einen unglaublich intensiven, übernatürlichen Luftstoß, einen stummen Knall, der sein empfindliches Innenohr schlagartig lähmte. Dex konnte kaum glauben, was er da sah. Überall ringsum sanken die COLAs besinnungslos zu Boden.

Kapitel 24

Gideon fiel zu Boden und schlug mit der Stirn auf einem Granitbrocken auf. Seine trüben Augen waren halb geschlossen und sein Mund öffnete und schloss sich immer wieder, als wollte er etwas sagen. Es dauerte keine zwei Sekunden, bis Dex an seiner Seite war. Er behielt seine Fuchsgestalt bei, weil er instinktiv erkannt hatte, dass der brutale Energieentzug ihm auf diese Weise nichts anhaben konnte. Er nahm den Geruch der Mistelschwester wahr – sie musste irgendwo am hinteren Ende des Sportplatzes sein und entfernte sich rasch –, aber er konnte ihr erst folgen, wenn er wusste, wie es Gideon ging.

Immer wieder stupste er seinen Freund mit der Schnauze an und stellte die Pfoten auf seine Brust, doch er rührte sich nicht. Es war wie eine unheimliche, sehr viel grausamere Wiederholung dessen, was sich vor einigen Tagen in ihrem Schlafraum abgespielt hatte. Gideon schien in einem Meer der Bewusstlosigkeit zu ertrinken. Aber er atmete! Er lebte! Dex sprang über seine Brust hinweg, huschte behände über Alex Tellers Rücken, der mit dem Gesicht nach unten auf der Erde lag, die Finger um das Fußgelenk seines großen Bruders Jacob geschlossen. Dieser hatte sich wie ein Baby mit angezogenen Beinen und geschlossenen Augen zusammengerollt. Dex schnüffelte, spürte Jacobs Atem und empfand zumindest eine kleine

Erleichterung. Sie waren nicht tot. Auch Mias Atem ging schwach, und sie murmelte leise vor sich hin wie im Schlaf. Ihre Augen waren nicht ganz geschlossen, so dass zwischen den Lidern das Weiße zu erkennen war.

Jetzt sah Dex, dass die Lehrkräfte langsam wieder zu sich kamen. Vielleicht war die Wirkung bei ihnen nicht ganz so heftig gewesen wie bei den Schülerinnen und Schülern. Die meisten von ihnen hatten sich auch nicht dem Kreis angeschlossen, hatten nicht eingestimmt in das Lied, hatten nicht mitgesungen, dass der Mensch nichts anderes braucht als die Liebe. *Catherine* ist das jedenfalls längst nicht genug!, schoss es Dex durch den Kopf, während Wut von ihm Besitz ergriff. Er hetzte quer über den Sportplatz, folgte ihrem Geruch, dem Geruch nach Adrenalin und Schweiß und Triumph und ... einer fast angesengten, vibrierenden, elektrischen *Energie*. Er stöhnte. Wie lange konnte sie diese Energie wohl halten? Vermutlich lange genug, um ihm ernsthaft zu schaden. Mit diesem Gedanken sprang er über den Zaun, der den Sportplatz begrenzte. Einmal mehr machte er sich klar, dass er keineswegs ein Superheld war. Im Gegensatz zu Gideon oder Barry, ja selbst zu Spook, besaß er keine Kräfte, die ihn irgendwie vor jemandem wie Catherine beschützen konnten. Catherine, die inzwischen über ein sehr ansehnliches Waffenarsenal verfügen musste. Von der obersten Planke des Zaunes huschte er zum nächsten Pfahl und verharrte dort ein wenig unsicher, schwankend, überlegte, was er jetzt unternehmen sollte. Wenn er sich wie eine Fliege einfach erschlagen ließ, wäre niemandem geholfen. Vielleicht sollte er zu Owen laufen, der gerade dabei war, ein COLA nach dem anderen auf den Rücken zu drehen, um nachzusehen, ob sie noch atmeten, und gleichzeitig den anderen, immer noch benommenen Lehrkräften Anweisungen zubrüllte.

Und dann hörte er Lisa. Er hörte sie ganz real, mit seinen Fuchsohren, hörte sie rufen: »Dex! Dex! Hilfe! Oh, bitte, hilf mir!! Ich bin in unserer Höhle! Hilfe!!!« Ihre Stimme klang schwach, verzweifelt – gar nicht wie sonst, und das erschütterte ihn bis ins Mark. Er vergeudete keine Sekunde mehr mit Überlegen. Seine Freundin war in Gefahr!

Er rutschte den steinigen Abhang hinunter und das dunkle Schieferband entlang, das sich zwischen den Felsen hindurchschlängelte. Erleichtert stellte er fest, dass die Flut erst bei der Hälfte angelangt war, so dass er den flacheren Weg nehmen konnte. Im Höhleneingang sah er ein Feuer flackern. Was wollte Lisa denn da unten? War sie nicht zum Pförtnerturm gegangen?

Lisa!, rief er in Gedanken. *Was ist da los?* Ihre Antwort klang merkwürdig und sehr weit entfernt. *Oh, nein, Dex! Es …* Ein dröhnendes Geräusch ertönte, und dann etwas, womit er nichts anfangen konnte … es klang wie *Da kommt was!*

In dem Moment, als seine Vorderpfoten auf dem sandigen Höhlenboden landeten, traf ihn der Geruch wie ein Vorschlaghammer. Catherine war hier. Sie verströmte eine durchdringende, triumphierende Begeisterung. Aber von Lisa fehlte jede Spur. Er konnte sie nicht riechen. Der Fuchs drehte sich ratlos im Kreis, die Lunte auf den Boden gedrückt, die Schnauze hoch in die Luft erhoben.

Dann hörte er Lisas Stimme am hinteren Ende der Höhle. Sie rief nach ihm. »Hilf mir, Dex! Ich stecke hier hinten fest. Oh, bitte, ich hab so schreckliche Angst – hilf mir doch!«

Er jagte durch die Höhle, flitzte über den felsigen Untergrund bis in die hinterste Ecke, dort, wo Boden und Felsendecke aneinanderstießen. Verwirrung und Furcht dröhnten durch seinen Schädel. Seine Sinne gaben widersprüchliche Meldungen ab. Er konnte sie zwar hören, aber ansonsten nahm er nichts von ihr wahr. Nur ihre *Stimme* ... Die Erkenntnis kam zu spät. Ein Bild von Jacob und Alex Teller tauchte vor seinem geistigen Auge auf, und dann Catherine, wie sie Alex an der Schulter berührte. Der Fuchs stieß einen wilden, frustrierten Schrei aus – Wie hatte er nur so dämlich sein können! –, und dann ertönte ein lautes Kreischen, als würde ein Düsenjäger über ihn hinwegjagen, bis etwas Metallisches auf dem Felsen aufschlug. Er hatte nicht einmal mehr die Chance, sich auf dem engen Raum am hinteren Höhlenende umzudrehen. Ein stabiles Eisengitter, immer noch warm vom Gasfeuer des Grills, drückte sich gegen ihn, und seine rechte Flanke schmerzte, genau an der Stelle, wo das untere Ende des Grillgitters ihn getroffen hatte.

Mit einem schnellen Blick stellte Dex fest, dass das Gitter nicht einfach nur angelehnt war. Es hatte sich vielmehr richtiggehend in den Fels *eingegraben*. Die Ecken steckten an die zehn Zentimeter tief im Granit, während davor noch der feine Felsstaub in der Luft schwebte. Er warf sich mit aller Kraft, die sein kleiner Fuchskörper aufbringen konnte, gegen das Gitter, aber es zitterte nicht einmal. Nicht, dass er viel Anlauf hätte nehmen können. Es gab ja kaum genügend Platz, sich um die eigene Achse zu drehen, und dann erkannte er voller Panik, wie sorgfältig das alles geplant gewesen sein musste.

Durch den langsam zu Boden schwebenden Granitstaub hindurch, zwischen den engmaschigen Gitterstäben seines Gefängnisses, da erblickte er sie. Sie drehte sich mit tänzelnden Schritten um die eigene Achse und hob die Arme über den Kopf wie eine Ballerina. Dann verharrte sie und sah ihn über die Schulter hinweg an. Dabei lächelte sie wie ein freches, kleines Mädchen, und ihre grünen Augen funkelten zwischen ihren hin und her baumelnden, dunkel glänzenden Haaren hervor.

»Oh, das war so einfach, Dex!«, kicherte sie. »Ich kann gar nicht glauben, wie einfach das war!«

Dex merkte, dass er sie anknurrte. Er hätte sie gerne gefragt, warum sie das machte – vielleicht hätte sie dann ja aus lauter Scham damit aufgehört –, aber das wäre natürlich nur in Menschengestalt möglich gewesen, und für eine Verwandlung hatte er einfach nicht genügend Platz. Er warf sich noch ein zweites Mal gegen das Gitter, aber es gab nicht einen Millimeter nach.

»Reg dich nicht so auf, Dex!«, seufzte Catherine und kam mit einem durch und durch liebenswürdigen Lächeln näher. »Du kannst es sowieso nicht ändern. Bald kommt die Flut, und dann ist es vorbei.«

Ihr war offensichtlich nicht klar, dass das Wasser nicht so weit herauf reichen würde. Aber trotzdem empfand Dex Ekel und Wut, als ihm klarwurde, wie herzlos Catherine war, wie … *durch und durch böse*. War das ihre Rache dafür, dass er sie gezwungen hatte, sich nichts mehr zu »borgen«?

»Ich wette, du fragst dich jetzt, was das eigentlich alles soll, hmm?« Sie kniete sich vor seinen Käfig, um ihm in die Augen schauen zu können.

»Also, du kannst dich doch noch an unser kleines Gespräch erinnern, oder? Wo es darum ging, dass ich mir von den anderen COLAs ein paar Kräfte ausgeborgt habe, und du mir gesagt hast, dass ich damit aufhören soll. Das war wirklich nicht besonders nett von dir, Dex. Danach war die kleine Cathy erst mal sehr, sehr traurig. Und deprimiert. Und dann kam das Wutböckchen«, sagte sie mit einer unangenehm quietschigen Kleinmädchenstimme. »Aber dann ist mir irgendwann etwas eingefallen. Weißt du, jedes Mal, wenn ich mir von Spook oder Gideon oder Mia irgendwelche Kräfte geborgt habe, konnte ich sie ziemlich lange behalten. Erst, wenn ich die Leute wiedergesehen habe, haben mich auch die Kräfte wieder verlassen. Sie wollen immer zu ihrem Ursprung zurück, verstehst du, Dex. Sie wissen, dass sie nicht mir gehören, und darum wollen sie wieder zurück. Aber!« Sie kam mit dem Gesicht noch dichter an das Gitter heran, so dass er das bösartige Funkeln in ihren Augen sehen konnte. »Aber! Aber! Aber!

Was, wenn sie gar nicht wieder zurückkehren können … weil es nämlich keine COLAs mehr gibt? Dann würde ich sie für immer behalten. Und zwar ALLE!«

Dex kauerte sich auf den Boden und hoffte inständig, dass er irgendetwas falsch verstanden hatte. Dass die grauenhafte, eiskalte Erkenntnis, die sich in ihm festgesetzt hatte, ein schreckliches Missverständnis war.

»Du brauchst mich gar nicht so anzuglotzen!«, fauchte sie ihn plötzlich wütend an. Dann holte sie Luft, steckte sich den Daumen in den Mund und summte ein paar Takte von »All You Need Is Love« vor sich hin. *Sie ist wahnsinnig,* dachte Dex. *Sie ist echt wahnsinnig.*

Catherine hörte auf zu summen, zog den Daumen aus dem Mund, holte tief Luft, drückte den Rücken durch und reckte voller Stolz das Kinn in die Höhe. »Und darum habe ich mir das alles ausgedacht! Einen Weg, um mir so viel wie möglich von allen zu holen … und sie dann … dann einfach loszuwerden, zusammen mit ihrer ganzen Selbstsucht. Weißt du, Dex, immer heißt es nur ›Ich will das wiederhaben! Ich will das wiederhaben!‹«, trällerte sie. »Aber was ist eigentlich mit MIR?« Sie sprang auf. Ihre Nasenflügel bebten vor Zorn. »Was ist mit MIR? Warum soll ich als einzige ausgeschlossen werden? Los, sag schon! Warum? Ich möchte auch ein richtiges COLA sein, das hab ich genauso verdient wie ihr auch! Es ist nicht fair, dass ich ausgeschlossen werde! Begreifst du das nicht? ICH HAB ES VER-DIENT!«

Bei diesen Worten sausten ein paar Granitbrocken über

den Höhlenboden und prallten mit voller Wucht aufeinander. Granitsplitter spritzten in alle Richtungen. Das schien Catherine ein klein wenig zu beruhigen. Sie lächelte und hob eine Augenbraue in die Höhe. »Ich bin gut, stimmt's?«, murmelte sie.

»Jedenfalls habe ich jetzt alle Kräfte in mir vereint. Und ich muss zugeben, dass das, was Jacob und Alex mir gegeben haben, genau das Richtige war, um dich hier runter zu locken.« Jetzt klang sie mit einem Mal genau wie Lisa: *»Dex! Oh, Dex! Rette mich!* Natürlich war mir klar, dass du mein Spiel niemals mitspielen würdest. Hast du ja von Anfang an nicht gemacht! Zu schade. Ich wäre so gerne eine Katze geworden. Das hätte mir gefallen. Ich könnte immer noch versuchen, mir etwas von deinen Fähigkeiten zu stibitzen, aber ... nein ... es wäre einfach zu gefährlich, dich rauszulassen und ...« Sie streckte den Finger aus, als wollte sie ihn durch das Gitter stecken, nur um ihn gleich darauf kichernd wieder zurückzuziehen. »... ich habe das dumpfe Gefühl, dass du mich beißen würdest! Das heißt also, dass ich wahrscheinlich keine Gestaltwandlerin werden kann, aber, na ja ... ich bin Heilerin, Medium, Hellseherin, Stimmen-Imitatorin, Telekinetikerin, Wünschelrutengängerin ... ähm ... ach ja, und Illusionistin und Zauberkünstlerin auch noch.« Sie kicherte. »Man sollte nicht *zu* gierig werden.«

Leise summend schlenderte sie in Richtung Höhlenausgang. Begleitet von einem erneuten, wilden Schrei warf Dex sich gegen das Gitter.

»Du kommst da nicht raus, Dex. Vergiss es!«, rief sie ihm

zu. »Ich habe alles genau geplant, verstehst du? Du hast mich unterschätzt, kleiner Fuchs. Jetzt gibt es niemanden mehr, der die armen, kleinen COLAs warnen könnte. Lisa habe ich im Pförtnerturm eingeschlossen. Mia ist zu gar nichts mehr zu gebrauchen, und Gideon, tja, von dem ist jetzt nichts weiter als eine leere, ausgetrocknete Hülle übrig. Schade, aber das lässt sich nun mal nicht ändern. Er hat immerhin unseren Dad abbekommen, stimmt's? Im Gegensatz zu mir. Ich hatte immer nur Kinderheime und Adoptivfamilien. Jetzt ist er mal an der Reihe, das kürzere Streichholz zu ziehen. Und bald gibt es ihn sowieso nicht mehr. Bald verschwindet er von der Bildfläche, genau wie alle anderen. Die sind sowieso nichts mehr wert. Nützen niemandem mehr irgendwas. Also räume ich sie weg. Ich spüle sie runter, und dann bin ich das einzige COLA auf der ganzen Welt. Und alle Menschen werden mich kennen. Leb wohl, Dex!«

Sie umkurvte das Feuer und federte zur Höhle hinaus.

Dex spürte die aufsteigende Panik. Sie schlug in seine Wirbelsäule ein und wollte höher steigen, wollte sein Herz angreifen, sich in seiner Kehle einnisten, aber Dex schluckte sie einfach hinunter, ohne darüber nachzudenken. Sie wehrte sich einmal kurz und gab dann auf. Jetzt hatte er keine Zeit für Selbstmitleid. Er musste nachdenken. Er musste eine Botschaft an Lisa schicken. Auch wenn sie im Pförtnerturm eingeschlossen war, ihr Geist war immer noch auf Empfang. Er dachte *LISA! LISA! LISA! Catherine ist verrückt geworden! Sie will alle umbringen! Sag Owen*

Bescheid. Versuch Owen zu erreichen! Doch die Antwort war nichts weiter als ein Brüllen. Ein gewaltiges, ohrenbetäubendes, dröhnendes Brüllen und dazu ein grässlicher Verzweiflungsschrei. Drei kurze Wörter: DA KOMMT WAS! Er spürte auch etwas von ihrem Kampf. Sie schlug auf irgendetwas ein, trat gegen ein Hindernis. Die Tür des Pförtnerturms? Wahrscheinlich.

Noch nie im Leben war er sich so hilflos vorgekommen, war er so wütend auf sich selbst gewesen. Er hätte auf Lisa hören sollen. Er hätte Owen Bescheid sagen sollen. Wenn jetzt tatsächlich alle sterben mussten, dann war das seine Schuld!

Das Feuer flackerte. Dex hob seine bebende Schnauze und sah, dass der Wolf sich wie ein Schatten näherte. Er schien es nicht eilig zu haben, aber seine Augen, zwei silberne, kluge Scheiben, begegneten Dex' Blick und hielten ihn fest. Als wäre es zum allerletzten Mal, so sagte der Wolf: *Ver-trau auf dei-ne Schwin-gen!*

Dex spürte, wie das Fell von ihm abfiel. Er fragte sich zwar, wie es möglich war, sich gleichzeitig dämlich und erhaben zu fühlen, aber er hatte keine Zeit, sich länger mit diesem Gedanken zu aufzuhalten. Während in seinen Ohren voll aufgedrehte Wasserhähne dröhnten, verwandelte er sich, aber nicht in einen Jungen, der eingezwängt dazu verdammt war, unter der Erde zu sterben, sondern in einen Vogel. Während der Wolf allmählich verblasste, faltete Dex, der nun ein Falke war, seine noch unbenutzten Federn zusammen und glitt durch den nächstgelegenen

Spalt in dem Metallgitter. Er war frei. Dann breitete er zum allerersten Mal seine neu gewonnenen Schwingen aus, versuchte, sich nicht länger als nötig über sein riesiges Sichtfeld, die plötzliche Größe der Höhle, die verschwenderische Kraft seiner nagelneuen Vogelmuskulatur zu wundern ... später! Falls es ein Später gab. Dex ließ einen neuen Laut ertönen. *Kriiiieeee, kriiiieeee, kriiiieeee!* Und dann schoss er zum Höhleneingang hinaus ins Freie, schwang sich hoch hinauf in die turbulente Meeresluft und spreizte seine Krallen.

Kapitel 25

Verwirrung lag über dem Sportplatz. Lehrkräfte und Küchenpersonal stolperten zwischen den COLAs umher und versuchten verzweifelt, sie aufzuwecken. Ein oder zwei wurden sogar auf improvisierte Tragen gelegt. Mrs Dann hatte sich weinend über Jessica Moorland gebeugt und rüttelte sie an der Schulter. Doch Dex sah auch, dass einige COLAs langsam wieder zum Leben erwachten, während er hoch über ihnen kreiste und nach Owen Ausschau hielt. Luke stand bereits wieder und sah sich entgeistert um, während Spook Williams auf den Knien lag und sich den Kopf rieb.

Da sah Dex, dass Owen sich über Gideon beugte. Er klappte die Flügel ein und stürzte sich wie ein Pfeil nach unten. Unmittelbar vor dem Aufprall fuhr er seine Krallen aus und spürte, wie sie sich in Owens Schulter bohrten.

»Allmächtiger!«, schrie Owen auf und wollte seinen gefiederten Angreifer mit der Faust abwehren, doch irgendetwas hinderte ihn daran, so dass Dex aufflattern und vor ihm auf der Erde landen konnte. Seine Aufregung war so mächtig, dass er sich nicht wieder zum Menschen verwandeln konnte – genau wie am Tag der Fuchsjagd. Also erhob er sich stattdessen vor dem regungslos erstarrten Owen in die Luft und stieß seinen hohen Falkenschrei aus: *Kriiiieeee! Kriiiieeee! Kriiiieeee!*

»Dex?«, stieß Owen atemlos hervor. Kaum hatte Dex seinen Namen gehört, fand er sich schwerfällig taumelnd und in menschlicher Gestalt auf dem Rasen wieder. Aber sein Herz, das pochte immer noch in Vogelgeschwindigkeit in seiner Brust.

»Catherine! Es ist Catherine! Sie will uns alle töten!«, rief er. »Wo ist sie?«

Owen starrte ihn einen Augenblick lang an, dann blickte er sich panisch in alle Richtungen um. »Ich weiß es nicht, Dex! Was weißt du über das alles? Was passiert denn hier?«

Dex kam sich wieder einmal vollkommen hilflos vor. Er brachte nichts anderes hervor als »Da kommt was! Irgendwas ist da im Anmarsch! Lisa weiß es, aber sie ist im Pförtnerturm eingesperrt!«

Dann merkte er, wie eine kräftige Hand an seiner Schulter rüttelte, und drehte sich um. Vor ihm stand Luke. Der blasse Mond spiegelte sich in seiner Brille. »Sieh doch!« Luke zeigte nach oben. Auf der Klippe hoch über ihnen, auf einem kleinen Felsvorsprung, dort kauerte Catherine. Sie hatte die Arme um die Knie geschlungen und schien hin und her zu schaukeln und dabei zu singen, während sie den Blick starr hinaus aufs Meer gerichtet hatte.

»Catherine!«, rief Owen ihr zu, doch sie blickte stur geradeaus. Dex sprang in die Luft und befand sich bereits mitten im Flug, noch bevor er darüber nachdenken konnte. Er musste ihren starren Blick unterbrechen, das war ihm klar. Sie hatte etwas Furchtbares geplant, etwas, das jeden Moment ANKOMMEN konnte. Er flog einen weiten Bogen, wollte sich auf keinen Fall von vorne nähern, damit sie ihn nicht zu früh sehen konnte. Am besten war es, wenn er sich von oben auf sie herabstürzte. Dex stieg höher und höher, weit über die Spitze der Klippen hinaus, höher als der Wald, bevor er seinen unglaublichen, neuen Körper wieder zu einem Pfeil formte und sich fallen ließ. Er hatte Catherines Schädeldach genau im Visier. Die Welt um ihn herum bestand nur noch aus verwischten Farben, und als nicht einmal mehr eine Sekunde bis zum Aufprall blieb, fuhr er seine rasiermesserscharfen Krallen aus.

Er traf sie mit voller Wucht. Ein befriedigend kräftiger Aufprall schüttelte ihn durch, und sofort lag der Duft ihres Blutes in der Luft ... aber sie hatte in dieser letzten Sekunde den Arm gehoben und seinen Angriff zumindest so abgewehrt, dass sie sich auf dem Felsvorsprung halten konnte. Sie schrie laut auf vor Wut und Empörung, und dann rammte sie ihn mit Hilfe ihrer telekinetischen Kräfte gegen die Felswand. Er landete ein, zwei Meter unter ihr auf einer mit Moos bewachsenen Stelle. Eine Sekunde lang kippte seine Welt gefährlich zur Seite, und sein Kopf hing hinaus ins Freie. Als er wieder klar sehen konnte, erkannte er, dass sich nach und nach immer mehr COLAs aufrappelten und unsicher auf die Beine kamen. Manche weinten, andere stöhnten, aber alle waren sie schwach und angeschlagen. Er drehte sich um, warf einen Blick auf seine Flügel und seine Füße – erschüttert bis ins Mark, aber nicht gebrochen – und sah auch Catherine, die immer noch hin und her schaukelte und dabei aufs Meer hinausstarrte. Ein seltsamer Wind schien über die Klippenwand hinaus aufs Wasser zu streichen und wehte ihr die Haare ins Gesicht. Er fühlte sich warm und unheimlich an. Dex folgte ihrem Blick … und hätte bei dem Anblick um ein Haar das Gleichgewicht verloren.

Da draußen auf dem Meer war der Horizont keine gerade Linie mehr. Vielmehr bäumte er sich auf und warf Falten wie ein altes, vergessenes Kleidungsstück. Die See wurde in einem gewaltigen, wirbelnden Strudel in die Luft gerissen. Zunächst wirkte der Strudel noch unregelmäßig, wand sich hierhin und dahin und schien fast wieder in sich zusammenzustürzen, so, als ob das neu entstandene COLA da oben auf der Klippe noch nicht so recht wusste, was es tun musste, um ihn seinem Willen zu unterwerfen. *Sie will uns wegspülen … so, wie sie gesagt hat …* dachte Dex. Jetzt war ihm klar, was Lisa mit *Da kommt was* gemeint hatte.

Dex stieß erneut einen kreischenden Schrei aus und schwang sich in die Luft. Er würde noch einmal versuchen, Catherine anzugreifen. Seine Wut war übermächtig, und er wollte Blut sehen. Er würde ihr die Kopfhaut vom Schädel ziehen, wenn das nötig war. Er würde ihr, ohne auch nur einen Moment darüber nachzudenken, die Augen aushacken. Dieses Mal war er keine dreißig Zentimeter mehr von ihr entfernt, bevor sie ihn von sich schleuderte. Vollkommen außer Kontrolle, mit wild umher flatternden Schwingen, taumelte er haltlos dem Erdboden entgegen.

DEX! DA KOMMT WAS! DU MUSST SIE NACH OBEN BRIN-

GEN!!! Lisas Schreie dröhnten durch seinen Schädel, rissen ihn aus seiner Benommenheit. Drei Sekunden später landete er, immer noch ein wenig ungelenk, und nahm, noch während er sich abrollte, wieder Menschengestalt an. Er taumelte auf Owen zu und rüttelte ihn an der Schulter. »DA!«, brüllte er und zeigte aufs Meer hinaus. »SIEH DOCH! *DA KOMMT WAS!* BRING SIE NACH OBEN!!!«

Mit offenem Mund stand Owen da, und dann fing er an zu schreien, so laut er nur konnte, und seine Panik – seine nackte, ungebremste Panik – sorgte dafür, dass die verwirrten, orientierungslosen Schüler sich ruckartig zu ihm umdrehten. Im nächsten Augenblick ertönten Schreie – richtige, lebendige, *wache* Schreie – und die COLAs rannten zusammen mit den Lehrkräften los, während sie immer wieder entsetzte Blicke über ihre Schultern warfen und sich gegenseitig anfeuerten, noch schneller zu laufen.

Dex verwandelte sich erneut und schoss zum Himmel empor. Von den seltsam unruhigen Bewegungen der Meeresoberfläche war nun nichts mehr zu sehen. Stattdessen schien das Wasser sich jetzt sehr viel zielgerichteter in Richtung des Ufers zu wälzen. Zehn Sekunden noch, dachte Dex, mehr nicht. Er sah Gideon mit ungläubigem Blick aufs Meer hinausstarren und stürzte sich nach unten, um seinen Freund mit einer Kralle an der Wange zu streifen. Gideon stieß einen schmerzerfüllten Schrei aus und legte die Hand auf den dunkelroten, feuchten Riss, aber es schien zu funktionieren. Er drehte sich um und schloss sich den anderen Fliehenden an.

Das reicht nicht! Das reicht nicht! Aus den zehn Sekunden waren fünf geworden, und das Wasser kam, wie eine Ausgeburt der Hölle, dröhnend und schäumend näher. Catherine war mittlerweile aufgestanden, hatte die Arme ausgebreitet und lachte aus voller Kehle. Wild flatterten die Haare um ihren Kopf. Dex konnte den Anblick kaum ertragen. Noch drei Sekunden, dann würden alle, die er liebte, wie Treibholz weggespült werden. Er nahm Catherines Augen ins Visier und jagte mit aller Kraft los, doch dann sah er, wie ihre triumphierende Miene in sich zusammenfiel, wie sie den Blick nach unten wandte und einen durchdringenden Wutschrei ausstieß.

Dex wendete mitten im Flug, nur Sekundenbruchteile vor dem Aufprall, und sah ebenfalls nach unten. Hatte Paulina Sartre im allerletzten Moment noch eine wirksame Gegenmaßnahme gefunden? Aber nein, die Schuldirektorin scheuchte gerade Mia und Jennifer den Klippenpfad hinauf, um sich anschließend umzudrehen und andere schreckensstarre Kinder weiter nach oben zu ziehen. Vielleicht, so dachte Dex, kann sie Catherine nicht einmal sehen.

Nur ein einziger Schüler war auf dem Sportplatz zurückgeblieben, und der starrte regungslos aufs Meer hinaus. Auf seinem Gesicht war keine Spur von Todesangst zu erkennen, und während Dex wie ein Pfeil nach unten schoss, wurde ihm klar, wie sehr, wie sehr, *wie sehr* sie alle sich in ihm getäuscht hatten. In dem Blindgänger.

Das Meer hing über ihm, türmte sich bald siebzig Meter

hoch zu einem gewaltigen Tornado aus Salzwasser, Steinen und Algen … und verharrte in der Luft. Es fiel nicht herab und es wich nicht zurück. Es hielt inne.

Lukes Blick war verschleiert vor Anstrengung. Sein Mund stand offen und sein Atem ging flach. Er hatte die geballten Fäuste in die Seiten gestemmt und seine zerbrochene Brille fest in eine Hand geklemmt. Ein Blutstropfen rann aus einem seiner Nasenlöcher. Dex empfand Scham und Trauer zugleich. Er hatte Luke nie etwas zugetraut, hatte es nie für möglich gehalten, dass er doch besondere Kräfte in sich tragen könnte. Aber jetzt fiel ihm wieder ein, wie Luke in die Dunkelheit gestarrt hatte, auf dem Sofa im Aufenthaltsraum, nachdem die Fenster im Schlafraum zu Bruch gegangen waren. Er hatte damals gedacht, dass der arme, ach so normale Luke durch all den übernatürlichen Hokuspokus hier in Tregarren völlig verstört war, aber jetzt war ihm klar, dass Lukes Verstörung einen ganz anderen Grund gehabt hatte. Er musste gespürt haben, dass eine Kraft in ihm steckte, eine Kraft, die so mächtig war, dass er sie nur im Wachzustand beherrschen konnte. Im Traum jedoch war sie ihm entglitten. Er war klug genug um zu erkennen, wie gefährlich diese Kraft war, wenn er sie nicht bei sich behielt. Er musste sich in jeder einzelnen Entwicklungsstunde regelrecht verausgabt haben, um sich nichts anmerken zu lassen. Und dass er das geschafft hatte, trotz der intuitiven Begabungen der anderen COLAs, trotz all der Tests … allein das zeigte, wie unglaublich stark er sein musste.

Aber jetzt ...? Was geschah jetzt mit ihm? Luke starrte ununterbrochen auf das gewaltige Wassergebirge, das sich über ihm auftürmte. Der Blutstropfen bahnte sich nun einen Weg über seine Lippe, folgte ihrem Schwung und tropfte schließlich von seinem Kinn zu Boden. *Was macht das wohl mit seinem Kopf?*, überlegte Dex, während er direkt über Luke in der Luft stand. Wenn er ihm doch nur irgendwie helfen könnte. Die COLAs gelangten immer höher und höher, und Dex dachte, dass Luke jetzt langsam aufhören konnte. Aber ... wenn er das tat ...

Da riss Luke ruckartig den Kopf in den Nacken, und sein Blick wurde wieder klar. Catherine stand hinter ihm. Sie hatte seine Haare gepackt und zerrte daran, riss immer wieder seinen Kopf nach hinten und schrie bei jedem einzelnen Ruck: »Du Betrüger! Du Betrüger! Du dreckiger, kleiner Betrüger!« Luke versuchte ein paarmal etwas halbherzig, sie wegzuschubsen, ohne den Blick von der Bedrohung zu nehmen, die über ihren Köpfen schwebte, aber sie zog und zog immer weiter an ihm, bis er rückwärts stürzte und sie unter sich begrub. Auch jetzt nahm sie die Finger nicht aus seinen Haaren, auch jetzt brüllte sie ihm ununterbrochen Vorwürfe ins Ohr. Luke wirkte nur ein klein wenig verwirrt, dann nahmen seine Augen den Falken in den Blick, der über ihnen schwebte, und dann etwas, was sich hinter dem Falken befand.

»Flieg weiter, Dex«, sagte er, begleitet von einem winzigen, wehmütigen Lächeln, und Dex schoss durch eine dichte Regenwand senkrecht nach oben. Wie er der Flut entkommen war – er konnte es auch hinterher nicht genau sagen. Doch schon drei Sekunden später hatte er achtzig Meter Höhe gutgemacht und musste etwas mitansehen, was schrecklicher war als alles, was er je erlebt hatte. Im einen Augenblick lag das Tregarren College noch klar und deutlich vor ihm – die überlegt gestalteten, geradlinig errichteten Häuser, das spiegelnde Glas, der Teich mit dem Springbrunnen, die grasbewachsenen Hänge und die Pfade mit den Elfenlichtern. Es kam ihm vor, als würde dieser Ort, an dem er zum ersten Mal im Leben glücklich gewesen war, ihm noch ein letztes, trauriges Lächeln zuwerfen.

Denn im nächsten Augenblick war er nicht mehr da. Grünlich-schwarzes Wasser prasselte als unendliche Sturzflut vom Himmel, weiße Schaumfontänen spritzten in alle Richtungen, und nur gelegentlich, wenn ein Brocken Glas, Stahl oder Mauerwerk aus den Fluten emporgeschleudert wurde, konnte man ahnen, was diese Woge des Verderbens alles mit sich gerissen hatte. Das Donnern und Dröhnen übertönte jedes andere Geräusch, und dann wurde Dex von einem harten Schwall kalter, verdrängter Luft getroffen und umhergewirbelt, bis er nicht mehr wusste, wo Meer und wo Himmel, wo Klippe und wo Erde war, und es auch nicht mehr länger wissen wollte.

Kapitel 26

Tür und Fenster husch herum, alles ringel ringel! Wird dir schon im Köpfchen dumm? Purzelst hin du Schlingel?

Die leise, hauchige Stimme des Mädchens verstummte, dann hörte Dex, wie sie einatmete und wieder von vorne mit dem Kinderreim begann. Er sah sich selbst, wie er immer wieder durch kleine, quadratische Fenster huschte. Schon wieder dieser Traum, nur eindeutiger als die Male zuvor. Die Fenster waren gar keine Fenster, sondern die Lücken zwischen den Stäben des Grillgitters, und er »huschte« auch gar nicht, sondern flog eigentlich eher. Obwohl, dieser letzte Traum war schrecklich gewesen. Dex drehte sich auf die andere Seite und griff nach der Decke, die ihm heruntergerutscht sein musste. Er zitterte ja vor Kälte. Außerdem tat ihm alles weh. Seine Hand stieß gegen etwas Trockenes, Dürres, und jetzt konnte er es auch riechen. Dex schlug die Augen auf und sah dunkles, bröckeliges Holz, nur wenige Zentimeter von seiner Nase entfernt. Er blickte zur Seite und wusste sofort, wo er war – in einem Hohlraum unter einem umgestürzten Baum, dicht bei seiner Lieblingsstelle im Wald oberhalb des Internats. Die Morgensonne schien wärmend auf seine rechte Schulter, die außerhalb seines Unterschlupfs lag, und er konnte das laute Gurren der Waldtauben wie auch das ferne Seufzen des Meeres hören.

Die Erkenntnis machte sich nicht mit einem lauten

Knall bemerkbar, sondern stieg langsam zu ihm empor, wie Nebel aus einer feuchten Wiese. Er sprang nicht schlagartig auf, um zum Pförtnerturm zu laufen und herauszufinden, wer überlebt hatte und wer nicht. Zum einen, weil er dafür schlicht und einfach keine Kraft mehr hatte, aber der andere Grund war, dass es, solange er hier lag und nichts wusste, durchaus sein konnte, dass es allen gut ging. Dass alle gerettet worden waren. Dann musste er an Luke denken, und wie er mit leicht verdutztem Gesichtsausdruck und sanft lächelnd auf dem Rücken gelegen hatte. Wie er »Flieg weiter, Dex«, gesagt hatte, bevor fünf Millionen Liter Meerwasser über ihm zusammengestürzt waren.

Dex machte die Augen zu. Das Mädchen fing wieder an zu singen *Tür und Fenster husch herum … ach so, klar. Jetzt kapier ich. Tut mir leid, das mit dem Kinderreim, aber als ich es gesehen hatte, konnte ich an nichts anderes mehr denken. Oh, Goooott! Demnächst führe ich mich noch auf wie eine Heilerin!* Lisa! Das war Lisa! Sie hatte ihre Gedanken auf die Suche nach ihm geschickt, natürlich! Nur, dass sie bis jetzt nur diese eigenartige Traumlandschaft entdeckt hatte, die ihr kaum Hoffnung gelassen hatte, ihn zu finden. Dex musste, trotz allem, was geschehen war, grinsen, und dann lachte er laut, auch wenn ihm dabei die Rippen weh taten. *Ich bin im Wald, Lisa,* meldete er sich bei ihr. *Ich weiß!*, lautete ihre Antwort. *Das brauchst du mir nicht zu sagen. Lass mich ruhig ein bisschen angeben. Owen und Gideon kommen zu dir. Rühr dich nicht von der Stelle, nur für den Fall, dass du lebensgefährlich verletzt bist oder so.* Dex musste schon wieder grinsen.

Sie war die geborene Krankenschwester. *Geht es dir gut? Und … den anderen?*, dachte er und hatte gleichzeitig Angst vor ihrer Antwort.

Das Internat sieht aus, als hätte eine Bombe eingeschlagen, total verwüstet. Es ist so gut wie nichts übrig geblieben. Ständig laufen einem irgendwelche Regierungsbeamte über den Weg. Die COLAs sind stammelnde Nervenbündel, und ich glaube, dass ich vorhin beobachtet habe, wie Spook Gideon auf die Schulter geklopft hat. Also, das *hat mir richtig Angst gemacht. Wir dachten zuerst, dass er tot ist. War meine Schuld. Ich habe irgendwas aufgeschnappt, aber das hat nicht gestimmt. Na ja, zumindest … ich muss aufhören. Muss jede Menge Botschaften für alle möglichen Leute abschicken, und noch ein paar Vermisste suchen. Sie sind gleich bei dir. Bis bald.*

Schon im nächsten Augenblick hörte er Schritte zwischen den Bäumen. Gideon und Owen sahen ihn, stießen einen lauten Schrei aus und rannten los, rutschten auf Knien durch das Laub und sahen ihn ängstlich an. Dex winkte müde, und Gideon griff nach seiner Hand und drückte sie fest. Er sagte nichts, aber seine Augen waren feucht und seine Schultern zuckten.

»Was meinst du, hast du dir was gebrochen, Dex?«, erkundigte sich Owen und klappte seinen Rucksack auf.

Dex schüttelte den Kopf. »Nein«, sagte er. »Ich bin bloß … sehr … müde.«

Owen holte eine Packung Johannisbeersaft aus dem Rucksack und steckte einen Strohhalm hinein. »Trink«, sagte er, und Dex gehorchte und schlürfte die süße Flüssigkeit. Sie wirkte Wunder, und es dauerte nicht lange, bis er aus eigener Kraft unter dem Baum hervorkriechen und sich aufsetzen konnte.

»Wie viele Tote hat es gegeben?«, wollte er dann wissen und zog sich dabei Zweige und Blätter aus den Haaren, wagte nicht, die beiden anzusehen.

»Das wissen wir noch nicht«, antwortete Owen und untersuchte Dex auf irgendwelche Verletzungen. »Aber mindestens zwei werden noch vermisst. Wir hatten schon befürchtet, dass du auch spurlos verschwunden bist, aber Lisa war fest überzeugt, dass du bloß ein kleines Nickerchen machst. Dich irgendwo auf die faule Haut gelegt hast.«

Dex stieß ein bitteres Lachen aus und sah Gideon an. »Und wer sind die Vermissten?«, wollte er wissen.

Gideon lächelte ihn unsicher an. »Luke«, sagte er dann. »Und Catherine.«

Lisa war, wie sich herausgestellt hatte, direkt in den Pförtnerturm gegangen und hatte Mr Pengalleon schlafend in seinem Sessel vorgefunden, während Barber alles versucht hatte, um ihn aufzuwecken. Der arme Hund wäre fast durchgedreht, aber sein Herrchen schien sämtliche Kräfte und das Bewusstsein verloren zu haben. Lisa hatte zwar sofort gemerkt, dass das Catherines Werk gewesen war, aber als sie losgelaufen war, um Hilfe zu holen, da war die Tür durch eine übernatürliche Kraft ins Schloss geknallt und festgehalten worden, genau wie die Fenster. Sie hatte zwar alles daran gesetzt, in Catherines Gedanken einzudringen, aber mehr als ohrenbetäubenden Lärm und die Worte »Da kommt was« hatte sie nicht mehr wahrgenommen. Das einzige, was sie von da an überhaupt noch aus dem Jenseits empfangen hatte, waren der Wolf und seine seltsame Aufforderung »Vertrau auf deine Schwingen« gewesen.

Dank ihrer besonderen Gaben hatte sie genau sechzig Sekunden gebraucht, um in Mr Pengalleons altem Vorratskeller ein Beil aufzutreiben. Erheblich länger hatte es gedauert, die verbarrikadierte Tür aufzubrechen. Genau zehn Sekunden, bevor das Meer auf die Erde gekracht war, hatte sie es geschafft.

Die COLAs waren in der Zwischenzeit so weit nach oben gekommen, dass die Flut sie nicht mehr erreicht hatte, aber der untere Teil des Internatsgeländes war vollkommen verwüstet worden. Die gierigen Wassermassen hatten nur einen Meter vor Owen Halt gemacht, als er die beiden Teller-Brüder in Sicherheit gebracht hatte. Viele Schülerinnen und Schüler waren von Wasserspritzern und kleinen Steinchen getroffen geworden. Zu aller Verwunderung waren die Hütten der Lehrkräfte in der Klippenwand allesamt unversehrt geblieben, so dass sich einige immer noch benommene COLAs jetzt dort erholen konnten. Diejenigen, die schon wieder gehen und sprechen konnten, hatte man mittlerweile in zwei Luxusbusse auf der große Wendefläche vor dem Pförtnerturm gebracht. Dort lagen oder saßen sie, in Decken eingewickelt, sagten entweder gar nichts oder unterhielten sich leise miteinander. Mindestens zwanzig Leute, die Dex noch nie gesehen hatte – das waren vermutlich die Regierungsbeamten –, holten die COLAs der Reihe nach in einen ihrer drei eleganten Vans mit verspiegelten Fenstern und unterzogen sie dort einer eingehenden Befragung. Das Küchenpersonal war zwar ebenfalls erschüttert, aber auch wild entschlossen, seiner Aufgabe gerecht zu werden, und hatte Verpflegung und Thermoskannen mit heißem Tee aus dem Dorf herbeigeschafft. Dex sah, dass die Straße ins Dorf abgesperrt war und dass Polizei und Krankenwagen an der Absperrung standen. Ein Hubschrauber schwebte über sie hinweg, aber er gehörte nicht zu einem Fernsehsender, sondern dem Militär.

Dex selbst wurde von Owen und dem Mann namens Chambers befragt. Er war sportlich gebaut mit kurz geschnittenen, dunklen Haaren und einer teuren, rahmenlosen Brille, und klickte während des Gesprächs pausenlos mit seinem Kugelschreiber. Owen bedeutete Dex, dass er ungehindert sprechen konnte. »Chambers hat während seiner aktiven Zeit auch schon ziemlich eigenartige Dinge zu sehen bekommen«, sagte er. »Er weiß über dich Bescheid, wenn auch noch nicht über deine neueste Gestalt.«

Dex erzählte ihnen alles, angefangen bei seiner Erkenntnis, dass Catherine die Mistelpflanze war, und zwar ganz sachlich und nüchtern, ohne Dramatisierungen, ohne Übertreibungen und ohne Ausreden. »Lisa wollte, dass ich es dir sage«, wandte er sich mit trauriger Miene an Owen. »Und das hätte ich auch machen sollen. Dann wäre Luke jetzt vielleicht noch am Leben.«

»Wir wissen ja nicht einmal, ob er wirklich tot ist«, sagte Owen besänftigend, aber Dex hatte noch einmal Lukes schwaches Lächeln vor Augen, seine letzten Worte im Ohr, und schlug die Hände vors Gesicht. »Und außerdem«, fuhr Owen fort, »hätte Catherine, so, wie du sie beschrieben hast, niemals aufgegeben, bis sie bekommen hätte, was sie wollte. Wenn sie sogar dich und Lisa ausgetrickst hat, dann hätte sie das auch mit mir geschafft. Vielleicht sogar mit Mrs Sartre. Dex …« Er beugte sich vor und berührte Dex an der Schulter. »Wenn du nichts unternommen hättest … wenn du uns nicht aufgerüttelt und Catherine angegriffen hättest, dann hätten wir womöglich alle nicht überlebt, nicht einmal mit Hilfe von Lukes plötzlicher … verblüffender …« Er ließ das Ende des Satzes in der Luft hängen. »Falls es dir hilft«, fuhr er schließlich fort, »ich mache mir große Vorwürfe, weil ich mich nicht mehr um ihn bemüht habe, weil ich nicht intensiver versucht habe, herauszufinden, was eigentlich in ihm vorgeht.«

Jetzt hörte Chambers mit einem Mal auf, mit seinem Kugelschreiber zu klicken, legte den Stift weg und setzte sich auf den dritten Stuhl, der gerade noch in das Innere des Vans gepasst hatte. »Wenn ihr dann irgendwann keine Lust mehr habt, euch ständig selbst auf die Mütze zu hauen«, sagte er trocken, »dann würde ich gerne erfahren, was das für ein Gefühl ist, wenn man fliegen kann.« Er starrte Dex durchdringend an, und dann, aus einem Grund, den sie sich nicht näher erklären konnten, brachen sie alle drei in schallendes Gelächter aus.

* * *

Die Regierungsbeamten hatten viel Erfahrung im Umgang mit Krisensituationen, und sie handelten schnell. Es wurden bereits die ersten Vorbereitungen getroffen, um die COLAs noch am gleichen Tag nach Hause zu bringen, während auf höchster Regierungsebene verschiedene Möglichkeiten diskutiert wurden, wo und wie man ihre Ausbildung am besten fortsetzen konnte. Gideon und Dex wollten noch einen kleinen Spaziergang in den Wald machen, und Owen winkte sie mit einem Kopfnicken durch die Absperrung. »Sie kommen bestimmt wieder«, sagte er nur zu dem misstrauisch dreinblickenden Wachsoldaten.

Es war bereits später Nachmittag. Die Sonne schickte ihre rötlich-goldenen Strahlen auf die Erde, während Vögel und Insekten sangen und summten, als sei alles wieder vollkommen normal. Leise und bedächtig erzählte Dex Gideon alles, was er auch Owen berichtet hatte. Wie seine hübsche, witzige, schmusige Schwester aus Amerika so umsichtig geplant hatte, sie alle umzubringen. Und welche Anstrengungen sein stiller, unauffälliger, etwas dumpfer Bruder von der Isle of Wight auf sich genommen hatte, um ihnen allen das Leben zu retten. Nachdem Dex mit seinem Bericht fertig war, nickte Gideon mit dem Kopf. »Es tut mir sehr leid, Gid«, sagte Dex, und der Gesichtsausdruck seines besten Freundes trieb ihm die Tränen in die Augen.

»Nicht nötig«, sagte Gideon, rappelte sich auf und zog Dex ebenfalls auf die Füße. »Wer weiß, wie das alles endet.«

Das können wir tatsächlich nicht wissen. Wie oft erhält eine Geschichte am Schluss noch eine überraschende Wendung? Am Ende dieses erschütternden, stillen Tages zum Beispiel, nachdem alle Befragungen abgeschlossen, alle Akteneinträge gemacht und alle Schutzbefohlenen in der Anwesenheitsliste verzeichnet waren, gingen Owen und seine Agenten fest davon aus, dass sie alle COLAs in die bereitgestellten Busse setzen und nach Hause schicken würden.

Es sprach absolut nichts dagegen. Nirgendwo waren irgendwelche persönlichen Dinge aufgetaucht. Die Kleider der COLAs würden wahrscheinlich zusammen mit ihren anderen Sachen früher oder später an Land geschwemmt werden, aber im Moment gab es nicht einmal etwas zu packen. Dex und Gideon bestiegen als letzte den zweiten Bus. Jedes COLA hatte einen Brief an seine Familie und außerdem einen Zettel mit bestimmten Regeln in die Hand gedrückt bekommen. Darauf stand, welches Verhalten von ihnen erwartet wurde und was sie in den nächsten Wochen tun sollten, so lange, bis ein neues Internat für sie gefunden worden war. Dex faltete seinen Zettel zusammen, steckte ihn in seine Gesäßtasche, wuschelte Gideon durch die Haare und schubste ihn auf seinen Platz.

»Und du willst das wirklich durchziehen?« Zum ersten Mal an diesem Tag funkelten Gideons Augen voller Faszination. Dex freute sich sehr darüber.

»Ja«, grinste er. »Kann sein, dass du ein kleines Ablenkungsmanöver inszenieren musst, aber eigentlich glaube ich das gar nicht. Ich komme dich bald mal besuchen. Schließlich muss ich nachsehen, ob es dir gutgeht.«

Gideon wedelte mit seinem Zettel. »Aber nicht, wenn du dich an die Regeln hältst«, sagte er, während sich ein zaghaftes Grinsen auf sein blasses Gesicht schlich. Dex erwiderte das Grinsen und drehte sich um.

»Wo willst du denn hin, Dex? Der Bus fährt jeden Moment los!«, sagte Owen, als Dex wieder nach draußen auf die Straße hüpfte. »Ich hab was vergessen«, erwiderte Dex und lächelte.

»Was denn?«, wollte Owen wissen.

»Die Luftlinie ist immer der kürzeste Weg.«

Dann verwandelte er sich und zischte hinauf an den Himmel, noch bevor Owen ein weiteres Wort sagen konnte. Während er immer höher und höher stieg, während die Luft das grau-weiß-gelbe Federkleid über seinem aerodynamischen Körper kräftig durchpustete, verspürte Dex ein unglaubliches Hochgefühl. Ein paar kleine Schäfchenwolken standen am strahlend blauen Himmel, und unter ihm lag die gewölbte Oberfläche der Erdkugel. Er war frei.

Er zog einen weiten Bogen über den felsigen Vorsprung, auf dem vor Kurzem noch das Tregarren College gestanden hatte, und stellte seinen inneren Kompass ein. Dann richtete er seinen gebogenen Schnabel nach Nordosten und flog, während die Welt unter ihm sich weiterdrehte und die Menschen das Ende zu erraten versuchten.

Danksagungen

Ein herzlicher Dank geht an Andy Hinton und Mike Riley vom Hawk Conservancy Trust in Weyhill, Hampshire, denen ich wertvolle Informationen verdanke. Und an Highcliffe Beach, Steephill Cove und The Lizard – einfach nur dafür, dass es euch gibt.